U0808125

应邀之作

拉金随笔

Required Writing

Miscellaneous Pieces

Philip Larkin

1955–1982

[英] 菲利普·拉金 著
李晖 译

上海译文出版社

Philip Larkin

REQUIRED WRITING: MISCELLANEOUS PIECES 1955–1982

Copyright © 1983 BY PHILIP LARKIN
This edition arranged with FABER AND FABER LTD.
through BIG APPLE AGENCY, INC., LABUAN, MALAYSIA.
Simplified Chinese edition copyright:
2020 SHANGHAI TRANSLATION PUBLISHING HOUSE (STPH)
All rights reserved.

图字: 09–2016–645 号

图书在版编目（CIP）数据

应邀之作: 拉金随笔 /（英）菲利普 · 拉金（Philip Larkin）著; 李晖译.—上海: 上海译文出版社, 2020.12

书名原文: Required Writing: Miscellaneous Pieces 1955-1982

ISBN 978-7-5327-8449-3

Ⅰ.①应… Ⅱ.①菲… ②李… Ⅲ.①随笔–作品集–英国–现代 Ⅳ.①I561.65

中国版本图书馆CIP数据核字(2020)第251496号

应邀之作: 拉金随笔

[英] 菲利普 · 拉金　著　李晖　译
责任编辑 / 顾真　装帧设计 / 周伟伟

上海译文出版社有限公司出版、发行
网址: www.yiwen.com.cn
200001　上海福建中路 193 号
江阴市机关印刷服务有限公司印刷

开本 889 × 1194　1/32　印张 16.25　插页 5　字数 259,000
2020 年 12 月第 1 版　2020 年 12 月第 1 次印刷
印数: 0,001—7,000 册

ISBN 978–7–5327–8449–3/I · 5190
定价: 98.00 元

本书专有出版权归本社独家所有, 非经本社同意不得转载、摘编或复制
如有质量问题, 请与承印厂质量科联系。T: 0510–86688678

致

安东尼·斯韦特[1]

[1] 斯韦特（Anthony Thwaite, 1930—　），英国诗人与批评家，拉金诗集与信件的编辑者。

目 录

寻常文字

特定之作

爵事钩沉

前言

这本书里收集的文章，除去一篇以外，其余都是应邀而作的文字。当然，大多数都是些评论文章。因为一旦你成为知名作家，就会出现一种意想不到的后果：人们以为你从此就有能力评判其他的作家。不过，在我受邀完成的每篇稿件背后，往往还有其他几份被拒绝的篇目。这样做或是出于时间考虑，或是因为不感兴趣，或是水平不足。当然，有人来约稿还是很荣幸的事，但终究要有个限度：报纸和杂志栏目的空缺必须得填满。如果你不想做还会有其他人。只有相当多产或境遇极其窘迫的人，才能够包揽全部约稿，有求必应。

因此，这些再版的文章，几乎没有多少连贯性。我从不向任何编辑提议说，我应该写这篇文章，或是要评价那本书。这样一来，我的劳动成果其实是别人的想法所致，而不是源于我自己。这并不是说，我在完成这些任务时漫不经心。一个优秀的书评家会把学者的知识、批评家的判断力和说服力，以及记者文章的可读性结合到一起。当我感到自己跟这个理想标准的差距还有多远时，只能更迫切地想要拼尽全力写好。我听人说，一个人如果在三年时间里坚持给自己的导师撰写每周读书报告，就会发现文学新闻评论的工作比较容易：我并不这样看。我发现这些书读起来很费劲，想围绕它们说点什么也很费劲，最费劲的是想好以后再说出来。我最后能够坚持下来，是因为几位友善的文学编辑始终鼓励有加，尤其是《卫报》的比尔·韦伯；先后任职于《旁观者》杂志、《新政治家》与《聆听者》（当然，现在已经叫《伦敦书评》了）的卡尔·米勒；还有分别任职于《聆听者》《新政治家》与《文汇》的安东尼·斯韦特。我很想记录一下我对他们的感激，尽管当初我对他们表现出勉为其难的样子。

我自己主动写的那篇文章，是《爵事钩沉》（*All What Jazz*, 1970）的序言。这部爵士唱片评论集是我在1960年至1968年间给《每日电讯报》写的。我原本打算私人出版这本书。这也是当初我为什么要找到现已倒闭的赫尔·普林特斯公司付印的原因。我的出版商一直等到我写信询问他们是否准备发行这本书的时候，才把它接手过来。这或许可以解释，为什么我要在书里使用那种轻快而挑衅的语气以及我在写作时的愉悦。其实我后来还在继续写唱片评论，直到1971年底。我在最近三年里写的几篇也和这篇序言放到了一起。

尽管我在接到文学约稿时，难免总是心头一沉，在完工时也难免产生一种非比寻常的释怀感，但接受类似委托，无疑让我心智的某个部分得到了锻炼，否则它可能继续处于休眠状态。从这个方面看，它们对我很可能没什么坏处。重印这些文章，是因为其中有些内容已经开始被人断章取义地引用，而我想要重申它们的表述语境，尤其是文字形成的日期。我希望，它们还会再传递一些其他内容。否则的话，我也没理由非要像现在这样翻尸盗骨。

除了一些零碎的文字修整，这些再版文章基本上是它们首次问世时的面貌。文章排列是按照出版日期的先后顺序。“回忆”这一部分则是例外，它以主题思想出现的年代顺序作为排列依据。

P. L.

1982 年 2 月

致谢

我要感谢贝蒂·麦克莱思的帮助，她将乱七八糟的一堆剪报内容转变为近乎整饬有序的文本。感谢凯瑟琳·卡弗，由于她的耐心审核，使得这些文字避免了前言不搭后语和缺乏精准、优雅不足的情况。感谢莫妮卡·琼斯应对亟需，再次通读了校样稿件。

感谢以下出版机构授权本书再次使用相关评论与文章：

旧藏古籍书商协会：《书籍》；**《康希尔》杂志**：《这种事只会发生在英国》；**《批评季刊》**：《哈代夫人的回忆》《悬赏：优秀的哈代评论者》；**《每日电讯报》**：《稍等片刻》《新闻报道》《布鲁斯盛典》《规律法则》《贝西》《真相时刻》《威尔斯还是吉本？》《小众趣味》《人声演唱》《阿姆斯特朗的成就》；**《邂逅》杂志**：《被忽视的责任》《真正的威尔弗雷德》《难以言表的乏味感》；**《英语文学复兴》杂志**：《安德鲁·马韦尔的变幻面容》；**费伯-费伯出版社**：《〈吉尔〉序言》《〈向北之船〉序》《弗农·沃特金斯》《〈爵事钩沉〉序》；**汉堡 FVS 基金会**：《补贴诗歌》；**《卫报》**：《新刮皮的土豆》

《寒士村》《认识他感觉可真好》；**日本砚友社**：《声明》；**《图书馆协会报道》**：《单枪匹马，未经训练》；**《聆听者》杂志**：《威廉·巴恩斯的诗》《战争诗人》《哈代的诗歌》；**马韦尔出版社**：摘自《聆听 II》的《愉悦原则》；**《新小说》**：《1977 年布克奖颁奖辞》；**《新政治家》**：《大师们的声音》《缺失的椅子》《肤浅与脆弱》《鲍威尔先生的壁画》；**《观察家报》**：《非凡的格莱迪丝》《〈观察家报〉采访》《姑娘们》；**牛津大学出版社**：摘自**《英国研究评论》**第 22 卷的《帕尔格雷夫的终版文选：A.E. 豪斯曼藏本》；**《巴黎评论》**：《〈巴黎评论〉访谈》，©*Paris Review*, 1982；**诗歌书籍协会简报**：《写诗》；**《诗歌评论》**：《恐惧诗人》；**《笨拙》杂志**：《极度精致主义者》；**《旁观者》**：《野蛮的七分之一》《威尼斯狂欢节》《猎逐》《威斯坦怎么了？》《贝杰曼的融合》《远处的车流》；**《泰晤士文学增刊》**：《芭芭拉·皮姆的世界》《蝙蝠侠与飞镖》；**《莱斯特大学评议会综论》**：《莱斯特的早年时光》。

回忆

《吉尔》序言

●

I

美国的一位评论者最近表示[1]：以流离失所的劳工阶级人物作为男主角，是英国战后小说里程碑式的特征。《吉尔》则包含了这项特征的首个例证。如果真是这样（它听起来很像时尚追踪者的评价），这本书或许还能让人们对历史保持着充足兴趣，从而证明它再版的合理性。但话说回来，如果真是这样，我必须申明它属于无心之举。1940年的时候，我们仍然会本能地淡化各种社会差异，而不是加以夸大。我这位男主角的出身背景，尽管是故事不可或缺的一部分，却不是故事的着眼点。

事实情况是，那年秋天的牛津大学尤其不存在这些传统的归类区分。当时战争已经进入第二个年头（美国读者可能需要这方面的提醒）。征兵年限仍然还是二十岁及以上，但大家都知道，过不了多久就该轮到十九岁和十八岁的人了。与此同时，适龄服兵役的本科生最多只能指望学习三到四学期：如果他们希望自己随即成为军官，每周就要用半天时间跟不穿军装的军官培训队员一起操练（过些时候他们再换上军装，并且每周操练一天半）。

当时的大学生活极其简陋。战争前的学习生活模式已经瓦解，在某些方面则是永久消失了。每个人交纳的费用相同（像我们这种情况，是每天十二个先令），吃同样的饭菜。由于英国食品部的规定限制[2]，大学城内几乎完全无法提供堪称丰盛的食品和酒水。学校的各式庆典，例如校庆舞会，在这段时期也始终处于停办状态。因为汽油限量，所以没有人开车。因为布料限量，想穿得风雅入时也很难。我们屋外的煤舱里还有煤，但等到燃料开始限量供应后就很快用完了。我们吃过早餐后就去博德利图书馆预约借书，然后找个地方排队买蛋糕或买香烟，这已经变成了常规惯例。

每个学期也还有新人露面，却几乎没有所谓一年级新生的说法。新老区别也变得很模糊。传统的学生类型，例如唯美派和乐天派，也都被无情地磨灭了棱角。年轻一点的教师们多半在打仗服役，比他们年长的不是过于忙碌，就是居家距离太远，所以没办法和我们接触来往——实际上，这所大学的人经常跟其他学校同一位导师，但他们从来都不会交往碰面。或许最难以表述的，

---

[1] 原注：詹姆士·金丁（James Gindin），《战后英国小说》（*Postwar British Fiction*, 1962）。

[2] 英国食品部（Ministry of Food）成立于一战期间，并从 1917 年 12 月开始实施战时食物配给制度。它在 1921 年 3 月被解散，1939 年 9 月重新成立。英国食品部在实施各类配给制度的同时，也积极组织战时生产，并协助完善英国的食品加工业。它在战时订立的一系列食品供应限制，直至 1954 年才全部撤销。

是对未来几乎全然不知所措的感觉。当时根本不存在所谓迫在眉睫的两难处境：是教书还是当公务员，是投身工业界还是去美国，是做出版还是当记者。这样一来，人们几乎不会产生任何职业理想。国家事态正变得如此糟糕；打赢战争获得和平，显然还是遥不可及的事；费力展望自己在战后的前景，差不多就是在瞎荒废时间。

这时的牛津已经不再是迈克尔·费恩和他那些精美装帧书籍的时代，也没有查尔斯·赖德和他的鸻鸟蛋。[1] 尽管如此，牛津仍然具有一种鲜明特质。温馨感的匮乏，由于愚蠢行为的减少而获得了平衡补偿。[2] 无论在学院典礼还是本科生的铺张奢华程度上，这种状况都有所体现（我还记得自己在战争结束后某一天去牛津，看见有位本科生身披天蓝色斗篷、长发及肩的模样，立刻意识到这一切又重新开始时，是怎样地震惊）。我觉得，这种情况导致我们的视角变得更真实。对于这个年龄段的人来说，矜骄自负原本稀松平常，但一桩桩事情把我们无情地打回原形。

---

[1] 迈克尔·费恩（Michael Fane）是康普顿·麦肯齐（Compton Mackenzie, 1883—1972）小说《恶街》（*Sinister Street*）里的主人公。小说里有书商向费恩推荐九卷本佩特文集的情节。拉金在本书另一篇文章《书籍》（Books）里面也有提及。查尔斯·赖德（Charles Ryder）则是伊夫林·沃（Evelyn Waugh, 1903—1966）小说《旧地重游》（*Brideshead Revisited*，一译《故园风雨后》）里的叙述者。书中有塞巴斯蒂安邀请赖德在午餐时吃鸻鸟蛋的场景。两部小说的故事背景里都涉及牛津大学。

[2] 仿宋字原文分别为法语 *douceur* 和 *bêtises*。

II

我跟诺埃尔·休斯合住一个套间。我们俩先前在第六学级[1]共同度过了两年目无尊长的时光。跟我同一导师的那位同学和我先前并不认识，他是个面色苍白的大块头，说话时布里斯托尔口音很重。他每次只要一发脾气，紧接着就会爆发出怪诞尖利的笑声。诺曼对自己从来不加约束，也不会接受其他任何约束。我们听完九点钟的课回寝室后，如果看见他还穿着睡袍，并且已经错过了约莫九十分钟前的早饭，正在闷闷不乐地撕扯一块干面包，喝着不加奶的茶，那都不是稀罕事。他就算知道我去什么地方做了什么事（或许是听了布伦登[2]关于传记的讲座），也完全打不起精神来："那货就在浪费时间……我比那货强多了。"他眼睛盯着自己的空茶杯。当他准备伸手再拿茶壶倒水时，会把杯中的茶叶渣胡乱泼进炉箅，把本来烧得就不够旺的火苗浇得更小。他还会像发表格言警句一样，郑重宣称："绅士嘛，从来都不喝残酒。"

诺曼一见面就开始着手扰乱我的整体心性和各种念想。关于守时、谨慎、节俭或得体等个人品质，任何表示尊重的做法，甚

---

[1] 英国学生在十一年级结束后参加"普通教育证书"（GCE）考试，此后为了准备进入大学而继续接受两年高中教育，称为"第六学级"（Sixth Form）。学生年龄一般为十六岁到十九岁。

[2] 可能是当时正在牛津执教的英国诗人埃德蒙·布伦登（Edmund Blunden，1896—1974）。

至是言语，都会引来他像米高梅电影片头那只雄狮般的咆哮吼叫，或被他指责为布尔乔亚思想；装腔作势讲求礼貌，会引来他宛如天籁之音的一段合唱假声；装腔作势的善感多愁，会导致他建议你“给它写首诗呗”。有好几周时间，我窘态百出地沿着各条可以预想到的战线进行抗击：好吧，就算它真的虚伪。虚伪也有必要的吧，否则怎么办，如果每个人都……几周过后我就放弃了。诺曼对所有人都这样：这一点并不影响大家喜欢他。确实，他把最好笑的讽刺挖苦都留给了自己。跟我们其他人一样（也许诺埃尔除外），相比值得喜欢的东西，他更清楚自己不喜欢什么。然而，当我们正在调整适应的时候，诺曼却对自己的新环境彻底加以排斥。刚开始时，这一点增加了他对我们的影响力：但随着时间推移，又逐渐让他变得格格不入。实际上，他一直等到战争爆发后跟随教友会[1]的一支队伍进入波兰，似乎才真正开始做自己想做的事。

我们很快就创造出“约克郡学究”这个虚构角色。这是我们诸多偏见的化身。他说话时语气乏味而又贪婪，这个挖苦对象的原型是我们的导师盖文·伯恩。“你们正在接受世界上最好的教育噢，小伙子。”“哎，可是你们必须量入为出呐。”“周日刚跟院长饮过茶——我告诉他我最近正在读他的书。”“永远要抓住机会给人留下

[1] 教友会（The Religious Society of Friends，简称 Friends），基督教团体名称。又称贵格会（Quakers）。

好印象。”“你文章讨论的是哪个剧本？”“《李尔王》啊。你知道吗，我已经写过《李尔王》了。”“好的。”“好的。”这种喜剧形式给诺曼带来的情感宣泄机会很可能比我要多。因为他曾经就读于布里斯托尔文法学校，在已故的R.W.莫尔手底下讨过生活。但是我却已经完全适应了享受奖学金那一年的氛围，也喜欢按照这个模式继续下去。我想象不出我们在盖文·伯恩心目中是什么模样。他当时的健康状态已经挺糟糕（1942年去世），在面对我俩时就像是看待一对白痴乡巴佬，如果要求得太高，可能就会翻脸耍赖。我在本科时接受的最高学术赞誉是：“只要解释到位，拉金先生就能领会内容含义。”

在头两个学期，我们交往的朋友多数是本学院以外的人。诺曼在王后学院有一帮伙计，而我是跟其他的考文垂老友一起，或者跟抹大拉学院的弗兰克·迪克森和基督教堂学院的迪克·基德纳去欣赏晚场爵士乐。不过，圣三一学期[1]刚开始的时候，先前一直在宿舍告示栏旁边随意浏览的诺曼，终于看到一个新名字出现，他立刻欢呼起来。新来的人名字叫艾米斯。

“我有次在剑桥闲逛时遇见过他……他这个人棒得要命。”

“他怎么棒了？”

“他会打枪。”

我没明白是什么意思。直到后来有天下午，我们正穿过灰扑扑

---

[1] 圣三一学期（Trinity term）是牛津大学本科生的第三学期，又称“夏季学期”，从每年的四月到六月。

的一号四方院时，有位金发年轻男子从三号台阶[1]走下来，然后停下了脚步。诺曼立即伸出右手比划成枪瞄准他，嘴里发出一声咳嗽般的短促爆破声，代表枪响了——不是真实的枪响声，而是星期天下午那些九便士影剧院老旧磨损的影片声轨里录制的枪响。

那位年轻男子立刻做出反应。他手捂胸口，痛苦得龇牙咧嘴，又抬起一只胳膊撑住拱廊，然后全身开始慢慢向下瘫软，手指在石柱表面抓挠滑落。眼看他就要趴倒在堆满一地的脏衣服上面了（按照詹姆斯·阿加特的描述，牛津大学洗衣房当时的作息规律是每两周收一次衣服，每三周再送一次。所以这地方通常都会堆满了刚洗好或正准备运走的一包包衣服），却马上站直身体，向我们快步跑了过来。“我一直在练这个，”等我们刚刚互相介绍完毕，他就说道，“听。这是你在山谷里开枪的声音。”

我们俩仔细听着。

“这是你在山谷里开枪时，子弹从岩石上面弹飞的声音。”

我俩又听了一遍。诺曼抑制不住迸发出一阵尖利爽朗的笑声，表明他很赞赏。我却默不吭声。我平生第一次感觉到眼前有个人比我更富才华。

当年认识金斯利的人都无法否认，他主要的过人之处就是这种想象摹仿的天才。这不是BBC《综艺时光》（Variety Hour）节目

---

[1] 一号四方院和三号台阶都位于牛津大学耶稣学院。

里的那种“模仿”技巧（虽然他曾经非常滑稽地模仿过节目里的一名男子，而后者模仿了一辆汽车从羊群当中开过去的场景）。他的模仿，是要用一种最快捷的方式让你领会到某件事有多么恐怖，或是多么乏味，多么荒诞——从同乡发小（“恁瞅这件事哈……恁瞅是咋回事啊”），到爱尔兰男高音（“日破儿西桑，天近黄昏”）、大学社区服务管理员（“请继——续，先森”），还有某位用英语播报东线简报的俄罗斯电台播音员（“十厄门迫击炮”），他能把声音憋得速度很慢很怪异，简直让人无法听懂，然后再突然调整回清晰正常的状态（“阿倍儿倍儿拉嗨弗嗨弗……冯帕卢斯将军”）。随着时间的推移，他的模仿范围也变得越来越宽。他在战后写给我的一封信结尾里说：“见面记得提醒我，我给你表演《恺撒和克里奥派特拉》。”电影始终是他绝妙的表现题材：包括黑帮片（有大量枪战内容），尤其是某一版模仿秀，他把剑桥英语系的老师全都给编排进去了；其次是失业题材电影（大多数是默片）；U 型潜艇电影（“我们击中了！”[1]）；还有亨弗莱·鲍嘉拿手电在地窖里四处查看的电影桥段。战争结束后某一天，金斯利、格雷厄姆·帕克斯、尼克·罗素一同蹓跶着去“羊羔与旗帜”酒馆[2]。这时有位男子骑着摩托车过来，显然跟他们要去同一个地方。他把车停靠在

---

[1] 原文为德语。

[2] “羊羔与旗帜”（The Lamb & Flag）位于牛津的圣吉尔斯街（St Giles’s Street），属于圣约翰学院。酒馆的标识是一只肩扛十字架旗帜的羊羔，象征施洗者约翰。据称哈代在这里完成了《无名的裘德》的主要内容。

不远处马路牙子旁边。当时他已经迈过人行道、朝着酒馆拱门走过去一段路了，金斯利（我估计他这会儿正闲得无聊）开始模仿他的摩托车发动又熄火的声音。那名男子呆若木鸡地站在路中央，回过头来死盯着自己的车子，然后走回去蹲下身检查。几分钟过后他走进酒馆，满脸都写着郁闷。金斯利的压轴戏，则需要极度高超的技巧，我只听到过两次。这个表演里涉及的角色包括三名陆军中尉、一名格拉斯哥的司机，还有一辆抛锚后死活发动不着的吉普车，地点是德国某个地方。我每次听的时候都笑到不行。

从这时候起，我所有的朋友似乎都在大学里出现了。有一张照片是第二年夏天在阳光普照的草坪上拍的。它让我回想起，在我们的日常交流当中，金斯利的那些哑剧让我们了解到多少新东西。趴在照片前景位置的是金斯利本人。他的脸扭曲成了一副可怕的面具，手里还拿着一把无形的匕首。我在附记里写道："日本兵。"不过我忘记起因是什么了。爱德华·杜坎恩正在用牙咬拉一只无形手雷的拉环（《在敌人后方》，金斯利模仿的俄国纪录片之一）；诺曼和大卫·威廉姆斯正在表演"初来乍到"的常规节目；[1] 沃利·威德森的大拇指扣在裤腰上，摆出僵直古怪的姿势（"俄国军官"——这也是《在敌人后方》的一部分吗？）；大卫·怀斯特（"罗马尼亚军官"）则有意表现当时的一种流行说法：每个罗马尼亚列兵的口

---

[1] 原注：这不是金斯利的发明。参见他收录在《彻底吸纳》（*The Complete Imbiber*）里的短篇《2003 干红葡萄酒》（The 2003 Claret）。

袋里，都揣着某一位罗马尼亚长官的口红。其他人则是在表演永恒不衰的黑帮枪战场面。

并不是说金斯利成了我们的主导者。实际上，他在某种程度上还得忍受幽默大师出名后的常见命运：他根本没办法让别人相信他也有严肃的时候。金斯利“严肃的一面”体现在政治领域。在举办“援助俄罗斯周”活动的那些日子里，当锤头镰刀和英国国旗一起飘扬在卡尔法克斯的时候，他成了大学劳工俱乐部《简报》杂志的编辑。他在这个职位上，还出版了我的一首诗。（第二首诗由于不大隐晦地表现了隐晦内容，结果被编委会抨击为“病态而不健康”。）一旦他进入争论状态，会（故意）显得非常惹人气恼。当他遇到那些认为应当搁置政党政治、直到战争结束的人们，情况更是如此。有些时候，他会在同一天晚上成为同一批人开怀大笑和激烈谩骂的目标。这个劳工俱乐部的联谊室位于高街[1]，我去参观过一两次，还在那里喝过咖啡，一直喝到他们收工下班。我对他那些信念的共识程度仅限于此。

我们在爵士乐方面没有任何分歧。吉姆·萨顿和我在家时曾经小规模收集过唱片，并且都带到了牛津（他当时住斯莱德街，后来被发配到阿什莫林博物馆[2]那一带），所以我们可以随时听到自己最喜欢的声音。那时在牛津还不大能够听到现场演奏的爵士乐，直

---

[1] 高街（the High Street，又称 the High）是位于牛津的一条东西向街道。沿街有众多历史建筑，属于牛津大学各学院。

[2] 阿什莫林博物馆（Ashmolean Museum）位于牛津市中心，世界第一家大学博物馆，最古老的建筑完成于十七世纪末期。

到 1941 年牛津大学爵士韵律俱乐部成立，并为公众提供了即兴演奏节目。根据弗兰克·迪克森的建议，我在阿科特唱片店和罗素唱片店（当时还是分开的两家）发现了好些罕见的绝版唱片。我们宿舍里始终会有一台留声机在播放爵士乐，不是在这个房间，就是在另一个房间。金斯利的热情立刻被点燃起来。我估计我们当时用心聆听了大约百十来张唱片。这种早期钻研解剖的激情，人们通常只会留给地位更为崇高稳固的艺术形式。“这就是第二段乐句里苦苦哀求的部分……”“她唱的其实是‘恁么说这意思是……’”“罗素的演奏直接跳到了沃勒[1]的第一节，你从尼克店里选来的那张唱片里能听到。”“贝歇特[2]的技巧真是无与伦比……”“你说这小号是不是精彩绝伦……”“罗素的技法是不是美轮美奂……”罗素，查尔斯·艾尔斯华斯·“小家伙”罗素（1906 年出生），杰出的单簧管和萨克斯演奏家。稍微换个说法[3]，他就是我们的斯温伯恩，我们的拜伦。我们把他演奏的所有唱片都买回来，所有我们能够找到的唱片。而且我们确实还梦想能得到美国科莫多公司[4]出品的同一类唱

---

[1] 查尔斯·艾尔斯华斯·“小家伙”罗素（Charles Ellsworth “Pee Wee” Russell, 1906—1969），托马斯·莱特·“肥仔”沃勒（Thomas Wright “Fats” Waller, 1904—1943）都是著名的美国爵士乐演奏家。“小家伙”和“肥仔”分别是他们的绰号。

[2] 西德尼·贝歇特（Sidney Bechet, 1897—1959）是美国萨克斯乐手、单簧管演奏家和作曲家。

[3] 原文为拉丁语。

[4] 科莫多唱片公司（Commodore Records），美国独立唱片公司，成立于 1938 年。

片。有个家伙刚被征召到国家商船队，就做了一件很出名的事。他在纽约找到了科莫多音乐店。那家“店主”把他介绍给“某个帮忙制作这些唱片的家伙”；没错，斜靠着柜台的那位还真是……很久以后，金斯利承认他给罗素寄过一封乐迷来信。我说真够滑稽的我给艾迪·康顿也寄过一封。我俩心怀戒备地看了看对方。“那你收到回信了吗？”“没有——你呢？”“没有。”

每个学期结束时都会有人离开。有时候这是一种假警报：爱德华·杜坎恩在1942年离校，还从出租车后窗愉快地向我们挥手道别。可是等到下学期他又返校了。原来他眼疾手快地吞下了一枚大头针，而后被飞速送进医院抢救过。但多数情况下他们都是一去不复返。诺曼被分配到炮兵部队。反讽的是他发现，自己所在那个团的食堂到晚饭过后就变成了练习左轮手枪的靶场。金斯利被分配到信号兵部队。他刚去不到一个小时，有位少校就批评他把手插在裤兜里。周围的朋友仍然很多，但同龄人却越来越少。我跟一年级新生断了联系。听别人说，他们当中有个“名叫韦恩的人”[1]。许多年过后，约翰告诉我说，我俩在这段时期的交情，仅限于有一次吃午饭时短暂而激烈地讨论过阿尔伯特·艾蒙斯的《布吉舞曲》[2]，还有

---

[1] 英国诗人、小说家与批评家约翰·巴灵顿·韦恩（John Barrington Wain, 1925—1994），他在牛津时曾就读于圣约翰学院。

[2] 作品原名为“Boogie Woogie Stomp”。

乔治·克雷布[1]的诗歌。果真如此，当初我可谓错失良机。

尽管如此，我在最后一学期临近时遇见了布鲁斯·蒙哥马利。这多少有些出乎意料：在一大堆攻读人文专业的本科全修生里，友谊往往不邀而至。但是从另一方面看它又并非如此：布鲁斯兼具了多国现代语言—演出剧场—古典音乐—兰道夫酒店的混合格调，这与我格格不入。当然，我以前和他遇见过几次，但几乎从未想到他是本科生。他跟我这样的本科生不是同一种感觉。他佩戴防空队员徽章，手持一根拐杖，傲然往来于学院楼（文学专业区）、兰道夫酒吧和威灵顿广场住宅构成的三角区域之间。他在第一年里跟阿兰·罗斯一起上过导师辅导课。他们注意到导师上课前的第一个动作是给桌上的一只小闹钟拧紧发条。有天早晨他们趁着导师迟到，替他把给发条拧紧了。这导师是一位精力旺盛的人，所以我至今都能理解那天为什么会出现灾难性的后果。不过这时阿兰早就参加海军去了，而布鲁斯跟我一样，算是某种幸存者。但我并没有因此在他面前变得更自在。他像“奥斯丁先生”一样，有一台大钢琴；他还写过一部名为《浪漫主义与世界危机》的书，起居室墙上的一幅画也是他自己画的。他是技艺娴熟的钢琴演奏者、管风琴演奏者，甚至还会作曲。那年复活节假期里，他花了十天时间写作，使用J型笔尖和银质笔杆，写出了一部名为《镀金苍蝇案》的侦探小说。

---

[1] 乔治·克雷布（George Crabbe, 1754—1832），英国诗人、医生与神学家，主要作品有《村庄》《教区纪事录》等。

这本书在第二年以艾德蒙·克里斯平的名字发表，而他从此展开了多项成功事业里的一条新途径。

然而，在这令人生畏的外在形象之下，布鲁斯还有不易被察觉、极其轻率可笑的地方。我们很快熟络起来，大部分时间都坐在酒吧高凳上聊天，笑得东倒西歪。没错，我并不觉得温德罕姆·刘易斯多有意思，可他是布鲁斯当时最喜欢的作家。我对《伯沙撒王的盛宴》[1]的赞赏始终有所保留，但是很愿意读约翰·迪克森·卡尔、门肯和《同情女性》[2]。作为回报，我给他播放比莉·霍利戴[3]，还劝他扩大一下经常光顾的酒馆范围。有天晚上，学监闯进了其中一家酒馆，我被学监的助手们在侧门那边抓住：可是，布鲁斯只是信步迈入貌似后厨的某个地方，对里面那位熨衣服的人道个歉，然后一直等到风波结束后才出来。后来他责备我："你究竟什么时候才能学会主动出击呢？"

我有时候疑心布鲁斯究竟有没有对我形成了一种奇妙的创意刺激。我们在此后三年里接触颇为频繁，而我的写作也体现出空前绝后的连续性。即使在最后一学期，差不多再过几周就要期末考试的时

---

[1]《伯沙撒王的盛宴》(*Belshazzar's Feast*)是威廉·沃尔顿(William Walton, 1902—1983)创作的清唱剧。典出《圣经·旧约·但以理书》。

[2] 约翰·迪克森·卡尔(John Dickson Carr, 1906—1977)，美国侦探小说作家；亨利·路易·门肯(Henry Louis Mencken, 1880—1956)，美国记者、讽刺作家、文化批评家与学者；《同情女性》(*Pitié pour les femmes*)是亨利·德·蒙泰朗(Henry de Montherlant, 1895—1972)在1936年创作的《年轻姑娘们》(*Les Jeunes Filles*)系列小说第二部。

[3] 霍利戴(Billie Holiday, 1915—1959，一译哈乐黛)，美国著名爵士歌手与作曲家，人称"戴夫人"(Lady Day)。

候，我已经开始着手写一部无法归类的小说，并且命名为《柳墙风波》[1]。布鲁斯和狄安娜每天深夜从纳庇尔勋爵大楼[2]里回来后，都会去读它。或许他丰沛而睿智的伊壁鸠鲁式享乐精神是我亟需的催化剂。

III

《吉尔》其实是那年秋天开始动笔写的。当时我二十一岁，花了大概一年时间。它在1946年出版时，并没有引发任何公开的评论。金斯利那时已经回到牛津。他写信说他非常喜欢这本书，还说书页装帧让他想起了《信号培训手册：电报与电话通讯》，或可能是《西塞罗演讲集》。后来他告诉我说，他在考文垂大街某家店里见到过一本，就摆在《赤裸不羞涩》和《穿高跟鞋的伊夫妮》中间。

1963年我再次通读这本书的时候，略做了一些删减，但什么都没有增加，也没有改写。除了间或增添一两个词汇，并少许补充略微有碍风化、初版时被出版商剔除的内容。我希望，它在将来仍能配得上那一份依照传统习惯而惠及少年之作的厚爱包容。

1963

[1] 作品原名为*Trouble at Willow Gables*，拉金在牛津大学读书时以Brunette Coleman的女性笔名，并以女子寄宿学校为背景创作的一部中短篇小说。2002年由布斯（James Booth）整理出版。"柳墙"是寄宿学校的名称。

[2] 纳庇尔勋爵大楼（Lord Napier House）位于现在的牛津大学格林坦普顿学院（Green Templeton College）。

IV

十二年过后，[1] 当我再次看到这篇序言以及它所介绍的故事，不禁为这个故事被越来越多的人称为历史文献而感到吃惊——不仅是因为那些明显之处，比如说约翰认为两周有一英镑的零花钱就足够了，等等，而是因为它记录了一种业已销声匿迹的牛津生活模式本身。如果换作现在，克里斯多弗和他的朋友们就不会费神去穿戴学生袍服，或担心学监们在权力范围内的滋扰折腾，伊丽莎白的来访时间也不会限定在下午两点和晚七点之间。对于已经真正搬进大学住的姑娘们，今天的学校主管据说已经佯装不知，他们知道如果进行规范约束，就会引发抗议。确实，由于女子大学的名额有限，有些男校已经开始招收女生。实际上人们都在疑心，大学制度还能否维持下去：一批又一批笃信社会主义或半吊子社会主义的政府已经大幅削减了大学依靠投资或证券而获得的收入。大学住宿区所面临的人工费用和其他开支上涨，同样也在造成损害。更有甚者，实际上没有人想住在这里面：教师和学生都更愿意一边有家庭生活、房子和太太，另一边则是公寓和情人。最后，左翼力量激起的怒火正努力将牛津全体学生联合成同一股政治力量，这股力量将对大学制度以及它的本源精神满怀敌意。最近有一位先前跟我同学院的校友说，他估计十年以后就会发生状况。

---

[1] 原注：以下部分是《吉尔》在美国初版时的添加内容（1976）。

我最初写出类似序言时的想法，是要表明我本人的牛津生活跟小说主人公颇为不同。然而，这么些年过后，我可以看到我在某种程度上已经和他感同身受。有位作家说，后一代的牛津学生喜欢我的诗歌，因为他们“发现了一种声音，而这种声音的表述对象，是那些正在经历痛苦转变，从小资产阶级变成了上流资产阶级的人”。尽管这句话里包含了进取的意味，所以颇让人受用，但我觉得现在应该对它予以否认。感谢我父亲的慷慨大度，我的教育在任何时候都没有占用过公用资金或其他资金来源。我的生活态度跟1940年几乎毫无二致——我是资产阶级，这毫无疑问，但既非上流，也不是小资。也许这样的结果是，我可以就此被赋予更大的想象能力，从而创作出我的男主角。

最后再说一句，既然这本书最初的出版商已经去世，那么我不妨解释一下：很可能正因为他的显著影响，《吉尔》才能在考文垂大街的那家商店赢得一席之地。雷金纳德·阿什利·卡东，这位神秘莫测的人物，整个三十至四十年代都在福琼出版社（Fortune Press）担任社长。他把自己的出版活动区分为两类：一类是诗歌，另一类是当时被认定为色情读物，通常带有同性恋意味的作品。在我这本书护封上打广告的其他书名，都是《向上爬的男孩》《野蛮男孩》《一个男孩的青涩日记》等。他在前一年出版过我的一部诗集（他的出版目录里还包括狄伦·托马斯和罗伊·富勒）。后来我有些自暴自弃地扔给他这部小说，是因为当时好像没有哪家出版商对它感兴趣。他肯定没读过作品就同意出版了，因为后来印刷厂的人拒绝排印，似乎让他吃了一惊。我们唯一一次见面，就是在维多利亚车站旁边某家茶馆里谈论这件事。他当时言之凿凿地对我说：要是被人以淫亵罪告上法庭，那可“不是闹着玩儿的”。（为了出版这两本书，我只付过这杯茶水钱。）不管怎样，当时在诗歌稿酬比普通稿酬更低的情况下，作为此类著作的出版商，他值得这一时期的文学史为他留下一笔附注。如果有人要写福琼出版社在四十年代，还有范特西出版社和马韦尔出版社在五十年代的各种壮举，以及它们对英国诗歌的影响，那将是一项有意思的研究。我刚刚想到，我很可能是在这三家出版社都出过书的唯一一位作家。

1975

《向北之船》序

●

I

如果不是因为已故的威廉·贝尔，如果当年这位默顿学院的本科生没有准备制作最终被他命名为《战争时期牛津诗歌》的合集，《向北之船》很可能就不会出版。在 1941 年那一版绯红与黄色封面的《牛津八诗人》问世之后，牛津大学的诗歌据称再次呈现出上升趋势（凯斯·道格拉斯、西德尼·凯耶斯、约翰·希斯–斯塔布斯、德拉蒙德·艾利森等人）。这时候贝尔无疑认为，再次召唤聚集诗人的时候到了。他编录的合集在 1944 年出版，其中包括第一辑里的艾利森、希斯–斯塔布斯和罗伊·波特，还有贝尔本人、弗朗西斯·金、我、克里斯多弗·米德尔顿和大卫·莱特这些新名字。我不知道第二拨名单里有哪些曾经入选过精装书籍，而我当然是头一回。

不过在这本书问世之前，正在准备筹印的出版社社长给部分入选者写了信，问他们是否介意交付自己单独的作品集。这家出版社的规模虽小，但在当时颇有名气。我收到的那封信使用了优质信纸，签名是一种难以辨认、宽笔尖的草书字迹：我觉得受宠若惊，于是在我父亲那台老式的便携式安德伍德打字机上打印出三十首左右的诗。出版商看来比较喜欢，说他可以在明年初付梓，这样“或许在二月份的时候书就做好了”。由于当时已经临近十一月底，所以我立刻激动得不行。不过我当时肯定要求避开过一些合同条款（根据《作家与艺术家年鉴》里的回忆内容）。因为我在一个月后收到另一封信（圣诞节前两天），信里向我保证，没必要非得在这方面达成一致。

现在再看这部诗集，似乎有些令人称奇：有人居然在不提供一张预付支票、没有紧催慢赶百般胁迫的情况下，就答应要出版它。不过，当时我眼里的情形并非如此。当出版日期从二月变成三月，从三月又变成四月。我对原先允诺有六本赠书的期待，在心急火燎的心态下积聚成愤怒，最后变成了无动于衷：我在查看当年记录时才惊诧地发觉，他们在我发出打印稿以后，足有九个月（1945 年 7 月 31 日）才出书。这就彻底表明我最终为什么会相信自己的臆想，以为已经等了十八个月，甚至是两年时间。我在查看这些记录时满心愠怒。

这可能并不是首次出版作品的最佳方式：我在牛津的朋友布鲁斯 · 蒙哥马利，正在以艾德蒙 · 克里斯平的笔名给葛兰兹出版社写小说。[1] 此外劳特里奇出版社已经跟凯耶斯和希斯–斯塔布斯签约。不过，我总算能跟狄伦 · 托马斯、罗伊 · 富勒、尼古拉斯 · 莫尔和

[1] 蒙哥马利以克里斯平（Edmund Crispin）的笔名创作了吉尔维斯 · 芬（Gervase Fen）系列侦探小说。小说里虚构的业余侦探正式身份是牛津大学的英语语言与文学教授。

其他名人忝列同一份出版名单。书籍的制作也足够精良，几乎没有错印内容。最主要的是，它无庸置疑已经在那里，是明确实现了的追求目标。不过它能算是吗？当时的感觉，就跟现在一样。每当我仔细思忖，难免会感到一种微弱或强烈的痛楚，是羞耻与失望的混合。这种感觉，部分原因是书籍内容所致，但也不全是：我觉得自己在某种程度上被人骗了。我说不清具体情形。但他们从来不提二月的约定，这真是遗憾。

II

回过头来看，我在这些诗歌里找到的，并不是哪个已被抛弃的自我，而是好几个——前中学生的自我，在他看来，奥登就是“老套”诗歌之外的唯一选择；大学生的自我，他的作品被某个朋友吹捧描述为“狄伦·托马斯的手笔，但你却有一种独到的愁绪”；还有那位牛津刚毕业的自我，离群索居在什洛普郡，守着从当地女子学校偷来的一整套叶芝。这种对于风格的追寻，只是处于某种常见的不成熟状态的表现。或许还可以找个托辞说，对于初习诗歌者而言，战争年代是一个不利的时机。但实际上当时几位主要诗人——艾略特、奥登、狄伦·托马斯、贝杰曼——全都在发出响亮清越的声音。除非是判断失误，否则没有理由纠缠在《诗歌季刊》和《伦敦诗歌》这些层面较低的刊物里。我的同龄人也没有经历过类似的磨难。我记得有一天在布莱克威尔书店浏览某一期《彻韦尔河》杂志时，不经意看到约翰·希斯-斯塔布斯的《雷波莱洛》：我立刻就陷入极度迷茫。我从未听说过雷波莱洛，而且这首诗算哪种类型——他在模仿谁的作品？他的朋友西德尼·凯耶斯也不让人更省心：他在跟历史对话时，可以像有些人对门房说话那样。他提到的名字，例如席勒、里尔克和吉尔斯·德雷兹，让我希望自己能够读一些比英语语言和文学更具挑战的作品。他目光犀利的棕色眼睛给人印象至深：我有一天在图尔街遇见了他。那时地上还有积雪，而他戴着一顶俄式的皮草帽。他停下脚步，所以我估计我们肯定彼此都认识，所以现在得聊两句——也就是说，如果我们还有什么可聊的话。我现在只记得，当时我们什么也没聊。

这部诗集里彰显出叶芝的风格，这一点值得稍加解释。1943年弗农·沃特金斯[1]访问英语俱乐部，随后又驻留在附近的一家空军基地。他满怀激情而不容置疑地向我们大肆灌输叶芝的诗歌，尽管到最后他根本没来得及念完讲话稿，而会议主席只好强行宣告他的演讲到此结束。弗农的最后一项举动，是给我们这些坐得最近的人分发自己刚才引用的诗集，然后就兴高采烈地消失在门外的黑夜里了。这个夜晚给我留下的印象极深。在过后几周，我的任务就是回收他借出去的这些书，再把它们拿到布拉德韦尔还给他。这些书

[1] 弗农·菲利普·沃特金斯（Vernon Phillips Watkins, 1906—1967），英国威尔士诗人、译者与画家。

里有许多是库阿拉出版社[1]的限量版，而叶芝晚年著作那时还很少见。弗农那时跟某个名叫布莱克伯恩的住在一起，那人养了头山羊。再见面时，弗农给我念了洛尔迦[2]。

这段经历导致的结果，是我在后来三年时间里一直努力写得像叶芝那样。这并不是因为我喜欢他的性格人品或知晓他的理念，而是因为迷恋他诗歌里的音乐感（我想这个词是弗农用过的）。说句公道话，我必须承认，它是一种效果格外强烈的音乐，像蒜味儿一样四处弥漫，而许多更有才华的人都毁在它手里。其他人都觉得它很乏味。我还记得那天晚上布鲁斯·蒙哥马利插嘴打断我的情景，当时我正在用低沉的嗡鸣声音第三遍或是第四遍地朗诵着“当我就这样抛开忧愁 / 如许之多的甜美涌入胸口……”，“他应该做的不是抛开忧愁，而是请求原谅”。不过那时布鲁斯已经知道查尔斯·威廉姆斯了。每天晚饭后我打开自己那部巨大的暗绿色草稿本，经常要做的预热准备，就是翻开那册梅红色的 1933 年麦克米伦版的叶芝诗集。我一直读到了《一位年轻而衰老的女人》。这也就意味着，其实我从来没有汲取过他晚年那些更加凌厉的诗歌内容。这从我的作品内容里也可以体察到。

---

[1] 库阿拉出版社（The Cuala Press）是 1908 年伊丽莎白·叶芝在威廉·巴特勒·叶芝支持下成立的爱尔兰私营出版社。它在 20 世纪早期叶芝等人倡导的“凯尔特复兴”运动中起到了重要作用。

[2] 费德里科·加西亚·洛尔迦（Federico García Lorca, 1898—1936），西班牙诗人、剧作家、戏剧导演。

它的反作用力来临时，则显得波澜不惊，而影响却彻底持久。1946 年初，我有了新的栖身之所。它有一间窗口朝东的卧室，所以我每天大清早都会被阳光照醒，感觉很不舒服。这时我通常会找本书看。当时我床头摆了一小册蓝色封面的《托马斯·哈代诗选》：当时我只知道哈代是位小说家。至于他的诗歌，当时我完全认同利顿·斯特莱切[1]的裁判结论："这种阴郁无法通过字词间的一丝优雅而稍加缓解。"这个看法并没有持续多久。如果要问我，它是什么时候消失的话，我想应该是第一次读到《关于菲娜死讯的忆想》的那天早晨。很多年以后，让我吃惊的是，弗农说狄伦·托马斯在本世纪所有诗人里对哈代最为称颂。"他觉得叶芝是最卓绝伟大的诗人，"弗农说道，"但哈代是他的挚爱。"

III

这部书最仁慈、堪称唯一的批评家，是"空军上士沃特金斯五世"。他在士兵食堂里写的那篇评论，真是不吝鼓励（我先前是否回忆过他引用叶芝的那则轶闻"我始终在鼓励，始终如此"？）他最严厉的谴责，只留给了一两首诗作，而且"并非最终看法"。他还补充道："昨天，我销毁了大概两千首在我目前看来毫无意义的诗。"虽然有这样的暗示，尽管我也相当犹豫，但这本书还是再次

[1] 利顿·斯特莱切（Lytton Strachey, 1880—1932），英国作家、批评家。

付印，因为现在似乎仍然还有相应需求。我改掉了两处误印的内容和一处语病。作为诗集的尾声，我增添了一首诗。它大概是一年过后写的。尽管它并不比其他诗作明显好多少，却表明了凯尔特的体热[1]消退过后，一位病人的熟睡情形。

1965

[1] 指叶芝为代表的诗学影响。

单枪匹马，未经训练

1943年秋天，劳工部来信问我最近在做什么。我原本想回信说：我刚上完大学，读完英语文学专业，目前正在家里写小说。但我随即做出正确判断，发觉这种问询不亚于一种警告：最好还是赶紧找些事情来做。我翻出当天的《伯明翰邮报》（那年头我们订阅的报纸），很快发现了一个小城市的地方议会招聘图书管理员的广告。工资每年一百七十五英镑（外加日用津贴，依照惠特利工资标准[1]，男性是四十五英镑十先令，女性是三十六英镑八先令）。工作责任范围是“借阅图书馆（向公众开放）的每日常规运行，以及浏览室监管任务”。

我翻查了一本地名词典，发现那座城镇距离某位大学朋友最近任职的学校约有十二英里。他在那里担任临时助教，当时也在创作一部小说。这貌似是吉兆，于是我就提交了申请。在规定日期内，我收到了要求参加面试的通知。我想了想，觉得还是要找些东西看，了解一下对外开放的图书馆究竟怎样运营。本地图书馆有一位很友善的高级助理馆员，她非常好心地花费了一上午时间告诉我怎样订购图书、怎样入库登记和编排目录，然后给了我几小袋单独的标签条，是图书外借后塞入借阅者卡片档里用的。“明天再来吧，”她说道，“我跟你说说馆际互借的事。”

我父亲不动声色，笑盈盈地递给我一本绿色封面的调查报告。报告出版的时间是前一年，标题为《大不列颠公共图书馆体系》。我在 11 月 13 号把它带上了火车，参加面试的那一天。外面的雨水拍打着车窗玻璃，我看到作者寥寥几笔就概括了数家服务于两万到三万人口的图书馆典型代表：“建筑古老，库存单调，没有像样的传统来支持……管理方法古老陈旧，包括还在使用颇为肮脏的检索指示卡［这是啥玩意儿？］……工具书阅览室里的全部家当，是两小架相当无用的物件……”关于“I”类图书室的记述，也格外让人心惊胆战：“儿童书籍甚至比提供给成年人的书籍还要污秽得多。没有像样的借阅台；单枪匹马的图书管理员完全未经训练。”当时我猜想，自己刚刚提交申请的地方当局，它所在地区人口数量比这地方还要低：那里的图书馆会不会更糟糕？可以肯定的是，它准备招收的图书管理员看上去就像是单枪匹马，而未经训练的程度几乎也是无人堪比。

麦克柯尔文先生，也就是我刚才引用的这几句犀利话语的作

---

[1] 即英国联合工业协议会（Joint Industrial Council）制定的薪酬参照标准，又称惠特利协议会（Whitley Council），得名于相关政策的早期推动者约翰·亨利·惠特利（John Henry Whitley, 1866—1935）。英国不同行业分别有各自的协议会，主要是协调雇佣关系双方，尤其是作为雇主的政府部门与受雇职员之间的薪酬权益关系。最早的协议会成立于 1919 年，多数成立于二十世纪二十年代和四十年代。

者，他这番话其实已经客气得不能再客气了。我提交申请的那家地方议会，此前曾征引《图书馆法案》，建造起一座图书馆来庆祝爱德华七世的加冕。这是一座朴素的两层楼建筑，有一间阅览室，一楼有锅炉房，还有一个借阅馆，楼上另有一间基础级的办公室兼参考书阅览室。图书馆漂亮的正面石墙上铭刻着"公共图书馆"的字样，还记录了它成立的原因和时间（我记得年份是 1903 年）。伍尔弗汉普顿市一位破产书商的儿子，被任命为图书管理员兼守门人。最令人吃惊的是，当我四十年后出现在这里时（因为我的求职申请通过了），几乎一切都没改变。那位管理员兼守门人仍然还在。他现在已经是一位年龄不低于七旬、气宇轩昂的老先生，在屋里还戴着帽子，而且时常漫不经心地擤鼻涕，就好像有人在远方奏响了长号。多年以来，除了本职工作，他每天早晨还要擦洗地板，再给锅炉生火，而且原本可能以此终老。他离职后从没到图书馆看过书。我后来只见过他一次。他在闭馆后过来串门（"有人在吗？是老混蛋来啦"）。我们一起聊了会儿天，主要是说他养老金怎么不够用，还有他的葬礼安排（"我已经告诉老婆了，让她留在家里喝点儿威士忌"）。我惶惑不安地联想到，自己将来的生活是否也会跟他差不多。

1903 年的时候，图书馆当然仅限于内部使用。到了三十年代，它开始努力改进运营方法，以期变得现代化，并向读者敞开大门，还新建了借阅台。馆里甚至还购入了一册刚出版的杜威著作。在其他方面，它仍然保持着古老面貌。那个锅炉虽然不需要我每天去生火，但我得给它添煤。暖气片几乎没办法烧热，怎么看都像是安错了位置。这幢房子里唯一的温暖来源是煤气灯。它们只能用长蜡烛点亮，而蜡烛油容易滴得满地板都是。我在学会怎样处理这种事之前，自己经常被滴落一身。馆里没电话。存书量总共约四千册，其中三千册是小说，其余的则是非虚构类和少儿读物（小孩子可以进馆，对于我的前任来说是一个沉重打击）。书架非常高，但饶是如此，仍然还有好几摞蒙着厚厚灰尘、撤架很久的书籍堆放在架顶上。我真希望自己先前能把这些书和目前的库藏记录得再详细些：总体来说，它就像十九世纪晚期和二十世纪早期小说广告页的画面复活过来一样。一大批读者都是老年人。他们觉得爬楼梯挺费劲，但还是打算克服困难，到这里来阅读亨利·伍德夫人、弗洛伦斯·L. 巴克莱、西拉斯·K. 豪金、罗莎·N. 凯瑞和其他许多人的作品。[1] 其余的或是小孩子，或是满怀希望的成年人，其中有些是从外面来的陌生人，他们已经习惯于接触到更好的东西。

我的日常工作首先是收拾当天的报纸杂志，把它们及时摆放到阅览室，再在上午 9 点对外开门。然后我就撤退到闭架借阅处去处理邮包。工作虽然不起眼，但还是要一张张填表申请馆际互借，再把一本本要归还的书籍打包寄送（幸运的是，邮局就在图书馆正对面）。在这以后，直到下午 3 点到 5 点对外借阅“轮班值勤”开始之前，这段时间都属于我自己了。房东太太真心不愿意起早生火取

---

[1] 以上列举的都是英国十九世纪末、二十世纪初的畅销小说作者。

暖，于是我就到馆里写小说，吃完午饭后再带回家继续写。晚上6点到8点时我再值一次班，把图书杂志放回书架，并及时理清事务，再在8点半关闭阅览室。这样一天过得很漫长，从某些方面来说挺累人。刚开始做的时候，我的记录里有一周是在二十小时内借出了九百二十八册书，换句话说就是每七十七秒钟一册——也许不算太多，但我还有同等数量的一批书籍要归架，而有些书架只有爬梯子才能够得到。刚开始上班时，因为连续不断地给图书盖章，我的一只手都磨出水泡来了。

显然，无论是馆藏还是人员配备，相对于读者的潜在需求，甚或是切实的需求来说，这家图书馆的基础条件根本就不完备。与此同时，想要找到解决办法也有难度：有难度，是因为我实在不知道怎样跟市议会周旋。比如说，要求再任命一两名助手，把购书拨款额翻一番，或增加两倍（我觉得，当时其实并没有这种款项）；或是给图书建档做目录，完成大楼设施的现代化，等等。另外，就算我知道怎么做，考虑到当时正处于战争状态，估计也拿不到钱来做事。好在图书馆的管理委员会对我很是理解同情。委员会主席是一位态度友好、具有前瞻眼光的学校校长。他们做了自己力所能及的事情。书架上开始出现新书（我听到有人说我“把图书馆里装满了脏书”——不是麦克柯尔文定义的那一类“脏”书，而是劳伦斯、福斯特、乔伊斯、衣修伍德等人的作品）。一年九个月后我找到了一位助手，这样借阅室在上午也能够“轮班值勤”了。读者人数扩大到原先的两倍。借书量也同样增长，从每月三千册到了六千册。我上班后最夸张的增长数值，是馆际互借数量。它从我刚来时的年均六十八册发展到我离职当年的四百九十九册：这些书主要是借给了第六学级的学生，还有那些专业兴趣明确、正在学习课程的读者。大多数书籍来自于规模庞大、慷慨襄助的伯明翰各市属图书馆。那时 H.M. 卡什莫尔正担任这几家图书馆的主管。他是众多馆长里最不知疲倦的通信者之一。我几乎没有哪天不收到他的一封亲笔签名信。信里会纠正某一份申请表里的细节问题，或是指出哪一包书捆得不结实。我后来遇到的其他图书管理员都跟我确认过相同的经历。

当然，我在的这家图书馆原本应当纳入郡县公共体系，而郡县部门也急于完成这件事：它先前已经给我们发送过大约三百册流转书籍，每隔几个月再更换其中一部分。单凭这部分书，就足以让读者不至于毫不动心。不过，由于本地市议会已经在 1901 年左右通过《图书馆法》，所以郡县部门无法将它强行收并。颇有一些热爱当地的居民认为，既然有“那个新来的年轻人”，图书馆还是能够提供妥善服务的。当然各项改进措施正在落实：大家做的每一件事几乎都算改进（我在早期的一则报告里陈述说“本馆已将《泰晤士文学增刊》和《泰晤士教育增刊》正式列入待订阅名单”）。在人们如饥似渴地阅读图书的那些年代，读者反响如此热烈，以至于我不断争取订购更多的读物，但跟当时的需求相比，能做的事情其实很少。我用写小说进行自我安慰（第一部已经完成，第二部已经开始）。为了获得图书馆协会的资质证书，我还进修了一门函授课。

我在馆里的任职时间总共持续了两年零三个季度。我离开后三年左右，市议会实际上也放弃了管辖权，而“我的”图书馆也变成了郡县图书馆的一家分馆。最终它获得重新改造和扩建，并在1962年成为主馆。让我惊讶的是，我还受邀主持了它的落成仪式。通常我都会避免类似差事，可是这次邀请意味着相关人士未曾认为我当初的所作所为属于理应忘却的不幸往事，所以我感到特别欣慰，就愉快地答应了下来。建筑师的工作卓有成效，因此根本看不出原先某个地方还有锅炉房，也看不到那些狭窄楼梯，或布满蛛网、脏兮兮的盥洗室。我那位年迈的前任曾经用铅笔在墙上写下一系列的日期数字，是某品牌的药剂生产编号，还有一个看似“马莱山”的名字。新图书馆是错层设计，显得颇为华丽。它现在已经拥有像样的馆员工作区，一间音像室，一个单独的儿童图书室和一部运书直梯。

我在聆听别人讲话时（其中有我的老上司，他仍然还担任委员会主席），思忖自己究竟何德何能，可以出席这次庆典。我不曾取得过任何恒久的成绩：与郡县图书馆体系的合并，只不过稍许推迟了几年，而且可以说，是我让这件事变得势所难免。我发觉自己心里惦记的还是一个个单独的读者：我介绍他看福尔摩斯的那个男孩；派遣信使取书的那位老夫人，我至今还保留着她最后送来的字条：“由于视力日渐衰退，我决定不再成为‘免费图书馆’成员。请接受我诚挚的谢意，感谢您在过去数年间为我热心挑选书籍……”另外还有些人，比如说圣诞节送过我十盒“寇金特”香烟的女士（苏格兰合作批发协会[1]的产品）。我还想起了目前那些知识渊博的“毕业见习生”。他们先在大学图书馆工作一年，然后再到图书馆专业学院学习一年。我进一步猜想，现在究竟有没有图书馆还像当年此地的落后面貌。或者说，现在还有没有图书管理员在刚任职时就像我当初那样毫无资质。如果没有的话（因为这种可能性似乎很大），那么，这无疑是我回想往事时的最大慰藉。

1977

[1] 苏格兰合作批发协会（the Scottish Co-operative Wholesale Society），1868 年成立。协会的主要任务是采购或生产货物，以便提供给各地的零售协会组织。

莱斯特的早年时光

●

我在大学学院[1]图书馆开始工作的时间是 1946 年 9 月 9 日。对于我来说这是一座全新的城市：我姐姐以前就在艺术学院上学。德国人往市区丢下薄壳弹的时候，她确实还在维多利亚公园的基督教青年旅馆里住过（我刚来时那个弹坑还在）。我有位远房堂兄，名叫约翰·卡斯伯特·拉金。他从什鲁斯伯里过来担任韦杰斯顿男校的校长，正好这时候我也从十二英里外的威灵顿过来。虽然我先前听说过阿德莱家居店、密德兰文教用品店和德莱厄手工商店，但我还是得熟悉一下周边的环境道路。头三个月我和我姐姐一起住在拉夫堡，后来在伦敦街找到了一个可以俯瞰公园的房间。有轨电车轰隆隆一路碾压着经过这里到达石门（1949 年所有电车停驶）。房间位于楼顶（这种环境对于我来说很熟悉：我的工作经历里有多半时间都住在顶楼——我现在还住顶楼）。顶层的电源线路让人极不放心，一旦它出现故障，我这位置可就没什么好羡慕的了。令人开心的是，虽然楼顶这一批群租单间的负荷超载程度经常高得可怕，却没有出过问题。

整个大学学院都被容纳在它最初的那栋大楼内（现在，我估计它已经改名为菲尔丁·约翰逊大楼了)。铜质门铃按钮的下方有一个小铜牌匾，写着“大学学院，莱斯特有限公司”。因为尽管它最近被列为大学拨款委员会的受益方，却仍然是一家有限公司。大楼原来是做疯人院用的，这已经众所周知。尽管如此，一览之下，这座楼还是极其漂亮。它的主室宽敞优雅，而侧翼构造出于某些明显原因却采取了小单间的形式。图书馆里的这些小房间，则构成了某种基础样式的研习室。图书馆占据了二楼半边的 L 形侧翼，下面就是物理系：它的入口位于主廊道的尽头，这条主廊道贯穿了整个楼宇的中央部分。

学院 1945 到 1946 年度的经常性拨款是一万两千英镑；“显然将来还会有所增长”，这是学院年报的预测。我很愿意把自己视为它的一分子，但其实我是被安排来替代莱拉·毕晓普的。她正准备调到雷丁大学图书馆。我对馆长班奈特小姐一直很感激，因为她冒险尝试选用了一位看起来不可能有什么出息的应聘者。她唯一的规限，就是要求我继续利用业余时间拿到职业资格认证（那年头这样办事还是有可能的）。说真的，二十世纪中叶所有那些大学学院，应该无限感激它们的各位女馆长，莱斯特的班奈特小姐、南安普敦的亨德森小姐、雷丁的柯库斯小姐，赫尔的卡明小姐！她们在人员不足、设备缺乏、资金紧缺的情况下，一路奋战熬过了饥荒岁月，

[1] 即莱斯特大学学院（University College, Leicester），1957 年成为莱斯特大学（University of Leicester）。

而且从不认为哪件事做起来会有失身份：她们负责订购书籍、验收登录、编目、归类、移交流通、记录图书去向、找人装订，以及其他一切可能要做的事。单凭这些书籍的数量，可能就会（也确实会）让后任的馆长望而生畏。图书馆全体职员包括班奈特小姐、莫莉·贝特曼还有我自己。我们在开课期间的每周工作时间是六个上午、三个下午和一个晚上（晚上 7：15 结束）。我们轮班为读者提供服务，给图书重新上架，中途挤出时间按照中世纪的方式给需要入馆的书籍编目。每一张卡片都要手工抄写。我的工资是三百五十镑。1947 年上半年涨过一次工资——每个人工资都有上涨——我的涨到了四百五十镑。

我上班第一天上午验收登录书籍时，往总目录里增添了 E. 刘易斯·利里藏书的一部分。利里博士是一位音乐爱好者，他把自己那些精彩的乐谱和书籍藏品都陆续捐给了学院图书馆：他的藏书票上有一句双关的引言："羊肠竟然能够将人的灵魂从身体里拉出来，这难道不是很奇怪的事吗？"[1]我在干活时，莫莉就在旁边盯着看，无疑是在评估我的字迹书法。她后来告诉我说，她在剑桥大学图书馆上班的第一天，有位老馆员也是同样地看着她，十分钟过后，才细声细气地问她钢笔是否合用。当时剑桥的标准肯定严格得不得了。图书馆没有打字机。1948 年我从市面上花三十镑买了一台二手货，馆里给我报销了费用。莫莉小姐的所有信件都是亲笔手书。后

[1] 这里的羊肠是指羊肠弦，意指使用羊肠弦的乐器演奏音乐让人浑然忘我的意思。

来我和利里博士也成了熟人：他使用绿色的墨水。他在借书登记卡上的签名（我们当时使用卡片而不是借书条），会让伊丽莎白一世的签名也显得像是公立小学用的铜版体。我们午餐时去伦敦街一家名为“闲谈者”的小饭馆：我相信它还在那地方。有段时间店里还养了一只名为马默杜克的橘猫。

约莫一个月过后，秋季学期开始，我可以就此了解自己新加入机构的类型性质了。学校共有二百十八名全日制学生，所有人都在积极准备伦敦大学的校外学位。多数院系的教职成员是一名教授或系主任，再加上一到两位协助他工作的讲师：在两次大战期间，多数系主任都是单枪匹马地做事情。（现在那些挑剔各自“学术领域”的年轻讲师们，不妨想象一下当年场景：一个人要与另一个人分担全部教学任务，考试则通过某个外部机构来安排和评分。）教职员工一起吃午餐，是在当时被称为校外食堂的地方。头两道菜由女招待端上来，但是两盘布丁却摆在校长和副校长面前。他们分坐在餐桌两头，给同事们分菜。谈话气氛非常融洽。“那个罐子里有啥？”有一位职位较高的教员会问。“不是你想要的。”另一个则会这样回答。

许多年轻教职员都没有结婚，所以大家的社交活动很频繁：在废弃很久的球场上打网球，还有舞会和戏剧表演。按照现在的标准来看，我们确实不谙世故。我始终没听说过大学教师协会（AUT[1]）。

[1] 原注：AUT（Association of University Teachers），即大学教员的工会组织。

我从来没看过图书馆委员会的备忘录，也不清楚元老院里正在讨论什么。我对图书馆拨款的规模或来源一无所知，更不知道怎样改进图书馆办公空间不足、安排布局经常很荒唐的问题。工人们习惯于不打招呼就过门，然后开始挪动调整：1947 年 11 月的某一天，因为我下午不用值班，所以吃完午饭就准备离开。这时来了一帮铺地毯的人，让我赶紧腾出六个超大的空书架。我想都没想就放弃了后半天的休息时间。今天的助理图书馆员们可不会如此温驯。

当时没有学生工会，但学生自己就是凝聚力很强的团体。我来校第一个学期快结束时，他们发起了为期三天的罢课运动。这样做不是为了推进自身利益，而是为了抗议几位人缘极好的系主任没有荣升到新设立的职位。这是我首次体验到如此剑拔弩张的场面。罢课后的第二天，有位记者在空荡荡的教学楼大厅里向我打招呼。他问我，学生们不来上课的时候，教师们在做什么。我恐怕自己当时有暗示说，他们正在享受这种被动的闲散时光（莫莉和我当然照常工作）。这句话出现在当晚的《莱斯特水星报》后，引起了人们的极度愤怒。幸运的是这句话只是匿名引用。整个事件的发展过程充满了尊严体面，它丝毫没有沾染今天常见的各种政治意味：有些学生先前服过兵役，他们的举止彬彬有礼，而且富有责任感。即使当时“参与”这个概念已经存在，他们显然也没有加以滥用。1948 年 11 月，当王室宣布查尔斯王子诞生时，他们当中有位同学对学院没有升旗而感到愤慨。最终学院升起了一面英国国旗。这位学生说，旗子挂颠倒了。

我在 1950 年 9 月份离开时，学院已经发生了相当多的变化。图书馆的一侧翼楼进行了扩建：图书馆通过广告招聘到了新员工，级别上有比我们高的，也有比我们低的。莫莉和我继续修习函授课，最终成为图书馆协会的注册助理馆员。我的工资飙升到了五百英镑，学生的奖学金数额则达到了七百。学校迅速盖起了一些新大楼：某个类似于临时食堂的房子已经建成。我们的午餐配送也不再通过女服务员与校长、副校长联手配合来完成了。学院从整体来说正在变化：它变得更大、更少人情味。到处都是脚手架和成堆的砖头，而且（曾经）还有一长排的厕所在等待兴建。当我离开时，生物楼（或阿斯特利·克拉克实验室）仍然在使用。还有一座名叫沃兴顿的大楼，里面有新的教师交谊厅：在我的记忆里，这两幢大楼比后来出现的什么大学建筑群要雅致多了。

我最终离开时，思绪里更关注的是未来，而不是过去。我当然没有想到，自已曾经隶属的这个所谓学术共同体，很快就会被取代，然而它所具备的优点，到了一定时期将显得弥足珍贵。这种反思，是二十五年过后能够带来的最佳收获。

1974

弗农·沃特金斯：初次相逢与再次相逢

现在看来，我与弗农·沃特金斯的相识可分为两个阶段。第一阶段是从1943年至1945年，那时我还是一名本科生，或乳臭未干的研究生。第二阶段是十年以后，从1957年左右开始，一直持续到我在1966年11月和他最后一次见面。

我们第一次见面是在牛津。作为最近刚出版诗集《玛利·洛伊德歌谣》[1]的作者（他的第一部诗集），弗农应邀到英语俱乐部来做演讲。这对他来说很方便，因为他当时正在英国皇家空军服役，而部队则驻扎在布拉德韦尔。他那天穿军装过来了。许多女子学院的公共休息厅虽然宽敞，却连个正式名称都没有，而弗农就在这样一间大厅里，向我们讲述叶芝。他准备的演讲打印稿似乎很长，可是他并没有缩短内容，而是经常停顿下来，从自己带来放在身边椅子上的一堆书里挑出一两段进行朗读。他的朗读是一种启示：音质雄浑，毫无怯意。这种朗读方式可能就是叶芝本人的读法，因为它与诗歌内容的妥帖程度令人称奇。“一个鬼魅的心脏在跳动！一个鬼魅的心脏在跳动！”[2]他毫不造作地吟诵道，但并没有向战争时期喜爱简洁品味、认为“表演要么精彩，要么糟糕”的听众做出丝毫让步。我看到有一两个人相视而笑，但多数人听得心醉神迷。弗农自己也是。茶歇过去了，讨论时间过去了，他还在一段段往下读。直到主持人意识到学院各处的大门即将落锁，而他的听众委实都很有耐性，于是温和地宣告说今晚活动就到此结束吧。弗农对他毫无怨言。为了感谢我们向他表达的倾慕之意，他把自己刚才引用的一堆书硬塞给了我们。

几个星期过后，我去布拉德韦尔看望他。表面理由是为了还书，因为我已经把它们从那些非自愿的借阅者那里统一回收了过来。他以同样温煦、略显内敛的热忱态度欢迎我。那是他的一贯风格。他把我介绍给临时安顿他的民宿主人一家：我们坐在一张大桌旁喝茶。几个小孩子跑过来善意地逗弄他。后来我们走进后花园。他领我去看这家人的宠物山羊，让我把掌心平放在它疙里疙瘩的脑门上。“体会一下它怎么顶你。”他说道。我把他的书还给他（显然他丝毫不担心书的下落安全）。他跟我聊了聊库阿拉出版社和叶芝兄妹，然后又给我看了看其他人的作品：美国出版的狄伦·托马斯

---

[1] “玛利·洛伊德”（Mari Lwyd）是英国南威尔士地区游行的一种民俗，通常是圣诞节期间由一群人进行表演。最早记录见于1800年。表演者手持一个由马颅骨和木棍拼装的特制道具，并藏身在粗布缝缀的覆盖物里，后面跟随着一群化装成其他类型角色的人。这些人经过当地人家，一边唱歌一边要求进门。主人则需用歌唱形式拒绝其进入。如此反复，最后游行者在主人同意下进屋，并接受酒食招待。

[2] 叶芝剧作《复活》（*The Resurrection*）里的台词，1927年发表于文学杂志《阿德尔菲》（*The Adelphi*），1934年在都柏林首演。

著作选集《我呼吸的世界》（*The World I Breathe*），还有洛尔迦的几部译本。等到我出门赶火车的时候，他又把最后提到的那本书塞给我。我们在站台等车的时候，他又把书索要回去，准备来一段即兴朗读。“下午五点的时候！下午五点的时候！”[1] 他吟唱着诗句。这时一辆巨大的机车头从我们身边嗖嗖驶过。

直到此时他已经深深打动了我——或许我应该表达得更强烈些，因为我的一些赞美无疑还很肤浅。他是诗人，已经出版了一本书。他和克里斯多弗·衣修伍德在同一时期去的剑桥（他说过，他曾在后者的半虚构式自传里以“帕西瓦尔或某个人”的形象而出现），而且还认识狄伦·托马斯。他对诗歌的挚爱极具感染力；他的种种喜好成为了我的喜好，他的方法也变成了我的方法，或尝试运用的方法。与此同时，我内心里始终无法彻底排除某种疑虑，隐约感觉像是登上了囚犯奴隶划桨的古代战船。那时有一批被称为“天启派”的诗人，他们大多数在一部名为《白马骑手》的合集里发表过作品。弗农的名字一直跟他们联系在一起，但实际上他的诗歌比这些人要节制得多，而且从源头上可以回溯到更早期的欧洲象征主义诗人。尽管如此，我们仍然可以看到这种联系的形成原因：他们的目标都是要达到入神状态。当然，弗农在这方面要成功得多。

---

[1] 洛尔迦诗作《哀悼伊格纳齐奥·桑切斯·梅西亚斯》（Lament for Ignacio Sánchez Mejias）里的语句。

我们围绕着诗歌而大谈特谈，或不如说，主要是弗农在谈论，而我在倾听：只要他在座，就免不了诗歌这个主题。他耐心聆听我表达了对 D.H. 劳伦斯的热爱，然后淡淡地说："劳伦斯的诗歌形体是书面语言的形体；叶芝的诗歌形体是那种用来演奏诗歌的乐器形体。"我立刻明白了他的意思，然后问他是否认为形式极度重要。他指出："诗歌押韵贯穿于每一行，而不仅是在结尾。"跟弗农谈论诗歌就是这样：不用说某本新书如何如何糟糕，或是比较一番版税高低，或是互相交流八卦，说某某人喝醉后出糗，或轰动一时的风流韵事。他给诗歌这个话题瞬间赋予了一种尊严感，或不如说，他只需认定诗不可能是别的东西，就让它充满了尊严。即使是自己不喜欢的那些诗人，他也从不进行责骂。他似乎只是表明，这是某一个范围或领域方面的问题。"并不是最终论述，我觉得"——这是他典型的评价方式。

这时候，我对他的人生也开始有所了解。这种了解同样让我印象至深。他成年后一直就职于某家银行，现在则是中士飞行员，这种状态无疑将持续到战争结束。战后他将复员，再重新去做银行职员。一切都无法阻止他对诗歌的挚爱，这种挚爱反过来也根本不受任何雄心壮志的影响：他一直等到在我当时看来已经临近中老年界线边缘的时候，才出版了自己的第一本书。显然他丝毫没打算"以写作谋生"。他对新闻采访或评论文章也不感兴趣（"我不会给任何一位在世作家写书评"），觉得宁肯从事银行职业，也胜过混饭吃。那时他还没有结婚。上述描述所呈现的画面，是一位真正谦逊、真正专注虔诚的人物。借用叶芝的语汇来说，他宁肯让作品臻于完美，而不是追求生活的完美。对于我这样处于职场世界边缘的人来说，这位榜样人物意义重大。确实，这简直是鼓舞人心。

我按期离开牛津；我们时不时地通信往来。战争结束了，我终于给他赠送了自己刚出版的一部小小诗集。尽管我完全不确定这种做法是否妥当（“我反对作品在尚未成熟时就出版”），他对诗集内容的评价却极为慷慨，虽然那些竭力模仿的痕迹肯定给他留下了深刻印象。他在回信结尾处写道：“至于我本人最为重要的消息，是我已经结婚了。”

大约十二年过去了。如果加奈特·瑞斯没有被我当时就职的赫尔大学任命为法语系主任，我可能就不会再次见到弗农了。加奈特和迪丽丝·瑞斯是弗农和戈玟·沃特金斯的老朋友，所以加奈特很快着手安排弗农来校做一次演讲。他就住在他们家。加奈特带他来看我：他和以前一模一样，以往的浓密头发已经有些灰白，脸上多了些皱纹，但还是和原来一样瘦削，行动也非常敏捷。

我忘记了那次演讲的大概内容：也许还是叶芝。当时弗农的名气已经更大（部分原因是，那一年出版了狄伦·托马斯《与弗农·沃特金斯的通信集》）。那个通常可容纳三百多人的礼堂，结果当天全部坐满。后排还站着好些人。尽管弗农在演讲前后始终兴致高昂，然而当他站在讲坛上方时，却总显得沉静自若。他的声音并没有刻意抬高，却充盈于整个礼堂；很快我们就听到那些熟悉的引文：

我在白昼将尽时遇见他们

那些生动的面容向我走来[1]

我抬眼看到他的听众：赫尔大学的众多成员，来自其他院校的学生，中学教师，还有社会公众。随处可以看到有人在匆匆记笔记。就像当年在牛津那样，我再次瞥见有人偷偷交换了一下笑容：弗农的吟咏方式一如既往地抒情。另外，如果可以这样概括的话，他比以往更加偏离时尚。但毋庸置疑，他的权威感毫不减弱：他的热情真挚让你不得不全神贯注地聆听。我猜想，过后还有没有人再去花费三年时间阅读叶芝，就像我当初那样。演讲结束后，他被热情的提问者迅速包围。有些人问的是狄伦·托马斯，而不是叶芝：虽然弗农向来很愿意谈论这位朋友，但据我所知，他从来没有向陌生人聊过他的八卦。我相当确信，任何想要发掘些丑闻的人，最终都会失望。再后来，加奈特和迪丽丝邀请了几个人一起去喝酒：弗农继续开心地聊着。一旦他给自己上紧发条，简直就是不知劳倦。

此后他又来过好几次：并不是每年都来，但次数之多，足以让我们续接上以往的交情。我又开始收到他的来信，每封信的笔迹书法都特别迷人，既充满活力又规饬谨严。我们重新围绕着类似劳伦斯与叶芝的差异比较进行争辩，只不过现在换成了哈代与叶芝：

---

[1] 叶芝诗歌《复活节，1916》(Easter, 1916) 里的句子。

“哈代的诗，在涉及事实和轶闻时写法总是对的。因为它们具有一种气氛，这种气氛来自他的感性。但实际上它们经常又是错误的，因为它们把想象付诸不安、悔恨，而后者与想象力赖以生存的养分恰好相反。我说不清楚，不过现在已经是午夜了……”此时我内心认同的诗歌传统，已经完全不同于弗农体认的传统，而且我觉得他说的很多话都让人无法接受。可是，他仍旧有能力让我坚信：他知道自己在说些什么。不仅因为他的温良、异想天开和友善，他对诗歌的迷恋，包含了某种坚牢华彩之物：他从不犹豫。这是存在于斯的某种东西，真实有形，触手可及，是威严的瞬间，和永无竭尽的忠诚。他读不惯小说——戈玟只好充当解读者。“人群的各种情感，尤其是女孩子的那些情感，是我经常理解不了的东西。”只要弗农在场，诗歌似乎就像一道活泼的溪流。你只需要用自己喜爱的杯勺从中舀取。他让人们清楚地意识到，实际上，人能够“以诗歌为生”；它是一种职业，既像圣徒的事业那样艰难，也像呼吸一样容易。

1964 年我第一次登门拜访他，也是唯一的一次。我们坐在公共汽车二层的前排（我相信，这就像狄伦·托马斯笔下的某些人物），沿着高尔半岛一路俯冲急降：弗农问我，如果他打算买辆车的话，我觉得他能不能开。我以前从没见过他在彭纳德悬崖[1]的房

---

[1] 彭纳德悬崖（Pennard Cliffs）位于英国西南部的高尔半岛（Gower Peninsula）。英国国家信托（National Trust）是英国非营利的第三方组织，通过会费、门票和景点商店经营形式，对英国境内的文化建筑与设施以及自然景观进行保护和管理。

子。走到这条路的尽头，一眼望去，就是英国国家信托的管辖土地，风景蔚为壮观。他家房子很小巧，像是一栋木屋，却颇为宜人，屋里到处都充满个性——当然，也到处是图书和小孩子。我再次看到坐在茶桌旁、处于家居环境的弗农。只不过这次换成了他自己的家。这时我已经不大可能去考虑，他究竟有没有放弃“生活的完美”而换来文学技艺上的精湛。他已经接近于银行的退休年龄，而我再次听到他工作中的一些故事：“我见过一任又一任的经理对自己说：我一定要让沃特金斯成为优秀的出纳员！可这想法从来都没实现过。”

他最后一次到赫尔大学的时候（接近于 1966 年岁末），他真的已经退休了。不过似乎又有一项新的事业向他敞开大门，主要是每年定期去一些大学讲课。当时他正在斯旺西大学学院[1]讲课，准备第二年去西雅图。我不禁认为，他最终还是找到了一份趣味相投而卓有成效的工作。加奈特又把我们叫到一起。我拍了张照片，他看过以后觉得表情比较阴郁：“面具背后的那个人从来都没有真正了解那副面具的真正模样……”他在 1967 年写给我的最后一封信，是让我保荐他申请一项富布赖特资金（“你说什么都没关系”）。我在撰写这封推荐信的时候，想起当年自己还是一名学生时，与弗农相遇对于我产生的意义。我想说，我觉得美国大学能够请他作为访

[1]1920 年成立时名为斯旺西大学学院（University College of Swansea），1996 年更名为威尔士斯旺西大学，2007 年更名为斯旺西大学。

问学者，将是何等地幸运。差不多就在一整年过后，我又写下了这篇文章。[1]

1968

[1] 弗农·沃特金斯于1967年10月8日在西雅图因心脏病突发而去世。

采访录

《观察家报》采访[1]

●

就像您的多数读者那样，我觉得，您的诗歌让我感触最深的是，它们在很大程度上都是关于忧愁、失落，一种交臂相失的感觉。您觉得这种印象确实妥帖反映了您看待生活的方式吗？

其实，我倒觉得我这个人非常有趣，而且我希望能通过自己的写作来表现这一点。但忧愁能激发诗歌。幸福快乐并不会激发诗歌。蒙泰朗[2]在某个地方说过，幸福快乐描写起来很苍白。描写如何幸福快乐是非常困难的事。描写悲惨状态则非常容易。我认为描写忧愁很可能是我受欢迎的根源所在，如果还有人欢迎的话——毕竟大多数人确实感到忧愁，您觉得对不对？

您是觉得，人们走到哪里都觉得自己并没有从生活中获得它应当给予的东西？

我认为很多人确实是这样想的。至于路·葛莱德是不是这样想，或者说哈罗德·威尔逊是不是这样想，我就不知道了[3]。但这就是我的看法。困厄对于我而言，就像黄水仙对于华兹华斯那样。

稍微谈一谈您的童年吧。它真像您在一首诗里暗示的那样，是“未曾度过”的吗？

噢，我都完全不记得它了。我父亲是一位地方政府官员，我们住在很体面的房子里，家里的女佣一个接一个，诸如此类。战前大家的情况都差不多。这极其正常：我有一起踢球和打板球的朋友，好几套霍恩比火车模型[4]，还有其他东西。

这可能不算是非常精致的童年，尽管屋子里到处是书。我父亲出于某种原因对德国很感兴趣：他曾经去那边学习他们的办公管理方法，然后就爱上那个地方了。他带我们去过两次。我估计这件事播下了我后来讨厌出国的种子——跟谁都说不了话，什么字都看不懂。

至于上学嘛，我算是比较不成材的学童。你肯定还记得，我那时就已经高度近视了，可是没人注意到，而且我还口吃。所以上课对于我来说，就是坐在那里大气都不敢出，唯恐自己会被点名提问说点什么。最后大多数老师都明白过来，我也就不用再担心了——没人再搭理我。我在六年级时变得开心了些。那时班级人数变少

---

[1] 原注：采访者为米里亚姆·格罗斯（Miriam Gross）。

[2] 亨利·德·蒙泰朗（Henry de Montherlant, 1895—1972），法国作家。

[3] 葛莱德（Lew Grade, 1906—1998），本名路易斯·威诺葛莱德斯基（Louis Winogradsky），乌克兰裔英国人，早年曾从事演员和星探职业，后成为著名的媒体经营者和演出主办人。哈罗德·威尔逊（Harold Wilson, 1916—1995）是英国工党政治家，分别在1964年至1970年和1974年至1976年担任英国首相。

[4] 霍恩比火车模型（Hornby trains），一种火车模型的品牌。

了，多数东西隔张桌子就可以拿到。

作为一个小孩子，当时您觉得自己是局外人吗？

嗯，我不太喜欢其他孩子。我在成年前一直以为自己讨厌所有人。可是等我长大后，才意识到我只是不喜欢小孩子。一旦你开始遇见成年人，生活就变得愉快多了。小孩子很可怕，对不对？一群自私、吵闹、残忍、粗鄙的小蛮子。如果你还经常口吃的话，就足以让你觉得自己是个局外人了——尽管我现在认为，我害羞是被传染的，这你也知道。我记得自己在很小的时候，曾经告诉父亲说，我容易害羞。他说了一句很让人崩溃的话："你并不知道什么是真害羞。"意思是他以前比我害羞多了。很可能我父母都是比较害羞的人——彼此感到害羞，对孩子们感到害羞。

原先我一直疑心，新版《牛津引用语辞典》要收录的那句诗，我会不会受它连累："他们把你搞砸了，你妈和你爸。"[1] 我有可靠的消息来源：有人告诉他们说，这是我最好的一句诗。我并不希望人们就此以为我不喜欢我父母。我喜欢他们。可他们同时也是比较尴尬的人，他们不擅长让自己幸福快乐。而这些事让人逐日消磨。

不管怎么说，他们并没有把这行诗放进去。胆子小，我估计是。他们实际收录的内容，在我看来大多数都不是所有人挂在嘴边

[1] 原文为"They fuck you up, your mum and dad"出自拉金的诗歌《这就是诗》(This Be the Verse)。

的话。如果有人问我，我是因为哪几句诗而出名，那么它应该是关于爸妈的这一句，或者“书籍是一大车的牛皮”[1]——就像约翰逊博士所说的，是在每个人的胸怀里形成共鸣的情感——或者，再稍微上升到精神层面，那就是“我们身后存活更久的是爱”，或“一切都不会，像某件事，在什么地方发生”。确实，他们已经把那一句给收录进去了。[2]

您还记得最早开始写作的确切时间吗？

跟所有人开始写作的时间相同——从青春期开始。跟当前我所了解的写作状况相比，我的起步时间算是稍有些晚了。十五岁，十六岁。我记得自己写的第一首诗是为了完成作业。我们必须要写一首，写什么都行。我们所有人都觉得格外晕头涨脑，惊惶失措。我交上去的那首诗写得很可怕。

可是当您写它的时候，有没有些许预感到自己可能还会再写别的诗呢？

---

[1] 原文为“Books are a load of crap”，出自拉金诗歌《阅读习惯研究》（A Study of Reading Habits）。

[2] 两句原文分别为“What will survive of us is love”和“Nothing, like something, happens anywhere”。前者出自拉金诗歌《阿伦德尔墓》（An Arundel Tomb），后者出自《我记得，我记得》（I Remember, I Remember）。《牛津引用语辞典》在1941年发行第1版，至2014年已是第8版。拉金说的“新版”，应该是1979年的第3版。最新版里《我记得，我记得》和《这就是诗》的两句都收录在内。

没有。您必须要意识到，我原先根本没打算写诗，我原先是打算写小说的。我在 1943 年刚离开牛津后就立刻开始写《吉尔》。这部小说在 1946 年由福琼出版社付印时，距离它的完成时间已经有两年，而我已经写好了第二部小说《冬天里的女孩》(*A Girl in Winter*)。我清楚记得，我大概在欧洲战胜日那天飞速完成了最后一版的修改——用一种非常普鲁斯特的方式，对可能导致自己分心的外部事务一概不予理会。它在 1946 年至 1947 年的经济严峻时期由费伯出版社付梓。出版时间是二月，跟书名非常契合，简直就像一场化妆品宣传促销活动。当时我心想可以了，我成功了。可是我至今都无法再写出第三部小说，哪怕我再花五年时间来尝试。我觉得自己有些受骗上当。我原来预想过每天写五百词，写上六个月，然后把成果一股脑推给出版商，再跑到蔚蓝海岸生活，除了勘误改错以外，完全不受打扰。事情并没有按照这种方式发生——非常令人沮丧。

我现在仍然认为小说比诗歌更有意思——小说可以如此进行铺展，可以如此让人心醉神迷，又如此费解。我想它们可能对我来说太难了。我在某个场合说过，小说写的是其他人，诗歌写的是你自己。我想麻烦就在这儿，真的。我对其他人不够了解，我对他们不够喜欢。

说一说您的牛津时光吧。

牛津让我感到惊恐。公立学校的男生们让我惊恐。大学教师让我感到惊恐。童子军成员也一样。而且那时还有口吃：我可能直到三十岁左右还有严重的口吃。我的意思是，当时已经口吃到这种地步：我进火车站时会给列车员递过去几张小纸条，上面写着我要买一张到伯明翰的三等座返程票，而不是真正尝试着把它讲出来。不过，我在牛津很快就形成了好几个朋友圈。大学同学的圈子，爵士乐的圈子，可能还有文学圈子。我不想给人造成那样一种印象，觉得当时公立学校和文法学校的男生之间存在着巨大差距。你看，在那些时候，在战争期间，谁家里也没有多少东西。每个人都穿着同样的实用装。同一种款式的短上衣，同一种裤子，没有汽车，每学期只有一瓶葡萄酒。本科生之间的阶级出身差异，确实已被剪除殆尽。

那您怎样看现在的牛津呢？

这个，我对它了解不多。当然，从我们那个时候开始发生的最大变化，就是女性对男子学院的入侵吧。

“入侵”似乎是个意味深长的词。也就是说您并不赞成对吗？

我不知道。我想我对它有一丝怀疑：人对于变化总会有所怀疑。你难免会猜测它对各所大学宣称的目标将产生怎样的影响：学习、授课、研究，等等。在另一方面，我从理论上并不反对这样做，而且我还有些妒忌：如果说自己以前也能成为这项实验的一部分，那该有多好。但我想知道的是，十年后结果会怎样：她们最后会不会逐渐变成某种单一性别的群体，会不会热闹成一锅粥，各种吹牛闲扯，又是眼泪，又是挂科，又是精神崩溃什么的。很可能会形成某种让人开心愉悦而且非学术化的东西，就像一部美国大学音乐剧。

您提到了爵士乐。您是怎样对它产生兴趣的？

我刚听到每小节四拍的东西，就立刻产生了兴趣。那会儿我还年轻，舞曲音乐。“杰克”佩恩、“比利”柯顿、哈里·罗伊。[1]这些乐队的演奏，我就这么顺着听下去，听了相当长一段时间，却根本没发现还有一种叫美国爵士乐的东西。

我肯定是通过听舞曲才熟悉了好几十首舞曲歌词。我感觉它们都是某种民间的诗歌。虽然其中有一些相当糟糕，但是我经常会怀疑：我认为一首诗应该是某种合辙而押韵的东西，这种想法是否就是听这些歌听出来的——何况它们当中有一些确实相当精致。“米洛岛的维纳斯因为她的魅力而闻名 / 可是有句话绝对只限于你我之间：你比维纳斯更加可爱 / 除此之外你两只胳膊都在”——我真无法想象米克·贾格尔唱这首歌的情景。你看，它妙趣横生，文字技巧也用得聪明。

我一直认为雷·诺布尔的《老虎拉格泰姆》是我第一张爵士乐

---

[1] “杰克”佩恩（John Wesley Vivian “Jack” Payne, 1899—1969）、“比利”柯顿（William Edward “Billy” Cotton, 1899—1969）和哈里·罗伊（Harry Roy, 1900—1971）都是二十世纪三十年代左右舞曲音乐流行年代里名噪一时的乐队领队。“杰克”和“比利”是他们的艺名绰号。

唱片：它的爵士味不是很浓，但算得上爵士。我买的第二张唱片是“刮板韵律之王”的《我要沿着俄亥俄河一路玩耍》。我现在还保存着它。第三张是路易·阿姆斯特朗的《没有胡闹》[1]。当然，等我买到这张唱片，眼前的道路就清楚了。

您除了听爵士乐，还跳舞吗？

跳舞？您说跳舞？跳舞在那个年代可比现在要正式得多。不够爵士。首先你必须得另外找个人，总不能自己跟自己跳舞。如果你找不到别人，那么它从一开始就会产生很多问题。其次，它很难。我从没学会传统意义上的舞蹈：你得琢磨那些教跳舞的书，画着黑脚印、白脚印还有一道道的虚线，彻底把我给看晕乎了。

您怎样看待图书管理员的工作？是什么原因让您成为图书管理员的？

我开始进入职场是在第一次世界大战——天哪，我的意思是第二次世界大战期间。我由于视力太差，所以没有被征召入伍。能够找到的工作机会少之又少。

我有两次尝试去当公务员，但公务员体系不要我。所以我就安

[1]《我要沿着俄亥俄河一路玩耍》（I'm gonna play down by the Ohio）是乐队“刮板韵律之王”（Washboard Rhythm Kings）的作品。《没有胡闹》（Ain't Misbehavin'）是路易·阿姆斯特朗（1901—1971）的作品。

安静静地坐在家里写《吉尔》，直到劳工部给我发函，非常客气地问我，最近具体在做什么。这可把我给吓蒙了。我顺手抓起《伯明翰邮报》，看到什罗普郡的某个市区议会需要一名图书管理员，于是我就应聘，然后被录用了。但回过头看，这真是灵光一现的选择。图书管理员工作很适合我，我喜爱图书馆里的感觉，而且它恰好是学术兴趣与行政管理的良好结合。就我自身的专项才能来说，这一切都很匹配。我经常想到，对于诗人来说，一份稳定工作并非坏事。确实，狄伦·托马斯本人也说过这样的话，当然他并不是因为有稳定工作而出名。你每天写作时间不可能超过两小时，那么剩下的时间里该干什么？很可能会自找麻烦。

我很喜欢说［切换为浓厚的约克郡口音］咱可是从底层做起来的。我在什罗普郡的图书馆里必须什么都做：我的底线是不擦地板，但是我要烧锅炉，要保证它整个白天运行正常，要伺候小孩子们，要整理文件，等等。到晚上我还要上一门函授课，为了拿到职业资格证书。我现在还是英国图书馆协会的成员：我前几天刚买了一条协会的领带。

不管怎样，我永远也无法单凭写作而谋生。如果我在四五十年代真打算这样做，若干年前应该就已经化为一堆白骨了。现在大家确实可以凭借诗人身份谋生。许多人就是这样做的：它意味着要做一堆事，要开朗读会，还要做演讲，还要在大学里担任一年驻校诗人或什么的。可是我受不了这个：它会让我极度尴尬。我不想招摇过市冒充我自己。

您可以说一说自己写诗的方法吗？

不同时候的方法差异很大。诗可以来得很快。你径直把它写下来，然后在第二天晚上改一两个词，这就完成了。换个时候就会花更多时间，也许好几个月。有个情况确实永远存在：关于一首诗的想法，以及它一星半点的内容，一个小片断或是某一行——未必是开头第一行——它们总是接踵而至。以我的经验，概括而言，没有哪个人会坐下来说，好，我现在要写一首这样或那样的诗了。

当您写完一首诗以后会觉得高兴得要命吗？

是的，仿佛我刚下了一个蛋，看到它出版以后会更高兴。因为我觉得这确实是诗歌的一部分：你希望有人发现它再阅读它，你正在努力留存些什么。不是为自己，而是为那些从未遇见、从未听说或体验过它的人。

您的政治观是怎样的？比如说，您在一首诗里谈到英国军队从世界各地陆续返回国内……

这个，它其实是历史而不是政治。那首诗在好几本书里都有引用，而且被认为是英国放弃昔日世界地位的象征。我并不介意军队是不是陆续回国，如果我们已经断定这是当前最佳抉择的话。但是，如果仅仅因为我们无力维持费用，所以只好让他们回国，这看起来就让人羞愧难当了。我一向是右翼人士。很难说清楚原因。不过，我也不是什么政治思想家，我觉得右翼和某些美德相关联，而左翼跟某些恶端相关联的吧。毫无疑问，整件事很不公平。

哪些美德，哪些恶端呢？

比如，节俭、勤劳、虔敬、维系之心——这些都是美德，这么一说你就不疑惑了。另一方面则是懒散、贪心和叛国。

您怎样看待撒切尔夫人？

噢，我喜爱撒切尔夫人。我终于觉得政治是有意义的了。在斯塔福德·克里普斯[1]以后（我也非常喜欢他），我对政治一直没有兴趣。认识到自己如果没有足够的钱来支付某样东西，那就不该得到它——这是一个已经消亡多年的理念。我很高兴看到它再次浮现出来。不过我恐怕还是不敢相信她能够成功改变人们的态度。我觉得一切都已经过犹不及。这个国家将来会发生什么情况，我无法想象。

说一说您爱读的书吧。

我什么都读，除了哲学、神学、经济学、社会学、科学，或者说与自然奥妙有关、与技术有关的任何东西——我刚才有没有提

---

[1] 斯塔福德·克里普斯爵士（Sir Richard Stafford Cripps, 1889—1952），英国工党政治家，1931 年入选英国议会，1939 年因为与共产党人合作而被开除出工党，二战期间担任英国驻苏联大使。1947 年至 1950 年担任英国财务大臣时，为英国战后经济复苏奠定了基础。

政治学？我正在努力回忆杜威十进制图书分类法[1]的全部内容。从事实角度说，我其实只读小说，或者是完全没有多少挑战的非小说类图书，也可能是一部传记。我几乎不读诗。我总是觉得，狄伦·托马斯的阅读习惯跟我比较般配——他从来不读任何艰深的东西。

我习惯重新再读某些小说家，比如迪克·弗朗西斯；我最近刚重读了一遍他早期的小说。我觉得从本质而言，它们真是相当出色。当然，还有芭芭拉·皮姆，我写过有关她的文章。狄更斯、特罗洛普——有时候你可能会连续重读他们的三部小说。还有侦探故事：迈克尔·因尼斯——我不明白为什么到现在还没人认真研究他：他是个精巧绝伦的作家，很有趣，而且还时常让人感动。安东尼·鲍威尔、雷克斯·斯托特、金斯利·艾米斯，彼得·德弗里斯。

那关于诗歌方面的呢？

我读贝杰曼、金斯利（又是他），加文·艾沃特（我觉得他格外有趣）。在死去的显赫诗人里，哈代和克里斯蒂娜·罗塞蒂。莎士比亚，这毫无疑问。诗歌能够悄悄潜入你的无意识。华兹华斯有一次差点儿让我送了命。某个周六的早晨，我在 M1 高速公路上开

---

[1] 杜威十进制分类法（Dewey Decimal Classification），美国人麦尔维尔·杜威（Melvil Dewey）在 1876 年编制的图书分类体系。

车：他们广播里有这么一个诗歌栏目，“诗词时间”：那是一个美好的夏日清晨，有人突然开始朗诵起华兹华斯的《不朽颂》，让我瞬时间泪眼模糊，几乎无法看清行车方向。想想看，当时你正以七十迈的速度在中间车道行驶……我想我再过二十年都不会再读这首诗了。真是奇妙，当一个人全无防备的时候，它竟然会产生如此强烈的效果。

最近您的一部著作书目刚刚出版。您对自己的作品被编成书目有何感想？

总体来说，受宠若惊。只要没有人觉得我真心以为所有这些东西还值得翻尸盗骨。巴里·布鲁姆菲尔德是一流的书目编纂者。他发掘出来的东西令人称奇。

您能够通过那些评论您著作的文章而有所收获吗？

这个，并不是特别多。我这样说可能是在自我吹捧，但是我觉得，从某种意义上，我就像伊夫林·沃，或约翰·贝杰曼一样，觉得自己的作品没多少可评说的。当你读一首诗的时候，那就是它，它的意思已经彻底了然。

哪些主题始终贯穿于您的诗歌？比如说，不结婚？

这是我的主题之一吗？我想它并不是什么特别个性化的东西。我发现自己有一个想法，那就是：身边总有人陪伴，是比较压抑的事。我在看待生命时，觉得它更像是一件孤独的事。相依相伴让孤独变得多样化，而不是孤独让相依相伴的状态多样化。

我不想让人觉得我是在假扮天真，可我确实总在想，人为什么要结婚呢？我想也许他们讨厌独处的程度比我更深。了解我的人都会告诉你，我不大喜欢跟人共处。我很喜欢人，但是很难找到无需陪伴共处的人。我想，跟某个人住一起，同时又相亲相爱，无论如何都是很困难的事。因为它几乎从根本上就意味着你要将自己交付给另一个人处置，把他们放在比自己更高的地位。关于这件事，我写过一首小诗。因为从来没有收入诗集，所以你可能也从没见过。你听说过它吗？“爱的困难部分 / 是要足够自私 / 要有盲目坚持 / 要颠覆某个人的存在 / 只是为了你自己——/ 这样做脸皮需要有多厚。”第一个诗节到此结束。“然后再看那不自私的一面——/ 有谁会感到满意 / 如果总让另一个人优先，/ 结果你变得最糟糕？ / 我活着是为了我自己：/ 同时还要抵抗重力。”这是第三节，不过这才是精髓所在。我认为爱与自私恰好形成了非常尖锐的冲突，而两者同样是极其强大的东西。

您喜欢住在赫尔吗？

我并不真正在意我住哪里：只要能满足我的一些简单要求就可以——安宁、寂静、温暖——我并不在乎自己在什么地方。至于赫尔，我喜欢它是因为它跟其他任何地方都离得不远。就像有个人说的，我在通往无谓之地的路上。它在这孤独国度的正中央，而这个孤独国度之外只有大海。我喜欢这样。

我衷心希望，所有来访的那些美国人在国王十字车站坐上车以后，心里一边想着要来叨扰我，一边察看换乘地点，然后决定改换行程去纽卡斯尔，继续叨扰巴塞尔·邦廷[1]。住这里可以让别人不方便找到你。我想，不让大家知道你到底是怎样的人，是非常明智的。何况赫尔不是一个装腔作势的地方。这里不像伦敦，周围没有那么多人吹牛。至少不像我想象的伦敦，或其他一些大学城那样。

所以说你从来都不觉得有必要置身于事态中心？比如说，你并不想观看一场最新的演出，对不对？

噢不能这样的，我觉得很有必要处于事态的边缘。我想一个人年轻时，他会喜欢跟紧潮流。但我很快就对剧场感到厌倦。当我第一次意识到人居然可以在看戏中途退场时，我承认这是我此生当中诸多重要时刻之一。我的意思不是说要刻意冒犯——而是在中场休息时去趟酒吧间，然后再也不回剧场。我第一次这么做是在牛津：当时我正观看《西部世界的花花公子》。等到中场休息铃响时，我扪心自问："我看得开心吗？不，我以后再也不看这种傻乎乎的演出了。"所以我又添了一杯酒，然后迈步出门走入黄昏

[1] 巴塞尔·邦廷（Basil Cheesman Bunting, 1900—1985）英国现代主义诗人，二十世纪五十年代初一直在纽卡斯尔当记者，他的诗歌才华直至二十世纪六十年代才被世人重视。

时的阳光。

怎样看待旅行？您想不想去游览，比如说，中国？

我如果能够当天返回，就不介意去看一看中国。我讨厌出国。通常说来，一个人离家越远，就越可怜。我并不因此而感到骄傲，但我对其他地方实在不感到好奇。我想旅游在很大程度上是小说家的事。

小说家需要新的场景、新的人物、新的主题。格雷厄姆·格林这些人，萨默塞特·毛姆这些人，对于他们来说旅行是必需的。并不觉得诗人们需要它。诗人真正需要专心做的事，是重新创造熟悉事物，他没有义务去介绍陌生的东西。

您有没有仔细考虑过变老的事？这件事让你感到担忧吗？

是的，极其担忧。如果你假定自己要活七十岁，七个十年，然后把每个十年想象成一个星期里的一天，从星期天开始，那么我现在已经是星期五下午了。挺震惊的，对不对？如果你问我为什么要操心这个，我只能说，我害怕永无止境的灭绝。

您觉得自己原本有可能过上更幸福的生活吗？

只要没变成另外一个人，就不会这样想。我觉得，想象幸福比体验幸福要容易得多。这挺遗憾的。因为你想象的东西会让你对自己体验的东西感到不满，甚至还可能导致你忽视它。“生活，还有这世界，以及属于我的自我，都已变化 / 由于一场梦的原因。”我们在这里不妨引用克里斯蒂娜·罗塞蒂的诗。尽管我认为，如果你意识到自己从别人那里获取的东西有一定限度，而你的个性本身也有限度，那么生命就会产生出一点意义。其实这正是《冬天里的女孩》要讲的故事。

您担不担心将来人们不去读诗？

不担心。我更担心诗歌将来会成为官方事务，而且还能领到津贴。我想，当诗歌被视为有罪或具有颠覆性，当别人进门时你得把它藏在床垫底下的时候，我们才可以看到更优秀的作品。我不喜欢领津贴或官方资助的原因是，它们会摧毁作家与读者之间的根本纽带。如果一位作家拿着钱去写作，而读者拿着钱去读它，那种无法遏制的接触冲动成分就烟消云散了。

如果有谁读我的诗，只是因为听从别人吩咐，而且已经被告知应该如何如何想，这种事情会让我感到憎恶。我真的很想揍他们一顿，我只想让读者产生这样的感觉：没错，我以前从来都没这样想过，但它真是这样啊。

1979

《巴黎评论》访谈[1]

●

您可以描述一下在赫尔的生活吗？您是住在公寓里，还是有一座独栋住宅？

我是 1955 年来赫尔的。十八个月过后（在此期间我写了《布利亚尼先生》)，我搬进了大学里的一间公寓，然后在那里住了将近十八年。那是一座独栋建筑的顶层，因为在战争期间作为美国领馆办公地而闻名。虽然它可能无法适合所有人，却很合适我。《降灵节婚礼》的大部分，以及《高窗》的全部诗作，[2] 都是在那里完成。如果不是因为赫尔大学决定把房子卖掉的话，我很可能永远也不会搬出来。搬家真是一段可怕的经历，因为那时候房子已经很不好找了。最后有朋友通知我说有一栋大学附近的房子，于是我在 1974 年把它买了下来。我现在还不确定，自己究竟是喜欢还是不喜欢它。

您在图书馆平均一周工作几天？每天工作几个小时？

作为大学图书管理员，我这份工作是全日制的。一周五天，一年四十五周。我刚来赫尔时，有十一名同事；现在估计怎样也有一百多人了吧。我们在 1960 年盖了一座新馆，在 1970 年又盖了一座。所以说我这前十五年是很忙的。当然，这也是英国大学的扩张时期。赫尔即使不比其他大学发展得更快，至少也旗鼓相当。幸运的是，副校长在这个阶段的多数时候比较热衷于图书馆建设，这也是图书馆以他命名的原因。现在回过头来看，我觉得，如果布瑞恩莫·琼斯图书馆[3]算是一个好图书馆（我认为确实是），功劳应该归他，还有图书馆的全体工作人员。当然，总体上应该归功于赫尔大学。不过你们对这些可能都不感兴趣。

您每天的作息规律是怎样的？

我尽量让自己的生活变得简单。工作一整天，然后做饭、吃饭、洗东西、打电话、写付费文章、晚上喝酒看电视。我几乎从不出门。我想每个人都在试图忽略时间的消逝：有的人通过做很多事情，在加利福尼亚住一年，下一年再去日本；或者是通过我这种方法——让每一天、每一年都过得一模一样。很可能这两种方法都不管用。

您刚才没提到写作的安排……

是的，我刚才还担心你会问写作的事。关于写诗，我说的任何

---

[1] 原注：采访者为罗伯特·菲利普斯（Robert Phillips）。

[2]《降灵节婚礼》（*The Whitsun Weddings*）出版于 1964 年，其中收录了拉金的三十二首诗。《高窗》（*High Windows*）出版于 1974 年，是拉金在 1985 年去世前出版的最后一部新创作诗集。

[3] 原名为 Brynmor Jones Library，是赫尔大学的图书馆。

东西，都只能算是一种回顾。因为自从搬进这个房子以来，我其实写得很少。也许是《高窗》出版以后，或者是1974年以后，随便你怎样认为吧。但我真正动笔的时候，可以说，就是在晚上。下班以后，清洗工作结束后（抱歉啊：你可能会说是“收拾碗筷”）。这跟其他事情一样属于日常惯例。而且这样真的有效果：我不认为一个人写诗的时间可以连续超过两小时。收工后你就按照循环往复的程序来处理。把它先放在一边，过二十四个小时再看，效果会好得多。因为到那时，你的潜意识或什么的已经打通那个障碍，你可以继续写下去了。

我经历过的最佳写作状态，是在贝尔法斯特的时候。当时我在那边的大学里工作。顺便说一句，那也是顶层公寓。我在晚上八点到十点间写作，然后去大学酒吧里待到十一点，再打打牌，和朋友们聊到一点或两点。这样在晚上前半场的时候，还可以期待后半场的活动。到了后半场的时候，我就可以心安理得地玩耍，因为我已经忙完两小时了。我现在似乎不能这样安排了。

现在，或以前的时候，您觉得写作是轻而易举的事情吗？完成一首诗的速度会很缓慢还是很迅速？

我没什么比较标准。短诗我写得非常快。长一点的可能会用几周甚至几个月时间。我以前就发现，在我没有想好最后一句之前，往往无法确定是否应该结束这首诗。当然，有时候最后一句就是你刚开始想到的那一句！不过，当我一首诗已经写到三分之二左右的时候，最后一行就会出现。那么剩下来的事，就是怎样填补缝隙了。

您为什么要写作，为了谁而写？

以前我们总读到奥登的这句话："提出难回答的问题很简单。"简短的回答是：因为不得不写，所以你才写作。如果要加以理性表述，似乎可以这样说：你看到这个景象，体会到这种感觉，眼前出现了这样的幻景，然后必须要寻找一种语词组合，通过触发他人相同体验的形式，使之得以留存。你需要向最初的体验负责。它并不像是自我表达，尽管可能看起来相似。至于你要为谁而写，这个嘛，你为所有人而写。或是为所有愿意聆听的人。

您在出版前会给别人看自己的手稿吗？您在修改一首诗的过程中，有没有听从哪些朋友的建议？

正常情况下我不会给任何人看我写的东西：这有什么意义呢？你应该记得，丁尼生曾经给乔伊特[1]读过一首尚未出版的诗歌。等他念完后，乔伊特说："丁尼生，如果我是你就不会出版这首诗。"丁尼生回答道："如果是这样，大师，我想说，您午餐时给我们喝的雪莉酒实在恶心透了。"这就是完全有可能发生的事。

[1] 当是指英国学者、古典学家和神学家本杰明·乔伊特（Benjamin Jowett, 1817—1893）。

不过我和金斯利·艾米斯在年轻时候，经常互相看对方未出版的诗歌。我猜，主要原因在于我们从没想到它们有可能会出版。他鼓励过我，我鼓励过他。对于年轻作家来说，鼓励是相当必要的。但要找到一个值得鼓励的人并不容易：金斯利这种人并不是到处都有。

金斯利·艾米斯在接受《巴黎评论》采访时表示，您曾经帮他修改过《幸运吉姆》的手稿。这种工作关系的本质是什么？那部小说里有一部分故事原型，是根据您本人在莱斯特大学和同事相处的经历吗？

这个嘛，是很久以前的事情了，不容易回想起来。我总体比较确信的是，金斯利真是我遇见过的最有趣的作家——文章也好，其他方面也是——我希望所有人也都这样想。我知道他说过，当我在莱斯特大学学院工作时，他去看望我，然后才产生了写《幸运吉姆》的想法。我总觉得这种说法有些不牢靠：说白了，他写这部小说的时候，正在斯旺西大学学院工作。这个小说的主题是，男孩子遇到一位明显很差劲的姑娘，但是因为带她离开那个糟糕环境，最后把她变成了好姑娘。我觉得这种主题对金斯利来说很有意义。他在《我现在就要》里再次使用。[1] 我读第一稿的时候就说：砍掉这个，砍掉那个，我们多添点其他的。我记得我说过：要有更多的

[1] 金斯利小说《我现在就要》（*I Want It Now*）出版于 1968 年。

“面孔”——你知道的，他的伊迪丝·西特维尔式面孔，诸如此类。最奇妙的是，金斯利自己就能“学”出所有面孔——“古罗马的性生活”面孔，诸如此类。[1] 有人给所有这些面孔都拍了照片。我希望我能有这么一套照片。

您是怎样成为图书管理员的？您对教书不感兴趣吗？您父亲的职业是什么？

我的天哪，这都可以写一堆自传了。我父亲是市政府的财务长，一位财政官员。我在上中学以前丝毫没有想要“成为”什么。等我去牛津的时候，战争还没结束。除了当兵、当教师或者做公务员，并没有其他可以“成为”的什么。1943 年我大学毕业时，知道自己做不了第一种，因为我被评为“不合格”（我估计是视力原因）；也成不了第二种，因为我口吃；然后我又被公务员部门拒绝过两回。我想，好吧，这可让我解脱了，然后我就蹲在家里写《吉尔》。不过在那个年代，政府当然还有权力送你去挖煤或种地或进工厂，而且他们也写了一封非常礼貌的信件，问我到底在做什么。我翻看了当天的日报（《伯明翰邮报》：我们当时住在沃里克）。我看到什罗普郡的一个小城市正在发广告招聘图书管理员，然后就应聘，然后被录用，再把情况汇报给政府。这个结果似乎让他们挺满意。

---

[1] 出自《幸运吉姆》里的句子“As a kind of token, he made his Sex Life in Ancient Rome face”。

当然，我那时不算是真正的图书管理员，更像是看门打杂的——那是一个人管理的图书馆——我不能假装说自己有多喜欢这份工作。先前的管理员已经在这里工作了四十年左右。我担心自己也会在这地方度过余生。这让我开始完善自己的职业资质，只是为了以后能离开这里。我是1946年走的。那时我已经写完了《吉尔》，还有《向北之船》，还有《冬天里的女孩》。这可能是我生命里最“紧张激烈”的时光。

顺便问一句，除了您以外，既是图书管理员、又是当代著名诗人的，是不是只有豪尔赫·路易斯·博尔赫斯了？您知道还有其他人吗？

豪尔赫·路易斯·博尔赫斯是谁啊？我喜欢的作家兼图书管理员是阿齐博尔德·麦克利什[1]。您知道的，他在1939年就任美国国会图书馆馆长的职务。在上任第一天，人们拿来一些文件让他签署。他要等到自己完全能看明白这些文件内容，才肯落笔签字。等到他看明白以后，就开始提出各种反对意见和针对建议。最后结果是，他在五年内重新建构了整个国会图书馆。他的办法就是告诉大家：我没明白的事情，我不会同意，在战争时期，也是这样。卓尔不凡的人物。

您认为学术界作为一种工作环境，对创意写作者来说是否合适——具体而言，他们教书上课适合吗？

[1] 麦克利什（Archibald MacLeish, 1892—1982），美国诗人。

学术界对于我来说是完全没问题的，不过话说回来，我又不是教师。我没办法当教师。我会觉得，咽嚼别人做过的工作（我指的是学术写作），肯定乏味得要命。它会让你对整个文学事业感到厌烦。不过话说回来，我也没有那种心智，概念式的，或推论式的，管它什么名称呢。如果我必须要像这样考虑文学，比如说这首诗为什么要比另一首“更好”，诸如此类，我会死掉的。

我们听说您从来不朗读自己的诗作。在美国，这样做已经成为诗人们的正经事了。您喜欢参加别人的朗读会吗？

我不会做朗读会，不会的。尽管我录制过诗集里的三篇内容，但那只是为了表明我会怎样读它们。听一首诗跟看文字相反，它意味着你会遗失很多东西——形状、标点、斜体，甚至包括你意识到还剩多少内容。纸上读诗，意味着你能按照自己的速度恰当地吸收它；听一首诗，意味着你被朗诵者自己的步伐频率拽着往前跑，沿途之间丢失各种东西，而不是加以吸收，还会混淆“那里”和“他们”的具体所指，以及其他类似的事情。朗诵者会把自己的个性横亘在你与诗歌之间，不管效果好坏。这种情况，在听众身上也会发生。我不喜欢在公众场合听东西，甚至是听音乐。其实我想，诗歌朗读的发展，是建立在与音乐的错误类比之上：文本就是“乐谱”，它只有在“演奏”过后才能“恢复生机”。这种类比的错误之处在于，人们可以阅读语词，却无法阅读音乐。当你写下一首诗的时候，你把所有需要的东西都置入其间：读者可以清楚地“听到”它，好像你在房间里对他亲口说出来一样。当然这种诗歌朗读的时尚已经导致了某一类诗歌的产生，你一接触就能够理解的诗歌：简单的韵律、简单的情感、简单的句法。我认为它在纸页上无法站立。

您觉得作家如果有经济保障，算是一种有利条件吗？

整个战后的英国社会都建立在一个假设基础上，认为经济保障对所有人来说都是一种有利条件。我当然愿意经济上有保障。但是，你问的其实不是工作的事吗？整个问题是，作家，尤其是诗人，其实是怎样挣钱的对不对？可能有多少个作家，就会有多少种答案吧，而下一个人的回答似乎总是比你自己的更精彩。

从一方面来说，现在你不能像一百年或七十五年前那样，当个“文人”就能轻易谋生了。那时候还有许多杂志和报纸，等待着人们去充实版面。现在的作家收入，就像作家自身一样，几乎已经降到勉强维生的水平以下了。另一方面，你又能够通过“成为作家”，或“成为诗人”而谋生。如果说你打算加入文化娱乐行业，再从艺术理事会里领点儿救济补贴（现在这些机构也没有以前那么多了），然后成为一名“驻校诗人”，诸如此类。我想我原本可能会说——现在说这个有点晚了——我原本可以找个代理人，然后说，看，我一年里可以有六个月时间来做任何事，只要我能在剩下六个月里随便写东西就行。有些人是这样做的，我觉得这办法对他们管用。但是我的成长经历却导致我认为：你得有份工作，然后在业余时间里写作，就像特罗洛普那样。然后，等你开始通过写作而挣到足够金钱的时候，再逐步退出那份工作。可是，在我还没能“通过写作而谋生”之前，就已经五十多岁了——后来只是因为我编写了一部庞大的诗歌选集[1]，才达到“写作谋生”的状态——那时候你就会想，得了，我还是等着拿退休金吧，既然我已经等到这个地步了。

有什么遗憾吗？

有时候我想，我写下的每样东西都是在一整天工作过后，到夜间再完成的：如果我一觉醒来，到上午时候写，又会是什么样呢？我是不是错了？曾经有那么一次，某位作家对我说（他是全职作家，而且是好作家）：“我希望能过你那样的生活。跟人打交道，还有一群同事。当作家真的好孤独。”每个人都在羡慕别人。

我只能说，做一份工作，并不是为了经济保障而付出的艰难代价。我知道，有些人宁愿早一点缺乏经济保障，因为他们必须在能够写作之前“体验自由”。但工作对我来说是有用的。回过头来看，它唯一让我感觉到古怪的是，这个社会一直愿意给我付报酬，是因为我的图书管理员身份。虽然你拿到了一大堆奖章、奖项，还有这个荣誉那个荣誉——还有各种吹捧你的访谈——但是如果你转过身来说：好，如果我真有那么棒，那就请给我一份终身俸禄吧，按照

[1] 指拉金负责选编的《牛津二十世纪英国诗歌集》（*The Oxford Book of Twentieth Century English Verse*, 1973）。

生活指数变化进行调整，数额相当于我作为一名不起眼的大学行政人员的薪酬——好吧，你马上就会听到“理性为王”的腔调。

您是怎么开始写诗的？您选择诗歌而不是小说形式，其中一个原因是时间吗？

您这都是些什么问题啊。我从差不多十五岁的时候就开始同时写散文体作品和诗歌。我没有选择诗歌：诗歌选择了我。

说得精彩。您最后一部小说，《冬天里的女孩》，这是一部小有名气的杰作，它是二十五年前出版的。您觉得自己还会再写一部吗？

我不知道：我不这样认为。我曾经用五年左右的时间去努力尝试第三部小说。做这种事的能力已经完全消失。我也只能说这些了。

您大概在二十一岁时写的《吉尔》，而您的第二部小说仅仅在一年左右的时间过后就完成了。那么，您当时的意向，是只想成为一名小说家吗？

那时我要“成为小说家”的想法，远胜于我想“成为诗人”的想法。没错。对我来说，小说比诗歌更丰富、更广泛、更深刻、更具欣赏性。当我年幼时，《细察》杂志[1]刊登了一系列文章，并且冠

---

[1]《细察》（*Scrutiny*, 1932—1953）杂志是由F.R. 利维斯（F. R. Leavis）和夫人Q.D. 利维斯创办。

以统一栏目标题“作为戏剧化诗歌的小说”。这个标题发人深省，是一个激动人心的概念。既是诗歌又是小说的某种东西。当然，回想起我自己的两个故事，也就意味着要返回到将近四十年前了。时间隔得这么久，我也不记得它们具体的生成缘由了。

我依稀记得我创作《吉尔》时的基本构思：逃离生活的做法，可能会把你直接带入生活。我的意思是，约翰臆想出一个虚幻的妹妹，结果遇见了真正的吉尔。结局则是灾难。

《冬天里的女孩》，我一说到它，总是会想起《冬日王国》，这是它最早的标题；或者是《冬日帝国》，那是布鲁斯·蒙哥马利以前的叫法——这么说吧，它是我情绪特别低落时写的，当时我还在第一个图书馆工作，就是我刚跟您说过的那个。它就是艾略特会称为“客观对应物”[1]的东西。我今天再看时，觉得它确实很不简单……我想应该用“知晓”这个词来表达……并不算真正成熟，也不睿智，只是极度聪明。我的意思是，按照我的标准而言。再想想我那时才二十二岁。同样，有些人的意见我得尊重，他们更喜欢《吉尔》，认为它更自然，更真诚，情感上也更直接。

您在《吉尔》重印时的前言里说，它“在本质上是一部毫无野心的短篇小说”[2]。您对长篇小说是怎样的定义？

---

[1] “客观对应物”（objective correlative）是艾略特提出的重要诗学概念。

[2] 这句话是拉金在1975年版新序之后的小说前言（Preface）里说的。

我想，一部长篇小说应该追随着不止一位角色的命运发展。

至少有一位批评家将《吉尔》列为英国战后新一代小说的先驱——反映流离失所的劳工阶级男主角的文学，认为它孕育出后来的一批作品，包括阿兰·西利托、约翰·韦恩、凯思·沃特豪斯、艾米斯和其他人的作品。[1] 您觉得这些话有一定道理吗？

我可不这样认为，不觉得。因为《吉尔》完全没有那种文类的政治意味。约翰的劳工阶级身份，在某种程度上对应着我的口吃，一种内在缺陷，可以一下子击垮他。

我很高兴你提到了凯思·沃特豪斯。我认为《撒谎者比利》和《贾布》是相当富有创意的小说。第一部很有趣，第二部令人悲催。比我那两部都好。

您实在太谦逊了。您难道不认为，关于英式阶级感的某种公开看法，对您的作品来说至关重要吗？《吉尔》《冬天里的女孩》，像《降灵节婚礼》这样的诗，不都是这样吗？

您的意思是说美国就没有阶级感吗？这可不是我从奥哈拉先生[2]

---

[1] 西利托（Alan Sillitoe, 1928—2010），英国二十世纪五十年代“愤青派”代表作家。韦恩（John Wain, 1925—1994），英国小说家、诗人与批评家。沃特豪斯（Keith Waterhouse, 1929—2009），英国小说家与专栏作家，电视剧作家，《撒谎者比利》（*Billy Liar*）和《贾布》（*Jubb*）是他的两部小说名。

[2] 指美国小说家约翰·亨利·奥哈拉（John Henry O’Hara, 1905—1970）。

的作品里产生的印象。

奥哈拉表述得过头了。您在创作这两部小说时，是预先拟定框架，还是顺从它们的演化发展？您曾经指出您在诗歌方面的各位导师，尤其是哈代。但早些时候，关于小说方面，您经常阅读并欣赏的导师，又是谁呢？

很难说。当然我读了很多小说，而且了解许多现代作家的造作腔调。但回过头来看，我不敢说自己模仿过任何人。您可别以为我多在乎青年作家的模仿行为。它只是了解这个行当的一种方式。确实，在那段时期，我的小说比我的诗歌更富有创意。我最喜欢的小说家有劳伦斯、衣修伍德、毛姆、伊夫林·沃——噢，还有乔治·摩尔。我在那个阶段对摩尔很着迷：在那个时候，他很可能是我文字风格的根底。

《冬天里的女孩》在文体风格上让我想起了伊丽莎白·鲍温[1]的小说，尤其是《心之死》和《巴黎的房屋》。鲍温也是您喜欢过的作家吗？

不是，那时我还没有读过伊丽莎白·鲍温。实际上，当《冬天里的女孩》问世时，有人借给我一本《心之死》——在我写好两年以后。我很喜欢这本书，但它从来都不是我个人最偏爱的一部。

---

[1] 鲍温（Elizabeth Bowen, 1899—1973），英国小说作家。《心之死》（*The Death of the Heart*）和《巴黎的房屋》（*The House in Paris*）分别出版于1938年和1935年。

我们稍微谈谈《冬天里的女孩》的结构吧：您是按照时间顺序写的吗？也就是说，您是先写好“第二部”，然后打乱整个事件顺序，以便达到效果，并形成对位吗？或者说您其实就是按照“现在—过去—现在”来构想的？

第二种。

这两部小说里，信件都是重要而不可或缺的一部分，从情节和小说肌理方面来看都是这样。您是一位书信往来频繁的作家吗？

我想我以前写信的数量要远远超过现在，但大家都是这种情况。现在我还跟一两个人保持着联系，我意思是没什么特别的事情要说，却仍然保持着书信联系。我喜欢收信，这意味着你必须回复。不过未必总有时间。我和小说家芭芭拉·皮姆之间曾经保持着非常有趣而自在的通信联络。她 1980 年去世了。起因就是我以书迷身份给她写了一封信，从此持续通讯十余年，直到我们真正见面。但愿她喜欢收到我的信件：我当然很喜欢她写的信。她去世后在英国出版的小说《不合时宜的依恋》[1]，是我撰写的前言，其中谈到了我们的信件往来。

您能描述一下自己和当代文学群体之间的关系吗？

我多少有些回避您所谓的“当代文学群体”。原因有两方面：

[1] 原名为 *An Unsuitable Attachment*，1982 年出版。

首先，我不靠写作谋生，所以不必为了挣钱而跟文学编辑、出版商和电视界的人保持联系；第二，我不住伦敦。在这样的前提之下，我跟这个群体的关系相当友善。

赫尔是不是您有可能一直住下去的地方？果真如此，那么在完成《去过的地方，爱过的人们》[1]这首诗以后，您本人是否有所变化？或者说，那首诗里的讲述者只是一个人格面具？

赫尔是我一直在住的地方。我在二十五岁生日时，请我的同事们参加了一场小型午餐宴会。他们来的时间和我一样久，或几乎一样久。他们拿着一张卡片念给我听，上面写的就是您所说的那些诗句。被触动了[2]，就像法国人说的那样。

作为一名单身汉，您有时候会觉得自己像局外人吗？或者，就像您诗歌《参加的理由》《多克雷父子》和《自我即人》[3]里的讲述者那样，您享受单身状态、保持单身状态，是因为您喜欢这样，并且宁愿以这种方式生活？

很难说。是的，我主动选择保持单身，而且没有喜欢过其他选择。不过，多数人确实会结婚，这是自然，另外也会离婚。所以我

---

[1] 原文标题为“Places, Loved Ones”。

[2] 原文为法语 *Touché*。

[3] 这三首诗的原文标题分别为“Reasons for Attendance”“Dockery and Son”和“Self's the Man”。

估计我就是您说的那种局外人吧。当然，我时不时也会为这件事发愁，但解释原因的话又太费工夫。塞缪尔·巴特勒说过，生命不是以这一种就是以另一种方式被糟蹋掉。

约翰·肯普这个角色在某种程度上是不是依据您自己年轻时的经历？当年您有那么害羞吗？

我想说，是的，我曾经是，而且到现在都极度害羞。但凡得过口吃的人，就可以了解这是怎样的痛苦，特别是中小学的时候。它意味着你永远也无法在任何事情上领先，或者去做任何事情，只能尽量让自己销声匿迹。我经常怀疑，究竟是我的口吃导致了害羞，还是恰好相反？

您的童年不快乐吗？

我的童年很正常，舒适、稳定、充满关爱，但我却不是一个快乐的孩子。反正他们都这样说。另外，我也从来不是什么隐士，这跟报刊文章说的恰好相反：我有朋友，也喜欢他们与他们为伴。跟有些人相比，我知道自己还是极富社交能力的。

您觉得幸福快乐在这个世界是无法实现的吗？

这个，我想如果你身体健康，有足够的钱，在可预知的未来没有任何烦恼，那就是一个人能够指望达到的最大限度了。但是，那种持续情感高潮意义上的“幸福快乐”嘛，不存在的。因为你知道，哪怕只要想到自己将来会死，你爱的人会死。

在《柳墙风波》之后，您有没有写过其他的短篇小说或故事？

没有。我认为短篇小说要么应该成为一首诗，要么成为长篇小说。除非它仅只是一段轶事。

您有没有尝试过真正的长诗？我从来没见您发表过。如果没有的话，为什么？

我一篇都没写过。对我来说长诗就是一部长篇小说。从这个意义上看，《冬天里的女孩》就是一首诗。

要不要尝试写一部剧本或诗剧？

我不喜欢戏剧。它们在公共场合发生。这就像我说过的，我不喜欢。现在我已经聋得比较厉害，这就意味着我听不清台上演的是什么。另外还有，它们蛮像诗歌朗读会：它们必须获得现场反应，这样容易变得鄙俗。当然，演员、出品人——你们是不是管他叫导演？[1] 这些人受自己的个性干扰，还会让别人分神。

不管怎么说，我对《大教堂谋杀案》的喜爱程度，就像我对艾略特写的所有作品那样。我时不时地通过阅读它来获得乐趣，这是我能给予的最高赞誉了。

---

[1] “出品人”和“导演”的原文分别为 producer 和 director。

您见过艾略特吗？

我跟他不认识。有一次我在费伯出版社的办公室——老办公室，“罗素广场24号”，那个充满魔力的地址！我正在跟查尔斯·蒙提埃斯说话，他问道：“你见过艾略特吗？”我说没有。让我瞠目结舌的是，他立刻抬脚出门，转身就带着艾略特进来了。他刚才肯定就在隔壁房间。我们握了握手，他解释说他跟别人约好了要去喝茶，所以不能久坐。稍微停顿片刻，他说：“我很高兴在这间办公室见到你。”这件事的意义在于，我当时还不是费伯出版社的作者——那肯定是1964年他们出版《降灵节婚礼》以前的事了——所以我把这当作极大的赞誉。但这是让人错愕不已的几分钟：我完全不记得当时自己在想什么了。

奥登怎么样？你们熟吗？

我跟他也不熟悉。我有一次在斯蒂芬·斯彭德家里遇见过奥登。斯彭德真是非常好心。从某种意义上来说，奥登比艾略特还可怕。我记得他说：你喜欢住在赫尔吗？我说，我不认为我住那里比住其他地方更不开心。他听到后回答道，淘气噢，淘气。我觉得这件事非常有趣。

但是与著名作家相遇这种事让人很痛苦：我跟福斯特在一起的几分钟就很难熬。是我的错，跟他没关系。狄伦·托马斯来牛津时要到我所在的一个俱乐部做演讲，我们第二天上午一起喝酒。他并不可怕。确实，我知道这种说法听起来很荒谬，但我觉得在这种语境之下，自己跟狄伦·托马斯的共同点，比我和其他“著名作家”的共同点更多。

您在《向北之船》第二版的序言里，提到了奥登、托马斯、叶芝和哈代对您早期的影响。您在研究这四位作家的时候具体学到了什么？

噢，我的天哪，诗人可不是让人研究的！你读到他们，然后就想：这太神奇了，这是怎么办到的，我能不能做到？这是你学习的方法。归根到底，你不能说：这里是叶芝，这里是奥登，因为他们都不在了，他们就像拆散了的脚手架。托马斯是一条死胡同。有哪些影响？叶芝和奥登嘛，是对诗行的驾驭，是情感的形式化疏离。哈代……让我不怕使用浅显之语。所有那些关于诗歌的美妙警句：“诗人应该通过显示自己的内心而触碰到我们的内心”，“诗人只关注他能够感受到的一切”，“所有时代的情感，以及他个人的思想”——哈代彻底明白是怎么回事。

您的第一部书《向北之船》问世时，您觉得自己将来会成为一名重要的诗人吗？

没有，当然没有。我从来没有过那样的感觉。您一定还记得，《向北之船》是通过一家不为人知的福琼出版社出版的，他们甚至连邀约书评的样书都没发出去。它再发展下去就快成作者自费印刷的书店了。你根本得不到写作酬劳，既没有钱（没有协议）也没有名气。你觉得已经亲手毁掉了自己的前途。

一位年轻诗人怎样判断自己的作品有没有什么优点?

我想一位年轻诗人，或年纪大的诗人，在这件事上，应该尝试创作让自己感到愉悦的东西。不仅是在刚写完它的时候，而且还要过完两周，再看它好不好。其次，他应该把这首诗寄给自己喜欢读的那一类杂志，看它是否也能愉悦他人。如果不行的话，他不必沮丧。我的意思是，在十七世纪时，每个受过教育的人都会写诗、弹鲁特琴。想想看，有人会因为拿不到温布尔顿锦标赛的名次就不愿打网球了吗?至关重要的是，写诗应该是一种乐趣。所以阅读它们也应该如此，说良心话。

从您的第一部诗集到第二部诗集《受骗较轻者》[1]，在成熟度与创意方面有很大发展，您是怎样解释这种现象的呢?

你要知道，我其实并不清楚。我写完第一批书以后，应该是1945年吧，我想我已经走到头了。我写不出下一本小说，我什么都没出版。我的个人生活当时比较烦乱。后来在1950年的时候，我去了贝尔法斯特，事情在某种程度上重新缓过劲来。我写了几首诗，然后想：这还不错嘛，于是就自费出版了《二十首诗》的小册

---

[1] 标题典出《哈姆雷特》第三幕第一场奥菲莉娅的台词："I was the more deceived"。孙大雨译为"那我更加意会错了"。朱生豪译为"那么我真是受了骗了"。

子。我第一次感觉到我是在为自己说话。思想、情感、语言协调一致完成了飞跃。它们只能这么办。当然它们始终潜藏在你内心，但必须得形成合力。

您曾经写过："一切艺术的底层深处，都潜藏着留存永驻的冲动。"[1] 以您自己为例，您想留存在自己诗里的是什么？

这个，就像我曾经说过的，是经验。是美。

奥登赞美过您的形式。但是您曾经表明，您对形式几乎不感兴趣——内容是一切。您可以就此评论几句吗？

恐怕这是比较蠢的一句话，尤其是现在来说，人们已经这样不讲究形式了。我读诗时就会想，没错，这是一个相当好的想法，但他为什么不把它变成一首诗呢？为什么不让它变得让人难以忘怀呢？仅仅把它写下来的话，并没有什么用！在所有重要的层面，形式和内容是不可分割的。我所说的内容是指诗歌里留存的经验，那种流传下来的东西。我这么说，肯定是因为看过了太多纯粹由词藻堆砌的诗歌。

在早年的一次访谈中，您表示说自己除了当前时期以外，对其他任何时代都不感兴趣，对英语之外的任何诗歌也不感兴趣。您是

---

[1] 参见下一篇文章《声明》的第二段。

纯粹从字面意思上说的吗？您的看法有没有改变？

没有改变。我不清楚一个人究竟要怎样精通外语，才能在阅读外文诗歌时有所裨益。外国人对优秀英语诗歌的看法简直粗陋得可怕：拜伦、爱伦·坡什么的。还有俄国人对彭斯的喜爱。从内心深处说，我认为外语译本都是言不及义。如果那边的玻璃物件是一扇窗，那它就不是 Fenster 或 fenêtre 或其他任何东西。Hautes Fenêtre，我的天哪！[1] 作家只能拥有一种语言，如果语言对他来说还有所值当的话。

在 D.J. 恩莱特 1955 年出版的《二十世纪五十年代诗人》里，关于现在已经广为人知的原型和神话理论，您表述过一些非常刺激的看法。尤其是这一段："作为一条指导原则，我相信每首诗都必须成为它自身唯一的新生宇宙。因此我并不信奉任何'传统'或通用的神话道具锦囊……对于我来说，整个的古代世界，所有古典神话和《圣经》神话没有多大意义。我想，到今天还使用它们，不仅弥补了那些诗歌浑身上下的破绽死穴，也逃避了作家的原创责任。"这段话的意思是，您真的完全无感，比如说，对斯芬克司在叶芝《第二次降临》里的魔怪式呈现无动于衷吗？还是说，您只是反对掉书袋？

我反对在新诗里面运用旧诗的各种特质或人格面具，这并不是

[1] Fenster 或 fenêtre 分别是德语和法语的"窗"。Hautes Fenêtre 是法语的"高窗"。

什么道德姿态，而是因为它们根本不管用。这要么是因为我没读过它们的原诗背景，要么是因为我读过原诗，但认为它们只是那首诗的一部分，而不是可以被生拉硬拽放进新诗、用来保证预期效果的替代品。我承认，这种争论可能会无休无止进行下去，直到让人感觉荒谬，如果诗人无法指称任何读者可能没见过的东西（比如说雪花）的话。但实际上诗人写作的对象是那些跟自己拥有同样背景和经历的人。这么说可能会被人认为是一种支持狭隘思想却又无从反驳的论点。

运用原型，可能会弱化一首诗，而不是赋予它更大力量？

每次只要有人使用俄耳浦斯或浮士德或犹大这样的词汇，我是不会伏首膜拜的。作家应该努力达到自己想要形成的效果，而不是兜售沃尔多街上那些陈旧不堪的活动人体模型。[1]

您主要读些什么书？

我的阅读量不大。送给我写书评的书。要不就是我以前读过的小说。侦探故事：格莱迪丝·米切尔、迈克尔·因尼斯、迪克·弗朗西斯。目前我正在读《弗莱姆利教区》。一点都不艰深。

---

[1] 沃尔多街（Wardour Street）位于伦敦索霍地区的单行街。十九世纪晚期沿街有众多的古董店。

您怎样看待英国诗歌的当前状态？美国诗歌的情况是更好些，还是更糟些？

恐怕我对美国诗歌的了解太少。至于英国嘛，这个，在二战以前，我还没有成年的时候，我们有叶芝、艾略特、格雷夫斯、奥登、狄伦·托马斯、约翰·贝杰曼——现在您从哪里还能再找出一批人跟他们相提并论？

您没去过美国，对不对？

噢没有，我从来没去过美国，也没有去过其他地方，就是这样。听起来是不是很假清高？不是故意的。我估计我本性里完全没有冒险精神。部分原因在于，这不是我谋生的方式——读书、演讲、上课什么的。我会很烦的。

当然，我现在耳聋得厉害，也不敢做这些事了。有人会说，阿什伯里怎么样？我会说，我更喜欢草莓。[1]就是这类回答。我想每个人都有自己的美国梦。有位作家曾经对我说，如果你哪天去美国，要么去东海岸，要么去西海岸：其他都是老顽固成堆的荒漠地带。我觉得我喜欢的地方可能是这样：如果你帮当地哪位姑娘修剪过圣诞树，那么大家会认为你跟她已经确定了恋爱关系。如果你不去找牧师谈谈后面怎样安排，她几个哥哥就要开始在家里擦枪备子

---

[1] “阿什伯里”原文是 Ashbery（指美国诗人 John Ashbery），“草莓”原文是 strawberry，拉金利用谐音，拿自己的耳聋开玩笑。

弹了。田园牧歌的版本之一。

您的作品实际上是怎样完成的？一首诗要到哪个阶段才开始用打字机？

我是——或以前是——用铅笔写在笔记本里，尽量在开始写下一节之前完成前面每个诗节。这样，等这首诗整体写完，我再把它打出来，有时会做些小的改动。

您使用了很多习语和非常普通的词组——我猜，是为了形成反讽，或是要比常规用法具有更多含义，而绝不是为了产生震惊效果。这些词组是后来想到的，为了丰富文字肌理或什么，还是从一开始就是密切相关的一部分？

它们自然而然就出现了。

对于您来说，诗句跨行有多重要？在有些诗句里，您似乎通过诗句分割本身而对不同的生命进行疏离。

没有哪种手段是本来就重要的。写诗就是在显示自然韵律和说话语序，从而对抗韵脚和音步的斧凿痕迹。人都有一些自定的规矩，比如说，永远不要把一个形容词和它形容的名词分割开来。

您是怎样决定要不要押韵的？

一首诗的想法通常都伴随着一两句诗而产生，而它们又共同决定了全诗剩余部分。正常情况下，写诗不必押韵。决定不去押韵，相对要困难得多。

您可以边喝酒边写作吗？您有没有尝试过拓展意识的药物？

不行，尽管我这一代作家个个都挺能喝。嗑药的不算。

如果有一种诗，它基于多数人会轻易错过的某个意象，您可以描述一下这种诗的源起和制作完成过程吗？（邻里之间的洁净小路，城市车流里的一辆救护车？）

如果我可以回答这类问题的话，我早就是一名教授而不是图书管理员了。另外不管怎样，我也不愿意当教授。这是你想都不愿想的事情。现实情况就这样，或者说以往就这样了。如果这算是值得感激的事，还真挺让人感激的。

我记得以前说过一回：我无法理解这些奔波于美国各大校园、向人们解释自己是怎样写诗的伙计们：这就像到处向人解释你怎么跟自己老婆睡觉一样。所有跟我聊过这件事的人都说，如果他们的经纪人能够敲定这个睡觉题目，他们也会照谈不误。

您扔掉了很多诗吗？

有些诗没完工。有些没出版。我从来不扔任何东西。

您在《牛津二十世纪英国诗歌集》里只收录了自己的六首诗

（相比之下，像约翰·贝杰曼的就收录了十二首）。您认为这是您最好的六首，还是说它们只不过"有代表性"？我发现没有《去教堂》这一首，就觉得很诧异。按理说这是您最有名的一首诗啊。

我记得的是，我当时决定把跟我同时代或更晚的诗人作品数量限制在六首，这样免得伤感情。就像您说的，我这几首是有代表性的：一首写得漂亮、一首挺有趣、一首写得很长，诸如此类。作为编辑，我不能给自己留太多篇幅，对不对？

您在这部选集的序言里，清楚表示没有收录任何"需要一份词汇表才能完全理解"的诗作。实验性写作与晦涩感，已经让诗歌与大众的距离越来越远。您觉得自己那种语言澄澈的作品有助于弥合这个距离吗？

这就要解释一下我为什么没有专门收录方言诗作的原因。我们收录了几位诗人，是用极其凝练的苏格兰东南低地方言写作。跟你说的那种意义晦涩毫不相关。

好的，可是您在《爵事钩沉》序言里的态度是反对实验写作，还以毕加索、庞德和帕克的三人组作为例证。您为什么不信任新生事物呢？

我觉得不可否认的是，在本世纪以前，文学一直采取和我们所有人相同的方式来使用语言，绘画代表着每个人用寻常眼光见到的事物，音乐则是由诸多美妙声音汇成而不是呕哑嘲哳的声音。各

类艺术中的“现代主义”创意，都是由一些相反的做法构成。我不懂为什么会这样，我并不是历史学家。你必须要区分那些刚刚问世时貌似奇异、现在却极常见的新生事物，例如易卜生和瓦格纳的作品；还有那些当初看似疯狂、现在看仍然疯狂的东西，比如《芬尼根守灵夜》和毕加索。

这和爵士乐又有什么关系呢？

息息相关。爵士乐非常清楚地体现了这一点，因为它就是这种时光叠合的艺术。只不过它跟这个世纪的年岁相仿，说白了。查理·帕克彻底毁掉了爵士乐。他的方法——或者说有人告诉我——他使用半音音阶，而不是自然音阶。自然音阶是你在写国歌、情歌或摇篮曲的时候用的。半音音阶，则是为了达到一边喝奎宁马丁尼一边灌肠的效果。

如果说我对这件事的态度显得激愤，那是因为我爱爵士乐，我爱阿姆斯特朗、贝歇特、艾灵顿、贝西·史密斯和贝德贝克的爵士。眼看它彻底毁在一个迫害妄想狂的瘾君子手里，真让我气得发疯。不管怎样，爵士乐已经死了，就像伊丽莎白一世时期的牧歌演唱一样死透透了。我们只能好好珍惜那些唱片。我确实这样做的。

我们现在再谈谈“牛津英诗集”吧。有些批评家说您在遴选时不仅推崇传统诗歌形式，还偏好二流诗人。您对此怎样答复？

因为这是《牛津二十世纪英国诗歌集》，我肯定要让它代表本世纪的主要诗人、他们最优秀和最典型的作品。我相信我是这样做的。麻烦的是，如果你只照顾这一点，结果就会出现一部有价值却乏味的书籍。因为现在已经有很多书就是这样做的。当时我想，如果加入一些大家不太熟悉、文笔好或别具一格的诗，而它们的作者还没有达到需要全面展现的水平，这样挺有趣。我把它们看作是一条人迹常至的小径旁那些不期而遇的花朵。我想它们是以我未曾料想的方式让大家感到失望了。虽然令人奇怪的是，这些诗作现在已经开始被人引用，而且还单独汇编成册了。

多数人会根据其他选集而编制自己的文学选集。我用五年时间读完了每个人的全部作品，最终用六个月时间在博德利图书馆[1]的地下室里处理完他们收集的所有二十世纪诗歌。这样做很有趣。我不敢说自己有什么重大发现，但是我希望我已经有效提醒大家注意到平时从未听说的好诗。不管怎样，我编了一本可读性很强的书。我让二十世纪诗歌产生了良好声誉。这本身就是很不简单的收获了。

您诗歌里的幽默感，倒是没有多少人评论。比如《癞蛤蟆》里

[1] 牛津大学共有图书馆40余座，统称为博德利图书馆（the Bodleian Libraries）。其中以1602年开放的博德利图书馆历史最为悠久，共包括宽街（Broad Street）周边的五栋建筑。

那句奇妙的双关语："种种梦想藉以形成的材料"。[1]您是有意识使用幽默来达到某种特殊效果，还是为了避免某种相反的情感？

一个人使用幽默，是为了让大家笑。至于我，我不知道他们到底有没有笑。麻烦的是，这会让他们觉得你不大正经。这是你要冒的风险。

您最近的诗集《高窗》，至少包括了三首我认为可称为讽刺类型的诗：《后代》《向某政府致敬》和《这就是诗》。您认为自己是一位讽刺型作家吗？

不，我不应该自称为讽刺型作家，或其他任何一种款型的作家。你提到的几首诗跟其他诗歌是以同样方式构思产生的。也就是说，作为诗而写的。想要成为一名讽刺型作家，就必须认为自己比别人懂得多。我可从来没这样想过。

美国的诗人兼批评家，彼得·戴维森，他将您形容为"简缩天

---

[1] *Ah, were I courageous enough*
To shout Stuff your pension!
But I know, all too well, that's the stuff
That dreams are made on:

以上为《癞蛤蟆》一诗的原文节选，其中第一个 Stuff 意思是"（让你的养老金）见鬼去吧"，第二个 stuff 是"（种种梦想藉以形成的）材料"。采访者引用的这句诗，与莎士比亚剧作《暴风雨》第四幕第四场里普洛斯佩罗的台词"我们是种种梦想藉以形成的材料"相仿。

才”——意思是说您通过简缩事物而让它们变得清晰——把英国简化为“晒麦场”，等等。这个评价公允吗？它是否属于您自己意识到的一种技巧？

这种说法让人很难回答。那句诗“它的邮政地区就像晒麦场归整到一起”，指的是伦敦，而不是英国。这对我来说并不像“简缩”，而是相反的东西，如果非要概括的话。这种写法的本意是要显示出这些邮政地区的富庶和丰茂。

戴维森还认为您最热衷的主题是失败与软弱。

我觉得应该根据一位诗人怎样对待他的主题来判断，而不是通过他主题的内容。否则你就像是那种极权者的态度，要求诗歌只能写钢铁产量，而不是“可是去年的那些雪都去哪儿了？”[1] 诗歌不是用来覆盖被选择对象的喷漆颜料。一首关于失败的好诗，就是一首成功之作。

《癞蛤蟆》是在不规则的三音步和双音步之间来回切换，并辅以切换变化的离韵[2]，而《重访癞蛤蟆》又采取了三音步和离韵的对韵体，这是有意而为吗？您认为是什么决定了一首诗的形式？是全篇的第一行，还有与之相随的韵律吗？

---

[1] 原文为法语。出自法国诗人弗朗索瓦·维庸（François Villon）的同名诗作。

[2] 离韵（off-rhyme），即重读章节里的元音或辅音押韵，也被称作半韵（half rhyme）、近似韵（near rhyme）、不工整韵（slant rhyme）、模糊韵（oblique rhyme）和非工整韵（imperfect rhyme）。

这个，是的：我想我已经承认了这一点。事情隔得这么久，我已经想不起来当初怎样打算让第二首蛤蟆诗成为第一首的伴生作品了。很有可能的是，我发现它其实是一首关于工作的诗，但又不同于第一首，如果这样把它们联结起来，似乎挺有意思。

您是怎样萌生这个念头，要用癞蛤蟆的意象来代表工作或劳动呢？

纯粹是天赋。

作为一名作家，您具体有哪些写作怪癖？您觉得自己是否具有某些明显或隐秘的写作瑕疵？

我真的不知道。我想我用五步抑扬格用得比较多：有些人觉得这样写有压迫感，所以会尽量远离它。我的隐秘瑕疵只是水平不算太好，跟其他所有人一样。我从来不说教，从来不勉强用诗歌去做事情，从来不积极主动地寻觅诗歌。我等着它来找我，随便它以什么样的躯壳形式。

您觉得自己归属于某种具体的英国文人传统吗？

我记得好像乔治·弗莱泽说过，诗歌或是“远占眼光”（他是苏格兰人，说话有口音），或是“道德话语”。我属于第二种，而第一种更好。一位著名的出版商问过我，诗歌是怎样标点断句的。我说，跟散文一样。他好像被吓了一愣。我说这话的意思是，我现在写作，或以前写作，是跟其他人一样的。在没有变成愣头青之前，还是通过普通方式来运用词汇和句法，描述可以辨识的经验，尽量让人难以忘怀。在我看来这并不是一种传统。其他东西，那种不着四六的东西，更大程度上是一种偏离。

您对桂冠诗人的职责有什么看法？它是否发挥了某种有效功能？

诗歌与王权都是非常原始的东西。我赞成它们以这种方式结合，我是指在英国。从另一方面看，桂冠诗人是什么，他要做什么，这一点还不明朗。在某种程度上，是刻意如此：它并不算一份工作。没有任何义务，没有薪水。它甚至不算是多大的荣誉，或者说，它不仅是一份荣誉。我确信，它最糟糕的方面，尤其在今天，就是它带来的知名度，在公众层面与诗歌相牵涉的压力。这对任何真正意义上的写作肯定非常有害。

当年丁尼生可以发表一首十四行诗来告知格莱斯顿[1]应该怎样安排外交政策，而这种时代显然已经结束了。有趣的是吉卜林这个人。他被多数民众认为是堪比国家发言人的诗人，却从来没成为桂冠诗人。他在布里奇斯被任命的那一次就应该是了。[2]但他并没有，

[1] 格莱斯顿（William Gladstone, 1809—1898），英国自由党领袖，曾四次出任首相。

[2] 指罗伯特·西摩·布里奇斯（Robert Seymour Bridges, 1844—1930），1913 年至 1930 年的英国桂冠诗人。

很典型的情况——这个位置并不是如此考虑安排的。它的恳切意图是为了荣耀某人。然而任何有关王室的事情在今天都能引发如此狂热的关注，它确实更像是一种真正的磨难，而不是荣誉了。

您的诗集以每十年一部的速度问世。不过，从您所说的情况看，我们不大可能在1984年左右看到另一部新诗集了，是吗？您真的无论哪一年都只完成大约三首诗吗？

我不可能再写更多的诗了。不过真正动笔写的时候，确实，我写得很慢的。几天前我还在看《降灵节婚礼》[这首诗]，发觉我是在1957年夏天某个时候开始写它的。写完三页后，我把它扔下，接着写另一首。后一首其实写完了，但从来没发表过。我在1958年3月重新捡起它，继续琢磨到10月，然后就写完了。可是等到我翻看当年记载的日记时，才知道它描述的那类事情是在1955年7月发生的！所以说总体来看，它用了三年多时间。当然，这是个例外。不过我确实写得很慢。部分原因在于你要明白想说的内容，还有怎样言说它的方式。这需要时间。

作为一个不喜欢接受采访的人，还回答了我们的所有问题，您真慷慨。

我恐怕没说什么很有意思的话。你必须要认识到我对诗歌从来没什么“想法”。对于我来说，它始终是在各种需求的综合压力下，一种个人化、几近于生理释放或解决方法的东西——想要创造，想要合理化，想要赞扬、解释或进行外化。根据具体情况，不一而足。我对别人的诗歌一向不太感兴趣——当然，动手写作的理由之一，是因为没有人写过你想读到的东西。

也许我的诗歌观念很简单。曾经有个时候，我答应帮忙去做诗歌竞赛的评委——你知道那种竞赛，他们有三万五千个入选作品，你要看其中最好的那几千首。看了一会儿我就说，那些情诗都到哪里去了？还有自然诗呢？他们说，噢，那些都被我们扔掉了。我现在估计，它们应该都是我喜欢的那些诗。

1982

寻常文字

声明

●

我发现我对诗歌及其现状很难发表任何抽象看法。因为我发现对于我这样的写作者来说，将这个题目加以理论化并没有任何益处。其实真正的情况是我得表明自己并不懂什么是诗歌，不知道应当怎样阅读一页诗，或了解神话的功能。从智识层面决定怎样才算得上好诗，是很要命的事情。因为从今往后你为了维护面子，就必须试着这么写下去，而不是写出只有你才能完成的那些诗。

我写诗是为了留存我看过/想过/感觉过的东西（如果我还可以这样来表明一种错综复杂的体验的话）。这么做既是为我自己也是为了别人，尽管我觉得我首先应当负责的对象只是体验本身。我努力使之免于遗忘，全都是为了它的缘故。我完全不清楚自己为什么要这样做。但是我想，一切艺术的底层深处，都潜藏着留存永驻的冲动。因此，我的诗通常都与我自己的私人生活有关，但也并不尽然。因为我可以想象我从未见过的马，或某一位新娘的情感，而不必非要当过女人或结过婚。

作为一条指导原则，我相信每首诗都必须成为它自身新鲜创造的唯一宇宙。因此我并不信奉任何“传统”或某种共同神话的道具锦囊，或在诗歌里随意援引其他诗歌或诗人的用典掌故。我觉得最后一条让人很不舒坦，它就像文学仆从在言语之间总想让你知道他们结识了哪些有门路的人。诗人的唯一向导应该只是他自身的判断力。如果这种判断力有缺陷，那么他的诗歌就会有缺陷。与其对他人言听计从，还不如自行判断。对于当代诗坛，我只能说，依据我这些想法来创作的诗歌实在太少了。如果这一类诗歌的数量充足，我也就没有那么大的动力非要自己动手写了。[1]

1955

[1] 原注：D.J. 恩莱特在编撰《二十世纪五十年代诗人》（*Poets of the 1950s*，1956年在日本出版）时给各位入选作者写信，让大家对各自的诗歌观念进行简单陈述。当时我就估计到他在撰写序言时会使用这些回复作为原始材料。当我发现自己写的东西被一字不落地发表出来时，委实感到有些崩溃。

愉悦原则

我们有时候需要提醒自己：通常被视为很复杂的事情，也有它们相对简单的层面。比如说，写一首诗就是这样。它总共包括三个阶段：在第一阶段，一个人如此沉迷于某种情感概念，所以会受其驱使，想要做点什么。他动手做事情，这是第二阶段。也就是说，他要建构一种语言装置，让所有愿意读它的人，无论何时，无论何地，都可以重新产生这种情感概念。第三阶段是指人们在不同时间和地点触发这个语言装置，从而在自己内心里重现诗人创作时的各种感觉，如此往复再三。这几个阶段相依共存，不可或缺。如果没有最初的感觉，这个装置就无法具备任何能够重新生发的内容，读者也无从体验到任何东西。如果第二阶段完成得不好，这个语言装置就无法传递真材实料，或者只能向有限人群提供有限材料，或者是刚开头就莫名其妙地煞了尾。另外，如果没有第三阶段，没有成功的阅读体会，就很难说这首诗究竟有没有实际存在过。

这种三段式基础结构的描述，表明诗歌本质是情感，它在运作方面则具有戏剧化特征，是在他人身上重现情感的技术过程。反过来，一首劣质诗歌就永远无法成功实现这一点。所有批评贬斥的模式，无论它们运用怎样的文学、哲学或道德词汇，无非是借助不同形式来表达这个意思。如此昭然若揭之事，如果不是因为当代诗坛表示它已经被人遗忘的话，原本没有必要再说出来。我们似乎正在生产一种新型的劣诗。它们不是过去那种试图感动读者却无能为力的诗歌，而是根本不屑于进行类似尝试的诗。读者不断遭遇到那些不看注释就会逾越自己理解限度的作品，或是内容乏味却欣然自得地辩称，本诗作者仅仅是让自己回忆自己已经知道的东西，而不是将它重新展现给第三方。事实上，读者在诗人心目当中的地位已经不复存在。读者不再是必须理解并欣赏已完成作品的人，如果它最终还能够成功的话。目前的假设是，没有人会读它；即使他们读了，也不会理解或欣赏。事情怎么会变成这样？如果说诗歌已经失去了它的读者，是比较片面的，所以这种说法无需考虑：因为许多人还在读诗甚至购买诗集。更确切地说，诗歌失去了旧读者，却获得了一批新读者。这是诗人、文学批评者和学术批评者相互形成一种诡诈融合之后造成的后果（路人皆知，这三个阶层目前已无从区分）：不夸张地说，诗人已经获得了舒适地位。他可以藉此在报刊上赞扬自己的诗歌、在课堂上详加解释，而读者则在威逼霸凌之下放弃消费者的权柄，不能说“我不喜欢这个，给我来份儿不一样的”。现在读者只要胆敢冒出一个字来，说自己不喜欢某首诗，估计还没等他念完“艾德温·阿林顿·罗宾逊”[1]

[1] 罗宾逊（Edwin Arlington Robinson, 1869—1935），美国诗人，三次获普利策奖，四次获得诺贝尔文学奖提名。

这个完整姓名，就已经成为众矢之的。有关指控条目很严重：感知疲弱、批评工具匮乏或不完善、无力应对新式语言和情感境地。判决结果如下：有罪。同时附录部分材料以说明该囚犯的心智成长过程、对大众娱乐形式的沉溺、各种反应衰退等情况。法官道：如今尔等纨绔子弟该当知晓，读诗本是辛苦营生。判拘禁十四天。下个案子开审。

因此，阅读诗歌的金主们，他们以前掏腰包付钱时，可以明白无误地指望着享受欢娱，就像是看剧或去音乐厅一样，后来却很快把兴趣转换到其他地方。诗歌不再是一种愉悦。他们已经被一拨更卑微的人物取代。后来这批人并不追求愉悦，而是自我改良。他们不假思索就接受了下述论点：如果自己在思想装备上的先期投入不够，就没有办法欣赏诗歌。极其偶然的是，这种思想装备又是他们导师碰巧拥有的东西。简言之，现代诗歌读者如果不打算自行判断，他们只能是一批学生式的读者，既纯洁又简单。乍看之下，这可能不是一件坏事。诗人终于拥有了一种道德支配地位，而他的新客户群体不仅要为诗歌买单，还要为后续的诗歌解读买单。再者，如果诗人只需取悦自我，他就不会因为受制于读者而左支右绌。不管怎样，现在已经没有人相信，一位货真价实的艺术家除了自己的判断力以外，还需要依赖其他什么东西：公众品味始终停留在二十五年前，永远只能发现二流作家已经反复利用过的风格。这些话说得都很对。然而诗歌在骨子里就像所有的艺术一样，注定有责任带来愉悦。如果一位诗人失去了寻求愉悦的读者，也就失去了唯一值得拥有的读者群体。因为在每年九月恪尽职守注册签名的那群暴民[1]，不足以替代他们。这种效果将体现于他的整部著作。他会忘记，即使他发觉自己有些话不得不说而且还很有趣，其他人或许并不这样认为。他会专注于道德价值或语义精巧。最糟糕的是，他这些诗歌的诞生，可能不再源于某种张力。这种张力关系的一端，是他以非语言形式感觉到的东西，另一端则是他能够通过常规语言用法而传递的东西。传递的对象，则是某个不具备作者本身的体验、没有受过同样教育，也领不到差旅补助的人。这根绳子原本处于紧绷状态，只要松开另一头，就会出现不知所终、“毫无戏剧化”的松弛感。没有什么比这个结果更令人费解，或不值一提了（尽管这两种情况可能同时存在）。因为他将丧失借用这个具体标准来测试自己写作成果的习惯。如此一来，愉悦将不复存在。如此一来，诗歌将不复存在。

这种情况该怎么办？谁想为此做点什么？当然不会是诗人。诗人已经拥有前所未有的地位，可以同时兜售自己的作品及其评判标准。当然不会是新一代的读者，他们就像是从未圆房的婚姻伴侣，对于什么是更好的东西一无所知。当然不会是老一代的读者，他们只是用一种获取愉悦的方式来取代另一种而已。只有浪漫心思的闲散者，回想起诗歌尚被斥为罪恶的那段时光，才可能希望情势有所不同。不过，假如这种途径事实上需要我们摆脱诸多责任，并且恢复我们的愉悦感知，那么我只能认为：必须采取行动，对当前各类

[1] 指九月份入学的大学生。

观念进行大规模的厌弃，而这种厌弃行动要从诗歌读者开始。应该让他们更频繁地问问自己，是否真正喜欢各自读到的东西。如果不喜欢，继续读下去还有什么意义。我使用“喜欢”这个词汇，是指它最普通的意义。也就是我们打算继续开着收音机还是关掉它的那种意义。感兴趣的人，可能会喜欢戴维·达伊奇斯[1]的随笔文章《新批评：一些合格条件》（见《文学随笔》，1956）。与此同时，塞缪尔·巴特勒的这段话或许可以唤醒某种渴望自由的潜在冲动：“我希望我能够比现在更爱听舒曼的音乐；我敢说，如果我费力尝试的话，就能让自己更喜欢它。但是我不喜欢费力尝试让自己去喜欢什么。我喜欢那些让我一见钟情、根本不用费力尝试的东西”（《笔记》，1919 年）。

1957

[1] 达伊奇斯（David Daiches, 1912—2005），苏格兰作家、文学批评家与文学史研究者。

写诗

也许，采用《降灵节婚礼》内容条目里的详细注解，来回应评委们[1]对它的励勉褒扬，对我来说是比较合适的做法。不过遗憾的是，一旦我交代清楚，这些诗歌的写作地点是约克夏郡的赫尔或附近地区，写作时间是 1955 年至 1963 年，在此期间我连续使用了一批皇冠牌 2B 铅笔，那也就没什么可补充的了。我认为，我想达到的效果在所有作品例证里都非常明确。如果有时候我没达到效果，那么现在再添加边页注解也于事无补。由此可见，诗歌应当属于诗歌的读者。他们会及时进行判断，或是遗忘，或是记住这些诗。

如果非要说些什么的话，那就是一个人写下来的未必是他想写的诗。多年前我自己形成了一个结论：写一首诗，就是建构一个语言机关，让它能够在所有读诗人的心里再现某种体验，使之永久留存。这个定义很有效，它让我感到非常满意，而且能够让我写出一首首的诗。根据这种设想，一个人只需拾起某段体验经历并将它留存下来就行了。不过，这样说有些过于简单化。如今不再有人信赖"诗意"主题，也不信赖诗意的词汇。不过，一个人写诗越久，就越发觉得有些主题还真是比其他的更诗意，如果唯有它们的相关诗歌能够写出来，而其他主题的诗歌就是写不出来的话。一个人刚开始的时候总是什么东西都想写。后来，他多少会学着加以区分，尽管仍然有可能制造一大堆白白浪费时间的次品。其实，我这条有效定义几乎没界定什么：它根本没有提到这个必要的区分因素，也没有涉及那不可言喻的语词发酵的确切本质。

这就意味着，多数时候我们只是在专心从事，或者试图完成某个价值可疑、运作模式也不明朗的东西。我们会不会为此而感到格外开心？人们能够宣称自己是某种神秘祭司的时代已经一去不复返：神秘这个词目前不是意味着无知，就是胡说八道，两者都不是什么时髦品质。尽管如此，写诗仍然不是随心所欲的行为。不同主题之间的区别，并非随心所欲。一首诗获得成功的原因，也并非随心所欲。正因为如此，那些真正写出来的诗歌，可能显得微不足道或令人生厌。相形之下有些其他诗歌则并非如此。但只要是写出来的诗，即使它们无法取悦于创作意志，显然还可以取悦于某种必须取悦的神秘事物。

这并不是说，一个人永远都要写那些违悖创作意志的诗。这句话真正意思是，为了写诗而调动的各种因素里，必须包含一缕充满好奇的自我满足感。这种感觉几乎无法描述，除非使用某些诸如此类的词汇：它的存在，有助于抵消创作意志可能会对某项已完成

---

[1] 原注：诗歌出版协会（The Poetry Book Society）的评选委员。这篇文章最初刊登在协会《通报》。

任务表示的欣慰。没有这种自利的因素，无论诗歌主题多么有价值，也会随风而逝，直至被人遗忘。这样的情形里充满了各种暧昧不明。写诗是一种愉悦：说白了，有时我会故意让它与其他闲暇活动一起到露天市场上竞价。我的表面托辞是：如果写一首诗还不如听唱片或出门游玩那样有趣，那么它读起来也不会有趣。可是，这种说法难道不是可能掩盖潜意识里对写作的抵触吗？说到底，我们的各种愉悦，又有多少经得起认真推敲呢？或许它只是隐蔽的怠惰吧？

一个人是否对此感到忧心，其实取决于他对写作更感兴趣，还是想要寻找诗歌写作方式。如果是前者，那么上述考虑只是另一类技术处理问题，例如怎样面对吵闹的邻居，或一个人的自身性格等，这些问题类似于牧师内心的信仰疑惑：你只能不予理睬，继续前行。我想，我们提起这些话题，是想找到某种答案，让自己在作品完成过程中付出的相应牺牲显得合理。但由于这个答案寻求者是创作意志本身，所以最终并不可能带来任何欣慰。就像其他所有事情一样，从整体来看，这件事里的唯一慰藉是：在所有的可能性当中，并没有什么真正的选择余地。

1964

书籍

●

让我来撰写这篇前言，可真是挑错了人。[1]我从来不会自称爱书之人，就像我不会自称热爱人类一样：我爱不爱，完全取决于书或人的内在品质。我也不是藏书家：曾经有位大学教师问我有多少本书，当时我实在答不上来。不过这也没关系，他只是想告诉我：他有二万五千本或五万本书，或是某个令人难以置信的数字。我非常有礼貌，没有抛出一句塞缪尔·巴特勒的引言变体："我把书存放在街角另一头，在大英博物馆里。"不过，此时我感觉到他掩饰不住的一阵惋叹，好像他刚向一位偷窥狂或轻度心理强迫症的病人坦露过心声。

不过我的生活确实是处于书籍包围之中：到底是怎样的轻度心理强迫症，会让我竭力表现出这种公然否认的态度呢？也许是年龄的缘故：在我成长的年代里，书面语言渐渐不再是主要的娱乐产业。整个社会对写作者的境遇已经不予理睬，不在意他们能否依靠撰写书评和新闻报道，或书写平凡琐屑的"中产者"，就可以舒舒坦坦地住在类似圣约翰森林这样的地方，再配一两个仆人，还能养活一家人。同样，当年人们景仰的那些作家——比如说劳伦斯，或者奥登——都喜欢将“文学—生活”的冲突戏剧化，然后让你毫不迟疑应该站哪边。如果你不够小心，最终下场可能就是“把动物当朋友，或者只留下一本回忆录”了。第三点，当然了，书籍，尤其是那种被命名为“旧藏古籍”的书，从政治意义上就令人生疑。工人们不会费劲去读它们：它们是食利者的徽章。左派读书俱乐部的粉色精装书当然都没问题，还有第一版的企鹅出版社图书。但如果你胆敢暗示什么“在一群沉默的朋友里陷入沉思”，就足以标明你是人民公敌。

尽管如此，我终究还是一位读书强迫症，而这种强迫症是为了和另一种强迫症相匹配。这意味着我的书在某种程度上都是偷偷溜进屋里的。就在几天前，我还猛然意识到自己正在打量自家公寓墙上的一块空白区域，心想这地方可以再添上几个书架。我把小说和侦探故事都放进卧室，这样客人们就不至于受到引诱，想把它们借走。起居室里安放着形式更高级的文学书籍（还有我的爵士乐书籍，这部分收藏远未穷尽），而大厅里则存放着相当值钱的物件儿，这是我的如意算盘，让客人们看到以后赶紧走人。它们中间没有哪本书能称得上出色。最好的几本，是刚出版时买的，如今它们堪称“现当代初版本”了。最次的那些，是从某个车站书摊一堆糟七糟八的书里面淘到的。我记得约翰·马尔科姆·布林宁[2]在哪里说过，

---

[1] 原注：这篇导言是为1972年旧藏古籍书商协会的计划活动而撰写。

[2] 布林宁（John Malcolm Brinnin, 1916—1998），美国诗人，另著有《狄伦·托马斯在美国》（*Dylan Thomas in America*, 1955）。

他从来没看见狄伦·托马斯读过任何东西，除了有一次看到他在读一册平装本的劣质作品。不过，我还是在看这些书的，不像迈克尔·费恩收藏“海青色厚布面”的九卷本佩特全集——我怀疑这套全集从来就没被打开过：我躺在床上读，坐在洗手间里读，吃饭的时候也读。我在工作椅旁边伸手可及的地方也放了书，右边是参考书，左边是十二位诗人的作品：哈代、华兹华斯、克里斯蒂娜·罗塞蒂、霍普金斯、萨松、爱德华·托马斯、巴恩斯、普雷德[1]、贝杰曼、惠特曼、弗罗斯特和欧文。没错，我向右边伸手的次数要比左边次数多，但这十二位摆在那里就是榜样。所以说，总而言之，我应该还是惦记着我这些书的。我宁愿觉得自己可以不需要它们——我宁愿觉得我可以什么都不需要——可是毋庸置疑我还是会惦记它们。

可能作家对待书的态度总是比较矛盾，因为一个人动笔写作的初衷之一，是因为现存的所有书籍都多少有些不如人意。可是如果要构想出另一种更好的文明象征物，显然又很困难。当然这个象征物还会再发生变化：一部优质书籍，它的材料、它的工艺、它的设计，都在绘声绘色地表明这是建立在特定工具、闲暇与品位基础上的文明形态。当今时兴的象征物是平装本，它们被数以十万计地扔给不发达区域（亚洲、非洲、年轻人），传播着我们认为最能代

[1] 温斯洛普·麦克沃斯·普雷德（Winthrop Mackworth Praed, 1802—1839），英国诗人与政治家。

表我们思维与想象力的内容。如果我们的价值目标是为了捍卫世界上的某个地盘，那么，这些书籍就是赢得胜利的部队，只不过胜利并非必然的结局。在国外赢得的东西，可能会在国内轻易丧失。或许乔治·奥威尔在使用书籍作为象征物时的表述方式最好，可以让双方都感到满意：大家应该还记得他怎样在《1984》里面让主角温斯顿·史密斯对自己从“某个脏兮兮的小废品店里”购来的一本书表示无比珍惜。奥威尔告诉我们，这是“一本格外美丽的书”，纸张和装帧都是如此。只不过，里面的书页内容却一片空白。对于作家来说，这是一种强大有力的意象：往昔时光曾经赋予我们的那些书，书商们经营的那些书，都是印刷品；它们妙不可言，却寿命有限。只有空白的书，手稿书，才可能是我们应该给予未来的书籍。它的潜能无穷无尽。

1972

补贴诗歌

我非常荣幸，也非常愉快地接受这个奖项[1]。我衷心感谢基金会和评委给我颁发这个奖。我还要向教授先生哈斯博士赠予我的溢美之辞[2]深表感激。我聆听着他的夸奖，就像柯勒律治在另一种情境里建议的那样，暂时心甘情愿地悬置疑虑。[3]我知道研究我的学者彼得·兹佐尼伊会跟我感到同样荣幸，因为我们共同参加了一场如此慷慨而难忘的盛典。

正如大家刚才听到的，1938 年获得这个奖项的前一位诗人是约翰·梅斯菲尔德[4]。我很高兴能够与这样一位诗人产生联系，哪怕是以现在这种偶然方式。长期以来我一直景仰他诗歌的力度与质朴感。与此同时，我怀疑梅斯菲尔德究竟能否被视为三十年代英国诗人的典型代表。我始终觉得心里不踏实，我疑心自己是否更不算当代英国诗人的典型代表。当然，从某种意义上看，并没有所谓典型的诗人：他们都各行其是，从来不互相参照或模仿。虽然如此，每个时代却总是有它自身独特的诗歌形象，有诗人们发挥作用的状况条件。毫无疑问，七十年代英国的这些情况，和四十年前已经不同。最深刻的变化，是诗歌已经转化为一种公共事件的程度。我们几乎可以说，诗歌在这些年来一直被鼓励成为娱乐世界的一部分。目前有一种明确的变化趋势，是让它朝着口头诗歌和讲台诗歌方向发展，而不是允许它停留在印刷页面，供人默默阅读。对于诗人来说，这意味着他必须学会各种新式技巧：他必须适应麦克风，适应电视摄像机，甚至适应乐队，同时要准备培养好自己的个人形象，作为在诗歌与读者之间左右逢源的某种东西。

除此以外，还有鼓励诗歌向教育领域发展的趋势。中学和大学校园里讲授的诗歌范围，并不是以丁尼生作为结篇，或是在1914年终止。它一直持续讲到现在。这相当于暗示说：当代诗歌和过去的诗歌一样值得学习研究。这又牵涉到诗人本身：他以访问学者或教师的身份，在大学校园里受到欢迎，甚而可以建立更长期的合作基础：作为一名驻校诗人，或创意写作的教授学者。他不得不让自己适应诗歌教学，教他自己写的诗或别人的诗；他要学会找到足够的诗歌观点，以便填满一节研讨课的内容；他还要额外向班里同学解释，自己是怎样写出来的——甚至，还有更糟糕的，就是告诉他们怎样也能学会

---

[1] 原注：1976年莎士比亚奖，由汉堡的FVS基金会授予。

[2] 原文为 more than handsome *laudatio*，最后一个词是拉丁语"赞美"。

[3] 语出柯勒律治《文学传记》(*Biographia Literaria*, 1817）第14章。原文为"暂且对无法相信的思虑心甘情愿的悬置，这就构成了诗性信仰。"(that willing suspension of disbelief for the moment, which constitutes poetic faith)。

[4] 梅斯菲尔德（John Masefield, 1878—1967），英国诗人，1930年获得桂冠诗人称号。

写诗。

我始终会在谨慎思考过后才使用“鼓励”这个词汇。因为上述两种发展趋势的形成，离不开第三个，也就是近年来最重要的变化：现在人们认为，诗歌完全可以通过公共或半公共的钱款进行资助。实施方式有好几种：单独拨款给作家，对诗歌节或杂志进行资助，还有就是我刚才提到的那一类高校学术资金形式。我确信所有这一切背后都存在着某种慷慨而合理的冲动。如果诗歌是好东西，那就尽可能让更多的人更加充分地拥有它吧。如果它给生命带来意义，那就好好关照我们这个时代的诗歌，希望它能给我们的生命带来意义吧。如果过去的诗人食不果腹，或是被书商们连哄带骗，或是没有闲暇写作，那就更有理由给予他们足以维生的东西，从而确保这类事情不再发生。

简而言之，这就意味着，以往极其罕见但在七十年代已经成为可能的事情是：如果不能通过诗歌谋生，至少还可以通过成为一名诗人而谋生。这就跟生活当中其他许多事情一样，在我看来，它既有可能成为一桩美事，也可能是不太好的事情。就拿诗歌朗读来说吧：它就是狄伦·托马斯说的那种“行程二百英里，只是为了用我这稀奇古怪的嗓音来朗诵那些无人欣赏的诗，而且再怎么说，它们也是翻开书就能读到的东西”。如果一位诗人能够通过这种朗读让听众更加充分地理解自己的诗，从此能够更喜欢它们，那也挺好。可是，如果这种做法诱使他去写那种只有面对听众才能赢得好评的诗，他可能从此就只想把握短暂的情感、短暂的看法、短暂的喧哗与骚动。这或许就有些不妙了。狄伦·托马斯，如果我可以再次引用他的话，他曾经言简意赅地评价过这种情况。他说自己是在私底下打磨诗歌，拿到公开场合则是在对它拷打施虐。[1]即使如此，我仍然觉得他并不总能够让这两类活动保持着应有的分隔状态。今天我们已经太熟悉那样的诗歌了：它在礼堂里获得了如醉如痴的反响，可一旦转换为文字就显得浅薄，无法给人留下任何印象。

校园里的诗人面临同样的危险。如果文学是个好东西，那么考据和分析只会展示它的完善，并且引发更加新颖深刻的欣赏方式。可是如果诗人以大学教师的身份介入这一类考据分析，就可能出现危险：从此以后他会不自觉地以为，一首诗越能经得起分析——因此也越发需要进行更多分析——就越是一首好诗。结果导致他再次不自觉地创作那种有助于他谋生的诗歌。但对于校园诗人来说，还有比这更大的危险：他既然做着评论家的事，就会像评论家那样想问题；他可能会毫无知觉地拥抱那种在我看来完全属于美国或福特汽车式的文学观。根据这种观念，每一首新诗多少都涵盖了它前面所有的诗，并且将它们往前推进一步。我现在能够明白，为了谋生而将一首诗与另一首诗进行价值比较，很容易促使一个人去想象出某种理想诗歌，让这种诗歌汇集所有年代、所有语言里最优秀诗歌

---

[1] 托马斯的原文是 worked on a poem in private（私底下打磨）和 gave it the works in public（公开场合折磨）的文字游戏。

的精华，并以一种全新方式公之于世。然而这种想法的弊端在于，它认为一切诗歌都诞生于其他诗歌，而不是从个人的非文学体验里产生。对于一位诗人来说，这是灾难性的想法。他会因此而执迷于现存诗歌，而不是关注如何从诗人本职出发，通过独特而原创的语词形式，将自身感知外在化和永恒化，从而催生出那些诗歌。其实我无法肯定，一旦某位诗人翻出已经完成的诗作，再发现它们是怎样写出来的——或者简而言之，一旦他已经掌握了自己这门行当——他是否还会再为文学煞费苦心。诗歌不像外科手术，不是可以重复照搬的技术：诗人每次采取的行动都独一无二，而且永远都不需要再次重复。

然而悬浮在音乐厅和讲堂上方的，却是同样的错位问题。因为，一位诗人的谋生手段，如果不仅包括出售自己的诗歌，还要出售自己的朗读以及他对诗歌的普遍看法时，就必然会追随着市场动向，不断寻找新的听众和财源。这会导致他奔波于一个又一个国家，从一个大洲来到另一个大洲，直到他的文化身份感变得模糊虚化。问题还是一样：这是件坏事吗？让自己属于全世界，从一切可能意义上说，难道不比归属于世界的一小部分要好吗？从政治角度说，可能是这样；从诗学角度看，我就不那么确定了。持续不断地变换到新的环境，对于小说家来说可能是一种刺激——比如说，像萨默塞特·毛姆那样；或是你们的获奖作家格雷厄姆·格林——因为小说家总是要追寻新的角色和场景。但诗人更有可能觉得这样会让人身心俱疲，因为他的禀赋本性是重新塑造熟稔之物，他要从熟稔之物里提取自身的力量。大家应该还记得奥登的诗歌《论回环》。这首诗描述了旅行演讲的诸般苦楚，他是这样说的：

精神情愿重复
同样陈旧的话题而毫无顾虑，
但肉体却思乡般地惦念着我们
在纽约的舒适公寓。

五十六岁的愠恼之人，他觉得
改变就餐时间简直就是地狱降临，
他变得越来越奇思怪想，无法喜欢
奢华酒店。

还有诗的结尾：

清晨再次来临：我看见，
飞机下方那些渐渐缩小的
房顶之下是另一群
我不会再见的听众。

上帝保佑他们这批人，尽管

我不记得谁又是谁：

上帝保佑美利坚，它如此广袤，

如此友善，如此有钱。

这当然很有趣，但我觉得它也挺可怕的；这种巡回演讲在突然之间就变得好像是但丁《神曲》“地狱篇”里描述的其他循环绕圈场景里的一种。

所有这一切都导致我疑心，我们英国在过去二十五年里为了扶助诗歌而扶助诗人，从而采取的各种做法，是否产生了一些不良的副作用？不幸的是，我无法通过个人经验来佐证这个论点：我在前面说过，我怀疑自己能否算得上当代英国诗人的代表，我只能略带惭愧地承认：我从来没在公共场合朗读过自己的诗，从没做过有关诗歌的演讲，从没教过任何人怎样写诗，而且这也确实是我从 1945 年以来第二次出国。也许我刚才所说的话，都是在无意识当中受到了相关境况的影响。可是当我想到在 1938 年和梅斯菲尔德同时写作的那些英国诗人——叶芝、艾略特、奥登、贝杰曼、狄伦·托马斯——我就没有办法假装说我们在七十年代还能再凑齐一支旗鼓相当的队伍，即使我们承认约翰·贝杰曼爵士作为桂冠诗人仍然还以一种不可磨灭的形式与我们同在，即使教授先生哈斯博士的赞扬仍在我耳中激荡起美妙回响。诗意冲动在一个民族历史生命里的起起落落，就像在个人生命里那样无法预料。可是我们如果把两句英国谚语混合起来看，那就很反讽了：我们将发现自己已经连哄带劝地捧杀了那只下金蛋的鹅。[1] 如果说“杀”这个词太难听，那么至少可以说是偏离了中庸之道。

然而，尽管我有各种不足，我与当代英国诗人的相似却超过了我与莎士比亚的相似。因为，尤其是在这个吉庆场合，我们会不可避免地联想到，我刚才描述的这种扶助活动在莎士比亚本人生活的时代是何等匮乏。我们很容易就联想到，今天这种公共补贴只是以往庇护形式的延续。尽管上演莎士比亚剧目的两家剧团在伊丽莎白时代名为张伯伦勋爵剧团，在詹姆士时代名为国王剧团，但这并不意味着他们从皇室那里接受了永久资助。作为这两个剧团的成员，同时作为它们的股东，莎士比亚的事业最终发达昌盛，然而这只是因为他创作了能够让观众愉悦的众多剧目。假如我们再猜想一下，假如他不必让他们感到愉悦，他的剧本又会怎样写？恐怕我们很难不得出这样的结论——估计不会像现在这般好看。更何况，莎士比亚即使在自己国家也无法仅凭成为莎士比亚而挣钱，再不用说到其他国家了。简而言之，莎士比亚根本拿不到莎士比亚奖。他的名字第一次以印刷体形式出现在德国的时间，是 1682 年。这已经是他死后六十多年的事了。直到 1741 年，他的一部剧作才被真正翻译为德文，即时任普鲁士驻伦敦大使的冯伯克男爵推出的《裘力斯·恺撒》译本。我们或许可以冒昧地认为，莎士比亚死后一百多

[1] 原文里用了两个谚语：“杀死下金蛋的鹅”（to kill the goose that lay the golden egg，意似“杀鸡取卵”）和“喂奶油噎死”（to choke someone with cream，喻过分宠溺而导致恶果）。

年，在德国始终还是默默无闻。但我今天却来到了这里。根据这一点来推断，可见他的事业继承者们要比他幸运得多。但令人称奇的事实是，不同版本的莎士比亚剧作曾经就在此地上演，在德国，在几乎贯穿于他整个职业生涯的岁月。德国公共剧场的产生年代比英国还早，巡演的英国戏团就在这些剧场、在宫廷里轮番表演着形式粗朴却清晰可辨的莎剧版本。其中有些存留至今：它们的语言已经和原作毫不相似，还有许多嬉笑逗闹、插科打诨的内容。然而十六世纪末和十七世纪初的汉堡人无疑却知道威尼斯商人，知道裘力斯·恺撒在元老院遇刺，知道织工包吞，知道夜晚在城墙垛口遇见自己父亲鬼魂的那位年轻王子。他们并不知道这些故事的作者是莎士比亚：他们从没听说过莎士比亚。但是，通过那些断章取义的丑角滑稽模仿，关于他天才异禀的伟大福音却在广为传播。

我发觉，只要一想起莎士比亚的戏剧在这种境况之下能够通过非官方途径而获得传播，就让人感到格外振奋：它们以残缺割裂的形式，借助于另外一种不同的语言，没有艺术委员会拨款，也没有到地方大学办讲座说自己如何优秀，作者本人也从未在电视里抛头露面。其实它们除了让人感到有趣和欢愉的自备能力之外，没有任何能够值得举荐的东西。这似乎是在重申诗人与观众之间的根本纽带，他必须奋力争取的某种东西，就像他通过文字媒介而奋力争取的方法一样。确实，正是通过这两种同步展开的争取行动，艺术作品才得以诞生——其实它们是同一种争取行动的两面。补贴诗歌的根本危害在于，它消除了这种争取行动的必要：诗人领着钱去写作，而观众们领着钱去听诗。两者之间某种关键的联系之物消失了，我还担心诗歌里的某种关键之物也会同样消失。

可能我想说的意思只是，今天的英国诗人比莎士比亚获得了更多官方鼓励，却写得不如他好。关于这一点，我们只能补充一句："殿下，不需要有什么鬼魂从坟墓里出来告诉我们这一点。"[1]写得不如莎士比亚，这是任何时代使用任何语言的诗人都不得不面对的局面。至于官方鼓励，我对英国诗歌的期待很高，所以不认为它会被一丁点的仁慈所捧杀。对于诗人来说，富裕发达很可能就像贫穷一样，是他必须解决的另一个技术问题。我们同样不要忘记，十七世纪德国那些看戏的观众在欣赏莎士比亚戏剧时，并不知道它们的作者是谁。他们自掏腰包，也许看到厌烦时还会把钱要回来。因为在我看来，这是艺术家与观众之间所能形成的最健康的关系。最后请让我们记住这一切往事，因为它形成了我们两国早年间未经策划的文化联系。这也是今天你们慷慨颁发的这个奖项还在继续倾力培养和支持的东西。

1976

---

[1]《哈姆雷特》第一幕第三场里霍拉旭的台词。

1977 年布克奖颁奖辞

今天这个场合，是布克奖评审团主席第九次出面宣布评委们深思熟虑的结果，我认为奖项管理委员应该有充分理由来庆祝该奖项问世以来取得的进步。其实我在几天前就和你们的第一任主席比尔·韦伯先生谈过。很高兴今晚他也在这里。当时他颇为感慨地告诉我说，他当年既没有麦克风，也没有晚宴。显然从那时起我们已经取得了长足进步。其实我还可以提供一个更近的例证。就在几个月前，我们的秘书长玛丁·高夫先生向我保证说，不必为了出席今天这个场合再买一套新的晚礼服，因为是非正式着装。[1] 结果现在我只好穿着这套一眼就能被人认出是五十年代作家的行头出现在各位面前，一个随着布克奖地位持续上升而被它抛在身后的作家。

我清楚，对于评审团主席来说，在这个场合谈到奥登的十四行诗《小说家》，是一种惯例。奥登在这首诗里把小说家比喻为他所谓的“一切诗人”，这对后者来说相当不利。“他们可以像轻骑兵一样向前冲。”他说道。这里是指诗人。而不幸的小说家则：

必须

变得乏味透顶，屈从于那些
粗鄙抱怨却宛若欢喜，在正义之中
显示正义，在污秽中显示污秽，
如果可以，还必须用他的虚弱之身
麻木地忍受人类的所有过错。

尽管现在我在整体上还认同这种话——我过几分钟就会解释清楚原因，但我仍然疑心它是否百分百正确。从来没有人把我比作一名轻骑兵。我也怀疑究竟有没有哪位小说家曾经设法变得乏味透顶；他总还会留一星半点的东西给读者。归根结底，如果奥登疑心诗人无法“在污秽中显示污秽”，那么我只能说，他在这个行当里结识的兄弟们品类肯定极其有限。诗人可能并非小说家的最佳评判者。事实是，我们艳羡他们：我们首先怀疑他们能否靠写作为生；其次，怀疑他们的写作方式是否格外自我陶醉。因为，就像你们的另一位前主席，西里尔·康诺利——真可惜他已经去世了——所表述的那样：“谁不愿意成为那种最蹩脚的小说家，然后在每年的十一月和四月，从五月到十月间从自己尽情挥霍的生活里提炼构思出一部小说呢？”

既然说诗人并不是小说家的良好评判者，那么他们也不大可能对小说形成良好评判。因此我格外感谢今年评委会的各位同仁，他

[1] 原注：其实不然。

们的认真勤勉和敏锐眼光弥补了我自身的各种缺失。我们只开过两次会，但正因为如此，我们的关系虽则松散，却较为密切，就像是一群经过船难的人在一个木筏上同舟共济。不过我们每次会面的特点是气氛情绪极度轻松：没有人扯着嗓子吆喝，或拍桌捶凳。如果我们中间有谁在某个时候躺到地板上，那也只是为了新一轮的讨论而养精蓄锐：没有谁拿鞋后跟敲桌子。[1]夏天的时候，我很荣幸地与管理委员会成员们一起吃了顿午饭。他们吩咐我说需要一位强势的委员会主席。等我们所有人工作都结束后，委员会秘书才告诉我说，我是他们历年来最弱势的一届主席。当然，他原话并不是这样。他说的是，从来没有谁会鼓励评委会成员们做出如此充分的贡献。他们确实如此，我向他们深表感激。

我觉得我们工作完成得不错。我们阅读了以非洲、埃及、印度、爱尔兰和西班牙为背景的小说，还有以英格兰、苏格兰、威尔士以及各类想象国度为背景的作品。我们读到作家笔下的童年、中年和老年：其中涉及男人、女人、孩子、动物和机器人。我们读到了想象情境中的真实人物和真实情境中的想象人物，还有无名人物，以及不知道自己是无名人物的人。所有这一切都非常考验人。我想我们作为一届评委会，如果还有什么格外值得称道的话，那就是我们当初在开展工作时，都从未持有任何先入为主的观念，认为一部好小说就该怎样。即使遇到差异如此之大的作品，我们也仍然

[1] 暗讽赫鲁晓夫在1960年参加联合国大会时的表现。

能够保持这一点。我觉得我们在讨论时就像是一群寻觅老鼠的小猪狗：我们无法描述它的模样，可一旦发现它的时候就知道是不是了。从我个人来说，我发现自己会对每本书问四个问题：我会不会读它？如果我会读，那么我会不会相信它？如果我相信它，会不会中意它？如果我中意它，我中意它的实质是什么，能否持续下去？我越来越认为，有相当数量的小说家（在这件事情上诗人也一样），他们不妨想象一下读者对自己的作品产生这几类问题。因为，坦白地讲，我读过的小说很少能招架得住这四个问题。太多作品都倚赖于“开头、乱作一团、终于煞尾”这个经典模式。[1]关于可信度的问题——“人们真的会这样行事吗？”——秘书长已经非常巧妙地警告过我们：以前的评委曾经对他们必须审读的部分小说深感震惊，甚至到了没办法继续看下去的地步。确实有那么几次，如果按照以往田间地头的说法，那就是人们确实会疑心：现代小说如果不描写一张床上有四条光腿，还能写些什么。除非再添上两条。当然，大家并不会真的像这样阅读分析：从很大程度上来说，可读性就是可信度。两者都是确认优秀作品的一部分。不过，如果需要我谈一谈，我在阅读小说时觉得哪一种情况最令人沮丧的话，可以说那就是作品的开篇状态很好，结果难以为继，最终沦为乏味之作；要不然就是发挥过度，完全超出了美学可信度的框架范围，而在这

[1] 原文为“a beginning, a muddle, and an end”，这里应该是拉金在戏仿亚里士多德关于完整行动的描述应具备“开头、中间、结尾”三部分的模式概括。

样的过程中，就完全丧失了被确认为佳作的机会。

我觉得写好一部小说的难度要超过写一首好诗。诗歌，或是我们目前书写的这种诗歌，是一柄单独的情感矛尖，是通过摒除其他一切、只存留情感本身而达到的汇聚效果。但小说就不能这样做。小说里的情感必须要和某个人相纽结，而这个人必须要和某个特定时间、特定场所相纽结，要和其他人类成员有关，与他们形成关联。我并不认为，在前面这个分析里，小说家和诗人是在尝试做不同的事情：他们都在使用语言、以情感而非条分缕析的词汇，来道出生命里的某些东西。不过，诗人倚靠那种能够借以诉说的密度，而小说家倚靠的则是能够用以展现它的说服力。诗人说年迈而心哀，而小说家则描述一群年迈之人。

目前看来，我觉得这件事正变得愈发困难。它不仅明确要求作家具有更加广泛细致的生命体验知识，并且对小说写作的兴趣更浓厚；困难的原因还在于，诗人只需要说明他在恋爱，或者正处于悲苦之中，但小说家却要为他的诸多角色提供爱与悲苦的情境佐证。正如《马耳他之鹰》里的胖子所说，这需要精微之至的判断。如果读者发现某位“可爱”角色并不可爱，或是悲苦原因让人无法信服，那么这种结果就比任何小说故事都更惹人伤心。所以说，小说家不仅要体会情感，再设计出某种人间场景加以表达，他还不得不使用读者和自己的语汇，来衡量这种情感的成因和对象。或者不妨用最简单的语言来表达：如果你告诉一位小说家说“生活并不是这样的”，他就得再做点什么。诗人却只需回答：“没错，可我是这样的。”

最后，小说家必须要把这些情感与其他事物相联系。一首诗可以通篇只说爱，或者满眼悲苦：小说可不能这样写。在我看来，奥登写到痛苦时，很像是在描绘小说家的技艺：

> 它究竟怎样发生
> 当另外有人正在吃东西或打开窗户或只是麻木地
> 向前走

小说家必须要吸纳这些另外的人物。这不是为了反讽，甚至也不是为了借助反差来增强他要激发的情感，而是为了把自己的故事置于故事以外、范围宏大的生活视角之下，从而增强它的可信度。小说的可信度得以增强，只因为这是生活当中我们必须了解的最为艰难之事：没有什么是确信无疑的；那个正在恋爱，或满心悲苦，或将要死去的，仅只是我们自己。让小说来承担这种教导责任比较妥当，因为就像大家现在已经能够猜到的，我认为品质卓绝的小说是我们诸多文学形式里最成熟的一种。

最终构成我们这部短名单的六部小说作者，理应接受祝贺。原因在于：直到最后的紧要关头，至少还有一名评委会成员准备争论他们是否应当获奖。我觉得稍微再多说两句也算公道：我们在最后一小时里讨论的内容，只是围绕着三本书。第一部是芭芭拉·皮姆的《秋季四重奏》。大家知道，这是皮姆小姐十六年来出版的第一本书，虽然这并不是她的过错。这是年近退休的四位普通人的研究结果。它不动声色又满怀同情，在文字深处饱含着勇气。在秋季书单里看到一部崭新的芭芭拉·皮姆，真是让人格外高兴。我希望她能写出更多的书。

此外我们所有人都无法忘怀卡罗琳·布莱克伍德的《曾祖母韦伯斯特奶奶》。关于厄尔斯特家族性情与生存环境里的各种不幸，它提供了一份不动声色的记录。在这种不动声色之中始终闪现着微光。它的简洁足以让人产生蒙蔽，却足以唤起整整四个时代的精神：维多利亚时代、爱德华时代、战前和战后。它的铺述文字精准而萦绕在耳。曾祖母韦伯斯特奶奶，她的身影仿佛是克伦威尔之鹰，俯望着故事背景和人物的百般苦难与疯狂。这种感觉带来了本年度特有的文学体验，即使换到其他年度也会如此。

不过，我们最终还是决定推荐把这个奖项颁给保罗·斯各特的小说《留驻》。让人很难过的是，斯各特先生由于重病缠身，今天晚上无法来到这里。我敢肯定，所有人都希望在我刚才宣布这个评奖结果后，他能够更快康复。《留驻》讲述了一对普通的退役军人夫妇，他们退休后居住在刚独立的印度。我先前描述的小说本质特征，在这部作品里面一应俱全。它围绕着狡诈顽固的斯莫理上校，以及他白日做梦的妻子露西，展现出一幅印度的景象。那里曾经是他们的家园，但现在却一天天变得陌生。横亘在两个人身后的，是他们的失意往事，是生活给他们造就的模样，也是他们彼此造就的模样。然而，尽管这本书貌似是在刻画一段失败经历，最后却成功演变为一种爱的分析研究。或许那是言不尽意、不合时宜的爱，但这种分析研究却将一段婚姻的死亡终结与一个帝国的历史终结联系到了一起。出于这个原因，通过斯各特先生而唤起、分别呈现在这两个领域里的爱，就显得愈发强烈，愈发持久。最后请允许我宣布，《留驻》是一部极富创意、极其感人的作品。我的诸位同仁和我在此时推荐它获得这个奖项，也将以它为荣。

1977

被忽视的责任：
当代文学作品手稿

●

很高兴看到这次研讨会能够组织召开，[1]因为会议的主题复杂而重要。据我所知，目前为止我们还没有进行过这般规模的讨论。让我有些高兴不起来的是，我需要第一个发言。因为跟我们的其他发言人相比，我对现代文学作品手稿真的了解甚少，尤其是现在这个特殊背景下。其实除了经常从事手稿收购与出售的人以外，真正懂行的也并不多。这些操作程序多半是在私底下、在个人之间完成，价格不会对外透露。即使是公共拍卖，通常也都是通过代理机构审慎进行。因此，除非是格外感兴趣，否则我们无从知晓到底是谁为什么东西付了多少钱。从结果上看，大家从来都无法真正知道某件特定手稿的当前价格：关于手稿拍卖，并没有对应的《旧书拍卖名录》（*Book-Auction Records*）。想要发现哪些图书馆藏有哪些手稿，也不见得更容易。在我们这个国家，并没有类似于美国国会图书馆《全美手稿联合目录》（*National Union Catalogue of Manuscripts*）这样的东西。在美国，《联合目录》为寻找此类信息的人提供了基础资源。即使是大英图书馆的《手稿补充目录》

（*Catalogue of Additions to Manuscripts*）也要比它落后几十年。由此看来，对于普通的图书馆员来说，文学手稿及其收购的整个问题差不多就是一个谜。我希望这次研讨会可以从某种程度上改变这一状况，希望我们能让这个行业做好更充足的准备，担负起一项迄今为止仍旧被忽视的责任。我还希望这个组织能够找到可行方法，汇编出版能够用来回应詹妮·斯特拉福德问卷调查的信息。我知道这是她长期萦绕于心的一项计划。看到它更有可能变为现实，是一件好事。

我们应该记住，当我们谈论手稿时，很可能各自意味着不同的东西。当然，我们的根本意思，是指作者在作品正式出版前制作的文本。它的存在形式，显示出作品的源起与演化过程。这些文本可能是手写的稿纸，但也可能是打印稿件：甚至可能是校订好的清样。但我们认为日记、笔记本、往来信件，甚至是照片和录音带也同样属于这个范畴：实际上，任何记录一位作家创作生涯的档案资料、构成他创作背景的东西，都包括在内。即使是用于义卖或陈列的优质复制品，也可能包括不同的读本内容。所以我认为我们首先应该同意，我们在谈到现代文学手稿时，不仅是指一首诗的草稿；我们可能是指一部小说的修改校样，甚至一位剧作家的工作日记。我特意说明这一点，是因为这个广义的手稿概念可以划分为两种范

---

[1] 原注：这次研讨会的主题是现代文学作品的手稿。研讨会是由英国国家与大学图书馆常务会议手稿组（SCONUL）1979 年在伦敦国王学院举办。这篇谈话为大会开幕词。

畴：一些是我们在作家有生之年可望获得，而且能获取的数量越来越多的手稿；另一些是我们只有在作家死后才有望看到的那种。我们争取到第一种材料的机会最大，而且也应该尝试争取，因为到了一定时候，我们获得第二类手稿的机会更加渺茫。

我还希望我们能够达成一致，认定现代文学手稿与其他任何文学手稿并没有本质差异，所以我们应该出于同样的原因来进行收集。所有的文学手稿都有两种价值：一种可以被称为魔力价值，另一种是有意义的价值。魔力价值的存在时间更久，也更普遍：这是他写过字的纸；这是他写下的字句；他书写这些字句，让它们首次以这种特殊而奇妙的组合方式呈现于世。我们可能不屑于屈尊赞赏这种所谓“雪莱平淡”[1]、“托马斯缤纷多彩”的概括成分。然而这就是所有收藏的有效推动因素。我怀疑，如果一位图书馆员对这种魔力价值不产生丝毫反应，他还能否成为一位出色的手稿收集者。意义价值的来源时间更近，它表明一部手稿如何有利于扩充我们对某位作家生平著述的认识与理解。手稿可以显示出删除和替换的内容，可以显示出转变成定稿形式与最终意义的过程。如果是一册笔记本，只需要通过它的固定页码顺序，就可以提供创作年谱的证据。未出版的作品，未完成的作品，甚至是作品尚未开工前的准备笔记，都有助于我们了解作家的意图。书信日记同样将增进我们对

[1] “雪莱平淡”（Shelley-plain）典出罗伯特·勃朗宁的诗歌《纪念物》（Memorabilia）。

他生平和创作环境的了解。由于我们各所大学在本世纪内对英语研究的发展，这种价值已经得到了很大的提升。我们很可能要按照这些情况来思考现代文学手稿的意义。同样，并不是所有手稿都有意义价值，然而如果它还值得保留，就注定将拥有魔力价值。

最后这半句话，还可能会导致多数图书馆员对现代文学手稿产生最大程度的保留看法。总体来说，一部手稿和它作者的优秀程度相当。然而，虽然我们了解一位十九世纪的作家是否优秀，却不清楚一位现当代作家在十年之后会不会被人彻底遗忘，或者说，至少我们还不清楚他是否仍然能引起足够的兴趣，从而具有足够的分量，以至于我们需要了解他完成作品的过程。这当然是一个极度错综复杂的问题。而且还会引发文学评估的全部话题。但我不认为这就是放弃收集手稿的理由，就像我从不认为，如果猜不准哪匹马能跑赢就不该下赌注一样。不管怎样，我们确实知道哪些人被视为优秀作家。如果我们不知道的话，英语系的老师也会告诉我们。如果我们的考察范围不拘囿于已经成名的作家，那么我们的行事准则就应该是：一次正确的选择，将会弥补九十九次失误。哪怕从粗俗的金钱角度来谈也是这样。在我看来，我们以后采取相关举措时，这就是极其充分的理由。说到底，只有糟糕的作者，才会在任何时期都不值得人们为他写一篇论述文章。

我想我现在应该说，如果我们打算采取务实的举措，就绝不能只谈现代文学手稿，而是要谈一谈现代文学手稿面临的状况。我想我们都了解目前这个状况：在过去的四十或五十年间，尤其是在过去二十年间，针对本世纪英国重要作家的文稿进行大量收集的，并不是英国图书馆，而是美国图书馆。可以毫不夸张地说，如果将来要对这些作家进行研究，并且推出他们著作的权威版本，将取决于能否直接获得他们的手稿文件，而相关研究和版本很可能要通过美国大学的美国学者来完成。例外情况当然会有，但从总体看来，关于现代文学手稿的普遍观点是：它们都在美国。一想到美国大学庞大的收集数目，我们只能承认事实。英国国家与大学图书馆成员召开现代文学手稿的年度会议，很像是一群亡羊补牢者的年度大会。不过我们要尽量客观地谈论此事，我们的讨论话题最终肯定要回到以往的失误原因，以及我们将来该做些什么。

当然有些人觉得这并不是多大问题：英国和美国拥有同一个祖先，并且构成了说英语的同一群体。美国图书馆如此尽心竭力地担负起维护我们共同遗产的责任，我们应该高兴才对。大家可能还记得，去年乔弗里·戈瑞尔先生曾经给《泰晤士报》写信抗议他们在表达“得以留存于英国”时使用“挽救”一词。“这既不准确，也不礼貌，好像在暗示这些文件和绘画作品如果遇到了美国买主，就会陷入危险似的。其实它们很可能得到更好的维护，而对于感兴趣的学者来说肯定也比较容易看到。”已故的E.M. 福斯特曾经写信给我说：

> 我担心这种跨越大西洋的迁徙已经无法遏止。美国人收集不到中世纪的手稿，因为这些东西已经被我们和其他欧洲

国家收藏。所以他们转而收藏1850年至1950年这段时期的手稿。我觉得我们的图书馆员和其他学者应该设法跟他们保持友好接触，并且在缩微胶片方面增进交流。

好吧，就像他们所说的，这只是一种观点。我的意思当然并非暗示美国图书馆是不负责任的手稿监护者，或者说与其在他们手里还不如落到私人藏家手里。关于这些手稿的接触使用情况可能会有不同看法：对于英国学者来说，它们当然是在数千英里以外，而且我也不确定“缩微胶片方面的交流”能够在多大程度上成为解决所有问题的合适办法。总体来说我仍然相信，一位作家文稿的最佳去处，应该是他自己国家的某个图书馆。我想它们在那里获得研究的可能性更大，而且研究理解的程度更深。我想，它们由此获得增补，从作家亲属和朋友那里进一步添加相关藏品的可能性也更大。我想，归根结底，一个国家的写作者，是它最珍贵的资产财富。如果英国的图书馆员们将这些手稿的收藏保管拱手交付给其他国家的图书馆员，等于是以不可挽回的方式漠然放弃了自己最具回报价值的一项责任。

英国图书馆为什么会任由自己在这个领域里被别人全面包抄？因为这就是真实发生的情况：我们并没有在一场公平较量中落败，我们根本就没参加过较量。1960年的时候我给二十位最杰出的英国作家写信，逐个询问他们在该领域里的经验，随后我收到了许多发人深省的评论。

> 总体来说，任凭是哪位作家，只要他还没有死透透，英国都不会对他的手稿真正感兴趣。

> 五年前哪怕有任何一家英国大学要我把亲自存储的手稿交给他们，我都肯定会说好，而且我保留的手稿碰巧还那么异乎寻常地完整。

第三位作家说，他从来都没听说有哪家英国图书馆对这类藏品表示过一丁点的兴趣。这种态度差异的原因究竟在哪里？显然，至少部分原因与我们各所大学看待现当代作家的态度有关。

这个国家的英语研究在适应二十世纪发展的过程中行动迟缓。二战刚开始时我还是一名本科生，那时我考试内容里年代最近的作家是华兹华斯；我的朋友们在 1945 年回国后，他们已经向前推进到丁尼生的时代了。二十世纪五十年代，我在一所大学担任图书管理员。那里的英语系主任不肯批准图书馆购买在世作家的作品（最终他被迫妥协说可以购买萧伯纳）。尽管这种态度已经大为改观，但我疑心，即使到了今天，学生们做研究时如果准备写在世作家，肯定也会被泼凉水。美国大学的做法截然不同：他们把在世作家视为合适的研究对象，而他们的文稿则是用来开展研究的原始材料。C.P. 斯诺在 1960 年告诉我说，美国有三十一篇研究他的论文，而英国一篇都没有。我怀疑他未必是孤立的个案。我可以肯定，所有这些都有助于牵扯出我称之为目前手稿现状的问题。总体而言，用我喜欢的表述方式来说，图书馆都属于阴性气质：它们只会做出回应，而不会主动出击。英国图书馆对现当代文学手稿兴趣阙如，反映出英国各所大学类似的兴味索然。

这种分析似乎遗漏了一个更有力、更明显的因素：套用菲茨杰拉德和海明威那段著名对话，我可以说，美国的图书馆员跟我们不同，他们比我们更有钱。[1] 没错，当然，这是真的。与此同时，回想起他们当年首次卓有成效的协同行动，是在征集藏品的基础上获取现当代英国手稿，也委实令人恼火。这是二十世纪三十年代晚期由布法罗大学洛克乌纪念图书馆馆长查尔斯·阿伯特发起的一场运动。阿伯特看到作品手迹对于全面研究一首诗的重要性，所以开始向诗人们写信索要手稿。这种请求方式本身就格外新颖，所以结果非常成功。到 1938 年 1 月，他乘坐阿奎塔尼亚号邮轮[2] 来到英国，依靠一己之力开展这项行动。他在英国待了三个月，拜望各位诗人，或接待来访诗人。他提到的这些名字，是对于文学声誉变幻无常的奇特评价：赫伯特·里德、希莱尔·贝洛克、詹姆斯·丘尔奇、亨伯特·沃尔夫、沃尔特·德拉·梅尔、阿尔弗莱德·道格拉

---

[1] 根据流行说法，菲茨杰拉德曾对海明威说："富人们跟你我都不一样。"海明威则回答："是的，他们更有钱。"其实这是菲茨杰拉德在 1926 年创作的短篇《富小伙》（The Rich Boy）的开头内容。海明威在 1936 年发表于《老爷》（*Esquire*）杂志的《乞力马扎罗的雪》里进行过指名道姓的戏仿，遭到菲茨杰拉德抗议后，再版时就改换了人名。后者在私人笔记里简略记录过这件事，但艾德蒙·威尔逊在他死后帮助整理笔记并出版时，添加了一则脚注，所以导致上述流行说法的产生。

[2] "阿奎塔尼亚号"（Aquitania）是英国远洋邮轮，营运时间自 1914 年至 1950 年。

斯爵士、安德鲁·扬、阿尔弗莱德·诺耶斯、马丁·阿姆斯特朗、戈登·马克雷奥德、布莱恩·吉奈斯以及其他许多人。虽然名单里没有提到奥登、麦克尼斯、贝杰曼或狄伦·托马斯。斯蒂芬·斯彭德给了他一套数量庞大的总目内容，包括他第一部诗集里近乎全部作品的草稿。阿伯特在离开英国时心里想："如果先前还有人怀疑像这样先写信索取、再见面采访模式的优越性，那么现在所有的怀疑早就烟消云散了。"

我自己就收到过这样的征集信，先是阿伯特先生，然后是其他人。这些信件引起了我对当前事态的关注。我那时觉得，因为美国图书馆人员愿意劳神费事去收集，这些手稿材料从此就要离开英国，是件很可怕的事情。我给几家报刊写了好几封信发牢骚。后来我自己又做过小规模调查，并在 1961 年 3 月把调查结果写进备忘录，呈交给英国国家与大学图书馆常务会议手稿组。他们的反应是，虽然他们不支持开展手稿征集行动，不赞成以专项拨款形式来实现这个具体目标，而且也不认为图书馆成员要为此担负特殊责任，但是觉得国家和大学图书馆应该让在世的英国作家意识到，他们有兴趣收集各位作家的手稿。毫无疑问，在当时情况下做出的这个答复，并不像它表面给人感觉那样漫不经心。

然而当一扇门关闭后，另一扇门却打开了：当年的大英艺术委员会[1]副秘书长艾瑞克·沃尔特·怀特看到了我写的信，他也在

[1] 大英艺术委员会（Arts Council of Great Britain），英国独立的非政府性质公共机构，1994 年拆分为英格兰艺术委员会、苏格兰艺术委员会和威尔士艺术委员会。

布法罗参观过洛克乌纪念图书馆。他很有兴趣看到英国也能成立一家类似的收藏所，并且有望变成艺术委员会诗歌图书馆的附属机构。他随即安排了一系列沟通协调活动，最终促进了英国当代作家手稿藏馆的成立。艺术委员会下面有一个理事会，当他们获得朝圣者信托基金会提供的一笔数量不大的拨款配备后，就逐步开始收购手稿，并转售给大英博物馆，从而形成了这个基金名目下的藏品内容。这件事本身就标明了博物馆政策的一项显著变化。因为直到那时，还没有人同意接受在世作家的文稿，即使作为赠物也不可能。确实，就像约翰·莱曼写过的那样："在得克萨斯摇撼晃醒英国图书馆之前，它们一直都在沉睡。"我深深地感觉到，这就像是威廉·布莱克描绘的场景，或可能是马克斯·比尔博姆[1]的画面。

在资金来源有限的情况下，理事会却意外取得了成功。1967年它在大英博物馆举办了一场展览，展品有奥登、安德鲁·扬、彼得·波特、大卫·加斯柯涅和我的写作笔记，还有弗农·沃特金斯、泰德·休斯、西尔维娅·普拉斯、埃德蒙·布伦登、凯斯·道格拉斯、斯蒂薇·史密斯和大卫·莱特的写作记录。詹妮·斯特拉福德汇编了一套精装目录，名为《创作中的诗歌》。现在这本目录已经成了收藏品。1967年以后，该计划的覆盖范围扩大：理事会起初还依照洛克乌图书馆的模式，只收集诗歌的写作纪录；而

---

[1] 马克斯·比尔博姆（Max Beerbohm, 1872—1956），英国随笔作家与幽默漫画家，浪漫主义诗人布莱克则以蚀刻版画著称。

现在则收购所有类型的文学手稿，并以七五折价格出售给英国国家与大学图书馆常务会议的任何成员机构。1974 年另一场展览得以举办，这一次全部藏品目录的截止年限是 1972 年，同样是依照詹妮·斯特拉福德的最高行业标准汇编而成。自此以后，转售的折扣率已经达到 50%，与维多利亚与阿尔伯特博物馆享受的补贴相当。但最让人遗憾的是，大英博物馆，或者说当时已成为大英图书馆的部分机构，是受英国教育科学部管辖的[1]，所以它无权接受这项补贴。我当时就觉得这是一种恶劣的官僚作风，现在仍然这样认为。

到目前为止，我稍微花了些时间来从事艺术委员会理事会的工作，是出于几方面的原因。首先，尽管时间已经过去快二十年了，但我仍然怀疑，理事会和它所做的工作是否已经获得了应有的关注。第二，我对手稿收集情况的了解，无论多少，都该归因于我曾经是理事会成员，并且后来担任过主席职务。第三，虽然我肯定不能佯称理事会已经从根本上改变了手稿收藏的整体局面，但它却证明，即使是在资源极其受限的六十和七十年代，只要我们还保留着行动的意愿，仍然能够有所作为。那么，最后，理事会在有限的存在时期内，曾经采取过两种不同途径，来解决全国范围内寻找和保

---

[1] 大英图书馆原为大英博物馆的一部分，在 1972 年《大英图书馆法案》通过后成为独立机构，但直至 1997 年才全部迁移至新馆址。

存我们讨论的这类材料。第一条途径，是通过一位热心人士，艾瑞克·怀特。他同时还与某个国家图书馆，即大英博物馆展开协作。第二条途径是将寻找手稿的主动权交给国家与大学图书馆常务会议的成员单位，然后给他们的收购项目提供50%的补贴。我原本以为，第二种途径的回报率要远远高出第一种。其实不然。即使有图书馆进行收购，按照第二种方案完成的收购也比不过第一种。因此理事会的拨款也相应减少。这是件很让人失望的事。图书馆常务会议的半数成员单位每年只要购买一部手稿，整个计划数目就会随之剧增。

他们为什么不这样做呢？是的，我们不得不承认，即使哪一家图书馆有兴趣考虑文学手稿，收集起来也并不容易。即使我们仿效查尔斯·阿伯特的做法，比如说，像他那样给五十位在世作家写五十封信，给十五位诗人、十五位小说家、十五位剧作家和五位撰写其他各色作品的人写信，我们也无法预期能获得1938年那样的成功率。作家们现在已经意识到有人需要自己的文稿，我们得到的所有回应可能都极度谨慎。接触一个人需要时间和耐心，需要拜访看望，需要在图书馆招待他们，向他们展示已经收购的文稿，需要让他们确信我们对其作品有所了解，而且真正想要留存好他们的创作纪录。这就需要工作人员具备现当代文学的知识，需要真心喜爱它。更重要的是，在当前这样的时代，我们的兴趣必须获得资金支持。从我个人经验来看，对于多数大学图书馆来说，这并非易事。查尔斯·阿伯特在归纳自己的乞讨技术时说，他只能用手头的钱买第一版手稿（它们不可能凭空获得）。这样做完全没问题，因为如果他不打招呼的话，作家们往往只能扔掉自己的手稿。这种办法到现在就不管用了。作家们并不指望英国图书馆像美国人那样开价，但他们毕竟有所指望。如果我们似乎还在努力达成某种困难到不合理地步的交易，就不会走得太远。我不知道普通的大学图书馆一年该花多少钱购买手稿才算合适。年度拨款的百分之一？百分之一点五？还是应该等同于我们订购杂志的金额，那些从来没人看、通过波士顿斯帕[1]的大英图书馆借阅部就能读到的杂志？我挺疑惑。

另一方面，英国图书馆员与他们的美国同事相比，还拥有另一项巨大优势：我们就在此地。我们不需要乘坐“阿奎塔尼亚号”邮轮，就可以与英国作家建立联系：他们越来越频繁地出入于我们的大学、办讲座、开朗读会、驻校讲学一年：我们可以建立联系、安排聚会，甚至把事情发挥到极致，给他们授予荣誉头衔。第二，尽管作家的反应各有不同，但我诚挚地相信，他们大多数人还是宁愿自己的手稿留在本国，而不是让它们消失在大西洋彼岸。这样他们只要自己愿意，就可以时不时地看一眼。在自己的国家获得承认，是极具意味的事情。许多情况下，作家会因此以更便宜的价格把文稿卖给某家英国图书馆，而不是给美国人。这样做，只是为了增强本国人对他的认可程度。1960 年收到我信件的好几位作家都说过这

[1] 波士顿斯帕（Boston Spa）位于英国西约克郡的利兹市。

种话。

我并不是要展望这样一幅图景：一百名最优秀的英国作家，每人拥有五十种荣誉头衔，乘坐着租来的戴姆勒—奔驰轿车，从周一到周五，不断往返于大学和香槟酒宴之间。但我确实认为，大学图书馆可以通过自己学校的英语系，来围绕普遍意义上的文学手稿收集行动展开讨论。如果大家反响积极，那么究竟从哪些作家的稿件入手才合理。我们马上可以联想到三类作家：一是在本地写作的作家；二是在相关大学学习或工作过的作家；三是该校英语系格外感兴趣的作家，而感兴趣的原因或是出于研究需要，或是碰巧有私人交情。这样的讨论或许不会产生任何反响，但至少我认为它值得一试。类似做法将减少重复投入的可能性。

就像我前面说过的，我们应该竭尽所能地收集在世作家的文稿，因为如果要等到作家刚去世后再收购文献档案，我们益发会处于极其不利的局面。我承认，只要这种类型的收藏进入国际市场的拍卖厅，英国各家图书馆根本就没有足够的资金来源去竞价。在极其偶然的情况下，我们能发现某件藏品的保存地点，而且确定它尚未进入市场：我们刚刚听说苏塞克斯大学收集到弗吉尼亚·伍尔夫文稿的相关报道，这真是鼓舞人心。[1]但是要达成这类协议，就需要十足的运气、技巧和韧性——或许我可以说，甚至还需要一副厚

[1] 指苏塞克斯大学收藏的“僧侣屋文件”（the Monks House Papers），以伍尔夫在东苏塞克斯的旧居命名。相关文件原本是伦纳德·伍尔夫交给弗吉尼亚·伍尔夫侄子昆丁·贝尔，供他撰写正式传记时使用。

脸皮。据说全世界的人在听说菲茨威廉博物馆的西德尼·柯克瑞尔爵士已经抵达麦克斯门[1]之前，都不相信托马斯·哈代就要死了。但普遍而言，我们在作家生前没获取到的东西，也不可能在他死后得到。哈代的文稿以凄凉面目出现在苏富比的拍卖目录上，继而无计可施地屈从于大洋西岸的那股吸引力量，最后落脚在戈瑞尔先生如此尊敬、实际上我们所有人都同样尊敬的那些机构之一，深藏在它的中心位置。

在维多利亚与阿尔伯特博物馆以及艺术委员会的支持下，牛津大学的博德利图书馆近期收购了沃尔特·德拉·梅尔的文稿。从这件事情的关联当中，我们可否学到一些经验？由于涉及金额较大，那些无法单独应价的团体汇聚零散资金，才完成了这次收购行动。既然这次能够这样办，那么将来它肯定还会发生：从目前情况来看，这样做的不利因素在于，它需要花费一定时间来动员相关机构的联合支持。如果这些资源能够整合成为一个银团，并且在拍卖市场上出现具体藏品时，能够设计出一种快速咨询决策的机制，那么它获得成功的可能性就会加人。否则的话，我们只能寄希望于拟议成立的国家遗产纪念基金[2]，吁请它关注文学档案资料，再看它能否

---

[1] 麦克斯门（Max Gate）是哈代故居，位于多塞特郡杜尔切斯特郊区。是由哈代本人设计建造，1885 年投入使用，哈代在 1928 年去世前一直住在这里。徐志摩在英期间曾经到此拜访过哈代。

[2] 英国国家遗产纪念基金（the National Heritage Memorial Fund）在次年（1980 年）成立。

采取行动，或何时采取行动。

主席先生，很高兴您让我作为第一位发言人来谈论这个问题。这个事实表明，您不希望我是说最后一番话的人。我非常清楚地意识到，这个问题还有很多层面我都没谈到。比如说，二十世纪文学手稿的积累成果已经到达什么地步？目前和将来我们是否只能捡拾一些残留材料？简单来说，现在还剩下多少可收集的东西？世界经济的衰退在多大程度上延缓了跨越大西洋的文献迁徙？通过斯特拉福德夫人的系列问题和回答，会不会揭示出这样的事实：这个国家仍然还有为数不少的当代手稿遗存，尽管这有悖于目前流行的看法。这些问题，我希望后面的发言人能够加以阐明。

不过，请允许我用最后一句评论来结束谈话吧。我说过，我希望我们将来能够采取一些切实步骤，但是我怀疑我自己是否切合实际，因为这样说话，就好像所有人都认同现当代文学手稿收集活动是一种严肃有益的责任似的。其实这只是我希望大家都认同的观点。然而当我审视自己的亲身经历，看看国家与大学图书馆常务会议在过去十年的行程记录，就无法不得出这样的结论：能够真正相信这一点的图书馆确实少之又少。我们没有在发言计划里安排这样一位图书馆员讲话，或许是一个遗憾：他可能会说自己根本不打算在无名之辈的废纸堆上浪费钱财，不想迎合转瞬即逝的时尚。因为尽管有迹象表明人们的内心想法在近年里出现了变化，但这位馆员的想法，正是过去英国大多数图书馆员的想法，而且我还强烈怀疑，他们大多数人今天仍这样认为。也许今天到场的就有这么一位。果真如此，我希望他能够表明观点展开讨论，越早越好。这将有助于我们其他人认识到自己重任在肩。

1979

特定之作

野蛮的七分之一[1]

●

正是《圣经》里关于回归幼童状态的那一节内容，[2]让我对基督教的认同感第一次骤然减退。如果只有满足这种条件的人群才能进入天国，我知道自己即使到了那里也不会快乐。让我内心沮丧的，并不是预想到自己将失去钱财、钥匙串、皮夹、信件、书籍、密纹唱片、美酒和异性，以及成年阶段的其他慰藉（我了解这段经文时，应该是十一岁左右），而是要无休无止地忍受身边有其他一群孩子，忍受他们的吵闹、他们的顽劣、他们的吹嘘、他们的饶舌斗嘴、他们的残忍愚蠢。我原本以为自己就是以实玛利[3]这种离群索居之人，直到后来我开始遇见多少可以平等相处的成年人。当我意识到自己并不讨厌人类，而只是讨厌小孩子，这简直就是蒙受启示的欢庆时刻。它相当于上世纪的人读到海克尔或英格索尔时的感觉。[4]我终于明白自己永远都不该跟他们再厮混到一起（除非我故意犯蠢），这个发现足以弥补我不得不独自谋生而付出的辛劳。

如今我比以前更能容忍。我并不讨厌赫斯基斯·皮尔逊称为小烂仔的这帮家伙，只不过“孩子对于成年人来说确实是个讨厌鬼。不仅如此，随着成年人越来越有教养，越来越敏感，越来越无法摆脱成年人做事时的高明办法，这种讨厌鬼变得愈发让人难以忍受”（萧伯纳）。[5] 我不清楚成年人是否能有高明办法：在成人与孩童的这场较量中显得极不相称的是，孩子们年纪轻，所以体质状态更好，他们还没被生活磨平棱角。他们不用担忧任何事情，今天不必整日辛劳，明天也不必忙碌一整天。所有这一切都导致他们让人难以忍受，但没有一件事会让他们受到应有的指责。孩童时期的两项主要特征，也就是它对某一种心态的成年人极具魅惑的两样东西，是它不受制于理性，也不受制于责任。正是这两样东西，才赋予它浑无心肝、野蛮十足的力量。

---

[1] 指当时英国总人口当中 0 岁到 14 岁孩童所占的比例，1959 年英国总人口约为 5 190 万。

[2] 见《圣经·新约·马太福音》第十八章第三节内容：“我实在告诉你们，你们若不回转，变成小孩子的样式，断不得进天国”。另见《圣经·新约·马可福音》第十章第十五节内容：“我实在告诉你们，凡要承受神国的，若不像小孩子，断不能进去。”（和合本）

[3] 以实玛利（Ishmael），基督教《圣经·旧约》里亚伯拉罕与正妻撒拉的女仆夏甲所生的长子。夏甲母子在遭到亚伯拉罕驱逐后曾经长期居住在旷野。以实玛利后来成为弓箭手，并娶埃及女子为妻。

[4] 恩斯特·海因里希·菲利普·奥古斯特·海克尔（Ernst Heinrich Philipp August Haeckel, 1834—1919），德国生物学家、博物学家、哲学家和艺术家，首次把达尔文进化论引入德国并加以发展，以科普文章和游记而著名。罗伯特·英格索尔（Robert Ingersoll, 1833—1899），美国律师、政治家与演说家，毕生倡导自由思想与人文精神。

[5] 赫斯基斯·皮尔逊（Edward Hesketh Gibbons Pearson, 1887—1964），英国演员、戏剧导演和作家。引文部分出自萧伯纳文章《讨厌的儿童》（Children as Nuisances）。

说起这些老生常谈的事情，是为了让读者预先了解欧佩夫妇在他们这部新著里不卑不亢的写作方法。[1]他们引用道格拉斯·纽顿的话说："全世界孩童形成的兄弟同盟，是最野蛮的部族，也是从不显现衰亡迹象的唯一部族。"两位作者不失时机地给读者脑海里植入了一个概念：全国七百多万孩童组成的整个群体，堪比某个更原始、更适于客观公允地展开人类学研究的独立人口群体。就像特罗布里恩人[2]或十九世纪的穷人那样。根据这个假设，欧佩夫妇猜测：如此独立自足的群体世界，自然拥有大量口头流传内容与言辞表述方法。因此他们招募许多田野工作者进行协助，又用了将近八年的时间汇聚总结自己的发现。由于这些协助工作者包括英伦三岛七十多个学校的教师，所以这个调查的覆盖范围颇为全面。不过，他们这份田野工作显然还有广泛的文献阅读和私人信件交流作为支撑。两位作者希望，如果可以发现大量口头资料的存在，那就应该通过精确、非浪漫理想化的方式将它落实为文字。显然他们最终实现了这个愿景，而且还给这项记录成果增添了一种魅力与彻底完整性。这两种特色在他们收集的童谣里已经得到了印证。读者将被这部四百页的专著直接带入孩童国度的中心。那么读者在这里会有怎样的发现呢？

---

[1] 原文注：《学童的口传文化与语言》（*The Lore and Language of Schoolchildren*），伊奥娜·欧佩与彼得·欧佩合著，牛津：克拉伦顿出版社，1959 年。

[2] 特罗布里恩人（trobriander）是南太平洋美拉尼亚人的一支，居住在位于新几内亚以东的特罗布里恩岛。英国人类学家马林诺夫斯基曾对他们的跨部落贸易体系和性文化进行过研究。

且不说孩童游戏的内容（那是将来第二卷的主题），这本书里展示的大量言辞与习俗，几乎涉及六岁至十四岁孩童那种非正式社会生活的方方面面。它们包括歌谣、戏仿、玩笑、谜语、绰号和机智问答，还有更实用的许诺、讨价还价、攀交情、算命和迷信等套路内容，以及形形色色的时令习俗、恶作剧，外加往裤子里面垫好薄火腿片来对付父母打屁股的专用技巧。绝大多数资料都是押韵的。孩子们喜欢押韵，只要字词押上韵脚，就不会在乎它们到底有没有意义：

快看你老爸，
抽根大雪茄，
脚蹬自行车，
哈哈哈哈哈！

如果采用短曲的形式，可以让某种信念、祈祷或承诺显得更真实，更有效，或更有约束力：

摸摸你的头，摸摸你的脚，
这个破玩意儿，别来麻烦我。
（看见救护车的时候）

两位作者宣称这种韵律上的敏感具有更深的意味。“究竟在什么时候出现，为了在措手不及的情况下进行掩饰，为了敷衍见面时的尴尬，为了不冷场，为了隐藏心底的情感，还是因为激动到无以言表，他们才会通过不可言喻的关联想象，自动迸发出押韵的语句？”但这并不意味着孩子就是天然的诗人。喜欢欧佩夫妇早期著作的众多读者应该注意了，千万不要指望能从这本书里收获一批来自乡村田舍、永恒纯朴而充满魔力的小曲。通过孩子们念念叨叨而续命不死的童谣（跟长辈帮他们整理留存的那些截然相反），并没有任何明显的不朽特质：

> 大爷我来自苏格兰
> 把豌豆射进母山羊的屁股眼儿
> 大爷我来自苏格兰
> 　兜里的豌豆全射完

尽管如此，它们还是经常出人意料地显现出悠远的传统渊源。1954年约克郡的孩子们蹦蹦跳跳哼唱的押韵诗，它的历代作者可以持续追溯到1725年：这是真正的口头传统例证，它表明儿童在对待这些事情时的内在保守思想，而这是两位作者的主要发现之一。诺曼·道格拉斯在撰写《伦敦街游戏》时，认为自己是在展示“我们的少年儿童有多么地清醒，他们什么时候都能够继续想象发明出各种游戏”。但道格拉斯说错了：欧佩夫妇调查发现，他所记录的一百三十七首唱词和残篇，有一百零八首至今还在传唱，而且很可能当时就属于传统歌谣，就跟现在的人看它们一样。“男孩子仍然讲述着斯威夫特在安妮女王时期从朋友那里收集的笑话；他们玩的恶作剧，还是花美男勃鲁梅尔[1]盛年时期小伙子们互相玩的把戏；他们所说的谜语，还是亨利八世幼年时猜过的谜题。”其中有一首韵诗，根据艾德蒙·葛斯父亲的说法，从摄政时期就开始流传。一百三十年过后，又被斯彭尼穆尔的一名十二岁姑娘唱了出来；1952年的时候，威尔特郡女孩子们跳绳时还唱着这样的歌：

德皇毕二爷爬上山[2]
　瞧瞧哪一天仗打完；
法国大将出战壕，
　一脚给他踹进多佛湾。
他说这老干柴敢再来，
　刺刀戳透他的屁股蛋。

德皇威廉二世的模糊形象，还有更模糊的拿破仑·波拿巴形象，在仲夏正午时分像幽灵一样出现在儿歌里，这种遭遇足以表

[1] 即“花美男”乔治·拜伦·勃鲁梅尔（George Bryan “Beau” Brummell, 1778—1840），曾经是乔治四世担任摄政王时期的密友，后因挥霍无度、赌博负债而逃到法国。他相貌俊美、衣着时尚，是当时追求高品质生活的花花公子形象代表。
[2] Bill是“威廉”的昵称，这里指一战时期的德皇威廉二世。“毕二爷”的译法源自赵元任译《阿丽丝漫游奇境记》。

明，一首童谣可以通过这种不可思议的方式代代相传，直到它丢失所有意义为止。然而，悖论的是，儿童对热门话题的感觉却很敏锐。洛蒂·柯林斯变成了狄安娜·多尔斯；英俊王子查理变成了查理·卓别林；开膛手杰克变成克鲁格，然后又变成米老鼠。[1]甚至还有纯粹的现代歌谣：

抓来一只佩里·科莫[2]

给他抹匀奥妙香皂

洗完赶紧挂绳晾好

两位作者在解释这种悖论的成因时坚信，“学童唱唱闹闹耍嘴皮子”，其实涵盖了两种完全不同的口头文学源流：一方面是流行语、俚语、时兴段子和绰号的现代大杂烩，另一方面则继承了方言表述与习俗传统，这些方言表述与习俗传统，涉及逃学、示警、偷

[1] 洛蒂·柯林斯（Lottie Collins, 1865—1910），英国歌手和舞蹈演员；狄安娜·多尔斯（Diana Dors, 1931—1984）是英国电影演员兼歌手；邦尼查理王子（Bonnie Prince Charlie）即查尔斯·爱德华·斯图亚特（Charles Edward Stuart, 1720—1788），英王詹姆斯二世的孙子，绰号“年轻的伪装者”和“英俊王子查理”，1745 年在法国支持下发动叛乱，意图复辟斯图亚特王朝，克罗顿战役（Battle of Culloden）失败后逃至法国。克鲁格是《榆树街噩梦》（*A Nightmare on Elm Street*）系列恐怖电影里的主角，面部烧伤毁容，杀人时佩戴着装有利刃的手套。

[2] 佩里·科莫（Perry Como），即皮埃里诺·罗纳德·“佩里”·科莫（1912—2001），美国歌手，电视明星。

偷做某事、发誓、折腾人、打架等话题。总体而言，它们在更阴暗、更严峻的生活层面占据了主导。书中发现，尽管那些表示赞同的词汇（例如棒极了、妙得很、真够炫、够味儿、稳当当、帅呆了）会跟随时尚而发生急剧变化，但表示反对的词汇（例如丑得伤心、闪瞎眼、烦死人、酸溜溜、老掉牙、傻头瓜脑、好丢脸、无厘头、真恶心、过气、霉烘烘等），显然却变化甚少。由此而导致的奇特现象，使得这两类词汇的区分得以强化。然而，传统的稳定性，却通过非语言形式而获得了更明确的体现：例如，通过历法习俗、迷信、确信攒够一百万个牛奶瓶盖就能产生神秘功效，还有每逢月初就说一声“兔子”的习俗。[1]这里面的许多情况完全局限于某个地域。复活节滚彩蛋的习俗在特伦特北部广为传播，但在英格兰中部地区和南部则鲜为人知；恶灵夜（11 月 4 日）的习俗从东到西横贯了全国中部地区，具体而言是德比与萨尔特本之间的地带。（根据我的观察，这项习俗目前的传播速度可谓愈演愈烈，也越来越让人倒胃口：我建议将希律王前夜跟它合并，让成年人在这一天都能够成群结队到街头巡游，顺便把所有敢从家里溜出来的十六岁以下小孩揍个半死。）

读者完全不必等到读完最后一章，就会扪心自问：从了解当代儿童的角度来说，这堆乱哄哄的谣曲、笑话、谜语、奚落调侃和绰

---

[1] 英国与北美一带流行的迷信风俗。在每个月初的时候反复念叨“兔子”或“白兔子”以祈求好运。

号（我只是大概暗示一下它们的程度范围），到底有什么意义？作者在这方面也没有讲清楚。毫无疑问，从全书设计角度来说，他们将主要篇幅用来替后代子孙尽可能完整地记录那些短曲、诨名、异名、习俗与费解的谜题。麻烦的是，他们的材料从自身角度而言并不算很有意思。在我看来，它证明小孩子们从总体来看极其乏味，几乎让人感到不适，就像我记忆中那样。“机智与巧妙应答”那一章的阅读感受，等于重新回到往昔的操场、走廊过道或衣帽间，再度体验到每次半小时左右的糟糕经历。那种虚弱无力的反唇相讥，它的语言陈腐感几乎能让人窒息。另外，既然作者向我们保证，他们并不考虑收录不良内容，那么被称为“今日菜单”的那些歌谣（“疤壳拌馅儿蛋奶冻……”），[1] 就绝不应该被视为非典型材料。

尽管如此，我还是不大能够赞同欧佩夫妇将所有小孩子概括为完全独立的半野蛮种族。或者说，我的看法不无保留。他们所有的例证都是从非私立、免学费的学校里收集而来。这从实际操作角度来说，就意味着他们像多数民俗学家那样，是从整个社群里文化程度最低的一部分人那里采样：因此在我们的脑海里，这部书的标题应该再做些调整。还有，我无法不加置疑地接受作者的这段话：“成熟世故的世界未曾留意［童年］，对它产生的影响也微乎其微。童年就像某个萎缩消失的原始部落那样，在原住民保护区的腹地毫

[1] 英国儿歌，以一些让人恶心反胃的名称来描述食品。开头几句是：Scab and matter custard/green snot pies/dead dog’s giblets/dead dog’s eyes（“疤壳拌馅儿蛋奶冻 / 绿鼻涕烤馅饼 / 死狗杂碎 / 死狗眼”）。

无指望地生存下去。”孩子们一直无休无止地模仿成年人。实际上不妨认为，口头文学的两股泉流，即热门话题与传统话题，在很大程度上都是成人世界弃而不用的东西。孩子们像十八世纪的赌徒那样在考试时跷起二郎腿以求好运，这个事实表明：成熟人群已经抛弃的那些习俗与迷信，在儿童世界还可以长期存在。我们现在已经把圣诞节称为“孩子们的节日了”。等到手按《圣经》宣誓的法律形式消亡后，“现在《圣经》打开，现在《圣经》合上，如果我不讲真话”这样的童谣，还会继续传唱多久呢？

不过，最主要的是，小孩子与成年人的关联取决于一个简单事实：前一拨人正逐渐变成后一拨人。从这一点看，他们在很大程度上就可以获得原谅了。小孩子注定不如成年人，否则成长就会失去动力。但最近一直有很多人在吵吵闹闹，说由于成年人痴迷于大众传媒，或丧失了传统自娱自乐的方法，诸如此类，他们自身是否正在退化？在我看来（如果我可以引用《多年夏天以后》[1]的话）：“他们看上去好像过得很开心，按照他们自己的方式，那是自然。”然后我们还可以追问，这本书里有没有什么证据，可以表明这种假设存在的疫病正在反向蔓延到童年时代。这个问题不好回答。在欧佩夫妇收集材料的这段时期，电视经营执照已经从八十万家增长为八百万家。因此，他们收录的这些民俗材料可能绝大多数在很短时

[1] 阿道司·赫胥黎的一部小说，1939年出版，美国版名称为《多年夏天以后天鹅死去》（*After Many a Summer Dies the Swan*）。

间内就会过时。从另一方面看，我们也无法肯定这一点，除非从现在开始持续进行五十年或一百年的比较调查。整个传统语料库的消亡速度也许比我们能够估算的要慢，不像它们在成年人当中的消失速度。如果真是那样，许多人都会感到遗憾。但我不认为这个问题能有多严重，只要少年儿童还保持着那种活力，能够对新材料进行加工改造，并让它发挥出各种隐晦而秘密的用途。诺曼·道格拉斯对将来的看法比较悲观："青年人的标准化进程无休无止。"欧佩夫妇却不这样认为："我们无疑意识到［这是］生机勃发的一代。"简言之，读者最终会感到，那些旧童谣并没有多么神奇，如果孩子们忘记怎么唱，也没什么大不了。重要的是他们应该唱一唱。更何况目前并没有任何迹象表明他们正在遗忘这种技能。

1959

威尼斯狂欢节

●

艺术生活（有别于艺术家的生活）似乎再次回归到我们身边。这次它并不是来自（法国）巴黎，而是来自（加利福尼亚的）威尼斯。当然，从某种意义上说它从来未曾远离。总有那么一批人，他们以无法摆脱艺术为托辞而选择某种生活方式，目的是为了震撼其他社会人士，显得后者理应受到谴责。不过他们时常也会突然迸发出好战精神，并暴跳如雷地冲出巴黎街区，开始大肆诋毁挞伐，从而晓谕世人：既然艺术家是唯一与宇宙同频和谐之人，所以他有理由跟人通奸，有理由饭后不洗碗，然后让全世界其他成员，那些侍奉人间财神的卑劣蠢货们普遍感到震惊。我们直到上世纪末还能从法国人那里体会到这一点，而现在我们似乎要从美国人那里去体会了。李普顿先生这部犀利的著作[1]，简明扼要地列举出了这份起诉名单。

“垮掉的一代”（他在标题里称为“神圣的野蛮人”）作为一种美国类型的波希米亚潮流，成名于五十年代。它在普通教学大纲要求（艺术、不劳动、性）之外，还以禅宗、爵士乐、抽大麻和新俚语为特征。出版商在这本书的腰封简介里将其追随者谨慎描述为“一群不愿循规蹈矩的人，过着完全不同于普通美国人的生活”。李普顿先生的定义范围则更开阔：“这不只是另一场自我疏离的运动。这是一次影响深远的变化，一场深入骨髓的革命…… 目前这一代人已经发展到了彻底拒绝整个社会的程度。在当代美国，这意味着拒绝整个商业文明。”李普顿先生本人就是老牌的垮掉派，他将西威尼斯（他在洛杉矶居住的一个棚户区）作为自己探讨的文本，向我们介绍他的邻居及其生活起居，继而解释他们所代表的价值和社会意义。这不是一部历史，而是灵光启示之作。查克·贝尼逊、克里斯·纳尔逊、塔尼亚·布洛姆勃格（“我见到它们［海洛因和大麻］就像鸭子下水那样开心”），还有安吉尔·丹·戴维斯（“对于他来说，什么事都不会成为笑料，尤其是关于他自己的事”），这些人以自己在生活中的本来面目出现在我们眼前。他们拍着手鼓，听着鸟哥[2]的爵士乐，一边飞着叶子（= 抽大麻），心里盘算着怎样坑一回房东，再躲过兵役局的调查，拿个（花环）戒指抛进海里宣告结婚（这当然完全不必合法），而旁边还要有人在口若悬河地念诗（新人整整三个月都待在一起）。最重要的是，两个人需要互相解释，自己如何近乎发癫，这为何是他俩的宿命，就像狄伦·托马斯的情况，而

[1] 原注：劳伦斯·李普顿著，《神圣的野蛮人》（*The Holy Barbarians*），伦敦：W. H. 艾伦出版社，1960。

[2] 这里可能是指绰号为“新兵菜鸟”（Yardbird）或“鸟哥”（Bird）的美国爵士乐手和作曲家小查理·帕克（Charlie Parker Jr., 1920—1955）。

这种疯癫状况又如何表明他俩无论如何都确实不同凡响。李普顿追溯他们的过往历史，他们在斯奎尔斯维尔[1]的各种忧烦和崩溃经历，他们的同性恋母亲和乱伦父亲，直到某一天意识到自己已经“跟某个姑娘同居在临街店面的窝角，成天用临时架设在包装盒顶的打字机敲敲打打”。当然，还要蓄上胡子。用他们当中某个人的话说：“直到我来西威尼斯以后，才能够认清并成为我自己。”

现在我们必须清除自己脑海里的虚伪言辞，而且首先承认：只要社会允许，每个人都可以自由选择自己喜欢的生活；第二，除了安吉尔·丹·戴维斯以外，其他人都喜爱诗歌、爵士乐和性；第三，当“痒痒挠”戴夫·葛尔登进屋后“感到坐立不安，伸手抓挠自己的裤裆”时（“我说，在做什么好吃的？要不，咱们喷几句诗怎么样？”），这种情形虽然会让人感到震惊，但未必就比皇家卫队的中尉喋喋不休地吹嘘白金汉宫，或是你岳父告诉你说他花冤枉钱买的新高尔夫球棒质量还不如旧球棒的时候更糟糕。他人即是地狱（我始终不明白为什么萨特把这句老生常谈的话颠倒一下顺序，再加以曲解，[2]就能被世人称道）。威尼斯那批自视甚高白吃白拿的人，也并不比其他地方的人更糟糕。但李普顿先生的意思是说他们的糟糕程度要低得多。只要他将目光从洛杉

[1] 斯奎尔斯维尔（Squaresville）位于洛杉矶北佛蒙特大街，西邻好莱坞，在二十世纪五十年代末是传统守旧、不合时尚的代名词。

[2] 萨特原话是“L’enfer, c’est les autres”，直译为“地狱，即是他人”。

矶移往别处，那么他所界定的人群范围就开始变得模糊不清。到了最后，就连许多正常类别，例如社会主义者、同性恋者、反种族隔离者、本科生、创意艺术家，还有读书读得满脑子糨糊的孩子们都包括进来了。这样一来，嬉皮模仿者反而更像是来自奥尔德马斯顿、让人感觉踏实的人——实际上，只要是满心厌恶美国商业文明制造的鼠族（李普顿先生在使用这类词汇时很随意），准备在贫穷生活状态下从事自己喜欢的事情并保持独立，就能被称为垮掉派，由此而集神圣与野蛮于一身。李普顿先生表示，这种逃避做法将会“拯救”美国，而且很可能会拯救全世界。在世界极度鄙俗化的情况下，人们可以捕捉到黯淡微弱的希望。这种希望在 D.H. 劳伦斯的后期作品里反复出现：只要有一部分人愿意在某些地方、以某种方式“舍弃社会的谎言”，机器文化就会自行消亡。

因此，成为垮掉派既是一种社会状态，也是一种艺术状态。但李普顿先生的著作却通过各种简单化的方式，显得如此喜兴、如此耸人听闻、如此头脑简单。对于英国书评者来说，几乎无法看懂他是真的有话要说，还是只想写一篇成功的波希米亚人气宣传稿。尽管他屡次声辩，但垮掉的一代除了在艺术层面上显现出某种创新程度的歇斯底里，以及生活层面的另一种不负责任以外，似乎并没有多少新意。他描述的诸多角色也并不具备足够的诱惑力，让人心甘情愿将他们奉为人生导师。如果能采取不甚偏袒的眼光，某种公允的眼光，对这场运动的历史和资料进行记录，可能会更有意思。但相比而言，李普顿先生笔下的百灵鸟个个都会学猫叫[1]，从这一点来看，这本书也应该得到热烈推荐。

1960

[1] 原文为“Mr Lipton’s cats would make a cat laugh”，直译意思是“李普顿先生的那些猫能够让猫都笑出声来”，比喻某些想法或说法荒腔走板。百灵鸟学猫叫源于老北京驯鸟习俗里的“百灵十三口”之一。

猎逐

●

这本书[1]让人着迷，因为汤普逊就让人着迷，他笔下人物让人痴迷的程度更是达到了极致。汤普逊1859年出生于阿什顿安德莱恩，父亲是改信天主教的医生。他的童年很幸福——实际上是过于幸福：相比摆满了各色奇幻布偶和玩具剧院的育儿室，他的成年生活可谓急转直下。他尝试踏入神职人员的行列，却在伍绍的圣卡斯伯特神学院[2]那些眼光犀利的神父们面前遭遇挫败，旋即又被送往欧文斯学院学医。为了取悦父亲，他每天都乘坐火车去曼彻斯特。可是只要一下火车，他就四处闲逛，或是到曼彻斯特公共图书馆里读书睡觉，看板球比赛，用自己的方式娱乐自我，或至少是自寻烦恼。考试挂科是三天两头就有的事。不可思议的是，他就这样读了六年书。如果不是他父亲最终失去耐心，并要求儿子回来上班的话，他无疑很乐意在余生光阴里继续来回搭车，继续维持着这种误解。父亲的决定来得太晚。汤普逊已经自行寻找到了成长的答案：鸦片酊。

他工作没多久，就离开阿什顿来到伦敦。这是他毕生之中唯一采取的果断行动。无论它只是一种逃避，或是以悲惨畸零者的方式表明独立姿态，后果都同样可怕。在1885年至1888年间，汤普逊的生活境遇就像往昔和将来的英国诗人一样凄凉。乞讨，卖报纸卖火柴，替一位好心的靴匠跑腿，手头只要有点钱就去买鸦片酊，同时还到考文特花园里捡烂菜帮子，在泰晤士河岸堤坝上睡觉。这种情况令人难以置信：一个人如果还没有麻木不仁，怎么能自愿忍受这一切——说自愿，是因为他父亲每周都给他寄出七先令零花钱到河岸街的一间阅览室。但领取这笔钱的条件，是需要有意识地锻炼意志力，能够认清现实，还需要一定程度的约束自律。汤普逊宁肯忍饥挨饿。

没有迹象表明，他曾经听从某些更激进的同行建议而系统地实施了各种滋事行为。他只想逃避那些不堪承受的重任，例如清早起床。尽管他在家乡时曾经简单讨论过文学职业的可能性，却没有写过一行字——肯定也没写过诗——直到他尝试给《快乐英格兰》（*Merry England*）投稿，并且在很长时间内被弃置不顾，最后才引起编辑威尔菲尔德·梅奈尔的兴趣与同情；直到汤普逊听人劝告住进一家私人医院，并戒除了毒瘾，“这位仅仅发表过两篇平庸诗歌的三十岁男子，他的诗作如同井喷泉涌。”1893年艾尔金·马修斯与约翰·莱恩出版社发表了他的第一部著作《诗集》（*Poems*）。从

---

[1] 原注：J. C. 里德著，《弗朗西斯·汤普逊：其人其诗》（*Francis Thompson: Man and Poet*），伦敦：劳特里奇出版社，1959年。

[2] 位于英国杜伦郡，1808年建立，1968年并入杜伦大学，是英格兰北部培养天主教神职人员的主要场所，2011年由于职位短缺而关闭。

那时起，他余生都在梅奈尔的仁爱关照下度过——其实也只剩十四年的时间了。他的工作效率并没有提高，也没有变得更幸福，但至少他食宿无虞。鸦片酊瘾卷土重来，可能是为了缓解肺结核的痛楚。他死于 1907 年，死前喃喃自语道："我枯萎的梦想啊，我的枯萎梦想。"

汤普逊从未谈论到自己的过失，除非是批评谴责他人的相同过失。但他准确界定了自己的诗歌缺陷：

> 有人品尝文字佳酿，有人喝的是文字溯水。不幸的是，两种人都甚为困惑……这些［文字品尝者］都是文字鉴赏家。其他人则是文字宴席的醉汉。他们就像酒量不高的人，一杯杯地吞咽语言，直到味蕾丧失所有区分能力，只剩下粗糙的刺激。它酒劲大不大？喝到嘴里辣不辣？它是不是最好、最恰当的词？他们却浑不介意，以至于舌头被烧灼出水泡。

里德先生并没有在这方面替汤普逊辩护，而是承认他的诗歌具有冷酷、缺乏人性、繁复花哨、过分孩子气、语言诡怪等特征。至于那些在某种程度上能够匹配他声名的诗歌，里德先生提到了《天堂猎犬》《幻象夫人》《皆为血肉》及其他几首。所有这些都涉及宗教体验，因为汤普逊对教会的虔敬之心从未消退。

读完里德先生的这本书，我们几乎会对汤普逊顿生好感。虽说他一味地逃避工作，却准备为之付出代价；在那个年代，这就意味着忍饥挨饿和无家可归，而不是依靠国家资助的经济保障网，以学术奖励为起步基础，逐步开始美妙的上升过程。他并不是斯金波[1]。读到下面这些诗行，谁的心灵不会变得柔软呢？

> 末日审判的号角吹响时你将及时起身！
> 起来吧；因为你如果不愿这样，很快就将长眠不醒。
> 蛆虫此时正为你的躯体编织睡衣。
> 爱不曾沉睡是为了拯救你。爱在呼唤你。
> 起来呀，及早去追寻他。请求，然后被接纳。

汤普逊的企图，是想让自己从床上爬起来。可是这个办法并不管用。

1960

---

[1] 狄更斯小说《荒凉山庄》里的一位擅长假扮简单天真，并以此坑蒙拐骗的虚伪角色。

威斯坦怎么了？[1]

●

我一直试图想象，从未读过奥登1940年以后作品的读者跟另一位从未读过他先前作品的人展开讨论的情形。开始时他们固然可以在形容词藻方面达成一致："多才多艺""流畅""有时过于机敏"，但随后就有一道神秘罅隙在他们脚底裂开。前一位读者会说，奥登是极其振奋人心的英国社会诗人，作品拳拳到肉，充满了文学自身不具备的能量，字句表述的清晰程度无与伦比；另一位读者会说他是热忱投入、书卷气十足的美国式才子，由于文辞过度冗繁而无法给人留下难忘印象，或过于智性而无法令人感动。他们不仅会围绕奥登的诗歌特性产生不同意见：关于他的诗坛地位，也同样会出现巨大分歧。

只有通过这类实验才能切实证明：过去二十年里奥登的声名增长程度是怎样微乎其微。为什么会出现这种情况？毕竟他至今仍然精力充沛且富有创意；他在后期作品里表现的意愿，仍是要结合新颖主题与（理论上）更成熟的主题；他也没有丧失自己的幽默感。可是，没有人打算用《阿喀琉斯之盾》来确立他在文学史上的地位，就像没有人愿意用《诗歌与谣曲：系列之三》来确立斯温伯恩的文学地位一样。

奥登最后一部作品集《向克里俄致敬》的出现,[2] 标志着他诗歌生涯里第三个十年的终结。它未曾改变的事实是：我们所有人的珍爱对象，几乎仍然局限于他最初十年的诗歌作品。我们无需提醒自己留意他的众多优秀之处——大开大阖的修辞、天衣无缝的诗韵、瞬忽攫取人心的戏剧化呈现——但如果要领悟他此后的作品，我们就必须了解清楚，他的诗歌在多大程度上属于它的创作年代。显然，他是第一位“现代”诗人，因为他能够不自觉地运用现代诗歌的特质（“一辆孤零零的货车，秋季里 / 最后的侧身转向”[3]）。但他的现代性，还在于采纳了某种新华兹华斯主义的观念。这种观念竭力想让诗歌服务于工人阶级运动，并称之为“难忘的话语”。在理论层面上，则对《失乐园》和《名叫戴夫的年轻小伙儿》[4] 不加任何区分。按照这样的观点，诗人如果不关注当前时代的各种历史必然性，而且不能让自己变得像治疗者与开拓者（典型形象！），那么他的作品被人漠视也是活该。

---

[1] W. H. 奥登全名为威斯坦·休·奥登（Wystan Hugh Auden, 1907—1973）。

[2] 原注：W. H. 奥登著,《向克里俄致敬》(*Homage to Clio*)，伦敦：费伯出版社，1960 年。译注：克里俄是希腊神话里掌管历史的九缪斯之一。

[3] 出自奥登诗作《信件》(The Letter)。

[4]《名叫戴夫的年轻小伙儿》(The Young Fellow Called Dave) 是一首比较粗鄙的英国打油诗，有各种变体。开头通常都是“从前有个人名字叫戴夫，他往山洞里藏了个死娼妇”。(There once was a man named Dave, Who kept a dead whore in his cave.)

自蒲柏以后，难得还有诗人如此投身于他们所处的时代。为了在奥登的诗歌世界里感到自在舒适，我们必须能够识别出巴恩斯主教、柯兰的棺材、范·德·卢贝，还有《最后的遗嘱与圣约》（出自《冰岛来信》，与路易斯·麦克尼斯合著）里各色人物的行状。[1]不仅如此，我们还要从中看出大萧条、罢工、反饥饿流行的主题；此外还要找到有关西班牙和中国的内容；最重要的是，我们不仅要邂逅这个时代的各式特征，还要看到它的种种偏执：我们要在工人阶级面前自惭形秽，要体会到事物应当从某处获得一种全新的推动力量，要从眼角余光里瞥见法西斯主义的兴起、犹太人遭受的迫害，还有因为一战罪孽余波在部分程度导致下一场战争而与日俱增的恐惧：

> 几把椅子从花园外面搬进屋里，
> 夏季漫谈终止在那片荒蛮的海岸

---

[1] 恩斯特·巴恩斯（Ernst William Barnes, 1874—1953），英国圣公会的伯明翰主教，原为数学家和科学家，后成为自由主义神学家。奥登在诗作《给拜伦勋爵的信》里称“至少我的现代诗作应当欢悦 / 就像英国主教们在讨论量子理论”。柯兰指爱尔兰裔英国著名演员兼剧作家查尔斯·柯兰（Charles Francis Coghlan, 1842—1899），他在美国得克萨斯州病逝后临时下葬于当地，随后一场飓风引发的洪水将棺木与遗体冲走，七年后才被几位猎人发现。马里纳斯·范·德·卢贝（Marinus van der Lubbe, 1909—1934）是荷兰裔的议会共产主义者，在1933年的德国国会纵火案中被判处有罪并处刑。《冰岛来信》是奥登与麦克尼斯合著的散文兼诗歌体裁的游记，出版于1937年。

风暴来临之前，客人和群鸟到达以后：
一所所疗养院里他们的欢笑日渐稀少，
更无法确定能否治愈；那个嗓门响亮的疯男人
此时陷入更可怕的沉静。

占据奥登诗歌中心位置的，确切而言就是这种统摄一切、无所不在的不安。这是他极其擅长表达的东西。比如说，他如何能够迅速捕捉到“斗争”的象征，“这场竞赛……很容易变得像一场战争”；在奥登身上，包括在其他作家身上，这个对立“双方”的概念被一再运用，用来代表青年人与老年人、穷人与富人，健康者与病患的反差，代表阶级斗争、西班牙、即将到来的战争。这种冲突最初还被认为将以胜利为终结（《雄辩者》），但随着三十年代临近结束，灾难降临的可能性却越来越大。奥登的敏感程度正是在这种气氛之下不断强化，他的察知能力也随之提高。这些察知内容不仅包括

一万名绝望者游行而过
五英尺、六英尺、七英尺的身高

还包括

在这些房屋里
一架架小钢琴的琴盖闭合，钟声奏鸣。

我并不只是为了印证这种状态的存在而刻意强调它，我想表明的是：为什么当这种状态消失后，奥登诗歌的外观面貌会产生彻底错乱。众所周知，主要原因有两方面——1939 年战争爆发，而数月前奥登已经离开欧洲前往美国。他顿时丧失了自己的关键主题与情感——欧洲，以及对战争的恐惧——他的读者，连同他们共同的群体语言与关注，都被他一股脑儿抛弃。对于其他不同类型的诗人来说，这可能并不要紧。但对于奥登来说，这似乎已无法弥补。

他的直接反应是一头扎入作品文献。他先前作品里甚少出现其他作家的名字——除了劳伦斯、欧文、凯瑟琳·曼斯菲尔德——这一点充分表明他对下述情形的“极度反感”：

> 如果我发现有谁对艺术的偏爱
> 更甚于生活和爱以及内心的纯正

但现在这些名字却像潮水一般涌来。人们不可能察觉不到他的语气变化：1937 年他提到“唬人掸丁、痛风哥嘚、店主莎翁，这三位杰出大师”[1]时，仍然还是毫无敬意的指称，到了 1941 年的《新年书简》就变成了歌功颂德的祈愿之辞：

---

[1] 原文为“Daunty, Gouty, Shopkeeper”，字面意思是“唬人者，患痛风者，店主”，分别指但丁、歌德和莎士比亚。歌德确实患过痛风，而莎士比亚的父亲则是手套商。典出詹姆斯·乔伊斯的《芬尼根守灵夜》。

杰出的大师们已经展示
一种有待人类发现的秩序……
此时巨大、恢弘而宁静的，
是你们毫无变化的存在，它让
这些阴郁的世代缴械，还有
意志的惶恐不宁，
对于成长者和孱弱者来说，
你们最终的变化诉说不尽，诉说不尽。

奥登不再回避“谁最伟大？”和诗人资格标准的问题：

你一定要问我，是谁
写出了我原本想写的东西。[1]

他变成了一位读者，而不是作家。他的那些“注解”——五十八页诗歌正文，要搭配八十一页关于詹姆斯、克尔恺郭尔、契诃夫、里尔克、尼采、歌德、弥尔顿、斯宾诺莎和其他人的解释——这不啻于警告读者：文献内容已经在多大程度上取代经历体验，而成为他诗歌的材料。

有些批评家或许觉得这样做合情合理。不过，它可能会导致以

---

[1] 与前页注 1 中的引文均出自《冰岛来信》（*Letters from Iceland*）中的《致拜伦勋爵的信》（Letter to Lord Byron）。

下后果：缺乏生动性、容易重拾以往文学作品里已经存在的主题、某种抽象空洞感。这些都是奥登目前自己招惹的批评。他到美国后出版的前三部作品篇幅都很长，满怀壮志雄心，风格多种多样，但至多只能激发起读者的零星兴趣。那部散漫随意的思想乱炖之作《新年书简》，几乎算得上是生拉硬凑的产物；1945 年问世的《海与镜》则是一部不成功的近亲繁殖文学；此外，尽管奥登在 1945 年同期出版的《暂时而言》里，竭力想要重振基督教神话，并使之成为诗歌主题，却经常显得态度冰冷（“将真实匮乏带来的自由 / 织入我们内心 / 编织在不偏不倚的真实之上”），或是傻里傻气（“今天是酿醋工厂的参观日”）。至于 1948 年的《焦虑年代》，我始终没有读完，也从来没见谁读完过它。

好吧，与人们有些时候的看法相反，写出乏味甚至糟糕的诗歌并不算是什么罪恶。即便真算是犯罪，奥登也已经争取到了好几次缓刑令。尽管仰慕者对他在四十年代的表现气愤失望，但对于这样一位决意全盘改造其创作装备的诗人来说，他们真的无法指望还有谁能比他做得更好。问题是他到底还要多久才能改装完毕。他仍然保持着创造能力，间或也有成功之作，例如关于卡利班与希律王的主题演讲（奥登在散文戏仿的领域里始终无与伦比——“海蒂致南希”莫不是出自他的手笔？[1]），还有《求索》里

[1] 奥登与麦克尼斯合著《冰岛来信》里的一章，是麦克尼斯将自己和奥登以及其他人物代入虚拟女性角色而撰写的戏仿讽刺作品，但并未署名，所以拉金故意设此疑问。

的十四行诗，都足以让人产生希望。如果他的诗歌能够再次植根于周遭生活，而不是植根于他阅读的作品（也许《焦虑年代》是类似挣扎尝试的首例），那么最终将会产生一个全新的奥登。他将以欧洲式的反讽为滤镜而纵览美国景象，并成为《纽约客》的沃尔特·惠特曼。

十年时间，三部著作问世，人们随后不得不承认上述希望过于乐观。确实，从《午后课》(1952)[1]、《阿喀琉斯之盾》(1955)到现在这部《向克里俄致敬》，奥登已经回归到较短的诗歌格制，并以此作为他的表述介质：那些旧日的卓越大师已经悄然退隐（尽管他们在某种程度上只是被陈腐的经典神话人物取代），他的主题变得更加个人化，所以更可能让人产生兴趣。他开始用稳定的语气腔调来创作某种反思类型的长诗。在这类诗歌里，他的每个主题侧面都获得了从容不迫的展示。《阿喀琉斯之盾》里的《乡村牧歌》，还有《盖娅颂》《石灰岩颂》，以及现在的《向克里俄致敬》和《再见梅佐乔诺》：[2]

走出哥特氛围的北方，面色苍白的孩子们

---

[1] 午后课（Nones）又译“九课”，是基督教日课的一部分，即日出后第九个小时的祈祷、诵经、唱赞美诗仪式。日课共八次，包括晨祷、早祷、一课（上午6时）、三课（上午9时）、午祷、九课（下午3时）、晚祷、夜课。

[2] 盖娅是希腊神话里的地母，梅佐乔诺（Mezzogiorno）即意大利南部各地的泛称。

来自土豆、啤酒或威士忌的
罪感文化，我们的行为举止宛如父辈，
向南走来，走入炙烈的他乡

那里有葡萄园、巴罗克，还有曼妙形象[1]，
来到一座座阴柔市镇，这里的男人
气质阳刚，兄弟姐妹们不曾接受无情的
内讧语词训练，不像

新教教区那样有人传授，在细雨蒙蒙的
主日午后……

这些诗篇是令人愉悦、写法巧妙的随笔文章，从行文布局的严密程度来看，要超过他早先涉猎尝试的《人民的八月》或《在刈割过的草地上》。然而它们的诗性张力程度却并不高——或者说，确实没有达到它们想达到的高度。它们读起来就像一位技巧熟练的著名作家在没有具体烦忧时完成的反思回顾。因此他可以肆意表现自己有关阅读和旅行的品味，而即使如此我们也能接受。事实上，奥登并未顺沿着人们期待的方向发展：他没有接纳美国，也没有落地生根，而是持续追求一种个人主义兼世界主义的道路。这条道路从

[1] 原文为意大利语 la bella figura。

一开始就无法让人像先前那样深表认同——而正是这种认同感，在很大程度上决定了他早先的成功。

如果不是因为这种情况似乎对他的诗歌产生了令人惋惜的影响，那么谈论它也没有多大意义。首先，尽管目前他已经恢复了一种个性化语言，但这种语言在大多数时候还显得极不协调。它蓄意堆砌塑胶时代的儿歌、芭蕾剧里的民间故事，还有好莱坞式朗普里埃[1]的文风，再佐以令人牙碜、含混不清的狡黠话语：

> 罗曼司？这样的天气里不会有。奥维德的魔法师
> 　引领阿卡狄亚的方阵舞，人心的
> 少年统辖者，能将被统辖者的“是”与“否”称作他们的自主应答，
> 　而他本人则由于莽撞，很快将死于寒冷或暑热：
> 他们的生命被置于更加牢固的掌握：那年老而严峻的她
> 　给无冕的物种安排盲目约会
> 创造出他们的乡村事务。[2]

显而易见，以下是他喜爱的那种东西：

---

[1] 可能是指英国的古典学者、词典学家、神学家与教育家约翰·朗普里埃（John Lemprière，约 1765—1824）。

[2] 出自奥登乡村诗（Bucolics）系列里的《平原》（Plains）。

要含蓄、多彩、繁饰、聪敏，
永远不要聆听那些批评者的话语
这些外省人的粗鄙食道渴求着书本里
由于厨师手艺平常而愈加寡淡的寡淡食物。

这种看法必然导致他写出类似这样的诗句——“只需娓娓道出他们的名字就已经如此舒坦”，或：

她或许不是她可能意味的全部但她真是我们的妈妈。

有人会用这样的特色语言说话吗？或许说，这就是奥登自言自语的方式？

第二，我们难免会得出结论：从未成为浮华诗人的奥登，目前在某种程度上已经变成了一位不严肃的诗人。有段时期他坚称诗歌就是一场游戏，并同时具备了填字谜语的各类要素：它是“语词嬉戏的巧合”。即使我们不是浪漫主义者，也同样可以质疑，按照这种态度，还能否创作出符应以上描述的诗歌。看来奥登更乐于看到自己的作品能够产生外部社会功效。反过来看，如果他真觉得诗歌从根本而言就不该严肃，那么非常遗憾，他最后也偏离了这个准则。因为如果诗歌的动机不够严肃，这多半意味着它不可能产生任何严肃效果。

我们的不满最终归结为一点：奥登无法再次触动我们的想象。

我的猜测是，二战前英国那种特殊的不安全状态，曾经以无可比拟的方式磨砺了他的才华；或者说，当“下一场战争”真正来临后，他眼中的一切似乎都呈现为高潮突降。但这些只是猜测。毕竟，还有某种东西，导致他写出《新年书简》里《诗人的祈祷》：“主啊，教我如何善用笔墨吧好让我不再愿求。”不管怎样，这种状况都是我们的损失。

1960

贝杰曼的融合

●

贝杰曼先生这部诗体自传首卷本里最引人注目的一个段落，[1]描述了他当年在海格特中学[2]读书时，满心以为自己的诗作“已经能与坎贝尔[3]相媲美”：

> 于是我把自己的诗篇装订成册，
> 《贝杰曼最佳作品集》，再把它亲手交给
> 那一位，我听说是，喜欢诗歌的人——
> 美国大师，艾略特先生。

这幅场景值得找一位十九世纪的叙事题材画家加以描绘，并题名为《婴孩贝杰曼向年轻的艾略特献诗》。因为，姑且不论他们各自在诗界的地位，正是艾略特的一句话，为现代主义诗歌运动拟定了宪章：“依照我们当今文明的存在状态，诗人们身处其间，必然会变得令人费解。”[4]四十年过后，贝杰曼将彻底避开艾略特这句致命话语形成的轻型训诂产业。就像先前的吉卜林和豪斯曼一样，贝杰曼将证明，任何人只要能让人产生感动并铭记在心，就可以与读

者大众建立某种直接关联。

反讽的是，在某种程度上，贝杰曼的诗歌（还有同时代 W.H. 奥登的诗歌）恰恰是艾略特先生预期的那种类型。“我们的文明”，这段文章里继续说道，“能够理解极其多样复杂的情况，这种多样性与复杂性作用于精妙的感觉。它必然能够产生多样而复杂的成果。”结果确实如此！贝杰曼并非只懂得在维多利亚式壁灯架前单膝跪地，并且面对着“serviette”（餐巾纸）这类词汇瑟瑟发抖：尽管他曾在《初恋与最后的恋情》序言里大肆鞭挞我们这个时代，最终却是它的接受者，而不是排斥者。他在表述“亲爱的老英格兰，该死的老英格兰”时，充分体现出雄浑气势、精准措辞与饱满的热情，这种热情不断明灭闪烁于嬉笑暴怒之间。他对过往事物的感觉，使得他每一次观察都瞩目深远。这个时代不仅承认他，而且还尽量采取了一种最不含糊的承认方式：让他成为一位电视名人。

有些人察觉到这种名气的存在，这无疑促成了《钟声召唤》的出版。既然圣诞节就要抵达，那么对于这个行业来说，还有什么比

---

[1] 原注：约翰·贝杰曼著，《钟声召唤》（*Summoned by Bells*），伦敦：约翰·穆雷出版社，1960 年。

[2] 海格特中学（Highgate School）位于伦敦，创办于 1565 年。

[3] 当是指英国苏格兰诗人托马斯·坎贝尔（Thomas Campbell, 1777—1844）。

[4] 出自 T.S. 艾略特著，《随笔选》第三版，伦敦：费伯出版社，1951 年，第 289 页。

贝杰曼先生的自传更具诱惑力呢？实际上，对于这本书的处理手法（没完没了的预告连载，几乎制造了一出反高潮戏），很难缓解我们的诸多担忧：旧式古董[1]，落后的装帧方式（可怕的衬页），还有既严肃又滑稽的章节概要（“难以解释的欲念——试图解释它们”），这些都让人担心贝杰曼是在给美术馆表演剧目。幸运的是情况并非如此。《钟声召唤》共包括九个章节，都是贝杰曼先生先前已经展示给我们的那种怀旧诗句（《苏塞克斯海岸的原罪》）。故作庄重的行人，仿佛徕卡相机拍摄的清晰细节，撷取叙事片段回顾自己少年时期以来的经历，直到迫不得已离开牛津为止。他离开牛津，并不是缘于某种荒唐启示或内心震撼（他记述的材料多半和他的举止风格一样让人感到亲切），而是带着满心欢喜，再次创造对他而言仍旧具备感染力量的事件与环境。作品并未着墨于人物个性。确实，我们在读这首长诗的时候，最初浮现的印象是：贝杰曼虽然富有创意，却不是唯我主义者。毋宁说，他正是那种罕见之才，一位敏感的性格外向者。他感兴趣的不是自己，而是各种体验。在成为自己的过程中，他能够仔细品味这些体验，包括成为自己的体验。他可能会这样写：

一位独生子，自在舒坦地与人分离，
遭到误解，又浑然不似其他男孩。

---

[1] 可能是指《钟声召唤》初版封面上的三只古钟的图案。

深沉、忧郁而满心怜惜的我看到了我自己。

但他在处理“个人”情境时却表现得异常超然：

……那么，求问上帝，这是什么——
这温柔、谦卑、不求回报的爱
对碧蒂·沃尔什罕的爱，是什么？是怎样的崇拜之心
让我推迟晚餐时间，再给头顶抹匀
厚厚的安佐拉发胶，只为参加今晚的舞会？
开着塔尔博特–达拉克[1]，坐在真皮座椅里
还有碧蒂姑娘在我身旁！

这里的专有名称全部立足于相同情感。我们还发现，在某些场景下，作者的情感原本应该成为关注焦点，结果却时常转化为对于文字细节的关注：

我被未受沾污的橡木刮伤手腕
推开我父亲的沉重身体呯地关上门——
好像疯子一样奔跑像疯子一样奔跑啊奔跑……
“我自由了！我自由了！”外面的空气温暖

---

[1] 塔尔博特–达拉克（Talbot-Darracq）是二十世纪二十年代初的一款汽车名。

厚重还有薄荷开花的芳香，
甲虫在绵延数英里的低伏草叶上摇摆，
整个灼热的乡野都温柔和善。

尽管如此，这首叙事诗的连贯主题却依然高度个性化，它与塞缪尔·巴特勒的诗句并无二致：“我只能偷走我自己的长子权。我偷走了它并遭到严厉惩罚。然而我已经拯救了我灵魂的生机。”贝杰曼先生是独子，他有一位强势的父亲和半残疾的母亲。家里人指望他能承继家族产业，通过阿斯普雷公司和玛宾与韦伯公司来销售珍稀木料、玻璃与白银制作的奢侈品。[1]面对这种安排，他在年轻时以能力不足为借口而含蓄拒绝；等到年长时，则公然予以抗拒。对于一位独生子来说这是很严重的缺陷。贝杰曼先生既没有轻描淡写他父亲的愤怒（“懒骨头，就像我大哥杰克，/烂人、贱人、坑蒙拐骗的势利小人”），也没少表述自己的悔恨之情（“一种负罪感伴随着年月而增长”）。这两种情绪仿佛黯褪的颜色，贯穿于他整个人生。他的借口只有一条，而且从未改变：“我是诗人。这就是我不成材的原因。”

这种态度之下形成的自尊自大，让人难以信服。它只能通过我们今天对贝杰曼的了解而得以诠释。贝杰曼注定要成为寥寥人群里的一员，这批人可以说：“我所是之物让我得以存活。”贝杰曼凭借

[1] 阿斯普雷（Aspery）是1781年成立的奢侈品牌公司，玛宾与韦伯则是英国知名的珠宝公司。

着本能而执拗的智慧来抵抗一切可能存在的阻碍，以便接触到有利于塑造他特殊本性的各种事物因素。我们目睹这些事物陆续汇入他的诗篇——康沃尔与大海，牛津以及教堂建筑，伦敦和火车站；随后是宗教，伴随着最奇怪的谕示钟声，这钟声在整个叙事过程中召唤着他——它悬挂在榆树枝上，敲钟人则是破败教堂门外一位蓄络腮胡的读书教士；后来，等到了莫德林[1]，他那阴郁闷燃的性格终于迸发出炽烈火焰。于是，我们称为“贝杰曼狂热”的奇异趣味发生融合，由此变得清晰可辨。因此，即使这部作品以表面形式的失败而告终（“神学课挂科！”[2]），实际上却是一场胜利。贝杰曼做到了这一点。他已经成为了贝杰曼。

这部叙事长诗的价值无疑会引发激烈争辩。在寒冷刺骨的城垛上，批评界的哨兵们不断意识到九万册《诗集》的幢幢魅影（“要不要用我的长矛刺它？”[3]）当他们想到这些印本已经销售一空，而且根本不需要通过拉赞助召开暑期学术研讨会来营造声势，会变得愈发警觉。就目前情况来看，只需要谈一谈它的两点好处就够了。第一，贝杰曼拥有惊人的细节把握能力，无论是视觉还是氛围细节。由于这种能力，他那种平铺直叙、流水账似的无韵诗（甘愿俯就囊

---

[1] 即牛津大学的莫德林学院（Magdalen College）。

[2] 贝杰曼在自传里声称是因为没通过神学课考试而没有拿到学位，但事实上他在第三次补考时通过。

[3]《哈姆雷特》第一幕第一场里马西勒斯见到哈姆雷特父亲的鬼魂时对霍拉旭所说的话。

括一切事物，甚至有“不要往厕所里扔旧刀片”之语)，无论是否做到了妙语连珠，都像约翰·布雷特的《破石者》(*Stonebreaker*)一样熠熠生辉：

高耸的门厅，楼梯的台阶，
阳光充沛的客厅无比宽敞，
越过烟囱管帽眺望数英里之外
看见带尖顶的圣潘克拉斯[1]和圣保罗大教堂的穹隆。

或是从作者深刻记忆里积攒的零碎之物：

九月末，七叶树果成熟时，
当波佩林格、济勒贝克和蒙斯[2]的
五点九英寸炮弹[3]在轰鸣，巨大的深棕色凹版印刷品，
包括法国人、史密斯–道林和黑格的宽幅照片，搭配着
半磅布鲁克邦德茶，免费发放。
邻居家的儿子刚在伊珀尔战死；

---

[1] 伦敦圣潘克拉斯(St. Pancras)火车站。

[2] 一战时英德两军对垒的几处战场，皆在比利时境内。下文提到的霍拉斯·史密斯–道林(1858—1930)和道格拉斯·黑格(1861—1928)皆是当时与法军联合作战的英军将领。伊珀尔则在荷兰境内。

[3] 德国在一战时投入使用的 sFH (schwere Feldhaubitze) 1902 加农炮，口径为 15 厘米(5.9 英寸)。

另一个儿子负了伤。《彩虹》杂志
每周三送到——里面有老虎提姆的恶作剧，
还有蓝铃花兔和她的魔术小手套。[1]

这种充满想象力和精准度的记忆召唤，是这篇长诗想要达到的部分目标。它通过卓越的才华得以完成。

第二，贝杰曼先生究竟怎样避开了妄自尊大、吹嘘炫耀、愚蠢、感伤和乏味的陷阱，虽然还是个谜，但他确实一贯如此。为什么我们可以接受他的泰迪熊，却想把塞巴斯蒂安·弗莱特[2]的泰迪熊塞进他喉咙里呢？他是怎么写出这样的诗，却不让我们感到尴尬呢：

可怜的母亲，勇敢地走在草坪上，
她整个身体是巨大的牙痛创伤！她会不会死去？
如果她死去我能否把自己原谅？

另外，他如何能够坦承自己顺着社会阶梯一路攀爬到“坎特

[1]《彩虹》(*Rainbow*)是英国最早的一批全彩漫画杂志周刊，1914 年 2 月首刊。老虎提姆(Tiger Tim)和蓝铃花兔(Bonnie Bluebell)是其中的两个卡通人物。

[2] 伊夫林·沃的小说《重返布莱兹海德》(《故园风雨后》)里的角色，弗莱特的泰迪熊名为“阿洛伊修斯”(Aloysius)，即是受贝杰曼的泰迪熊“阿奇巴尔德·奥尔姆斯比-戈尔”(Archibald Ormsby-Gore)的启发。

伯雷方院的休闲套间”[1]，而不至于让我们心生疏远？或者是坦承他对哈罗德·阿克顿笔下弗尔班克世界的迷恋[2]（“亲爱的人们，我想冲进田野/用一束百合抽打生肉”），却丝毫不曾给自己招致类似于今天在我们内心里产生的烦躁？毫无疑问，答案就是真诚，一种浑然不觉而又纯粹的真诚。不过这应该得益于他对待自己的态度。这种真诚，谨慎避开了马尔巴罗的人们[3]无疑会称为“派别”的问题，同时又因为他对自身以外的事物显然更感兴趣，所以不会受污染。我们可能会感到气恼，这本书怎么能如此畅销。可是当我们读完它，就会由衷敬佩这种近乎道德感的圆融妥帖。贝杰曼先生的回忆就像爱伦·坡的摇晃钟摆一样，越来越迫近当前的时光[4]，不知这种阅读感觉还能否继续。预想一下后续的情形，会很有意思。

1960

---

[1] 牛津基督教堂（Christ Church）几个四方院里的一个，设计者为詹姆斯·怀亚特（James Wyatt, 1746—1813）。

[2] 应该是指英国小说家和剧作家罗纳德·弗尔班克（Arthur A. Ronald Firbank, 1886—1926），对阿克顿、萨松和伊夫林·沃等人影响较大。

[3] 贝杰曼曾在北牛津与马尔巴罗学院（North Oxford and Malborough College）的预科学校读书。

[4] 此处借用了爱伦·坡短篇名作《陷坑与钟摆》（The Pit and the Pendulum）里的情节。

缺失的椅子

●

喜剧诗很少获得成功——其实，任何一种诗歌都很少获得成功，只不过正规类型的成功率稍高而已——个中原因在于，当生活滑稽可笑，而诗人专注于短暂易逝、可以纵逸行乐、无足轻重的时日，却浑然不顾那些漫长、无计可逃、意义重大的严肃时段，终究会显得（有时直接等同于）品位庸常。所以，当人们听说奥格登·纳什拥有“美国引用率最高的诗人”这令人敬畏的头衔时，着实会大吃一惊。还有一点，他是全靠作品养活自己。显然，他所说的许多东西，是许多人愿意花钱看到他说出来的话。这卷诗集让人们对他的才华产生了更长久的期待，这一点他实至名归。[1]

多数读者将领略到他别具一格的特色标记：前一句结尾处的半谐韵仍然余音未歇，而两行长短不一的诗句就已经像不对称的胡桃夹子那样突然钳合：

噢，有时我独自闲坐胡思乱想，不知你将如何反应，如果行走

　　在一条漆黑的街巷而凯撒·博吉亚突然间

手持火炬出现在你身旁[2]……

有时第二行诗更长，而我们则心存悬疑地眼瞅着诗歌韵律就像弹子球沿斜坡缓慢地磕磕绊绊，在坠入洞口抵达两万米深处之前与每一个阻碍物发生撞击：

他的主人说，噢是的，你跟参议员谈话时要避开教育话题，
因为有人说他十七岁的外甥宁肯一把火烧掉学校也要从高三班脱身
而这外甥偷听到他们谈话后真的一把火烧掉了学校，包括
　　音乐老师和宿舍楼看门人……

可是，当类似诗文的阅读达到一定数量时，这种本质荒唐的描写手法就可以积聚力量。因为人们开始感觉到它和纳什的常用主题之间存在着某种平行对应。"什么是生活？"他问道，

生活就是迈下台阶或坐进椅子时
那里并没有椅子或台阶。
生活不是事先得知有人刚给地板打蜡，
而是拉开标明"**推**"的门扉再推开标明"**拉**"的门同时

---

[1] 原注：奥格登·纳什著，《1929年以后的诗歌集》（*Collected Verse from 1929 On*），伦敦：丹特出版社，1961年。

[2] 凯撒·博吉亚（Cesare Borgia, 1475—1507），西班牙裔意大利人，教皇亚历山大六世私生子，后成为罗曼那公爵和教皇国军队统领。马基雅维利在《君主论》里认为他是新型"君主"的理想典范。原诗第一句的结尾Borgia（博吉亚）与第二句结尾处的torgia（torchia，火炬）押韵。

不予理睬“**此门已坏，请使用侧门**”的指示提醒……

从文体风格而言，纳什这种丧气十足的韵律和“坐以待毙”的音步，完美地对应着组合构成文明化男性生存状态的那些缺失座椅和缓慢怒火：等候女人，对孩子忍气吞声，无聊的社交和屈辱感，被动工作，良知刺痛。[1]其实，如果你想在诗句结尾看到漫长而无计可逃的“等等等”，那么纳什的这种倾泻方式确实再直接不过了：

哀哉，哀哉，哀哉，人生来就要汗流满面才得以糊口，[2]
即使昨天前天汗水都未曾濡湿你的脸颊，那么也没有任何
　　不同，因为你的脸颊很快还是会湿润，
你心底里清楚，自己只能继续汗水涔涔
直到男性俱乐部里有人说，我想我们是不是应该参加
　　那个谁谁谁的葬礼了？他在鲍依赛马场[3]拿过第五。
这是必须面对的丑陋景象。
但这是你属于人类而获得的结果。

---

[1] 原文为 agenbite of inwit，亦写作 ayenbite of inwyt，字面意思为“内在智识的再次啮咬”（“again-bite of inner wit”），出自中古英语时期用肯特郡方言书写的一部忏悔类型著作标题。

[2] 典出《圣经・旧约・创世记》3:19，“你必汗流满面才得糊口，直到你归了土”（和合本）。

[3] 鲍依赛马场（Bowie Race Track）位于马里兰州鲍依市郊。

其实，他和那些幽默作家并无二致：他们让你对有些事情发笑，并不是因为它们本身有多滑稽，而是因为笑出来以后，再去忍受它们时会变得轻松些——我想，归根结底，这种说法相当于用某种严肃作家的荣誉头衔来称呼他了。

他写的诗并不总是这样好。每当他偏离自己那一亩三分地的时候，文笔未必能超过撰写日历诗的无名作者或是写滑稽诗的商人。还有，这部诗集采用了美国人的方式进行编撰，它似乎害怕说出这些诗出自哪些书籍，以及它们的初版时间。然而，对于年届不惑、受人尊敬、勤劳肯干的为夫为父者——其实是你们大家，它终究还是一件理想的礼物。读完这些诗歌，你可以回到家里依序朗读每首诗的标题（《未老先衰的男性艺术家肖像》《问你爹，他才不会明白》《我要在错层住宅的通风过道里吃火鸡》《来吧，老态龙钟也挺不错》《痴呆让人乐意买单，就像广告该有的效果》）。这本身就是一首诗了。

1961

大师们的声音

假如技术史与文学史的交织方式略有不同，现在的我或许就能够毕恭毕敬地在自家唱机转盘上放一张厚厚的每分钟78转黑胶唱片，上面有环球唱片公司的商标，写着《威尔·莎氏珀亚：十四行杂诗》(监制人：维鲁拉姆男爵阁下)[1]。在咔啦咔啦一段令人晕眩的空白间歇过后，我将听到勉强能够理解的伊丽莎白时代英语："我们希望最美好的生灵持续繁衍，/好让美的玫瑰不再凋亡……"[2]如果真的能够这样，我会有什么收获？首先要立刻承认它的纪念价值：它的迷人程度堪比一张珍贵照片，或J.P.摩根收藏的那一绺济慈的头发。然而在这类事情上（一旦等到我的激动情绪消退），威尔的沃里克郡，或华兹华斯的威斯特摩兰，对于我阅读这两位作家的诗歌来说，真比丁尼生的林肯郡与《北方农夫》之间的关联意义更大吗？（丁尼生的情况倒确实如此。）[3]

也许这个故事要从中间部分谈起。不过只要一提到念诗，我就会对人们处理古旧之物的方式感到怒火中烧，因为我想我们已经保存过成千上万名1928年前的男高音和女高音唱片，却没有一个人想到要录制诸如哈代或劳伦斯的声音。但其他人跟我的感觉看法不一样。去年夏天指导编辑《美人鱼诗篇》的约翰·韦恩先生[4]曾在它的简介里指出："当今诗人给自己的作品录制唱片时，就像出版印刷品一样自然。这是否意味着纸页印刷会把首席位置拱手让给鲜活的声音？"难道可以说，诗歌是必须通过表演而被赋予生命的"乐谱"吗？或者说我们是否必须和狄伦·托马斯一样满怀疑虑地看待整个事情？"走上二百英里的路，只是为了用我这疯疯癫癫的嗓音去朗读几首没人欣赏、拿起书来也一样能看的诗。"

在回答这个问题前，需要区分清楚一两件事情。首先，无论是在弥漫着大麻叶子香味的礼堂里演唱民谣，还是让荷马意气激昂地弹奏他的铿锵竖琴，不管此时声音媒介显得多么合适，它怎样让具有沉思气质、非集体性的现代诗歌应用于公众场合，它对我的影响，就像是一千名童子军组成的合唱团在朗诵《茵尼斯弗里湖心岛》[5]时对叶芝的影响。重新采用这种读诗方式，在我看来就是倒退，就像是安安静静读书时还要动嘴唇一样。我说这种话，并不指

---

[1] 威尔即莎士比亚名字"威廉"的昵称。第一代维鲁拉姆男爵即弗朗西斯·培根（1561—1626），英国著名哲学家、科学家与随笔作家，曾经被认为是莎士比亚作品的真正作者。

[2] 莎士比亚十四行诗的第一首。

[3] 莎士比亚的故乡斯特拉福镇位于沃里克郡。华兹华斯死后安葬在格拉斯米尔的圣奥斯瓦尔德教堂墓地。格拉斯米尔在1974年前属于威斯特摩兰郡，目前是坎布里亚郡的一部分。

[4] 约翰·韦恩（John Wain, 1925—1994），英国小说家、诗人与剧作家。

[5]《茵尼斯弗里湖心岛》（The Lake Isle of Innisfree）是叶芝在1888年完成、1890年出版的作品。

望能获得所有人的赞同：许多诗人就是有迫害妄想症的啰嗦鬼。那些以读诗会的名义出现、实际却并不纯粹的集合人群，是他们在迫害妄想状态下叨扰别人的绝妙新方法。然而我应该自己设定的第一公理却是，现代诗歌唯一可行的口语表现形式，是用高保真音响在某个角度（或几个角落，现在已经能办到）播放的低语声音。

第二，谁来读它？让诗歌在它孕育产生的氛围里获得再创造（他们的说法），这样做的代价，是在我与诗作之间硬塞了一位新成员：读者。读者并不会按照我强调的标准来念诗，而这样会让我恼火。或者，他的声音让我联想起那个棕眼睛的小伙儿弗兰克。或者，如果读者是位女士，她可能会使用她们同类之间很普遍的腔调。按照这种腔调提示，在刚才清晰可闻的发音过程中，她已经察觉诗歌里有一处令人难以置信的猥亵藏头诗。哪一种情况都对我没啥好处。但是假如让作者本人朗读呢？这又要引发一番新的争论：我们能否合理合法地跟作者吵架，说他在哪里哪里把自己的诗给念坏了？难道他不是在提供某种明确、权威的解读，好让人们从今往后只要一出现偏离就算“犯错”吗？

既对也不对。如果我真要跟那种批评家达成一致，我会讨厌我自己。这些人拒不承认诗人对自己的作品拥有无上权威——比如说，他们从诗人对某首诗的解释里得不到任何启发，而只看到他在试图约束诗歌的暗示程度——出于这个原因我要争辩两句：如果某位作者曾经以犀利、反讽、幽默、悲伤的态度朗读某一段诗，后来又总是以轻柔、空想、严肃或欢快的方法来朗读，这多少有点揣着明白装糊涂，就像是穿上太空服表演《哈姆雷特》。不过我们围绕作者本人朗读诗歌而产生的争议，通常却不是这种表现形式。关于这个问题，过度频繁地回答"对"，会让我们今后再读诗的时候，就像是在朗读1943年《家禽售卖运输法》的某项条文。实际上，诗人们在多数情况下并没有公正对待自己的作品。那么，思想灵活、表达能力强、相关训练充分的读者们，为什么不去自行展现这冰冷印刷字体下隐藏的音乐呢？我们不得不承认，这是合情合理之事。

然而，我们现在正看到越来越多的作者朗读自家作品的事例。所以我怀疑，作者的朗读水平到底有没有人们普遍以为的那样差。比如，我记得有一次给某位意大利来访者播放艾略特先生朗读的《普鲁弗洛克的情歌》，好让他听听艾略特是怎样的嗓音。虽然我原本打算在三十秒钟左右就停下来，可最后我却不知不觉地把它放完了，而艾略特还不算是人们心目中的出色朗读者。再举个例子：格雷夫斯先生可以把艾略特的诗轻蔑而干脆利落地扔到一边，这一点没有谁能比得过他。[1]可是我们就应该用更性感撩人的语调来朗诵这些诗吗？我觉得不该这样。以往的年代里有人说："风格即人。"我们或许要添一句："而声音则是风格。"

[1] 应该是指罗伯特·格雷夫斯（Robert Graves, 1895—1985），英国诗人、历史小说家、古典学家。在艾略特拒绝帮助格雷夫斯出版《拿撒勒福音复归》（*The Nazarene Gospel Restored*）后，两人关系交恶。此后格雷夫斯对艾略特的诗作颇有微辞。格雷夫斯在批评同时代其他诗人时经常采用激烈的清教式言辞。

让我略微有些吃惊的是，我发现弗朗西斯·贝瑞在他的新书里[1]已经预先提出了“风格即声音”的全面论述：

> “某种风格”由此已成为“某种私密习语”的同义词。但是一种真实语言的“风格”，在使用任何口语表述形式的时候，既受到说话人择词用句和个人思维感受模式的限定，也同样受到他声音的限定。确实，声音可以控制他对语言的选择、他的思维方式，他的节奏韵律……

贝瑞先生将丁尼生爱用的“oes”和“aes”与雪莱尖利刺耳的声音进行对比（“我从来都无法忍受他的声音——简直能要我的命”——霍格）：“雪莱的诗歌在言说（和聆听）时，需要使用雪莱本人拥有的某种声音；而丁尼生的诗歌在言说（和聆听）时，则需要丁尼生本人另一种迥然不同的声音。”如果某个人的文字风格发生变化，那么可能是因为他的声音发生了变化：“所谓弥尔顿的晚期风格，与他的早期风格进行对照，就是他真实嗓音的变化记录。这声音变得浑厚起来……”这是因为诗人总在想象用自己的嗓音来朗读自己的诗篇——也就是说，除非他是莎士比亚这样的戏剧诗人，因为当时他所想象的是整个剧团成员的说话声音。莎士比亚

---

[1] 原注：《诗歌与真实声音》（*Poetry and the Physical Voice*），伦敦：劳特里奇出版社，1962 年。

主角的“声音”年纪逐步变老的事实（从罗密欧到哈姆雷特和李尔王），或许只是反映出伯比奇的年龄增长。[1]

贝瑞先生就像我一样，对于我们未能及早获得合适的录音方式而感到懊恼：“只要能够用留声机录下华兹华斯的声音……或是让济慈吟咏他那些颂诗，或是让霍普金斯口若悬河地朗读《德意志号的沉没》，我们还有什么不肯做的？”但这些想法其实毫无必要。对于贝瑞来说，“等到一个人在放下文本后仍能听到那个声音，当书页上的符号不再是中间媒介而是即刻抵达的通道，这时他与诗人的相识就到了终极阶段。”主观吗？一点儿也不。诗歌的元音、气氛、音高和其他，都“有助于形成，并且推动形成某种音色与系列和声。只有某种单独的声音才能产生这些东西”。

如果说我还在犹豫是否该称之为胡说八道，部分原因在于我无法否认它（就像贝瑞也无法证明它一样）。另一部分原因在于，我自己好像也说过类似的话。确实，如果凭借直觉，至少还能在部分程度上与贝瑞先生的意见相同，这比罗列出任何真实证据要容易得多。不过，读他这本书的时候应该意识到，我们对诗歌形成诸多设想的原因，在于我们经常以印刷形式遇见它，而不是通过作者的声音。

但是问题仍然存在：念出来的诗——作者通过某种让我们专注

[1] 理查德·伯比奇（Richard Burbage, 1561—1619），莎士比亚的朋友与剧团同事，主演过多部莎剧。

聆听的方式而朗读的诗歌——它是不是一种好东西？它比阅读更好吗？我至今仍然不觉得它更好。没错，我们确实听到了元音、辅音和其他诸如此类的质朴口头音乐。然而，无法自行想象这种声音的人，终究还是糟糕的读者。或许，它能够防止人们省略某些内容，但同样也会让你走神。如果是不熟悉的诗，在看不到它的断句、诗节外观，不知道还有多久结束的时候，要想去把握它会有多么困难！对于那些难以逃脱落后阅读技术奴役的人来说，这或许就是他们反对朗读方式的原因吧。如果我们能够重新获得伊丽莎白一世时期的聆听能力，也许就不会倒退。这种能力让当时的人能听懂《麦克白》，就像我们能看懂麦克雷探案集一样。[1] 但在我看来，它最终会变成某种无法排遣的愤恨：因为有人想从我手里把书夺走，而我只想要自己读。

那么，把诗歌念出来是一件坏事吗？是刚从美国归来的教授要弄的花招？是疲惫不堪的中小学教师的玩具？还是跟女孩子交往的方式？它不是坏事，这一点同样很明确。尽管我至今仍然深信，读者与诗歌的首次邂逅，必然是一段沉默而活跃的体验经历，在接纳可以逐字解释的意义、纠正历史知识的同时，也是吸纳语词拼写与诗节安排形式的过程，但是另一个时刻已经到来：只要我们真心喜欢哪首诗，就想听到作者本人的朗读。我们想证明自己确信的东西：他应该在这里加快语速，应该在那里放弃反讽。或许只是好

[1] 麦克雷（Jules Maigret）是比利时作家乔治·西默农（George Simone, 1903—1989）系列侦探小说的主角。

奇，想看看他的声音究竟能够增添些什么，某种我们只有亲耳听到才可以确定的东西。好吧，对于我们今后的世代来说，他们可能会用这种方式来了解 1930 年以后进行创作的诗人，而关于他们的知识最终将更加丰富。

近期在这个领域里最有意思的成果，是唐纳德·戴维的《弗朗西斯·帕克曼系列》[1]。出版商乔治·哈特雷先生采纳韦恩先生的看法，制作了一种新型书籍：他用传统印刷形式，推出了戴维先生七首新诗的系列读本，但是在后勒口套袋里附赠了一张作者朗读版的七英寸密纹唱片（是的，每分钟 33 又 1/3 转）。据我所知，以前从来没人做过这种事，因此我要向出版史上的这件里程碑事件致敬。它作为新诗出版介质的唯一弊端，是目前似乎只送到了制作唱片的杂务人员手里，而不是关注诗歌的杰出批评家那里。

也许，发行一套系列专辑是有些矫情：无论是唱片封套，还是戴维先生刻意仿古的旁注内容，都让我无从得知帕克曼到底是谁：也许是他的一位美国朋友，因为这些诗都涉及早期殖民时代——英国人和法国人在北美洲的那段时期。虽然作者本人还没怎么摆脱他批评的那种“咂摸名称”的做法，但至少针对某些反讽名称的设计，例如将某个打算火烧底特律的渥太华人命名为庞蒂亚克[2]，进行了严厉批评。他读诗的方法也挺到位，也许略微带一点刻意痕迹：在有

---

[1] 原注：《听书 1》（Listenbooks 1），赫斯勒：马韦尔出版社，1961 年。

[2] 通用汽车的一款品牌名称。以此命名某个想要焚烧汽车城底特律的人物，显然具有反讽性。

些地方，又好像是你的导师在给你读一篇随笔文章。据说这个系列的下一部有声书将由金斯利·艾米斯朗读，估计应该不同凡响。

《路易斯·麦克尼斯诗选》(阿尔戈出版社)共包含了二十四首由作者朗读的诗作，再加上《秋天日记》里的选段。这里的作者声音就不等于风格了——至少，如果你跟我一样，觉得麦克尼斯先生通过字面表现的诗意是一种世故老练、仿佛披件睡袍出来说话的形象，而且还能够轻松随意又精准地将各种修饰词汇丢放在合适位置，那么你就不会认同这个道理。他声音严厉，有时显得粗糙刺耳，隐约带有北爱尔兰的口音(这种夸张程度正好合适念《卡里克弗格斯》[1])。他可以把《花园里的日光》和《五月坚果》读得比人们印象中的任何版本都更加跌宕起伏、更有气势。《秋天日记》(误标为《秋日系列》)的节选内容相当好，你听完以后会盼望着能有全诗的朗读版。

为什么不录制全本呢？因为，如果说约翰·贝杰曼的《钟声召唤》(阿尔戈出版社)同样也没有录制全篇，至少它的剪裁手法如此巧妙，让人几乎毫无知觉。我知道，贝杰曼就像彼得·辛普、奥奈特·科尔曼[2]和身穿带褶边晚礼服的人们一样，会让有些人生一

[1] 卡里克弗格斯是北爱尔兰安特里姆郡的一个城镇，位于贝尔法斯特湖畔，风景优美。

[2] 彼得·辛普(Peter Simple, 1913—2006)本名迈克尔·华顿，是英国《每日电讯报》的专栏作家，因在种族问题上的极端保守立场而备受批评。奥奈特·科尔曼(Ornette Coleman, 1930—2015)是美国杰出的爵士乐演奏家和作曲家。

肚子闷气、脸色发青：如果你原先就不喜欢这本书，那么你很可能会更讨厌它的录音版。但不管怎样，它都是诗歌朗读的佳作：语调平稳，从容不迫，时而显得有些故作虔敬，时而又展开自责；音质也极清晰；念到重音位置时经常掠过一丝妥帖的顽黠意味。可惜的是，这部专辑并未收录他在BBC三台朗读时添加的真实钟声配音。以下是我唯一能够想到的评论内容：它以恬静的方式，成为了一场技艺精湛的表演。狄伦·托马斯的《某天清晨》（卡德蒙出版社）以更加喧闹和亲切的形式，达到了同等效果。声音与风格在此已难分难解，其中四首重要的散文篇章：《童年忆昔》《看望祖父家》《假日记忆》。还有初具雏形的《牛奶树下》[1]，确定了这张专辑的标题。就像许多威尔士人一样，托马斯的声音带有极大的欺骗性。你还没听清他念出的奇妙形容词组合，就会忍不住呵呵地笑起来——也许我应该说，即使听完后你还是会笑。有些人认为他这种"房客速写"[2]的手法，是他对后代诗人影响最深的地方。当然，贝杰曼和托马斯还具有各种舞台艺人般的声音，这是戴维和麦克尼斯所不具备的。这一切旨在产生异彩纷呈的感觉。

可以确定的是，不管这件事自身的美学意义如何，各家公司都会继续发行诗人的朗读录音和诗集唱片。我作为其中的成员之一，也不准备再唠叨什么。举个例子来说，《自动创作诗歌No.1——英

---

[1] 狄伦·托马斯在1954年为BBC撰写的广播剧。

[2] 典出狄更斯短篇集《房客速写小像》（*Sketches by Boz*，又译《博兹特写集》），Boz是提供食宿的租屋（"boarding house"）的简称。

国篇》（诗人产业出版社）让克里斯多弗·洛格、托马斯·布莱克伯恩、约恩·希尔金、查尔斯·考斯利和罗伊·麦克格莱格-哈斯蒂分别朗读自己的几首诗作。这盘录音带的制作水平挺高（只是从套封上看不见任何有关朗读内容的细节），设计规划到位。买还是不买它，将在很大程度上取决于你如何判断这些诗人所代表的价值。但不管怎样，我是很喜欢洛格先生念的《魔王》。设想一下，如果它是在1598年制作的呢——托马斯·丘奇亚德、罗伯特·塞斯韦尔、托马斯·华生、安东尼·蒙迪，还有——那个人名字叫什么来着？那会不会……？[1]

1962

[1] 上述人物都是与莎士比亚同时代的诗人。拉金原文里的最后一句话“Will...?”也是暗示威廉·莎士比亚的双关语。

哈代夫人的回忆

●

《托马斯·哈代的早年生活》(1928)目前已经被公认为自传体作品，哈代在这本书的《第五章：圣朱利厄》里收录出版了一段内容。他称之为“在哈代夫人(艾玛·拉维尼亚)去世后发现的后半部手稿，题名为‘些许回忆’”。这段文字描述了他与当时的吉福德小姐如何相遇，以及最终结婚的过程。现在这部手稿已经由伊芙琳·哈代小姐重新发现，并且全文出版。它表明哈代当初只从这部总共七十四页的手稿里选取了十八页，出版时还省略了不少内容。有关哈代及其社会往来的传记资料原本寥寥无几，因此这部书可谓增添了许多新的内容。[1]

各种轶事传闻形成的阴云笼罩在这段婚姻的上空，而第一任哈代夫人的身影则带着不祥的意味，明灭其间。尽管哈代仔细清理销毁了各种私密文件，尽管他在她去世后的十五年间沉默寡言，但很久以来人们都承认，哈代的第一次婚姻在十九世纪九十年代的某个阶段里并不幸福。至于到底有多不幸福，各方看法却不尽一致。哈代夫妇仍然还在同一个屋檐下生活，一起接待客人，一起探亲访友。但纽曼·福勒爵士告诉我们：哈代给自己书房开设了一个私密入口，这样他就可以毫无阻碍地进出房屋。艾德蒙·戈斯则相信，“对于他来说，人类希望之井已经在某种境况下被投入毒药，而我们对这种境况一无所知。”于是我们读到了《无名的裘德》，哈代的最后一部小说。他的妻子曾经想施压阻止这部小说出版，而用劳伦斯的话来说，书中的苦痛不幸，意味着某个人的灵魂“就像暴露在空气里的一根神经”。“当婚姻对任何一方都变为残酷的时候，应该立刻予以解除。”他在 1912 年如此写道。卡尔·J. 韦伯在《韦塞克斯的哈代》（1940）里讲述的一些故事，也无法让我们安心采纳他的论点，即哈代和他的第一任夫人并不是“残酷的姻缘”。

问题在哪里？或许多半可以归咎于艾玛的性格。她精力旺盛，绝不犹豫迟疑，这是起初最吸引哈代的地方。但随着时间流逝，它变成了急躁易怒、妄想连篇和宗教的狂热，并且没有因为孩子而收敛。丈夫的极度温顺，任凭责怨，似乎激发起她身上某种令人生厌的霸凌和唠叨习性。他的文学声名，还有爱德华时代召集名流聚会的众多女主人提供的襄助，都让她的社会职能不可避免地降到第二等级。这导致她亟需寻求补偿慰藉：她向人暗示说丈夫的手稿都是经她本人修订，家里楼上还有好几部她自己的重量级作品。只是他出于嫉妒，不肯答应她出版而已。最后还有宗教信仰的问题。哈代

---

[1] 原注：艾玛·哈代著，伊芙琳·哈代、罗伯特·吉廷斯辑，《些许回忆》（*Some Recollections*，包含托马斯·哈代的一些相关诗篇），伦敦：牛津大学出版社，1961 年。

夫人是伍斯特教区一位法政牧师的侄女[1]。哈代的不可知论，以及他公然反对在口头上宣扬传统道德的做法，都让她深恶痛绝。出于这个原因，她试图说服理查德·加奈特医生去劝告哈代销毁《无名的裘德》。小说刚出版的时候，威克菲尔德教区的主教就写信给报纸说他烧毁了自己手头的那一本，所以我们可以看到，哈代夫人熟悉的那种论调，正是哈代如此深恶痛绝的东西。她在家中四处摆放着摊开的《圣经》。1912 年她出版了《层层空间》。这是"一部关于伟大真理的阐述"，它以一种枯燥晦涩的拟天启式文字风格记叙了死后灵魂的情况。

或许哈代本人对怪诞可怖之事的口味颇让人畏惧，也许是因为他的阴郁性情，他对女性的强烈意识终生不变，加剧了艾玛的这些特殊状况。当然他束手无措，不知道应该怎样对待她。除了保持耐心，除了避免在同一场合出现，比如说单独再造一个书房入口。他有时候觉得，她的妄想和突然间的不耐烦都是某种遗传的性格不稳定因素：她父亲经历过好几次抑郁和酗酒状态，而哈代经常担心自己会目睹"疯狂本尊寻找寄生之家的身影和面貌"。在她突然去世后，他找出她手头的三部手稿：《些许回忆》《我对丈夫的观感》和《天堂的喜悦与地狱的痛苦》。后两部手稿被他付之一炬。

剩下来的部分就是我们现在看到的内容。在它四分之一的内容已

---

[1] 法政（Canon）在这里指英国圣公会的荣誉头衔，由座堂议会（Cathedral Chapter）任命，与座堂主任牧师（Dean）共同组成座堂议会。通常有解释法典、负责财务、推行礼仪等不同分工。

经出版三十余年过后，再说它如何令人惊奇，似乎有些幼稚。然而就在它的字里行间，某种跃然纸上的纯真，仍会让读者不禁屏住呼吸。此外还有一种轻松宁静的理性。这些对于我们来说都是新发现，跟我们以往对哈代夫人的了解并不相符。它读起来完全像是另外一个人：

> （我父亲）以前常和她争辩说，如果不是因为出生的偶然，她很可能就已经是孔夫子的信徒了。可是我母亲并不相信出生的偶然性。在管理照料孩子们的健康，也就是卫生方面，她功效卓著。尽管她不懂这方面的知识，也不知道“卫生”这个名词。我们经常在屋里和屋外沐浴，到海边或联合街皇家浴场[1]的露天游泳池玩水。我在这些地方总是紧张兴奋得直打哆嗦。我听到看场女人高亢清脆的嗓音在冰冷过道里回响，她负责收拾游泳场，拿着游泳衣和干毛巾四处走动，把人们关进一小间一小间的更衣室。更衣室的另一头打开后，就看到高墙围起来一大片注满海水的区域。越到中间水越深，那里有一条长长的隔离绳——每个更衣室里都有短绳和踏板，还有软木浮子，还有笑着闹着来游泳的人——凉爽、清新，咸咸的气味，想一想都觉得开心。

这种阅读带来的惊奇感如此明显，以至我们需要花点时间琢磨

[1] 位于普利茅斯。

她究竟要表达什么意思。她的叙事描述内容，其实是她作为普利茅斯和伯德明地区一名法务官的女儿如何度过童年和青年时期的过程。后来她搬到康沃尔郡的圣茹利奥教堂，帮着嫁给堂区牧师的姐姐做事。她在这里遇见哈代，1874年跟他结婚。虽然她的故事从表面看起来多姿多彩，却并没有多么幸福。父亲约翰·阿特索尔·吉福德在他自己母亲搬来同住，并且带来“新川公司每年七百英镑的收入”之后，就放弃了自己的职业。因此在老太太死后，“我们只能依靠平分剩下的她的财产省吃俭用”。他们在1860年搬到伯德明。没过多久，“由于家庭生活的沉闷乏味，加上有必要挣些收入”（这算不得什么势利），艾玛的姐姐去做了家庭女教师，后来给人做侍伴。他们的三位兄弟分别成为公务员、普利茅斯文法学校的教师和英国邮政局官员。可是年龄最大的那一位得了心绞痛，导致他在“擢升问题上受挫”。这似乎是家里女孩子被派出去找工作的原因之一。姐姐海伦·凯瑟琳后来给廷塔杰尔的一位老夫人做侍伴，并在那里遇见了自己未来的丈夫。但她此前从单匹马车摔下来时受过脑震荡，所以“性情不似往常”。她准备嫁给这位“比她年长许多”的男人，还邀请艾玛来帮忙一起安置居所。“这很奇怪。想想看，我姐姐自从我长大以来就一直对我心怀嫉妒。”（哈代在《早年生活》里出版这部分内容时，截掉了这句话）。

到了圣茹利奥以后，艾玛似乎像花朵一样蓬勃绽放。在她文字里初次出现了一缕自我意识的成分：“整个堂区……都开始对新娘的妹妹产生强烈兴趣……到目前为止，当我听到堂区周边的邻居和其他各色人等公开赞扬‘牧师妻子的妹妹’时……都表现得镇定自若。”她在很大程度上可以随意做自己想做的事，还会独自骑马在外面转悠好几个小时：“于我而言无法忘却的一段经历。独自骑着心爱的母马，沿着山坡来回欢快地奔跑。不需任何遮护，一任雨水不断顺着我后背流淌下来，长发在风里飘飞。我身穿一件质地柔软的深棕色长袍，它的下摆长到能盖住我脚后跟。当时款式就这样，走路时必须先把袍边拎到身体右侧，再优雅而小心翼翼地搭在左臂上……”她以某种自我戏剧化的方式描述自己将如何保持着自由之身，“直到安排给我的那个人到来”。此前她已经预言过许多次（艾玛是个迷信的人）。当然，对于一位1870年居住在康沃尔郡北、离最近的火车站也有十六英里的三十岁中产阶级女子来说，如果想要觅得夫婿，似乎迫切需要某种神圣力量的介入。

不过这件事最终还是发生了。耽搁已久的教堂重建工作终于展开。韦茅斯的克里克梅先生派他助手前来指导这项工作。事情经过是这样的：建筑师到达时，堂区牧师正在生病，他妻子需要照料他，所以碰巧是艾玛来开门。“我觉得他比实际年龄要老很多。”她这样写道。来访者当然就是哈代，他在这句话后面又添了一笔：“他当时很劳累。”这几个字将他本人特有的沉郁悲伤、极具穿透力的音色与艾玛对这段求爱过程的热忱记述混合到了一起。

因为它确实满怀热忱。完全没有影射那个“邪恶男人”（哈代夫人给丈夫起的绰号，在她日记里经常缩写为“那个W.M.”[1]），没有因为自己把生命抛掷在一个社会下层人物身上而怨苦，也没有嫉妒与猜忌：

> 我骑着我的漂亮母马芳妮，而他走在我身边。我带他到附近观览更多风景——到悬崖边，再沿着不同路径，穿过零星分布的小村庄，有时低头俯看一小片肃穆的海滩，海豹就在那下面栖息。时常又从巨大的岩洞里寻路出来。我们一起画速写，聊各自读过的书：我们经常走入美丽的瓦伦西山谷，到达博斯卡索港。沿途需要跃过一块块山石，沿着高低不平的台阶翻过矮墙，穿过一条条狭窄通道，然后眼前便是豁然开朗的广阔空间。一条闪亮的小溪沿着路的相同方向流淌，我们有一次把野餐用的平底小玻璃杯掉进去一只。时至今日，它无疑还躺在水底的两块小小卵石之间。

“很少有哪位作家能和他太太如此浪漫地相遇。”她说道。显然这种浪漫感还存留在她心里。“一道陌生而奇异的光芒闪耀在我们沿途四周，”手稿的最后一句话这样写道，“用它的温暖和亮色穿透了重重艰难并将之驱散。”她真这样认为吗？她怎样看待后来的分室而居、那些名门丽媛，还有《无名的裘德》里关于婚姻的可怕论

---

[1] “邪恶男人”（Wicked Man）的首字母缩写。

断，才能够和这个说法保持一致？抑或是她要将过去的真相幻化为一场梦影，以便遮盖真实的情形？

不管怎样解释，这都对哈代产生了剧烈的影响。编辑者估算，在妻子去世后的一年里，他总共写了五十首与她有关的诗。这些诗歌，尤其是《境遇的讽刺》(1914)里那组冠名为"旧日烈焰余留伤痕"的作品，[1]清楚表明了他悲怆痛悔不已的心情；他在想起亡妻时仍旧"宛如初见，而那是我们的美好时光"；年届七十二岁的他为何要在1913年设法尽快前往普利茅斯、圣茹利奥，还有他和艾玛在十九世纪七十年代初去过的所有地方。这段时期里最感人的几首诗(《旅程结束后》《在波特雷尔城堡》以及其他)，都侧重于他俩早年邂逅与此时他孤身重访旧地的情境反差：本书编辑重新排印了这些诗，并附加注释，作为某种附录内容。

编辑们这样做的目的，正是这部书的第二个目标：证明哈代诗歌里有些文字与艾玛的手稿直接形成了平行对应。这表明哈代不仅从自己的记忆，也从他妻子的回忆文字里汲取内容。这种平行对应的印象鲜明程度时有变化。有时某一首诗会描述哈代夫妇都亲身经历过的事情，例如《瀑布下》记录的丢失野餐玻璃杯这件事，哈代的记忆内容显然跟他读完艾玛手稿后引发的回忆密不可分。有时平

[1] 原文为"Veteris vestigia flammae"，典出维吉尔史诗《埃涅阿斯纪》(*Aeheid*)，是寡居的迦太基女王狄多见到来自特洛伊的英雄埃涅阿斯以后爱情火焰重新燃起时所说的话。

行文本描述的是他不可能亲身经历的某件事情，例如某些诗里描写了艾玛在普利茅斯的童年时光，他借用材料的可能性当然就更大。这部书最出色的地方，是各位编辑在使用手稿查明哈代诗歌的具体所指时，落实了一些至今尚被认为无法验证或纯属虚构的背景情境。例如，他们确定《风雨之际》描写了吉福德家在普利茅斯时的情况，甚至具体考证到那只作为宠物饲养的家禽。其他地方的指代关系就相对薄弱一些。例如他们认为《孤独时日》里的那位女子就是艾玛·哈代，这一点我无法苟同。

不过，这本书有意思的地方并不止于此。虽然它没有告诉我们，哈代的婚姻到底是哪里出了问题，但它至少解释了问题发生的原因。艾玛的回忆里没有任何迹象显示她会让自己丈夫的生活变得悲惨，而是恰好相反：

> 后院花园里绽放着我俩挚爱的玫瑰，有几株苹果树和其他果树，还有我们带过来的巨型水桶。有位个头很小的老妇人定期过来把木桶擦干净，再钻到桶里面涂抹新的焦油。先前尝试种过蔬菜，结局很悲惨，就没再继续了。我们像以前一样种花。有只乌龟在这里过得很快活，还时不时地露个脸。前院花园里住着一只驯化了的海鸥……
>
> 陆军和海军人士经常到场，塔兰丹面料的裙装，平纹细布服装的穿着次数最多，再配上丝带和鲜花——我们穿上这些衣服，都显得极其优雅、轻盈、飘逸。还要再配上精致的腰

带、长袜和鞋。舞步旋转时的气流将我们的发梢飘浮托举起来。那些永难忘怀的舞会！

“如果她还在，将会多么喜欢 / 今天的一场舞会……”编辑没有引用这句诗，但我们却不由自主地想起哈代的话：“她曾经如此充满活力。”而她的手稿则向我们清楚展示出这种活力。最后这段故事的结尾，是伴随着哈代内心诗性冲动而形成的感人评论——也许他一贯如此。没有哪位诗人的话语比以下诗句更为真切：

Was ich besitze, seh’ ich im Weiten,
Und was verschwand, wird mir zu Wirklichkeiten.[1]
（我此时拥有之物，在我看来如此遥远。
而那逝去的却成为真实。）

哈代要等到自己第一任妻子去世后，才能够为她写下情诗。这些情诗随即就跟潮水般袭向伤逝者的遗憾和悔恨混合在一起。这种悖论与诗歌创作不可分割，实际上与生命整体也不可分割。有时它似乎是人类真诚情感方面的某种根本缺失。而其他时候，它似乎又像是情感运作机制的深层缺陷，它在生命里制造着无计可避的偏见，最终导致幸福感的丧失。确实，它本身就是哈代诗歌主题的一

[1] 歌德《浮士德》第一部里的话。

部分，而他妻子这部幸存手稿的新版本，则有助于我们理解它的作用特点。

这本书包含了许多先前从未出版的素描和照片，都相当有意思。有一张素描是哈代画的艾玛，她正在溪水里摸索寻找那只野餐玻璃杯，日期是 1870 年 8 月 19 日。

1962

威廉·巴恩斯的诗

●

我们居然要在七十五年过后才等来威廉·巴恩斯的诗歌全集，[1]这实在有些令人吃惊。他在1886年去世，年龄几乎跨越了整个十九世纪。那些知晓并景仰他作品的人，则包括丁尼生、帕特莫尔、哈代、阿林厄姆、戈斯、帕尔格雷夫和奎勒-库奇。当布里奇斯[2]以他一贯的态度讥笑“那种所谓的农人情感”时，杰拉德·曼尼·霍普金斯在回信中犀利地答复道：“我认为你对他的轻蔑看法是一种不幸的谬误：[巴恩斯]是一位完美的艺术家，他拥有最本能的灵感。”能够感受到他魅力的人并不局限于文人雅士：“一位老年女仆”在1869年给他写信，说她在给几本书清理灰尘时发现了他的诗：“先生，我在自己内心里跟您握手，我读得一会儿笑一会儿哭。”时间也未曾削弱这些致敬之辞的价值。巴恩斯的作品目前仍然被认为是构成十九世纪英国诗歌丰富多样性的特殊部分。他眼中的自然清晰、细致、熠熠闪光，充满了奇异生动的细密绘像：他对人类生活的观览，则体察入微、充满同情与悲悯。但如何将他视为一名英国诗人而不是多塞特地方诗人，这一天却姗姗来迟——如果说这一天确实已经来临的话。

当然，诗里的多塞特方言形成了障碍。但巴恩斯尝试的方言发音表达形式，还不至于导致过多的视觉停顿（“孤独的林地！晴朗的林地！”）而且，一旦掌握了某些简单规则，他的诗读起来也不是很困难（即使真的难懂，但考虑到当今之人已经决意要将诗歌阅读变成一件艰难之事，这点难度并不算什么）；毋宁说，我们现在对方言已经没有足够耐心，而且还认为永久保留方言的做法是一种矫情，是试图否认方言用法之历史必然规律的徒劳做法，而真正的艺术家则可以让这种规律服务于自身目的。我们无法理解，巴恩斯究竟出于怎样的动机和目的，才会刻意让自己的诗作不易阅读：用乔弗里·格里戈森[3]的话说，究竟是什么，导致了这种“博学者的刚愎自负”。

巴恩斯毕生大部分时间都在担任中学教师，他肯定博学多闻：根据威里斯·D. 雅各布斯的说法（《语言学家威廉·巴恩斯》，阿尔布克基：新墨西哥州立大学出版社，1952 年），他掌握的语言多达六十种：“从印度斯坦语、波斯语、俄语，到古撒克逊语、威尔士语和希伯来语。”就像许多精通多国外语的人一样，

---

[1] 原注：《威廉·巴恩斯诗集》（*The Poems of William Barnes*），伯纳德·琼斯辑，两卷本，伦敦：马人出版社，1962 年。

[2] 即罗伯特·布里奇斯（Robert Bridges, 1844—1930），1913 年至 1930 年间的英国桂冠诗人。

[3] 指英国诗人乔弗里·格里戈森（Geoffrey Grigson, 1905—1985），他主编的“缪斯文库”里有《威廉·巴恩斯诗选：1800—1886》（*Selected Poems of William Barnes 1800—1886*），并且为之撰写了序言。

他还是一位语文学家。像他这样的语文学家，就会强烈反对在英语里使用希腊和拉丁外来语，以免导致“语言腐败”；并且提倡使用类似于“释意牴牾”（two-horned rede-ship，即两难困境）和“推运车”（pushwainling，即测距仪）这样的新造词汇。[1]他对多塞特方言充满了强烈而真挚的热爱：他视之为多利安式的英语[2]，“直白而弘阔”。尽管哈代在1908年为他出版诗歌选集时，他自己就已经意识到这种优胜地位是彻底无法实现的事业目标，但方言在巴恩斯早年生涯里似乎仍然具有不可动摇的地位。它的重要程度超过了半便士报纸、1870年的教育法案，甚至超过了铁路建设等议题。

但他对方言的使用却不只是身为中学教师的一时狂热。巴恩斯是众人里的佼佼者，类似于成功的裘德·法雷[3]。他出生在小农场主家庭，从村办学校一路读书读到镇上的学校，再从剑桥大学三一学院拿到学士学位，后来住在多切斯特附近的温特波恩凯姆。他如果想去伦敦打拼也很容易——即使是没有什么宏大志愿的哈代也都去了，可他似乎并不想去那里。他所受的教育也没有让他与周围环境格格不入。他喜爱家人、邻居，还有四周环绕的风景。他在创作题为《文法课A：跛足》和《叔叔婶婶》这样的诗歌时，

---

[1] 巴恩斯意图用生造的新词来取代dilemma（两难困境）和perambulator（测距仪）这两个外来词源的单词。

[2] 多利安语是古希腊时期的四种主要民族语言之一。

[3] 托马斯·哈代小说《无名的裘德》里的主人公。

没觉得有任何不对劲的地方：据基尔维特称，他说过这样的话："没有哪一行诗不是源于对笔下事物与人群的热爱和体贴同情。"既然如此，那么他发觉这些事物与人都跟各自的表述语言密不可分，也就自然而然了。如果他书写快乐与悲伤，这就是他们的快乐悲伤；如果是他自己的快乐悲伤，则更容易体现在他们的说话口音里：

因为我不再看见你的容颜
　无论是上楼还是去楼下，
我将坐在孤独的地方，
　那里生长着枝条扁平的山毛榉；
在榉树的枝条下，我的爱人，
　你始终不曾到来的地方，
此时我无法指望再遇见你，
　当我回望家园的时候。

简而言之，巴恩斯选择用方言写作，是因为从情感层面而言，方言与他心生感触并为之书写的那些主题密不可分。方言并不是他唯一使用的语言。在目前这部诗集里，大概有四百页左右的诗使用了英国"国语"，另外五百页是用多塞特方言写成。在很多情况下同一首诗有两个版本。它们对照起来很有意思，因为可以从中看到，虽然方言可能让我们觉得格格不入，却带有一种出人意料的现代诗的优点——浑然天成，按照自然顺序排列的自然语词：

我们的心灵从来都无法同时为我们
所有的岁月挪出空间；但上帝总那么慈爱……

我们的心灵从来都没有足够空间来召唤
所有甜蜜的岁月立刻回返，但上帝慈爱……

这两段诗用方言表述起来不仅更流畅，而且意义也更清晰。巴恩斯喜爱使用俗语，但他用雕琢的语言与之配套：他选择把自己的生活设定在有限范围内，却从威尔士语和希伯来语里广泛寻找精巧的诗节形式，以及韵脚和头韵的安排技巧。结果产生出自然与艺术的奇特混合：

啊，那时我们出生还没有多久，
我们的肢体依然细小，却不断成长；
那时这美好的世界多么新颖，
而生命充满了希望和快乐；
那枝叶孳萌的时光，
那让人脸颊发烫的四季运转，
成捆的赤色麦穗，

都是欢乐的怡人季节。

那时房屋看起来很高，现在却矮小，
那时溪流显得宽阔，现在又细又窄，
而时光，如今在迅速飞逝，那时却缓慢流过，
此时虚弱无力的情感，那时却无比浓郁……

这个例证充分体现出巴恩斯最具代表性的情态。因为，正如琼斯先生所指出的，他对乡村的衰败境况既非全无知觉（如《寻常对答》），也并非全无幽默感，但是他由于时光悄悄流逝而体验到的感伤，却几乎与哈代一样真切，并且更超过他。确实，他在那些诗歌概念里体现的精巧想象（《橡树岭》）有时远胜于哈代。当然，如果要说他的作品还有什么缺陷的话，那就是它缺少哈代那种充满愤懑与反讽的绝望：巴恩斯几乎过于温和，过于顺从，过于宽厚。

这个版本的诗集被编辑描述为“巴恩斯生平与著作研究的第卷”。巴恩斯的所有诗歌，已出版与未出版的，首次被汇编到一起。这是一项了不起的成就，它需要对十九世纪新闻出版的相关资料内容进行逐卷搜寻。我们应当祝贺琼斯先生终于完成这项众人期待已久的艰辛任务。我们每读几页就会发现一些妙趣横生的新鲜文字，而文中注释也增加了不少有价值的背景信息。不过，从琼斯先生的序言里，却不容易看出格里戈森先生在他那套“缪斯文库”选集里体现的敏感与热忱。因为即使是普通读者也希望有一份诗歌标

题的索引。从更学术的角度来说，编辑者并没有清楚标明他手稿资料里的准确页码和位置，这一点应该批评。同样需要批评的，是把这些诗篇来源笼统归于《多塞特郡编年纪事》，却没有相应的发行日期。由于它可能在将来一段时间内成为学者和普通读者的主要资料来源，所以说，没有多费点精力让它成为权威定本，似乎有些可惜。最后一点，对于这部定价不菲的书籍来说，它的排版印刷实在乏善可陈，让人沮丧。

1962

肤浅与脆弱

●

若干年前的某个圣诞节，我在一家书店里见到史蒂薇·史密斯的《没有挥手求救而是慢慢淹死》，被它深深地打动，所以我买了好几册回去，以便随时送给朋友们看。毫无疑问，这本书让他们感到吃惊的部分原因在于，所有人的反应，正是二战前导致我们听到那句著名香烟广告词就想动手篡改的冲动：“如果某某某［通常都是著名的演艺界名人］给你递根香烟，那只能是肯西塔斯牌”。当时我们用“活见鬼”取代了这个香烟品牌名称。不过我估计，他们也同样费神想了想，我是不是真心希望他们能够欣赏这本书。我越坚持说我恰恰是这个想法，他们就越发怀疑我的居心。这真是一段伤心往事。

我不怪他们。我没有意识到史蒂薇·史密斯的诗歌当年从未接受过认真严肃的分析评估——尽管最近我看到一些迹象，觉得这个时刻的到来已经为期不远。这些作品的展现方式，自然带有那种典型的肤浅标志，也就是使用了手绘插画。如果问我那些朋友，应该把史密斯小姐放在书架的哪个位置，他们无疑会把她放到“幽默类”与“儿童书籍”的尴尬队列。她还写过一本关于猫的书。据我所知，这本书甚至能让那部声名最显赫的猫书都黯然失色。[1]不管怎样，在我看来，她的诗具有两种优良品质：它们极富创意，而且时常能打动人心。单凭这两样特质，就足以让这些作品超越当今95%的诗歌产出质量。

从广义角度说，她属于“假扮幼稚”[2]的写作模式，是“阴柔气质”的信笔涂鸦者或随手记录者，按照格特鲁德·斯泰因—戴茜·阿什福德—劳瑞蕾·李的方式，[3]把所有打动自己的事情都记录下来，无论它们有多么愚蠢或悲惨。这种方法源自她的小说，那些奇特的自说自话（始于1936年的《黄纸页上的小说，或，你自行解决》），主角是一位名叫庞蓓或茜莉娅的女孩子，她在某个办公室或部委里工作，拥有亨伯河口湾[4]边的童年记忆，有时脱口而出几行诗句，最终以史蒂薇·史密斯的名义而重印

---

[1] 后者可能是指T. S. 艾略特的名篇《老负鼠的猫经》（*Old Possum's Book of Practical Cats*, 1939）。音乐剧《猫》即是由此改编。

[2] 原文为fausse-naïf，即法语词faux-naïf的阴性形式，与作者的性别相匹配。

[3] 格特鲁德·斯泰因（Gertude Stein, 1874—1946），长期侨居巴黎的美国现代主义作家，她的半回忆录作品，即以生活伴侣托克拉斯口吻创作的《艾丽丝·托克拉斯的自传》（*Autobiography of Alice B. Tolklas*, 1933），是拉金所说的这一类琐碎记述文字的代表作。戴茜·阿什福德（Daisy Ashford, 1881—1972）的代表作《青年访客》（*Young Visitors*, 1919），反映了十九世纪晚期英国上流社会的风貌（作者当时九岁）；劳瑞蕾·李（Lorelei Lee）可能是以戏称方式指代劳瑞·李（Laurie Lee, 1914—1997），英国著名诗人、小说家和剧作家，代表作是他从幼年开始记录的自传三部曲。

[4] 亨伯河口湾（the Humber）位于英格兰北部的东海岸。

发表。

我必须承认，我无法记住这些作品里发生的任何一件事，但现在再次读到它们的时候，我仍然像当初那样震撼于它们的轻松灵巧：从“喔哟小乖乖，这是真打脸，全新把式的开场白我可从来没遇见”，到“我觉得我是上帝的工具，不完全是基督教的上帝；我是必须焙烧这些土块的上帝手里的工具，这些土块愚蠢又粗鄙，我要释放这位上帝的众多囚徒，他们如此轻巧、洁白又美丽而且明亮无比烈焰腾腾”。《假期》（1949）始终保持着矫饰的语气，而结尾处茜莉娅在书写她叔叔的布道文并且念给他听的时候，这样的奇特场景却以某种方式引起读者的关注，从而表明这是一处关键段落：

> 你要去的地方没有任何景致也缺乏温暖。在那严冬地带河流迅速凝结，唯一能够听到的是冬日枝梢在积雪重压下断裂的声音，因为先前曾经歌唱的鸟儿早已冻死，像石头一样从冰冷的天空坠落……灵魂，肤浅脆弱，此时将躺卧在地并把冰雪当作床毯覆盖自己。此时她感到惊恐，看啊，泪水刚刚聚满她的眼窝就冻成了冰。她在这荒漠中赤身裸体，她没有朋友，她孤单一人。

这不是一位喜剧作家的腔调口吻，而这种腔调在她作品里接二连三地出现。

当我们再看那些“诗歌与插画”时（她在二战前的两部作品《人人都有过好时光》或《只对一个人温柔》，倒是不太好把握），就容易出现两种截然不同的情形：我们会对诗中随意逗乐的习惯感到格外恼火（“凯思琳·尼·胡里汉 / 沿着大街去遛弯儿 / 碰见一个小浑蛋[1]”），或是能够在某些篇章里发现自己意图寻找的古怪奇特韵味。说实话，每本书里都有那么几首诗，它们绝对不该流传到家门以外。即使配上插画也于事无补：它们是“乖巧可爱”与“疯狂”的混合，其中包含的业余喜好气息，让人想起爱德华·李尔[2]、伊夫林·沃和瑟伯，却缺乏与之相平衡的熨帖妥当。而我们只要稍微读两篇，就可以遇见那种似乎能让人立刻感觉意外的东西（我原本想说“不得体”来着）：

从一位朋友的朋友那里我体味到友情，
从一位朋友的朋友那里体味到爱情，
我精神混乱，
多年来苦苦挣扎，
但现在我知道自己从来

[1] “凯思琳·尼·胡里汉”原文为 Kathleen ni Houlihan，字面意思是“胡里汉之女凯思琳”，这一爱尔兰神话与民间传说中的老妪形象，后来成为爱尔兰文学与艺术作品里的民族象征。叶芝与格里高列夫人有同名剧作《胡里汉之女凯思琳》。
[2] 指的是《胡诌诗》（*A Book of Nonsense*）的作者爱德华·李尔（Edward Lear, 1812—1888）。

都不该进一步寻求，
比一位朋友的朋友还要多的友情，
比一位朋友的爱还要多的爱情。

如果说这是过于容易识别的诗歌，那么再看看另一首：

我乐意保持沉默，妈妈，然后听你说话，
你鼓励我说出太多的事，而我的思想已经疲乏，
我要暂时把它们存在心间，当我再大一点的时候
它们会像绿色磐石下面的白色蠕虫那样耀眼闪亮。

这是典型的史密斯小姐，她从我们看不出诗意踪迹的地方发现诗意，然后朝着它开枪一通乱射，然后再把它拎起来，逼迫我们承认那地方确实有东西，即使我们从来没见过类似的东西。

一定要带穆瑞尔出去
她满脸丧气十足
一定要带穆瑞尔出去
她的朋友们都已经远离。

一定要带穆瑞尔出去
尽管你的名字是死神……

尽管《没有挥手求救而是慢慢淹死》(1957)在很大程度上和史密斯的先前作品属于同样类型，但我当年的看法和现在一样，认为它更自信，作者对它本身所能达到的效果更加肯定，哪怕这种预期已经超出了文本自身水平。这部书里的诗歌对“严肃”与“荒唐”的区分不太明显：就像在李尔的诗作里那样，荒唐就是严肃的组成部分：

> 按照这种长相我注定显得头脑简单或快嘴快舌而我宁愿显得简单
> 所以我给自己的脑顶戴上高帽仿佛一座寺庙
> 走路时迈着奇异步伐任凭那一头长发飘飘
> 于是人们说，别替她操心……

她以这种格外哀婉的方式写了一首又一首诗歌开头，就像一只手掌拂过琴弦：

> 这是可爱鸠鸽的声音
> 我听到他在走动
> 我听到他在鸣叫
> 爱啊，爱……

> 关掉那盏巨灯，
> 关掉那盏明亮的巨灯，

让黑暗降临吧……

或者，如同《这真是耻辱而可恶》里那样，她可以像D.H.劳伦斯那样进行绝妙的嘲讽（“动物是动物它们有自己的本性 / 这样就已经足够，这就够了，不要再管它”）。可是当她讲述这些出人意料的内容时，总带有极其明显的个人特色，所以一旦表达出来，就令人无法忘怀。她最出名的那首诗《没有挥手求救而是慢慢淹死》，完全就是这样的风格：

没有人听见他，这死去的男子，
但他仍然躺在那里呻吟：
我的位置比你们以为的还要遥远
我没有挥手求救而是慢慢淹死。

可怜的伙计，他总爱嬉笑玩闹
可现在他死了
肯定是因为过于寒冷所以他的心跳停止，
他们这样说道。

噢，不不不，天总是出奇地冷
（死者仍躺在那里呻吟）
我终生的距离都过于遥远

我没有挥手求救而是慢慢淹死。

浏览完这一册《诗选》[1]，有可能会对这位几乎无法归类的作家形成一两条结论。就像书籍护封上说的，虽然诗集里任何一首诗的创作时间都无法确定，甚至哪十年间写的都不甚清楚，但我们仍然可以感觉到她在不断地完善改进——当然，并不是变得更加连贯一致，因为那不是她的写法。她转而处理更加厚重的主题，可舍弃的东西也越来越少。另外一点，就是她对基督教概念和语言的恒常挂念：生命、死亡、永恒、爱、罪恶，所有这些都在不同语境、通过不同角度而持续反复出现。这些元素不足以形成最好的诗，但史密斯小姐却无法弃之不顾。关于她在这些方面的态度，并不容易进行判断。有时这是一种先知预言式的口气：

我出门到复活节公园里散步，
我听到野狗在远处的吠声，
我知道我主已经再次复活，
野狗啊，野狗，你的吠叫实属徒劳。

但它在其他地方就表现出某种理性主义出版者协会的阴郁感：[2]

---

[1] 原注：史蒂薇·史密斯著，《诗选》(*Selected Poems*)，伦敦：朗曼斯出版社，1962。
[2] 理性主义出版者协会（the Rationalist Press Association），1899年由查尔斯·瓦兹（Charles Albert Watts）创办，致力于通过出版事业的发展而实现反宗教神学的目标。

神就是人类的玩偶，你这蠢驴，
他故意像这样捏造出他。

他有可能捏造得更加糟糕。

他经常如此，在先前时候。

英格兰教会的语言与历史，以及它的礼拜仪式，已经流淌在她的血脉里。但同样存在的还有她的信仰疑惑。在《埃德蒙顿，你的墓地》里，她记述道：

……疑惑带着凄凉的面目回返
让我的心里充满惧怕
…………………………
我开始和他一起歌唱
仿佛信仰从来不曾存在
我啊，这历劫不尽的死者，我啊
这历劫不尽历劫不尽的死者。

在《关于那位来自波洛克的人的一些想法》结尾处，出现了一段诗文，它听起来似乎是想象力能够接近信仰的最近距离：

这些想法令人沮丧这我知道。它们令人沮丧，

我希望我能够多一些欢欣，这样更让人愉快，

而且这也是一种责任，我们应当在微笑的同时侍奉

上主的目标而他正在进行试验

把人类表现最好的性格进行各种混合，

一切对他来说都饶有趣味这真让人激动，但对于我们却不是。

我又开始了……

我强调她作品里的这个特征，是因为这样或许可以纠正普遍看法当中的偏见，即认为她是一位心思轻浮、提供怪诞文字的诗人。当然她将猫儿、骑士、孩童、拉辛、石中剑与英格兰这类素材搅和到一起，在某种程度上是给这种看法提供了口实。但整个事情的真相，就像她翻译的兰波诗句所说的，是她的才华“受到了所有事物的轮番吸引”。几乎任何事情都可以打动她，而她则企图把自己所有的具体感受都表达出来——像一只唱歌的猫。克兰麦[1]、哥白尼、十四岁的姑娘们、《偶拾的蓍草》（一首可爱的小诗，不知何故没有出现在这部诗集中），还有各种思虑与想法，它们几乎都只是心灵里的迂回婉转与装饰音，而其他人却从来未曾尝试将它们转换为文

[1] 应该是托马斯·克兰麦（Thomas Cranmer, 1489—1556），英国脱离罗马教廷进行教会改革后的第一任坎特伯雷大主教。

字。她的成功之作并非那些规模庞大、中规中矩、能够入选作家合集或适于解剖的诗歌，而是即兴的措辞（“没有挥手求救而是慢慢淹死”）或一咏三叹的叠句（“因为我比任何时候都更加爱你 / 在这狂风暴雨的潮湿天气”）。人们会发现这些诗句就像童谣或民间诗歌一样萦绕在心，即使放下这本书而改看华莱士·史蒂文斯，它们仍旧让人久久无法忘怀。

我的缪斯为什么只有不开心的时候才说话？
当我不开心时她并不说话，而我只能倾听
当我开心时我只要还活着就会鄙视写作
对于我的缪斯来说这实在令她气馁。

也许这就已经解释清楚了。尽管史密斯小姐有各种怪诞和调皮的念头，尽管她有许多短篇作品都像是被拒稿的《沉思集》[1]，而她的长篇作品则像奥格登·纳什改写过的威廉·布莱克，但是她的诗歌言说，却带着悲伤自有的威仪。

1962

[1]《沉思集》（*Pansies*）是 D. H. 劳伦斯的诗集，虽然从字面上看是英语里的“三色堇”，但其实是源自法语的“思想”（pensees）。

战争诗人

威尔弗雷德·欧文的面容，留着胡髭和中分发型的面容，穿透过1916年而永恒地注视着我们。在近半个世纪过后，为他出版一部全新并有望成为定本[1]的诗集，表明我们目前应该能够把欧文的著作与他生平时光里的俗事区分开来了。然而，正是这些事件界定了他文学成就的本质，同时也导致单纯的文学批评分析变得如此困难。

“战争”诗人并不会自主选择去纪念或庆祝一场战争，他是对强加给自己的战争进行反抗的人：也就是说，他被绑缚于某个历史事件，况且那还是一种异常事件。无论他写得有多好，无论我们怎样一致认为既然战争已经发生那就应该写写它，却仍然会按照某种习惯，拒绝给予他最高的赞扬。因为诗人对主题的选择似乎应该是一种主动行为，而不是被动的反应。我们觉得，假如霍普金斯是当年乘客名单上的幸存者，那么《德意志号的沉没》可能会明显逊色许多。[2]此外，一流诗人应该忽视战争这种卑污事件：他的眼光应该足够宏大，能够置之不理。不可否认，由于战事紧迫，诗人无法保持这样的眼光。但从根本上说，战争本身仍然是与诗歌不相关的事。

至于欧文，不仅是他的写作内容，还有他的书写方式，或许都可以恰当描述为“从历史角度来看可预知”的那一类。他是D.S.R. 韦兰德博士称为“抗议阶段”的一部分。这股抗议的浪潮，源于索姆河与帕斯尚尔战役带来的反感和愤怒。这场战役导致了1917 年“反吞并、反赔偿”的和平抗议行动，以及艺术与文学领域里一场全新而令人震撼的写实主义风潮：

> 这里到处是正在腐烂的死者：绿色而姿势拙笨的断腿
> 穿着高统靴，散落四处，汁液拖曳在匍匐爬行的沿途
> 还有一截截躯干，面部朝下，陷入黏稠的泥浆
> 像草草填满的沙袋被踩踏滚落；
> 赤裸而透湿的臀部，一块块带发的头皮，
> 膨胀的头颅血块凝结，沉睡在泥膏般的黏液里……

从这几句诗行里，还可以看到他与早先成名的诗人西格夫里·萨松的风格相应和。这位比他年长几岁的作家，从 1914 年开

---

[1] 原注：《威尔弗雷德·欧文诗集》(*The Collected Poems of Wilfred Owen*)，C. 戴·刘易斯编辑，伦敦：夏图 & 温得斯出版社，1963 年。

[2] 指 1875 年驶往纽约的德国轮船“德意志号”(Deutschland) 在泰晤士河口沉没的事件。当时乘客与船员共溺死 168 人，包括威斯特法利亚某修道院被驱逐出德国的五名方济各会修女。这首诗是霍普金斯加入天主教耶稣会后应邀而破例完成的诗作，诗中记载了他从宗教角度进行的思考。

始自行摆脱韦兰德所说的“吟游诗人修辞”阶段（“那么，为我们的自由而战，我们便获得自由”），而后才转入欧文几乎直接抵达的新境界。两个人在1917年8月的某个战地医院见面，他们都是神经方面出问题的病人：欧文是因为刚到西线某个状况极其糟糕的阵地待了三个月，而萨松则是因为给指挥官写信说：“我相信，这场战争，我为了保卫国土、争取解放而参加的战争，现在已经变成了侵略与征服之战。”萨松这时已经由于创作战争诗而闻名（或不如说是反战诗），而欧文立刻表现出崇敬景仰的学生姿态。两个人都迫切认为需要对战争加以揭露，应该把这些大肆杀戮、虚耗生命和盘剥利用的情况明确告诉那些一无所知的非参战人员。萨松的声音腔调，有一种漫不经心而又充满愤懑的特质（“这有什么关系？——你少了两条腿？”）。他在《西格夫里的旅程》里曾经坚决驳斥了人们的看法，认为他本人的范例并没有对欧文的诗艺发展进程起到关键作用：他认为此类观点“属于以下这种情况：人们在某个合适时机把脑子里的想法搅拌混合，最后达到了难以察知的效果”。不管怎样，如果没有这次幸运巧合的相逢，很难想象欧文会写出《微笑，微笑，微笑》或《死亡节拍》这样的诗。

但实际上我们对欧文的具体发展过程所知甚微，无论是他的理念还是技巧的发展：唯一能确定的是，他在1917年至1918年间密集体验了一年半的诗歌活动，直到他在停战七天前死亡的那一刻。这本书的编辑没有采取埃德蒙·布伦登在1931年那一版里的模糊年代排序方法（回忆录部分则根据其相关内容再次出版）：他把欧文最感人的篇章内容一股脑地安排在开篇位置，而早期或不太重要的诗篇则随意穿插在随后造成的空缺时段里。有一首十四行诗《1914》，字里行间充满了不祥预兆（“此时世界的冬天 / 伴随着灭绝的丑陋黑暗正在逼近”），却几乎未曾显示欧文对战争的看法有无改变。在《暴露》这首诗里（推定最早写于 1917 年 2 月，尽管韦兰德博士认为它后来有很大的改动），出现了这样的句子：

> 因为我们并不相信仁慈的烈火会以其他方式燃烧；
> 太阳也从来不曾对孩子、田野，或果实而真诚微笑。
> 我们的爱生来要对上帝不可战胜的春天感到害怕；
> 因此，不要憎恶，我们正躺在这里；因此也曾经出生，
> 　　因为对上帝的爱似乎正在死去。

这很像萨松笔下那些主教们所说的话。然而在一个月前或更晚些时候从医院寄出的一封信里，他呈现出另一种完全不同的面貌：

> 我已经体会到一种光亮，它将永远不会渗透到任何国家教会的教条里：它就是基督主旨诫令中的一条：不惜代价保持被动！忍受污名与羞辱，却从不诉诸武力。承受霸凌、被损害，被人杀戮的苦难，却从不主动杀戮。这可能是一种痴心妄想而可鄙的原则，但它存在于那里……如此你才能看到纯正的基督教与纯正的爱国主义是怎样地不匹配。

最后占据上风的，还是第二种观点。不过，尽管欧文实际上一直在接受宗教培训（他给牛津郡一位教区牧师担任过两年时间的平信徒助理），但相较于基督教理，他的和平主义与“众多士兵的哲学”更为契合。那是一种热忱的信念，即认为任何结果都好过战争及其带来的种种毁灭：

> 噢生命啊，生命，请让我呼吸——我是地下掩体里的鼠辈！
>
> 老鼠的生存方式未必比我们更差——
>
> 夜间他们在某个安全沟辙小心翼翼地前行，
>
> 在肉体腐烂前找到一处避开炮弹的家园。
>
> 死人们或许嫉妒活在奶酪里的蛆虫……

战争最恐怖之处是它带来了年轻生命的夭亡（“当他遭到摒弃的内在生命跳跃起来时 / 出现了一丝颤动”，或由此导致的能力丧失。几乎没有哪一种表述比下述诗句更加直接：

> “陌生的朋友，”我说道，“现在没有悲伤的理由。”
>
> “是没有，”对方说道，“除了这荒芜的岁月……”

这种信念将在随后二十年间弥漫于整个民族意识；它与鲍德温拒绝重整战备、迪克·谢泼德与和平誓言联盟的成立，还有张伯伦飞往贝希特斯加登的举动颇有关联。[1]C. 戴·刘易斯先生在序言里写道："我相信，欧文的诗歌深深打动了我这个年代的人们，所以我们从今往后只能认为，即使有必要采取战争手段，它仍然是一种卑鄙、邪恶之举。"然而，这种"有必要"的情况在 1939 年之前还无人提及。这就表明，从总体上来说，人们仍然无法接受欧文诗歌的隐含意味。我们并不因此而降低对他的尊重，不过这种情况确实对他作品构成了更大的历史限制。

不过，这还不是故事的结尾。欧文并没有书写"我的主题是战争，以及战争的恐怖"，而是"战争的悲悯"：他和萨松都重新回到作战单位，为了与战友们在一起。萨松竭力把默许战争继续进行的麻木不仁变为厌恶之心，而欧文则将它转化为同情。萨松的关注集中于具体（"上周迪克被杀死时就像这样，/ 身体就像一条鱼在射击踏垛上拍打"），而欧文却刻意放弃其他形式，只保留了概括式的语言：

然而要诅咒那些没被榴弹炮震晕的呆瓜，
他们竟然像石头一样；

[1] 斯坦利·鲍德温（Stanley Baldwin, 1867—1947），1935—1937 年担任英国首相，由于在德国军国主义势力日益壮大的情况下忽视英国军备的重整问题而备受诟病。谢泼德（Dick Sheppard, 1880—1937）是英国安立甘宗的牧师，毕生倡导和平主义。和平誓言联盟（Peace Pledge Union）成立于 1934 年。贝希特斯加登位于德国巴伐利亚州，是希特勒在柏林以外的重要办公驻地，他曾在这里会见英国首相张伯伦和劳合·乔治。

他们处境悲惨，因为匮乏而
卑贱，但这匮乏也绝非朴素简单。
他们选择让自己毫不在意
哀悯，不在意人类
怎样悲悼最后一片海洋与不幸的星辰；
不在意多少人远离这层层海岸时的悲伤；
他们不在意眼泪
会形成怎样的永恒交汇。

“我似乎从战争中逃离了出来……”这不像逃离，更像是有预谋地退入神话诗性般的非个人状态。这种状态不但没有对他的文字形成抑制，反而赋予了它们特殊的共鸣回响：

而他，捡起某个像蠕虫的东西，它半截身子
的瘀伤藏在泥土里，却不再往前爬，
让我看到它的脚，看到许多人的脚，
还有刚斫断的头颅，我的头颅。

对于欧文来说（“他那浓密的黑发……在耳际已经带有一丝银白”），二十四岁时就可以与事物达到这种想象认同的程度，这表明他的反应就像外部刺激的暴虐程度一样猛烈。他写道，“这部书，是关于战争”：

漫长、孤苦、无尽的脚步
从更辽阔的白昼迈向更宏大的黑夜。

但欧文眼里的战争终究不是萨松的战争，而是一切战争；不是具体的苦难而是一切苦难；不是具体的消耗而是一切无谓消耗。如果说他的诗歌到 1918 年还能打动人心，是因为这些情况依旧存在，所以仍然有必要付诸同情。这让他成为哈代之后唯一可以继续阅读、又不至于让人大跌眼镜的二十世纪诗人。他的写作秘密，隐藏在他对叶芝那句愚笨谴责的回敬言辞里。叶芝称“被动的苦难并不是诗歌主题”，欧文反驳道：“说到底，我在意的并不是诗歌。”

1963

新刮皮的土豆

●

《一个超级流浪汉的自传》出版后不久，戴维斯的几位朋友知道他虽然已经出名却不甚富有，便设法给他安排了类似于图书管理员的闲职，好让他获得经济独立。他们对这位伙计太不了解。“他们想让我去工作，”几年后戴维斯在谈到自己如何拒绝这个不光彩的建议时说道，“我这辈子从来就没工作过。”朋友们这才意识到没有其他解决办法，除非给他提供一份王室专俸养老金。[1]

这件事颇为点题。在斯东西弗先生引人入胜的文字里[2]（我一口气读了将近一百页，才意识到自己原本打算要记些笔记的），我们会邂逅这样一种人物性格：他从未偏离自己的直觉感受对象，即诗性生活。戴维斯自己选择成为流浪汉：他的前三十年时间都是在闲散、贫穷和流浪漂泊中度过，先是在本国，后来在美国。但他这样做是在本能地规避自己不想要的东西，直到能够得到他想要的东西。他并不喜爱沿着通达顺畅的道路前行。他拖着一条木制假腿回到伦敦后，借着流浪者之家的火炉亮光专心致力于诗歌创作，然后再拿到街头朗读。或是像有一次那样，把诗歌印在宽幅纸页上兜售，结果效果不佳。（他感情格外细腻，所以他无法拿自己的残疾状况去赚取同情。）这样又过去五年后，他凑够钱印制了一部诗集：根据《名人录》列出一份文学界名人清单，然后把书分送给每个人。如果谁想买的话，就请寄过来半个克朗。这是他写作生涯的转折点。萧伯纳买了五册。圣约翰·阿德柯克[3]在《每日邮报》的文章里对他赞赏有加。《文人》《雅典娜神庙》和《学院》杂志[4]都刊载了评论文章，而“哈姆斯伍斯出版集团（Harmsworth）的代表们也到这里，还给我拍摄了三种不同姿态的照片”。他是那种注定要从文学怪杰转变为文学名流、最后变成文学自身一部分的人。

后面的十五年光阴很可能是戴维斯最快乐的时光。他在伦敦的费茨洛维亚和苏豪区已经成为众所周知的人物，平常基本上都不在家，除了与尼娜·哈姆奈特和奥古斯都·约翰一起开派对，

---

[1] 王室专俸（Civil List），又称王室年俸、王室专款或王室费用，是英国议会每年提供给英国王室成员的开支拨款。根据《1837 年王室专俸法》（Civil List Act 1837），英王可以从王室专俸里拨出部分款项，用以资助效力于王室或做出杰出文化和社会贡献的人员，称为王室专俸养老金（Civil List pension）。戴维斯在 1911 年获得这项补助（最初为每年 50 英镑，后来提高为 100 英镑和 150 英镑）。

[2] 原注：理查德·斯东西弗著，《W. H. 戴维斯评传》（*W. H. Davies: A Critical Biography*），伦敦：开普出版社，1963 年。

[3] 亚瑟·圣约翰·阿德柯克（Arthur St. John Adcock, 1864—1930），英国小说家和诗人。

[4] 《文人》（*Bookman*），英国文艺新闻杂志，1891 年创刊，1934 年停刊。《雅典娜神庙》（*Anthenaeum*），文学杂志，1828 年创刊，1921 年停刊。《学院》（*The Academy*），创刊于 1869 年的文学及综合类评论杂志，1905 年以前多次调整刊名。

或是与拉尔夫·霍奇森、戈登·波登莱、亚瑟·兰索姆，还有其他人在杰拉德街共进午餐。我们可以明显感觉到，这是他真正喜欢的一群同伴。相比之下，底特律肥仔、萨吉诺瘦子和哈莱姆秃头[1]虽然也跟他彼此理解，却只是些黯淡无光的替代人物。实际上，与作家相比，他跟艺术家之间的关系处得更好。他积攒了自己的一批优秀画像，分别出自爱泼斯坦、约翰、西柯特、劳拉·莱特和尼科尔森的手笔。[2]他在这些画像里通常采用坐姿，正怡然自得地提取创作灵感。五十二岁那年他结婚了（妻子大概比他年轻三十岁）。到了这个年龄，他已经能够部分放弃宝贵的独立，来换取爱情与舒逸的家庭生活。他的余生平静而多产，尽管家庭压力迫使他放弃了与多数朋友的交往，并搬迁到乡村生活。他发现如果永久待在这地方，确实不是件开心的事。他在一些小事情上采取还击，比如说不去打理花园，比如跟附近洗衣店的姑娘们搭讪打招呼。

斯东西弗先生在这部书的批评环节里，将戴维斯定位为散文作家、人道主义诗人、爱情诗人和自然诗人（这些范畴原本更适合于哈代，而戴维斯也确实总是忐忑不安地意识到这位年长诗人的声望影响）。作者的写法从总体来说比较细致而公正，虽然他

---

[1] 都是戴维斯在美国期间结识的伙伴，《一个超级流浪汉的自传》里有记载。

[2] 指雅各布·爱泼斯坦（Jacob Epstein, 1880—1959），奥古斯都·约翰（Augustus John, 1878—1961），沃特·西柯特（Walter Sickert, 1860—1942），劳拉·莱特（Laura Knight, 1877—1970）和威廉·尼科尔森（William Nicholson, 1872—1949）。

将戴维斯的世界与迪士尼世界进行类比，让人很不开心。让我们感到惊异的是，戴维斯这种流浪汉生活可能会产生的粗野与暴力观念，竟然可以被一股脑儿地舍弃：他看上去像一位写实派作家，但他的写实主义却是那种新刮皮的土豆，而不是真正带有泥土气息的东西（那是罗伯特·弗罗斯特的意象）。戴维斯并不算过分挑剔：他喜爱饮酒和开价便宜的娼妓，但他也拥有一种本能的温良和适应力，这让他成为“能够交往”的人物，并且有利于他获得伦敦文学界的襄助。这就足以解释他笔下的妓女为何并不让人感到冒犯，而流浪汉为何要使用那种不同寻常的语言（“伙计们”，胖子的破锣嗓音继续说道——“伙计们，我不再适合跟你们搭伴儿了”）。还有，他那些更为强劲的社会评论诗歌，为何从总体而言并不成功（“噢，运煤船，运煤船，在地下，/害怕火焰与空气，/哪一种生命更危险？”）其实，他本人对生命里更显温柔、更加美丽之物的欣赏品味如此浓郁，所以那些比较残酷的轶闻经历被放进诗集，似乎经常只是为了迎合当时将他视为地下世界浪漫编年史作者的普遍看法。

整体浏览一遍他的诗歌作品，就像我先前所做的那样，是一种奇异经历。它永远处于近乎套路、矫饰与无聊常规的边缘，却不断出人意料，成功地给人带来惊喜，让每一首诗作都值得阅读。他的方法很简单：就像他告诉沃尔特·德拉·梅尔的那样，就是要等待，直到某个念想涌上心头（“你说的某个想法涌上心头到底是什么意思？”德拉·梅尔打断他的话问道），然后无须搜肠刮肚寻找语言，径自把它写下来就好。他不去翻查字典，也不去检索几百年来前辈诗人们使用的音步。他的多数念想都与那些朦胧而怡人的概念有关，例如美、幸运、快乐、愉悦、惊叹、黄金（那时黄金确实还在流通[1]）、自在、青春、爱情等。这些念想的表达寄托形式，需要具有同样怡人的性质：例如梦、蝴蝶、夜莺、绵羊、花朵、雨和蜜蜂。他的诸多文字里，总有一种让人感到即将淤塞的非真实感（有时确实如此），足以配得上 D.H. 劳伦斯那句颇具特色的挖苦讽刺："我想大家真应该再对他冷酷些……这样他就会离开七橡镇[2]的那个房间。他在那里被装扮成乡村诗人，对着一面面的镀金镜子和浪漫往事感到自豪：他或许还能再次生长出羽翼……"

不过，在戴维斯的诗歌生涯中，他始终拥有足够能力，能够通过描述和观察那些穿透人心的幸福时刻，而时常超越于这层水平。这些描述和观察能够将相关诗歌永远镶嵌在我们的记忆里——《绵羊》《强烈的时刻》《美丽》《树叶初生时》，还有其他许多。他拥有一种杰出的才华。用他自己的话来描述就是：

我的缪斯

……………………………………

将会像那股巨浪般腾空而起：它跃至高空并把

---

[1] 英国在 1816 年率先实行金本位制，到 1914 年一战开始后基本废止。

[2] 位于伦敦西南，肯特郡西部。戴维斯婚后曾在此居住。

海藻纷纷披挂在一条船的桅顶。

这是一种精确的描述：确实，他倾向于突然发掘出某种至今仍然未为人知的细节、反讽或愉悦，并沿着一个令人难以置信的隐喻或明喻进行扩展，以便我们欣赏。风拖拽着玉米的穗须并把她带入黑暗树林，羊群走上山顶变成云朵，潮湿的墓碑在阳光下呼吸，夏天在一棵树的秃干上摊开绿色帐篷：戴维斯从不缺少这方面的能力，他让最寻常的经历焕然一新。但是我们最欣赏的地方，或许并不是这种永不歇息的幻想力（毕竟它跟异想天开始终相差无几），而是那种精神上的真诚质朴——弥漫在他所有作品里的温文尔雅：他对动物世界的温存，他对自然景致的持久赞叹与喜乐，他对女人孩子和穷人的爱。这种品质反过来可能很容易成为幼儿园式的陈词滥调，戴维斯对这种危险也极为警觉。他的反应模式很有特色：他永远也不要跟梅斯菲尔德[1]一样糟糕。（其实斯东西弗先生完全可以添加第五章："反讽者戴维斯"。因为这位诗人虽然拥有质朴的外表，但是如果情势需要，有时会给人带来致命的挫败感。）然而，一旦辅以机敏的语言和细致观察，这种温文尔雅就变成与陈词滥调相反的一面。事实如此，它构成了戴维斯对文学的独特贡献——他以沉稳而非狂喜的语调，颂扬自然之美，还有貌似与它最匹配的人

[1] 应该是指1930年至1967年的英国桂冠诗人约翰·爱德华·梅斯菲尔德（John Edward Masefield, 1878—1967）。

类品质。

可以说，目前这部戴维斯新版诗集的最佳之处，[1]在于它清晰的印刷质量，还有六百十六页只卖二十五先令的好价钱。书中包含了奥斯伯特·西特维尔爵士撰写的序文，还有丹尼·乔治的前言。但这两篇文章都没有显示出最起码的编辑责任，没有说明其中引用的哪些诗来自哪部著作，它们是不是首次出版的文本等。乔治先生自豪宣称道，他成功说服出版商收录了戴维斯在某些未经确认的场合里隐而未发的一百十三首诗，却没有说它们是哪些诗。整本书都没有参考书目。总而言之，这是一部令人失望的出版物。

1963

[1] 原注：《W. H. 戴维斯诗歌全集》(*The Complete Poems of W. H. Davies*)，伦敦：开普出版社，1963 年。

悬赏：优秀的哈代评论者

●

哈代的景仰者注定会时常感到纠结，觉得本世纪的批评家对自己喜欢的这位作家没有表现出足够敬意。现在这种状况更加明显，因为哈代的声誉在他死后并没有表现出常见的下降趋势：他的书仍然还在出售，而且还是学校的阅读材料。艾略特之后的几位主要诗人（奥登、贝杰曼、狄伦·托马斯）都承认哈代诗歌的力量。在我们可以称为“不列颠学园”的优游环境里，也可以看到人们对他持续上升的敬意。但是我们必须承认，只要我们想一想本世纪那些最主要的批评家的名字，就会发现他们对哈代确实兴趣寥寥。艾略特充满了敌意，利维斯摆出屈尊俯就的模样，而威尔逊、燕卜荪、布莱克默、特里林，几乎都对他漠然不顾。再看对面阵营的人马——戴维·塞西尔勋爵、埃德蒙·布伦登、拉斯塞勒斯·安珀克罗比、韦伯斯特、盖拉德、霍金斯——总体来说，他们的才智和感知都不够犀利，所以无法让人产生信心。事实如此，哈代似乎并没有吸引到最优秀的现代评论家。

这肯定出于以下两个原因之一：要么是哈代的作品不够好，不足以引起他们的关注；要么这些是他们不感兴趣的作品类型。选择第二个答案的可能性更大，而我们肯定也会这么选，但这样并不能促进提高人们的觉悟。我们可以说，现代批评借助于艰深作品而蓬勃发展：它或是对艰深的作品进行解释，或是解释说，那些貌似直白的作品其实殊为艰深。但哈代却简单质朴。他的作品很少需要另外澄清的思想或指涉内容，他的语言从不暧昧含混，主题也容易理解。现代批评家的典型作用，是要证明作者说出了自己原本没打算说的东西（相信故事而不是相信讲故事的人，诸如此类）。有人曾经把这种方法用在哈代身上，例如凯特尔博士就有过非常著名的论断，认为《德伯家的苔丝》象征着农民阶层的没落。但读者看到这种评论只会感觉不适，而不会受到启发。而且，这些说法在很大程度上也适用于狄更斯。他可是现代批评家们都乐意评价的作家。因此，批评家对哈代毫无感觉，这种情况肯定还有其他解释。可能文学批评界没有办法对付哈代这样的作家。因为他采用的旧式写作方法——他的悲观思想，他的女性角色——确实并不比新式的写法更成功。或许还有可能是，真正的哈代批评家到目前为止尚未成形。

了解到这些情况，再看默雷尔先生在这部书前言第一页里宣称它是“与权威观点完全不一致的”研究成果，就足以激起读者的兴趣。不幸的是，失望接踵而来：他所谓的权威并不是《追随陌生的神明》或《伟大的传统》的作者[1]，而是约翰·霍洛韦博士。

[1]《追随陌生的神明：现代异端入门书》（*After Strange Gods: A Primer of Modern Heresy*, 1934）和《伟大的传统：乔治·艾略特、亨利·詹姆斯、约瑟夫·康拉德》（*The Great Tradition: George Eliot, Henry James, Joseph Conrad*, 1948）分别是 T.S. 艾略特和 F.R. 利维斯的批评著作集。

默雷尔在整整第一章里都针对着他喋喋不休。目前哈代已经被诠释为一位悲观决定论者，并且对自然与旧农业秩序持有强烈的认同感，而霍洛韦则是这种诠释方式的代表人物。这种诠释正是默雷尔先生关注并反对的内容：遗憾的是，他那种本质上支离破碎的陈述，显然无济于事。默雷尔先生承认："这本书更像是一系列的笔记与随笔。"在第一章"哈代与批评困惑"之后，并没有随即涌现出作者本人满怀信心的滔滔言辞，而只是五页多题为"关于《德伯家的苔丝》里机器意象的解释"，然后是七页多"关于'众神主宰'的解释"。这种写法很容易削弱论辩说服力，而且延迟了正面论辩的时间。不过，当作者开始正面论辩时，至少可以说，还是有创意的。文章所要承担的论辩责任，是表明哈代既不是悲观主义者，也不是决定论者：他并不认为人类受控于充满敌意的自然，并成为其走卒，而是可以创造自己命运的存在者，是可以选择、具有自由意志的角色。他的生命意义直接取决于他将如何运用选择权和自由意志。在默雷尔先生看来，如果不这样认为，那么不管"怎样继续读下去，读完整本书，下一章，下一段，甚至是下半句话，只能一无所获"。我不记得他在哪里说过哈代是一位快乐的作家，但从这本书里不难推断：他发现哈代是一位忧郁的作家。

默雷尔先生审视了哈代的几部小说，尤其是他的早期小说：《远离尘嚣》《卡斯特桥市长》和《德伯家的苔丝》。他认为《苔丝》是"哈代最伟大的作品"。他反复提及最后这部作品。当我们逐章阅览这部著作，就会在默雷尔先生的解释启发下逐步形成一个总体印象，认为苔丝只是不思进取的德比菲尔家的女儿，而且还继承了长辈们犹豫不决的性格：“如果‘约翰·德比菲尔爵士’还能够在他的油蒙心窍里留存一份精力来埋葬他那匹马的尸首，他就会开辟一块土地给家里人种些蔬菜；如果苔丝能够费神写一封坦白忏悔的信件，她原本还可以确保安吉尔收到它；如果她能够忍受艰难羞辱，还有燧石顶村的生活，她原本可以冒险尝试与安吉尔父亲的势利进行一番抗争……”（第98页）苔丝是哈代众多“失意者”群像中的一位，与之形成鲜明反差的是另一批成功者：在逆境面前愈加坚定、最终掌控周围环境的法尔弗雷和加百利·欧克[1]这样的人物。默雷尔先生甚至不觉得苔丝是被“辜负”的角色：

> 这是因为她没有能够及时掌控环境，所以环境最终把她推向了特兰里奇和艾力克。即使这样，哈代也没有描述苔丝如何不可避免地落入陷阱；她去过一次德伯维尔家，她知道，或者是不无担忧地意识到自己此行的目的。但即使到了这个时候，如果说她在第一次看望艾力克过后，哪怕只产生过一丝疑虑，当艾力克再次找她出门，并且在路上不断骚扰她的时候，这种担忧应该是很明白的事情了。诱奸行为并非突然完成；她

[1] 这两位分别是《卡斯特桥市长》和《远离尘嚣》里的角色。

知道后面会出现什么情况，却没有做出任何努力来延缓它的发生。（第32页）

不知道默雷尔先生看到下面这段文字（他并没有引用过），又该怎样解释：

“噢妈妈，我的妈妈呀！”姑娘悲痛哭泣道，她情绪激动地转向母亲，仿佛她那颗可怜的心在一瞬间即将破碎，“我怎么可能知道？四个月前我离开这个家的时候还是个孩子。您为什么不早告诉我男人们有多危险？您为什么不早提醒我？”（第十二章）

说得再赤裸一点，默雷尔先生对这部小说的看法，是认为它属于某人（苔丝）咎由自取的故事：

哈代要说的是：“有些人，愿上帝保佑，他们可能还以为……就像很久以前的埃斯库罗斯，或是琼·德比菲尔那样，能够帮她摆脱指责，认为苔丝的灾难应该怪罪于命运。读者可能也希望自己能够相信这一点：但是我显然已经表明真正应该归咎于谁。”（第40页）

如果默雷尔先生能够想象哈代说出这番话，那么我们不妨认为，没有什么是他想象不出来的了。那么，关于哈代给1912年版添加的前言内容，他又该做何解释?

> 关于副标题“一位纯洁的女人”……我可以再补充两句：这是我读完了终审校样以后，在最后一刻添加上去的，这是一个坦诚的心灵对女主角性格的最后评价——任何人都不会对这个评价产生争议。但它在书当中却是饱受争议的话题。

我们觉得，争议至今仍然存在。为了写这篇书评，我重读了一遍《苔丝》。我无法相信哈代的小说寓意能够与默雷尔先生的论题有丝毫相似之处。在我看来，小说呈现出维多利亚式情节剧与更古老的民谣传统的混杂：苔丝能够安然适应于任何一种情况。小说叙事当中的荒谬之处俯拾皆是——艾力克的皈依，安吉尔“跟一位陌生人的四十八小时纵逸”，苔丝宣称自己对性的无知——但是这些都无关紧要，与莎士比亚剧作在时间安排上的不一致相比，它并不算更过分。同样，我现在比以前更明显感觉到的，是蕴藏在作者笔法之下的残酷感官潜流——这样说哈代似乎比较奇怪，不过他虽然饱含温柔，却可以强烈地意识到，甚至是欣赏那可怖与残酷之物——话说回来，这也是一种古老传统，即“美人受难”的传统。小说就像乡村老妪讲述的故事那样吸引着读者：它的主题就是最初的小说标题，《爱为时已晚》；它的教诲意义则是歌舞剧里空泛的陈词滥调

（哈代将它用于“第五部”[1]标题）：“女人付出代价”。她确实付出了代价——苔丝付出代价——完全是因为她不像她的母亲，不愿听从她的劝告而保守住先前被人诱奸的秘密：“没有哪个姑娘愿意当这种傻子，尤其是事情已经过去那么久，而且还根本不是你的过错。”

尽管默雷尔先生的各式论点都很怪异，但仍然能够引起一些有趣的猜想。他认为哈代笔下人物的变化、自我疑惑和犹豫是进化斗争的障碍（他相信哈代就是这样的意图），这表明他把哈代当成了一位隐秘的萧伯纳，认为他可能是在回应《人与超人》“使徒书信题献”里关于生命里真正快乐的著名段落[2]，而且还把他的社会进化向善论与塞缪尔·巴特勒的拉马克主义思想联系在一起。毫无疑问，哈代就像同时代的其他人那样，永远都在期盼人类境遇的某种改善迹象，并且因为无法看到任何迹象而时常产生许多愤懑之语（“两千年的物质累积／我们最终获得了人造毒气”）。但是，当我们注意到有人说，他和萧伯纳都将时间视为人类精神与道德进步的必要成份，这就比较奇怪了。萧伯纳的看法是我们必须要活得长久些：哈代的想法却是我们必须要快一点变老，或者像小男孩“时光小老头”[3]

---

[1]《苔丝》的第三十五章至第三十九章。

[2] 萧伯纳写给《泰晤士报》剧评家亚瑟·宾汉·沃克莱的一封信，里面详细解释了《人与超人》的创作源起和主题意义，以及剧作家本人的哲学思想。它在1903年初版的《人与超人》中作为序言出现。

[3]“时光小老头”（Little Father Time），《无名的裘德》里裘德长子的绰号（本名亦是裘德），一译“时光老人”。他为了给陷入穷困的父母减轻负担，亲手杀死了同父异母的弟弟妹妹，随后自缢身亡。

那样，生下来就是老人。两个人以不同的方式要求人们成长。有时候哈代似乎也相信，“现代人物”具备的更多感性，能让他格外显眼出众，就像《还乡》里的克莱姆·尤布莱特：

> 对于一位中年人来说这已经算是青年人的面容，尽管青年人可能几乎没有必要去考虑“不成熟”这种词汇。但它确实属于这一类面容，人们几乎不会马上联想到它经历的如许岁月，更不会想到它已经储存了如此众多的经历……现代人衡量年龄时，是根据他历史经验的密度而言。

让哈代笔下的现代人物最为敏感的对象，那种让人骤然成熟的经验，究竟是什么？在我看来，它就是痛苦磨难，或是悲伤。围绕着痛苦磨难在哈代作品里的中心地位而展开思考，应该是正宗批评家的首要责任。目前这项工作还有待完成。自然，默雷尔先生明确拒绝这项中心内容。他希望展示的哈代特色是“欢欣”（第 10 页）。我认为他这个词的意思是热情洋溢、愉悦、坚韧不拔，以及哈代肯定毫不匮乏的所有东西。但显然，不可否认的是，哈代的主导情感还是悲哀。哈代尤其擅长体察生命里的忧郁、不幸、沮丧和沉沦挫败等因素。可以说，他就像“时光小老头”一样，如果不是因为总惦记着几天过后花朵终归要枯萎凋零，原本可以在它们面前感到满心欢喜。在析解他的作品时，就像对待其他任何作家的作品那样，首先要确定哪一种因素是他的特色，哪一种想象音符在他的文字鸣奏中最为响亮。在这个问题上，他时而显得温柔，时而充满反讽，时而表现出愤懑，却总是不自主地担忧着苦难的来临。如果谁否认这一点，我觉得，多半是他脑瓜出了问题。只要哈代的批评家能够树立起这种观念，我想，他就可以围绕哈代赋予苦难的双重价值而形成某项论点：首先，哈代认为苦难是“真实”（“悲剧是真实的伪装，喜剧则虚假地言说”）；第二，可以证明的是，哈代将敏感、苦难以及出类拔萃的灵性人物对痛苦成因的意识联系到了一起。

由此可以认为，哈代小说里存在的痛苦是一种积极而非消极的特质——它不是某种预先设定、甘心屈服于悲观或其他任何概念后产生的机械效果，而是借助于持续的想象力，来颂扬生命里最真实和最重要的因素，颂扬在灵性发展意义上最有必要、因此也最重要的因素。为了审视这一因素，哈代的相关体察，以及他通过文学词汇而进行的表述处理，将是正确的研究途径。据我所知，目前还没有人写出这样的研究著作。

批评家如此，传记作家亦复如此。没有人想要贬低卡尔·J. 韦伯研究哈代的成果。他撰写的《韦塞克斯的哈代》虽然并非唯一，[1]

[1] 原注：卡尔·J. 韦伯著，《韦塞克斯的哈代：作家生平及文学生涯》，修订版，伦敦：劳特里奇出版社，1965 年。

却已经成为当前主要的研究著作。不过遗憾的是，他竟然可以在诸多段落里显示出新闻报道式的粗鄙（“在大城市里生活了五年过后，这位土生子回到了故乡”），以及笨拙的逗乐手段［“哈代的眼光，同样是在骨碌碌乱转（这一点我们可以确信无疑），他坐在台灯旁，目光不断来回逡巡，不是从天堂回望尘世，而是从这本书看到那一本”］。哈代为什么就吸引不到会写作的人呢？这部经过全面修订的版本比 1940 年的旧版要多出数十页内容，却缺少了大多数的插图和许多参考文献材料。普迪[1]认为这些都没有必要。另外涉及的一个问题，总体而言虽然重要却极为普通：哈代的阅读内容和他抄袭的例证，以及过去二十五年里已经曝光的这一类新传记材料。有些材料无疑很有价值，例如《远离尘嚣》里的风暴描写与哈里森·安斯华斯《鲁克伍德》里的内容雷同[2]：由此可以联想到，哈代曾经声称：“我被迫制造我的小说：环境促使我把它们打造出来。”书中还有其他一些推测，比如说亨查德[3]这个角色的来源是安东尼·特罗洛普的父亲，这在小特罗洛普的《自传》里有所记述。这些推测并不总是那么可信。

不过，当前哈代批评的最古怪之处在于，那些资质平庸的作恶者个个都认为自己有权对哈代的诗歌颐指气使。以韦伯为例，他就

[1] 应该是哈代书信整理汇编与生平研究者理查德·L. 普迪（Richard L. Purdy）

[2] 即威廉·哈里森·安斯华斯（William Harrison Ainsworth, 1805—1882），英国历史小说家。《鲁克伍德》（*Rookwood*, 1834）是他的第一部成名小说。

[3]《卡斯特桥市长》里的角色。

特别爱挖苦哈代早期的所有诗作，尤其是《偶然》[1]。他认为（在我看来毫无依据），这首诗代表了哈代在遭到杂志编辑退稿后的反应。韦伯就像一个聋子，他根本听不到这首诗中的绝望情绪，以及它持久而独特的回声。同样，他也看不出《一切皆为暂时》里的反讽，或《她对他说》的悲怆。默雷尔同样鹦鹉学舌地重复那些大白话，说什么“相对于哈代的诗歌创作总量而言，值得认真关注的篇目并不算多”。我想告诉这两位绅士（以及《哈代诗歌创作模式》的作者塞缪尔·海恩斯），我可以放心大胆地吹嘘保证：至少有一位读者并不希望哈代的《诗集》减少一页内容，而且还认为它比本世纪迄今为止所有的诗作杰作都要优秀好几倍！

1966

[1] 诗歌原名为“Hap”。

哈代的诗歌[1]

我年少时就知道哈代是一位小说家，可是我当初却没有专门读过他的诗歌。我当初的想法始终和利顿·斯特莱切一样，认为“即使在词汇上有一些优雅，也无法释解那种阴郁感”。可是等到二十五岁，估计是那个时候，我住在某个窗户朝东的宿舍窝，每天早晨太阳很早就会把我唤醒——你知道的，六点钟左右。起床似乎还嫌早，所以我总要躺着读会儿书。碰巧当时我手头有一本哈代自选诗集，于是开始阅读，而且立刻就被它们所打动。我被它们的丰富音调和情感所打动，此外还感觉到：有一个人在书写我自己开始体会到的东西。我并不认为，哈代作为一名诗人，是适合年轻人的那一种。话说我在二十五岁或二十六岁就已经不再年轻，我知道这话听起来很荒谬，但至少我那时开始寻求人生意义所在，而这正是我在哈代诗中发现的东西。换言之，我想说的是，我喜欢他的根本原因在于他的性格气质，以及他看待生命的方式。他并不是一位超验的作家，他不是叶芝，他不是艾略特；他的主题是人，人类的生命，时间与时间的流逝，爱与爱的凋零。

我想当今大多数知名作家都曾在某个时段喜爱过哈代的诗。

我想奥登是这样；我想狄伦·托马斯亦是如此。弗农·沃特金斯告诉过我：尽管狄伦·托马斯认为叶芝是最伟大的现代主义诗人，哈代却是他喜爱的诗人。贝杰曼明显很喜爱他；桂冠诗人塞西尔·戴·刘易斯显然也是。但这些都是彼此差异极小的诗人。我倒觉得，他们或许已经发现了我所发现的东西：哈代赋予他们以自身方式去感觉的信心。我谈到哈代时，会带有一种轻松感：我不必费力尝试去适应某种不属于我生活体验范围的诗歌概念——或许这正是我感觉到叶芝试图让我做的事。一个人只需退隐到自己的生活，然后再根据它去写作。哈代教我们怎样去感觉，而不是怎样去写——当然，每个人只能采用他自己的语言、自己的特殊用词，根据自己的处境来写作——哈代同样还教会我们要对自己感觉到的东西怀有信心。我想，我现在甚至比当初更加赞赏他。很奇怪的是，我喜欢哈代的地方，恰好是多数人不喜欢的地方。我喜欢他是因为他写了那么多诗。我喜欢篇幅将近八百页的巨著《哈代诗集》。一个人可以年复一年地读他，却仍能感觉到惊奇。我想这在任何诗人身上都是一件奇妙的事。

我想象不出人们为什么会说哈代对声音感觉迟钝。在这八百页篇幅里，摒除一两首关于爱德华七世之死以及诸如此类内容的作品，哈代的每首诗几乎都具备一束纤细的思想神经脊髓，而每一束有它自己的微小音调。我们只有在提到极少数的几位诗人时才会这

[1] 原注：选自《关注事物的人》（“A Man Who Noticed Things”，广播五台）。

样说。只要你开始阅读哈代的诗，立刻就会产生内在反应，开始与诗歌的韵律同步摇动。我想这一点真是无与伦比。哈代无法被人成功模仿。我觉得哈代的用词经常比较古旧——这一点我们必须得承认。我认为并不比其他许多诗人更古旧，但我总能在哈代作品里感觉到，这种古旧，如果它算古旧的话，其实是一种力求精准的方式。他在表达“我吻了吻她（I kissed her）”的时候，可能会说，“我用嘴唇香了香她（I lipped her）”。可不管怎样，这就牵扯到嘴唇的问题，而这正是亲吻的方式。哈代说某个凉亭“坍顶（roof-wrecked）”了，我不知道“坍顶”算不算是古旧，但它精确表明了凉亭顶部的损毁程度。这是将两三个意象加以套叠的方式。我想人们在这一点上对哈代有些不大公平。他经常会变得极其直白。“我应该跟他们同样陷入阴郁并希望能够如此。”“我没给她写过一行诗，连她的一根头发都没写过。”多恩也未必能有如此直白的写法。

1968

阿波罗的一份特质

●

“我始终欣赏那种健康凝重、金发阿波罗类型的感觉，”鲁珀特·布鲁克在1912年如是说，“可是，亲爱的，我俩的关系基础还要再深厚一分。”按理说，他这部七百页左右的书信集，[1]读起来应该可以显示出这种深厚的程度——当然不只是他与收信人凯·考克斯[2]的关系，而是有关他一世英名的整个复杂问题。因为，不可否认，布鲁克过去和现在都享有一定声誉：他在世之时，就已经结识了所有人（1914年在萨沃依拍摄的那幅传记照片，里面有巴瑞、萧伯纳、叶芝、切斯特顿、格兰维尔·巴克、阿斯奎斯和布鲁克，后来它去哪里了？）我目前的猜测是（我刚才故意没有问这个问题），他的《诗集》销量要远远超过艾略特和奥登。诀窍何在？真的有什么诀窍吗？

显然，鲁珀特·布鲁克属于那种具有神话诗性的作者。在理解他的整体魅力时，必须要了解这一点。当前的编辑者乔弗里·凯恩斯爵士表明，这部书在1955年就已经排版，但是他的共同信托人（约翰·谢泼德爵士、杜德莱·沃德和沃尔特·德拉·梅尔）都反对他的编选方式，理由是认为它“严重歪曲”了这批书信的作者形象。另一个问题从刚开始就存在：我们不仅需要判断这批书信揭示出怎样的人物形象，还必须要考虑到：有些最了解他的人认为，这种揭示方法是对他的歪曲。

这是典型的困境。人们对布鲁克怀有各种看法；他们手头保留着他的信件，并对他有特定看法，如果你不同意，就是自找麻烦。结果，这批信件还没有出版，克里斯多弗·哈萨尔就撰写了一部传记。他有渠道接触到这些信，并在某些章节将它们全文出版，比这部书里的内容还要丰富。也许，我们可以微弱地抗议一下，因为那种过度干预的择捡风格，在这本书的字里行间挥之不去：乔弗里爵士解释说，那些星号仅仅表明此处省略了一些无趣或重复的材料。但有些时候它们其实拦腰截断了某一段情绪饱满的分析，或是可以料想到的淫秽孟浪之语。我们原本还以为，传主去世五十年过后，他的书信或许可以全文出版，但是你看吧，这可是布鲁克噢。

在我看来，这些信件似乎可以自然区分为四个时间段。第一阶段（1904—1909）带领我们经历了他在拉格比的中学时光，直到他在剑桥获得学位后的离校时刻。尽管布鲁克在国王学院期间折腾得沸反盈天（人们或许还得承认，他一路走来所获得的成功，部分原因在于他将同性恋权势集团的兴趣彻底逗弄了起来），但他在这段时期写的信并不是特别有意思：它们刻意抖机灵的造作写法，让

---

[1] 原注：《鲁珀特·布鲁克书信集》（*The Letters of Rupert Brooke*），乔弗里·凯恩斯爵士编辑，伦敦：费伯出版社，1968 年。

[2] “凯·考克斯”（Ka Cox）即凯瑟琳·考克斯（Katharine Cox）。

我们想到其他几个聪明而自我意识强烈的年轻人——比如说，从狄伦·托马斯到帕梅拉·汉斯福德·约翰逊，或是从 D.H. 劳伦斯到布兰奇·詹宁斯：

> 几天前他们发现我正好到了——二十岁：于是在生日那天为我庆祝，送给我一块生日蛋糕，还有其他这类东西。我恨死他们了，忍不住发了通脾气。我现在因为自己的年龄而陷入深深的苦恼。一想到还要再忍受五十年枯燥的日子，我心里充满了歇斯底里的绝望。我恨我自己，恨每一个人。

尽管他几乎一直坚持不懈地尝试表现幽默，却从未写出一句堪比“生活如此刻板，你能在它背面看到自己的碑文”这种格言警句。我们从他自己的描述里，也无法推导出他在本科阶段获得成功的原因：“剑桥一如既往：但是现在却不伦不类地假扮出热烈气氛，四处点缀着淡绿色的花蕾。当然，它其实只是一具膨胀的尸体，而我们像苍蝇一样围着它嗡嗡作响……”“如果你月底来剑桥，就可以看到一场《欧门尼德斯》的表演。其中有一位花白头发的长者名叫鲁珀特·布鲁克，他将身心疲惫地扮演传令官的角色……”我们并不怎么怀疑他的才智或昂扬情绪：真正让人感到抵触的，是他对滑稽或动人魅力的看法。

第二阶段（1909—1912）从他离开剑桥直到与凯·考克斯的关系破裂。这段时期充满了压力与不悦，但实质原因却很不明朗（至少从信件里面看不出来）。伴随着家庭生活的不幸（他那位当教师的父亲去世），他又面临着性意识的觉醒，加上母亲对他某种程度的控制支配（尽管不算太过分），而他的主要关注对象则是纽纳姆学院的学生凯瑟琳·考克斯。不清楚他为什么喜欢她，但显然友谊已经无法让他感到满足。或许，比较显眼的是，布鲁克这段时期对“纯净”和“肮脏”这两个形容词的过度使用，几乎达到了偏执的地步。“保持年轻，目光纯净”，“如果一个人思想纯净”，“伦敦城里唯一思想纯净的人”，“噢，我的格温，要保持纯净，保持纯净！”“我变得更纯净了，或许”，“我对纯净存在着某种渴求”。然后再反过来说，“我这紧绷而肮脏的自我”，“我不知感激，肮脏，肮脏，肮脏啊”，“此时我处于肮脏的深渊”，“肮脏是最后的王牌”，“整个世界在谬误与肮脏中腐烂”，“世界真是个脏透了的地方”。“也许很快就去格兰切斯特，”他在1912年写道，“我们要不要去游泳？我从11月以来就没游过了。有太多的东西需要洗涤干净。”在同一封信里他又写道：“在格兰切斯特那个池塘上游的河底可能生长着一种药草，如果我潜到水里找到它再摘回来——它就能治愈我。”

噢，池塘上游的那条河流，
它是否美妙而清凉，温柔映照出褐色？

然而，如果当机立断就能够结束自身痛苦，布鲁克也不是那种自找苦吃的人。尽管有了新的依恋对象（致凯思琳·内斯比特的信：

“一千首诗怎能回报上帝造出你的唇吻？”）他还是一直等拿到国王学院的奖学金以后，才逃课去了美国。他刚到那里，就向考克斯小姐辞别：“你一定得完全摆脱我，不要再爱我，爱别人嫁给别人——更配得上你的人。”这让人不禁想起D.H.劳伦斯和杰茜·钱伯斯。办完这件事以后，他发现美国和加拿大很有意思（“有个人对我说：先生，我可以告诉您，在我看来，你简直把诺耶斯先生给活剥了。”）他在1913年10月抵达期盼已久的目的地：萨摩亚。这是他人生巅峰时刻之一：布鲁克仿佛有意反对枯燥乏味与充满紧张感的伦敦—剑桥情境，他如梦方醒、全身心沉醉在南太平洋的景色里。“噢，艾迪，南太平洋真的就是这样！”他给艾迪·马什写信道：

> 人间天堂，理想的生活，殊少劳作，跳舞，唱歌，吃饭，赤身裸体的人们美得无法言喻，绝对彬彬有礼，极度善良，神圣的热带气候，让人心醉神迷的美丽风景。

这种群体生活重新激发了他的费边主义精神，而性的问题在这样一个社会里也消失得无影无踪：这里的人如果往右耳后面簪一朵白花，意思就是“我正在寻找情人”。那时候马林诺夫斯基尚未出名。不过布鲁克也发现，他这座伊甸园并不能够永远存在：“我想走出去研究他们，在他们消失之前用摄影机记录他们。”当他极不甘心地回返英国时，还买了好几罐棕榈油用来擦拭身体，以此延续心中的幻景（“比甘松香油还要珍贵”）。

这是第三时期。最后一部分（1914—1915）是四个阶段里最有意思的。布鲁克已经变了，他知道自己已经变了。“游戏即将开始，艾迪，”他写道，“如果说我曾经像高更那样随扈着康拉德小说里的一群人物四处漫游，并掌握了各类事实材料——我也丢失了一两样梦想……我现在已经成为我来此之前想变成的样子——坚韧。非常非常地，坚韧。”他对伦敦的描述，虽然不无批评，却未必适合所有剑桥旧友的口味：

> 伦敦到处都是“排上几英里长队购物的女人，和伺候她们的男人”。又有一位犹太人买到了爵位。我因为受凉鼻子堵了，街上到处都是瘦削而满脸恶毒的人，肮脏，雌雄同体的阴阳人和阉人，斯特拉奇[1]这类人，充满道德感的游民们，可怜的人渣。

他该怎么做？他的种种想法似乎都体现出一种全新的进取精神：“我想我得经营一家剧院。我觉得精力非常充沛：也非常有能力。”或是像谈到国王学院时那样：“我准备把那个该死的窟窿眼变成教育之所。”婚姻的想法反复出现，但令人沮丧的是，他从未具体提到是哪位，虽然他身边明显不缺女人（“单身一人可真是太要命了”）。然后，就在他尚未打定主意的时候，战争来临了。

---

[1] 指利顿·斯特拉奇。

或者不如说，他全身心地投入了战争的怀抱。“像游泳的人们跃入洁净之中”——只有布鲁克钟爱的这个意象，才足以表达他当时的情感（三行过后则出现了“肮脏的歌”）：他的理想主义，他对行动的向往，他对已知生活的鄙夷（“我憎恶的东西有——资本主义和女权主义以及雌雄同体论”），都通过参加皇家海军部队而得以尽情发挥。不久前他曾经目睹安特卫普遭受战争劫掠，这让他热血沸腾，并且坚决认为这种情况绝不可以在英国发生。有位朋友（E.J. 丹特）给他写信要钱，想帮助某位患支气管炎的朋友去洛杉矶，结果遭到了严辞拒绝：“有一些事情比出国治疗支气管炎更重要”；所有余钱都应该用来帮助“流离失所的比利时寡妇和孩童”。“我觉得，有生以来从未感到如此幸福”，他在营地里给薇奥莱·阿斯奎斯写信道。“从来没有如此弥漫一切的幸福感……”最后的结局来得颇为离奇、意外，并且毫不妥当，但布鲁克已经有所准备。“你对我一直都很好，”他给艾迪·马什写信道，“我真希望先前能给你多写几封信。我做人太失败了。”不到一个月过后，他由于痢疾和败血症而死在希腊。

鲁珀特·布鲁克留给我们的印象，远远不是柯恩福特夫人的阿波罗[1]，甚至与珀西·比希·雪莱也没有丝毫的亲缘相似性。他是一位精力充沛、务实、关注自我的人物。他的短暂一生，是不断接近

[1] 指弗朗西丝·达尔文·柯恩福特（Frances Darwin Cornford, 1886—1960）在诗歌《鲁珀特·布鲁克》开篇将他比喻为“一位年轻的阿波罗，金色头发”。这也是本篇文章标题的出处。

于上述认识的过程。虽然说，在爱德华时代剑桥大学那种冒失冲动的氛围里，他始终无所事事，但他原本可以更早实现人生目标。在前面这段分析里，对于他来说，“人际关系”的重要性，比不上他要做自己想做的事，或认为恰当的事。这就是他先前那几位信托人反感的“严重歪曲”吗？也许他们比布鲁克本人的心思更加浪漫。如果他还活着，他通过写诗而获得充分成就感的可能性似乎很小。凭借着他的政治理念和英俊相貌，他或许会成为自由党领袖，甚或是继承阿诺德的职业，在拉格比公学里当教师（毕竟他是妈妈的好儿子）。

1968

维多利亚时代最典型的桂冠诗人

●

打开丁尼生著作全集，相当于进入了维多利亚时代本身。那里有翠绿的风景，带露的玫瑰，齿如编贝般的孩童；忧郁的少女，浓密的花园；既充满喜感又惹人怜悯的农民，屈膝行礼的场面。此外还有茶店里的东方情调，虚缈的古典主义，碎屑般的亚瑟王传奇风貌。诗中还有铁路与地质描述。其中的愚蠢与感伤则让人倍受摧残。我们看到道义的愤怒一闪而过，听到已被普遍接受的观点在低声嗡鸣：矛盾思想的轻烟遮蔽住整个场景，再飘散开去。突然间我们又被一个诉说疑虑的声音而惊醒。诗里出现了冬日夜晚的沼泽旷野；某段活力充沛而暗自窃笑的诗句逗得我们直乐；最后我们耳闻大英帝国的爱国腔调与史无前例的坚忍共同吹响了清晰号角。我们面对所有这一切的涵盖范围、时代色彩与自信时，感到困惑不已。

通过这部期待已久的注释本单册诗集，[1] 我们得以再次仔细体会上述感觉。当然，它是丁尼生研究的里程碑，而同样肯定的是，它有幸遇到了本书的编辑者（瑞克斯教授以这位作者为主题的系列研讨颇为闻名）。这部书的设计凝重端庄：所有诗歌尽量按照目前已确定的写作时序进行编排。同时还有每首诗的写作来由和首次出版情况的翔实眉批。书页底缘添加的脚注，则罗列了较为重要的异文与平行文本。在部分段落里，这些内容甚至比正文本身还要精彩。它并不像瑞克斯教授强调的那样是一部完整版本，尽管书中收录了丁尼生自己在生前定稿本里尚未收录的许多诗篇：这里有他剧作中出现的歌谣，但剧作本身并不包括在内（《魔鬼与淑女》是例外）。那些从未刊行的诗歌，以及与剑桥三一学院保管手稿存在差异的内容，这次也都未收入。显然三一学院允许诗集编撰者参考过相关的收藏内容，但并未允许手抄摘录，因为那样会有悖于现在的丁尼生勋爵和查尔斯·丁尼生爵士的意愿（但可能并不违背丁尼生本人的想法）。如此成就，自然需要写一整本涵盖范围很广的书：这部书共计一千八百五十页，这让它近似于一块砖头的大小和重量。我想，它的用途大概相当于听抄本；部分字体很小，每一页纸都清楚透过来反面的字迹，让人看着不舒服。到目前我只发觉有一处错误：第1108页正文的最后一行，不知什么原因，跑到了第1109页的尾部。

这部书里未曾包含的一样东西，是尝试从某个批评角度来重估丁尼生。我们不免怀疑，英语研究界将怎样看待下述事实：普通读者对丁尼生的印象，与哈罗德·尼科尔森在1923年留下的评论相差无几。[2]可以肯定的是，从学术讨论的层面看，还有许多工

[1] 原注：《丁尼生诗集》（*The Poems of Tennyson*），克里斯多弗·瑞克斯辑，伦敦：朗文，1969年。

[2] 这里是指尼科尔森在1923年出版《丁尼生的生平、性格与诗歌面面谈》（*Tennyson: Aspects of His Life, Character and Poetry*）。

作要做，至少有一首诗（瓦莱莉·皮特的那一首）里体现的果断坚决，会让我们对丁尼生产生不同看法。但事实是，没有人能够复制尼科尔森那种谆谆善诱的可读性。这个情况无疑让人感到遗憾，却是真正的原因所在。尼科尔森在他的著作里试图重振丁尼生的声誉，让他从维多利亚时期众多“无人称天父”[1]的万神殿废墟里重新复活，表明他是一位遭受苦难的普通人类，跟我们同样装腔作势、同样荒谬。想起这些，我们不免会觉得有些古怪。古怪的原因在于，我们现在能够明白，它从本质上属于布鲁姆斯伯里文化圈刀削斧砍的工作：尼科尔森就像他师父斯特拉奇一样，多半是爱上了自己的传主。但他站在这一罐用来修饰仪容的剃须水面前，或是谈到诗人对自己诗歌的看法时（“它写得多美啊！”）还是忍不住感到沮丧。这部书的写作设计，是让我们不要再用1859年的眼光，即丁尼生获得牛津博士学位那一年的眼光来看待他：

> 与他同时获得这一荣誉的还有德莱西·伊文斯爵士与约翰·伯戈瓦内爵士，后两位刚从克里米亚战场获得赫赫战功归来；但即使是战争方炽的爱国主义情绪，也没有激发出人们对这两位勇敢的老战士的狂热崇敬，而丁尼生先生一到场，就达到了这样的效果。

[1] Nobodaddy，源自威廉·布莱克的诗歌《致无人称天父》。

（上述文字的作者是格莱斯顿[1]。）但在这部新诗集里，丁尼生则被呈现为狂野、沉默、犹豫不决、有些傻里傻气的青年形象。他的祖辈脾气都很狂暴，而他本人在经历过情欲与财务两方面的困境后，则顺风顺水地驶入一座双重避风港：最具维多利亚特色的婚姻和最具维多利亚特色的桂冠诗人身份。用奥登的话来说，他逐渐石化为古色古香却仍旧傻里傻气的老人形象：在礼帽斗篷的遮蔽下，是继续提心吊胆而渴求爱意的个性人格。他只能逃遁到主流道德价值的庇护之下，才可以对抗恶劣环境。目前人们一致同意，他最擅长做的事是忧郁（“关于忧郁他几乎无所不知：他对其他一切则毫无知晓”——又是奥登说的）。

不管怎样，这仍然是一幅令人同情的画面。毫无疑问，读者大众如果在荒岛上读丁尼生全集，会很快崩溃，但是如果换作华兹华斯全集就不会如此。另外，尽管某种观点已经不算新颖（沃尔特·贝吉霍特有段时间声称丁尼生比华兹华斯更出色，因为他有“逗趣的能力”，而且他作品里描绘了人类生命的普遍景象），但我们仍然会猜想，英语研究界对此究竟有何评价。近年来有许多人把大学比作中世纪修道院（一无所用、寄生性质、无法获得劳工者的

---

[1] 丁尼生与威廉·格莱斯顿交往甚密，但在政见方面，尤其是爱尔兰政策方面观点差异极大。另，此处时间疑有误，丁尼生在 1859 年出版了名作《国王之歌》（*Idylls of the King*），而获得牛津的民法学荣誉博士学位则是 1855 年。见 F.B. Pinion 著《丁尼生的生平著述指南》（*A Tennyson Companion: Life and Works*），麦克米伦出版社，1984 年，第 36 页。

信赖、很快面临解散，等等）。另一种平行类比则认为，就像我们以前给僧侣付钱，让他们帮忙完成我们自己不愿费心构思的祈祷内容一样，今天我们给英语院校付钱，请他们颂扬我们从个人角度觉得难以卒读的那些作家（斯宾塞、弥尔顿、庞德等）。于是他们有可能把华兹华斯的地位排在丁尼生之上：他们或许觉得他更具同情心。不过他们对丁尼生也没有丧失兴趣。

然而，即使是普通读者，也必然会发现丁尼生有许多地方让人难以接受。与他同时代的人很快就捕捉到他的傻里傻气。这正是人们在更好和更差的诗人身上都根本无法找到的东西。它不仅是指树荫下的亲吻，或树梢山雀这种傻里傻气的内容，而是对更大的荒谬无从体察。比如说，在“谁会是/勇敢的人鱼……我会是勇敢的人鱼……”之后，他又写了一首诗，开头便是“谁会是/美妙的人鱼……我会是”，等等；抑或是他完全不懂何谓适可而止的奇异个性，比如说《欧里亚娜歌谣》里那个重复出现的同题名称.

他们应该把我捅死在我躺着的地方，

　　欧里亚娜！

我怎么能够爬起来径自走开，

　　欧里亚娜？

我将怎样看待这一天？

他们应该把我捅死在我躺着的地方，

　　欧里亚娜——

他们应该把我践踏成泥土，

欧里亚娜。

我记得罗伯特·格雷夫斯先生曾经建议把叠句里这几个词替换成“屁股朝上”。被别人这么说很丢脸，但这是丁尼生自己招惹的嘲讽。

这种缺陷可能与他的“技术娴熟”有关。就像艾略特说的，丁尼生一直以来最经得起评判的成名原因，是拥有“弥尔顿以来英国诗人里最敏锐的声音感”；他还说，丁尼生觉得自己了解所有英语单词的声音分量，除了“剪刀”这个词。这样的技巧，相当于你不必精通诗歌也可以擅长的东西，这对于现代读者来说是非常陌生的概念。因为现代读者发现形式与内容无法区分，当他看到丁尼生认为自己的最佳诗句是“黑鸫在榆树间吹奏着甜美的笛音”，不大可能会相信自己的看法有问题。可是丁尼生的声音感向来都很好吗？他对乔治·R. 西姆斯[1]那种迅疾奔驰的韵律节奏表现出过度的偏爱，尽管它们并不十分妥当。如果没有这些节奏，他的诗句似乎就会尴尬地徘徊于口语和韵文之间：

我真是痛苦，他们为什么不把我深深埋葬？

[1] 乔治·罗伯特·西姆斯（George R. Sims, 1847—1922），英国专栏作者、诗人、剧作家和小说家。

这样做仁慈吗，替我潦草地造个墓穴，
让我，永远也无法安静入睡？
也许我还只是半死之人；
所以我无法彻底麻木；
我要朝着头顶的脚步声哭喊
某个人，肯定，某个心地善良的人会过来
埋葬我，埋葬我
稍微再深一些。

如果不看上下文，我觉得很难不把它理解为一个人在泪眼婆娑地唠叨诉说，而且完全谈不上什么谋篇结构。丁尼生遭到严重挫败的另一个领域，是他的古典主义：我们不难联想到衣修伍德在《单身男子》里描写美国某大学课堂上确认“蒂索诺斯”这个名称掌故的场景（“那么，好吧，我建议你们所有人在本周末都花点时间去读格雷夫斯的《希腊神话》”）[1]古代典籍的引用在当前已经成为吃力不讨好的事情：亚瑟王传奇也同样如此。

从另一方面看（我现在只挑出六十年代读者大众与传统看法相

[1] 蒂索诺斯（Tithonus）是希腊神话故事里的人物，特洛伊王子、曙光女神厄俄斯的恋人。厄俄斯（Eos）曾经恳求宙斯赐予蒂索诺斯不死的生命，却忘记要为他保留青春容颜。丁尼生写过同名诗歌，而赫胥黎小说《多年夏天以后》的标题即出自这首诗的第一句。拉金这段话指的是《单身男子》（*A Single Man*）主人公乔治·费尔科纳在课堂上解释这个典故时出现的尴尬场景。格雷夫斯指英国诗人兼古典学家罗伯特·格雷夫斯（Robert Graves, 1895—1985）。

左的那些问题，或是与尼科尔森不同的看法：我要假定人们对丁尼生的歌谣，或是对《悼念集》的部分内容并无争议），我们对他的公共诗人，或桂冠诗人的身份感到不大耐烦。丁尼生并非是从各种个人问题里抽身而进入公共生活：他相信，诗人知晓的东西，应该不亚于他所处时期的任何一位代言人。他不仅是那批令人生畏的使徒当中的一员（“可以理解的第一致因，能否从宇宙现象里推测产生？”），他在六十多岁时还和赫胥黎、丁达尔、弗洛德和格莱斯顿一起参加过玄学社的集会。最后那一位，其实在政治事务上还经常听到他的温和劝诫（“舵手啊，你在行动时不要鲁莽”），却并不觉得滑稽可笑或不合时宜。我们怀疑尼科尔森因为丁尼生成为桂冠诗人而揶揄过他，因为他俩观点不同。但是在芭芭拉·卡瑟尔[1]的时代读到“如果各同盟联合起来迫害 / 观点议论……”，或者在丹尼斯·赫利的时代读到“荷枪步兵们，集合列队！”跟 1923 年读到它们的感觉会大不相同。如果我们翻看一下《六十年以后的洛克斯利厅》里长篇累牍的激烈言辞，看这位桂冠诗人如何在金禧庆典[2]的场合倒尽了全国人民的胃口，我们不得不承认，他说过很多将来会发生什么什么的话，这些话已经变成了真实。“写作者——随笔作家、无神论者、小说家、现实主义者、打油诗人，扮演好你们的角

[1] 卡瑟尔（Barbara Castle, 1910—2002），英国工党政治家，1945 年至 1979 年间在英国众议院长期担任议员。赫利（Denis Healey, 1917—2015），英国工党政治家，分别担任过英国国防大臣、财政大臣和工党副党魁。

[2] 1887 年的金禧庆典（Jubilee），为庆祝英国维多利亚女王登基五十周年。

色吧，/将本性里必死的羞耻，用艺术的鲜活色调来描绘”，到目前为止，这仍然不啻于二十世纪文学的准确概括。

最后，关于丁尼生的诗作，人们明显无需留有太多余地进行夸奖的那部分内容，是他的轶事诗歌，或方言诗歌：他总是喜欢根据一则剪报文章，或别人讲过的某个故事来写诗。他这样写的时候，通常都显得精明、生动、充满人性，令人动容。尼科尔森称赞过《北方农民》,但《北方鞋匠》《村妇》《利斯巴》[1]和《祖母》全都可以归到这个名目底下。“女学生阿尔弗莱德”这个称呼[2]，很难跟《教会执事与助理牧师》的作者联系到一起：

> 但教区牧师将要讲话，他瞅见，现在是整八点，
>
> 他绝不会拿奥尔比和斯柯拉特比[3]跟谁交换，除非换成天国；
>
> 你将成为本地的助理牧师，但这不仅意味着地位更高，

---

[1] 利斯巴（Rizpah）是《圣经·旧约·撒母耳记》里的人物。

[2] 爱德华·布尔沃–莱顿（Edward Bulwer-Lytton, 1803—1873）在 1845 年匿名写诗《新泰门》(The New Timon）讽刺丁尼生的政治主张和诗歌风格：“就让女学生阿尔弗莱德畅快表达她纯洁的快乐吧/‘这些可爱的小房间多么温馨明亮！’”丁尼生则在 1846 年 2 月 28 日的《笨拙》杂志发表文章《新泰门与诗人们》(The New Timon and the Poets）进行还击。

[3] 奥尔比（Owlby）和斯柯拉特比（Scratby）应是林肯郡的两处村庄。丁尼生这首诗里使用了林肯郡斯皮尔斯比（Spilsby）一带的方言。拉金在 1961 年 1 月初曾经到这两地游览教堂观赏风景，他在 1969 年 3 月发表这篇书评过后给密友莫妮卡·琼斯写信，再次提到这两地的风景。

还意味着你不能招惹世间的罪恶，不能犯下乡绅的过错。

贝吉霍特所指的“逗趣能力”在此有所体现，但我们对《老姑娘的温馨技艺》又该作何评论？这是一位年迈乡村老姑婆的独白，她为了守护自己“过于美妙的岁月”而拒绝了所有求婚者，却用他们的名字来命名自己养的猫。这就不仅让人莞尔一笑并为之感动，更产生了穿透人心的效果。她言语之间会混淆男人与宠物的身份，这不仅表明了她对他们的态度，而且还通过这种古怪离奇的感觉，极为真切地刻画出她的怪僻性格。让哈代来写也未必会更好：这是维多利亚家庭主题诗歌里的一朵芳卉，它有别于我们目前在讨论丁尼生的时候惯于总结的那些特征。如果我们想要公平地对待他，就必须在他多愁善感的评价之外，再添加上温柔这一项；在他乏味的拟声效果之外，还要看到他对寻常关注的事务展现出简单粗暴、直击要害的能力。

1969

寒士村[1]

●

经常是每隔一段时间，就会出现这么一位人物：他的重要性似乎并不主要通过才华来体现，而是因为他代表了后来者需要吸取的教训。乔治·吉辛堪称是小说界的典型例证：库克先生的记载则表明，[2]在诗歌领域里与他旗鼓相当的，可能只有爱德华·托马斯。两个人都因为自己的过失而境遇凄凉。无论他们怎样努力，最后都不是因为这些努力而声名鹊起。

或许我们并不这样看待托马斯：的确，跟他同时代的人未必都能够看到，这位貌似生活在乡村牧歌里的人，除了这一类传奇，还有别的什么。以前我曾经从什么地方看到一则轶事，讲述者是某个文人（沃尔特·德拉·梅尔？福里斯特·里德？）他与爱德华·托马斯约好去伦敦一家茶店见面，但两人先前并不认识。进店后，他从门口看到健康开朗的托马斯正跟另一位引人注目、满脸不耐烦的诗人坐在一起。他走上前打招呼，才发现那位外向活泼的人是拉尔夫·霍奇逊：爱德华·托马斯则是另一位。

这个故事足以让我们意识到，托马斯和吉辛一样，从未想像自己走出寒士街谋生的场景。说得直白些，他是一位帮闲写作的文人，是当年比较温和的环境下不为人知的那种类型：每天从上午 9 点到夜里 1 点都在读书，每周读完二十到三十本，同时还粗制滥造地匆忙编排出一大堆人物生平和地域历史。他们只有这样才能住进房租最便宜、卫生条件不佳的村舍。他在 1915 年加入艺术家步枪团[3]之前，过的都是这种生活。他称之为"蜡烛三头烧"。

确实，他住在乡村，并且对它怀有强烈而持久的喜爱：反讽的是，他选择的生活方式却迫使他以此编书谋生，并从中提取素材。一个已经拿到牛津第二学位的人，竟然无法谋到更好的生存方式，而是真正要去忍受这种野蛮的苦工，这似乎很不寻常：难道他就不能像 T.S. 艾略特或弗农·沃特金斯那样找一家银行上班？显然不能。我们不禁认为，托马斯就是那种不走运的角色，一位"文人"，对于他来说，任何艰难或羞辱都无法湮灭他通过发表文章而勉强谋生的浪漫梦想。

他另外一个重大不幸是他的婚姻：像许多作家那样，他无法适应它。"尽量不要在意这片平坦的灰色海岸，"他给埃莉诺·法杰翁写道，"它让潮水感到诧异，它拒绝它的到来"；而且还写信给

---

[1] 源出格拉布街（Grub Street），伦敦潦倒文人聚集的地方，一译寒士街。乔治·吉辛（George Gissing, 1857—1903），英国小说家，《新寒士街》（*New Grub Street*）是他的代表作。

[2] 原注：威廉·库克著，《爱德华·托马斯评传，1878—1917》（*Edward Thomas: A Critical Biography*, 1878—1917），伦敦：费伯出版社，1970 年。

[3] 艺术家步枪团（the Artists Rifles）是英国第一情报侦察旅下设的预备役编制，1895 年成立于伦敦。

妻子：

> 我畏惧的双眼不敢看你
> 免得它们证明
> 我只是在回应你
> 而不是爱你

关于他婚姻生活的所有记录（包括托马斯夫人的记录），都提到他无法控制自己时常发作的抑郁情绪和暴躁脾气：他经常离家出走很长时间。这似乎在很大程度上是出于绝望，同时也为了寻求新的写作材料。关于他未来妻子在他读林肯学院第二年怀孕的情况，并没有什么秘密可言：人们不禁怀疑，这段婚姻后来被赋予的色彩氛围，是否始于这个不祥的开端。从某种程度上说，他生命里的两样事情绞缠到一起，就像两个游泳者彼此拖拽着往下沉溺：婚姻意味着孩子，孩子们意味着要写更多的帮闲文章，写帮闲文章意味着更多时间被圈在家里。“你看，”他妻子写道，“爱德华整天都待在家里……他无法获得他想要的宁静。”

性格脾气和生活环境拧结形成的僵局，最后突然催生出一批不同凡响的诗歌，这真是令人称奇的事情。“我写不出一首能够拯救自己生命的诗。”他曾经对埃莉诺·法杰翁这样说道。但偶然发生的三件事改变了这一切。第一，他在自己家外面找到了一间屋子，可以去那里工作。第二，他遇见了罗伯特·弗洛斯特。第三，战争来临。

因为几件事情都在同一时间发生，所以很难估算它们各自造成的影响程度。库克证明，托马斯在弗洛斯特的指导调教下开始写诗。他只是把自己散文作品里的段落整理成诗行。“我让他注意自己那本《追寻春天》里的某些段落，吩咐他完全按照原有的语调顿挫形式，用诗歌形式把它写出来。所有要做的事情就这些。”

至于战争，托马斯并不是一位战争诗人。确实，他自愿申请入伍，但此前他还想移民去美国，曾经到英国陆军部申请过工作，还参加过一所男校的应聘面试。陆军部并没有给他提供一个合适的谈话主题，好让他集中谈论自己擅长的话题：英国。当他被问到当兵参战的理由时，他回答道：“其实是，为了这个。”然后捏碎了指头间的一小团泥块。这件事的结果是，他诗歌里的英国并不是乔治五世时代的梦想，而是 1915 年的英国，描写农庄和“出门”的男人，描写继续生长的野花，因为再也没有男孩子摘下它们献给自己喜爱的姑娘：从他谬失而不幸的人生里，突然生发出一种肃穆而无可置疑的巅峰感。

1970

受害尤深：艾米莉·狄金森与沃尔特·德拉·梅尔

●

我的一些老读者可能还记得有一段话，文章作者声称，尽管自己曾经是孩子，而且童年时代也完全按照它应有的方式度过，可是等他成年以后，却摆脱了那些孩子气的东西。这种振奋人心的情感，它的作用地位目前还难以评估。当然，从一方面来看，弗洛伊德的遗训让我们确信，童年将伴随终身：我们就是这些童年时光塑造的模样；我们无法丢失这些年获得的东西，也无法补偿它们的缺憾。从另一方面看，孩子自身的价值却被降低了：我们知道他们原本就是小野兽（由于不雇用仆人的中产阶级家庭在 1945 年以后再次急剧涌现，并对后代人产生影响，人们对这方面的认识了解更是获得了极度扩充）。没有人愿意假装认为他们身上有多少天使般的品质，所以浪漫主义运动以来最主要的幻想之一也就悄然消失，就像大学餐厅里逐渐消失的刀叉餐具。所有希望了解这个完整过程的人，应该从彼得·柯文尼那部引人入胜的《童年形象》里找一找答案。这本书从布莱克一直谈到塞林格，文笔冷静犀利，不乏幽默。

这种情况对文学造成的影响，使得任何稍微想要装腔作势的作家都无法在作品里纳入童年题材，或是运用孩童的人格形象来作为主要的文学创作手段。童年这个巨大的虚幻舞台形象已经离场。结果，即使是战前最主要的那些作家都突然调转方向，仿佛不堪承载自己那塞满轻浮奇想的货舱重量。与此同时，那些围绕成人题材而具体务实的船只，却已经勉力前行到远方。对于手捧七百页艾米莉·狄金森[1]和九百页沃尔特·德拉·梅尔[2]的书评人来说，这种情况直接造成了格外沉重的压力。

艾米莉·狄金森的情况更明显，给人的印象也更为深刻。我们甚至可以说这是两位作家里更容易诊断的例证。她可能唯一存世的那张照片，显现出她瘦小而朴素的脸庞，仿佛一只木夹娃娃[3]或格温·约翰的自画像：她在五十五岁去世时，“看着就像三十岁，没有一根灰头发或皱纹”。如果有人去看望她，会遇到这样的场景：

> 过道里噼嗒噼嗒传来了孩童似的脚步声……一个相貌平常的小女人，头发略微偏红色，扎成两绺柔顺的发辫，五官没有任何可取之处……她手里拿着两枝萱草花走过来，像小孩子那样塞在我手里说“这就是我的自我介绍呢”，怯生生的柔和

[1] 原注：《艾米莉·狄金森诗歌全集》（*The Complete Poems of Emily Dickinson*），托马斯·H. 约翰逊辑，伦敦：费伯出版社，1970 年。

[2] 原注：《沃尔特·德拉·梅尔诗歌全集》（*The Complete Poems of Walter de la Mare*），伦敦：费伯出版社，1969 年。

[3] 用木质衣夹和布料做的简易玩偶，造型一般比较笔直瘦削。

声音，小孩子说话时那种呼吸迫促的感觉——她喘了口气，又补充道：“抱歉我有些紧张；我从来不见生人，根本不知道该说什么”——可是她很快就说了起来，连续不断地说起来——态度很恭敬——有时候停下来请我说，而不是只顾着自己讲话——但立刻又重新说起来。

写日记的这位，是 T.W. 希金森中校。他是第一批读到艾米莉诗歌的人，也是她去世后发表于 1890 年的首部诗集的共同编辑者。他忍不住在这段叙述的后面补充了一句：“我很高兴没住在她家附近。”

他描绘的这幅画面，即使不代表发育停滞，也属于某种发育紊乱状况。艾米莉在这次会面时已经有四十岁，她的生活状态一直都很奇特。她在 1830 年出生在阿姆赫斯特，在祖宅里一直住到去世那一天。她妹妹拉维妮亚的去世时间比她晚：没有任何迹象表明，她在三十岁以前的状况，曾经有悖于新英格兰清教传统下合理正常的培养结果（比如说，1856 年她在本地畜牧展会[1]上获得了面包组的二等奖，在 1858 年还是评委之一）。后来就发生了某个灾难性事件。她笔如泉涌般地写下不少诗句（仅在 1862 年就有三百多首）：她有时觉得自己快要疯了。她受眼疾困扰；她越来

[1] 新英格兰当地人举办的农业展会，虽然称为畜牧展（cattle show），但通常参展项目有牲畜、瓜果蔬菜和手工艺产品等内容。

越离群索居，穿着纯白的衣服（“代表忧患，这些都是/白色预示的意味”），甚至回避最轻松随意的社交活动（或至少可以说，她拒绝参加父亲的入葬仪式，宁可敞开楼上房门聆听外面的声音动静）。她在1886年去世。碑文可能是出自她本人的手笔：“除了寂寞一切都未曾发生。”

一切都没有发生，果真如此？各种猜测层出不穷。由于她的诗歌以毫无回报或无法实现的爱情为主题，在犀利程度上又不亚于克里斯蒂娜·罗塞蒂（跟她差不多是同代人），所以人们推测曾经发生过一段不幸的恋情，它在1860年左右达到了巅峰状态。她生命里出现过的男人——按照她的称谓，她的“导师们”：包括本杰明·富兰克林·牛顿，去世时间1854年；查尔斯·瓦兹沃斯牧师，去世时间是1882年，还有希金斯中校。这几个人当中，人们最倾向于认为是第二位，但相关证据的猜测成份极大。艾米莉·狄金森恪守了自己的箴言：“说出真相，但说法要敧斜”。她是这样表述的：

我的生命独自倚立——装填好的枪支——
在墙角——直到某一天
主人经过——鉴定完毕——
再把我带走——

这是藏在果壳里的浪漫爱情，但谁是爱的对象呢？对于一位信仰宗教的诗人来说——艾米莉有时候是这样——这甚至可能是上帝。在“有史以来最糟糕的狄金森论著”里（威彻对《艾米莉·狄金森之谜》的评价），瑞贝卡·帕特森设想这是1860年一段短暂的同性恋爱经历，对象是艾米莉嫂子苏的一位朋友。尽管这部可读性极高的作品所陈述的观点远非确凿无疑，但可以说它们更贴合相关诗歌所蕴含的那种隐秘晦涩的爆发力，而不是那位性格温和的已婚男子瓦兹沃斯。

不管原因如何，它似乎都让艾米莉突然陷入了某种虚假的不成熟状态——这当然不是一种真实的状态，但由于它持续了四分之一世纪之久，所以我们可以认为它与艾米莉本人状态比较投合：这种状态又扩展到她的诗歌里。前面已经描述过她跟人见面时的举止仪态：她诗歌的开篇也同样如此，那是一种呼吸迫促地想要激发起读者关注，再把某种有形而异样的东西直接塞进他手里（“这就是我的自我介绍呢”）：

一只蟾蜍，会死于光明——

我小的时候，有一位妇人死去——

最好是藏起来，再听任他们搜寻！

她写作形式简单，多数是四行诗，在相互悖反的情感之间保持平衡，就像是新英格兰赞美诗，采用纪念相册里的蜜蜂和花朵意象，假扮成一种少年人或原始质朴的直截，并多少让人想起摩西奶奶[1]代表的绘画传统。但在这些诗歌内里的某个地方，却有一道深深的裂隙，它冻结了那些安全无害的品性，使之变成广阔的北极平原，它们在那里永远挤挨在一起，代表着无可挽回的错谬生活：

我们的面谈——转瞬即逝——
看见我，他很难为情——
愿上帝禁止我回顾往事——
自从那摄魂夺魄的一天！

这种凄婉的孩童口吻，随即产生出令人震惊、如泣如诉的宣言表述：

没有你我无法存活——
这就是生命——
而生命在另一方——
………………
所以我们必然要遥遥相逢——
你在那边——我——在这边——

---

[1] 即安娜·玛丽·R. 摩西（Anna Mary Robertson Moses, 1860—1961），美国民间艺术家，被昵称为“摩西奶奶”。她在七十八岁时开始绘画，画风质朴原始，创作颇丰，作品多以自己熟悉的农场生活为题材。

只是把门虚掩
汪洋大海——还有祈祷——
还有那白色的寄托——
都是绝望——

不过，只有在极少数情况下，她才会成功地收束一首诗：她那些诗篇的首行目录，就足以在纸页上显示出令人称奇的丰饶创意。理查德·蔡斯说，在艾米莉所有的诗歌里，只有五十首“具备切实而精巧的手法，促使我们把它们跟更加……杰出的……诗歌作品相提并论”。另外在这五十首里，“只有一二十首”堪称伟大。这说法倒是公平：她的诗经常在抽丝剥絮、呼吸迫促的晦涩当中断了气。她的意象经常既琐碎又宏大：这到底是在邀请谁一起散步，还是与圣父圣子圣灵融为一体？这样再看艾米莉·狄金森在爱情以外的另一主题，也就不觉得奇怪了——那就是死亡；不奇怪的意思是说，如果我们接受心理学家的断言，会认为对死亡的迷执其实是在掩盖对性的恐惧。然而她的语气却随和而亲切，仿佛她在1860年的“经历”与死亡和爱具有同样关联：

死去——仅仅片刻之久——
他们说这样并没有危害——
它只是更加轻微——逐步展开——
再后来——就消失不见——

或者，就像她在那首令人瞠目的诗歌《我死时听见一只苍蝇嗡鸣》里所说的：

然后这一扇扇窗户无法打开——再后来
我眼里无法再看清楚——

确实，艾米莉·狄金森在说到死亡时，表现出来的孩子气最少。这时她变得更加确定，根本不需要任何辩解或许可：

因为我无法停步等待死亡——
所以他好心停下来等我——
马车里只有我们两位——
还有不朽。

我们慢慢驱车前行——他知道不必匆忙
而我也已经放下
手头的劳作与悠闲，
出于对他的礼貌——

从那时起——几个世纪过去——但是
感觉时间还不足一天
我才猜测到这些马匹的头颅

都朝着永恒的方向——

我们会猜测，这一天是否就是“上帝禁止我回顾”，当她意识到爱情并不适合自己、只有死亡才适合的那一天？这样的探寻徒劳无益。如果艾米莉·狄金森写了七百页诗和三卷本的书信，都没有说清楚自己层层心事的本质，那么我们可以肯定，她已经打定主意要把它掩藏起来（“再听任他们搜寻！”）。她的灵感也部分来源于这种掩藏之举。她为此付出的代价，就是在后世看来总显得缺少结尾，而且刻意显得怪诞。

沃尔特·德拉·梅尔的才华，却不像艾米莉·狄金森那样被钉在童稚与成熟的十字架上，无法完全摆脱某一方，或获得另一方。德拉·梅尔的才华源于童稚时代，只是因为不喜欢眼前的景象，所以又退返回去。童年让他心驰神往。有时他试图像《某天清晨》序言里表示的那样，假装相信原因在于童年是“即将抵达的未来”，就像某种专政那样，但实际上他是纯粹的浪漫主义观点：童年就是更加光明、更加美好，所以总体而言比长大成人更值得铭记在心。“你能在记忆里回到童年时光吗？如果可以，那时你是多大年龄？”他有一次与罗素·布莱恩谈话时问道，“你还记得把手搭在桌边，而眼睛位置正好跟桌面平齐的时候吗？”沃尔特·德拉·梅尔总在不断思考这类事情：结果他完成了一批诗歌作品，它们大多数都在竭力获得某种高度造作的“孩童般的眼光”（可它们并不是为孩童本人而写），似乎孩童的目光是高于一切事物的追寻对象。类似于下面的诗句：

> 这会儿从水面上
> 浪花滚过来
> 她站着往身上洒水
> 用那块硕大的海绵

必须要硬着头皮往下看，因为后面还有

> 只有墨乌的白嘴鸦，
> 收拢凌乱的翅膀在寒冷中缩成一团，
> 抛弃它冰雪的巢窝，
> 哑哑呼唤着不计其数的春天。

他的多数作品都悦耳动听、精熟老练、雕琢细致而感人：他比艾米莉·狄金森的可读性更强，尽管他无法达到她为数不多的“一二十首”巅峰作品的水平。确实，如果不是因为这种悖离常规的童年形成了奇异联系，我们不会想到把这两人进行比较。无论是否心甘情愿，艾米莉·狄金森终生都在某个方面保持着孩童状态，这方面的情况又在很大程度上决定了她整体诗歌创作的安排。毫无疑问，她已经掌握了一半的应对方法：作家们经常能够与自己的精神病症达到令人惊异的友好共处状态；但这最终却阻碍了她清晰无疑地表述自我，或者成为了不需要我们额外体谅的诗人。德拉·梅尔则不同——他是否真的不同？他生活里没有任何明显能跟艾米莉“经历”相似的东西。但是敏锐的读者或许能从他主题里提取出某种仿佛地毯纹样的东西：黑暗、废墟、无人惜顾的玫瑰、回归、鬼魂或回声、背叛、持久的孤独。两位诗人的差别在于，艾米莉·狄金森塑造的童稚形象还日复一日地穿戴着戏服帽子和斗篷，而德拉·梅尔则把自己的执迷驯服到了一定程度。这样一来，尽管童年仍是他的写作关键，但他却能够在童年与成熟之间随意往返。如果说艾米莉·狄金森是更好的诗人——她确实是，那么原因也不在于此：如果我们仔细想一想，就知道她的成功之作，全都出现在她最不古怪、自控力最好的时候。这一点值得我们铭记在心。因为在当前这样一个时代，几乎所有能够表现出精神病症迹象的诗人，都会比保持神志清醒的诗人更加讨巧，而被自动划归到更高级别：“非常疯狂，非常神圣”，就像伊夫林·沃某部小说里的土著们所说的那样。[1]我们必须要小心，不要照搬他们的思维模式。诗歌是一件神志清醒的事情，是看到事物的本来面目。作家的作品越不贴近这一准则，就愈加无法吸引到当今时代以及后世的关注。

1970

[1] 出自伊夫林·沃在1932年以埃塞俄比亚皇帝海尔·塞拉西为讽刺对象而撰写的《黑色恶作剧》(*Black Mischief*)。

帕尔格雷夫的终版文选：A.E. 豪斯曼藏本

1936 年约翰·斯派罗从布莱克威尔出版集团购买的 A.E. 豪斯曼藏书里，有一册弗朗西斯·T. 帕尔格雷夫编选的《金色宝藏：第二辑》。帕尔格雷夫在这部书出版当月去世（1897 年 10 月）。他在前言里承认：为了“完成”这部著名的文学选集，他已经“花费了三倍于第一辑的辛劳。无庸讳言，没有什么比形成一套评估方式更难办到了，哪怕它只能略微精准地适用于我们当代的艺术家……”尽管帕尔格雷夫是著名的文学选编者，并且在文学界拥有坚实地位，但他显然预料到会有人对这本书大加抨击：“品味的差异通常源远根深，而且还会坚守不移，这将导致所有读者谴责我的删减增添：无计可避，而且也合乎情理。”豪斯曼似乎就属于这样一位读者。因为在斯派罗先生的这册藏本里，被他用整齐笔画毅然删除的诗歌篇目就不少于四十一首。

这册带有阅读标记的藏书属于首版。由于这部书在 1897 年 11 月重印过两次，可见它刚出版时豪斯曼就买了一本。如果是这样，他当时应该是三十八岁，而更重要的是，前一年他应该已经出版了

《什罗普郡少年》。这种状况，可能让他对当代人选辑出版的“我们维多利亚时期较为伟大诗人的最佳作品”格外敏感。他的删除记号，是用铅笔沿直尺边缘从书页正中垂直划下来的一道竖线；其中有三十七处是全文删除，但另外4首则保留了一段诗节，或单个诗节的一部分。另外还有些小的记号，标明有印刷错误、未被发现的删削（帕尔格雷夫在第一条注释里坦承“或多或少地省略了部分内容”），或是其他谬误。这表明他仔细研读过这本书。他删除的那些内容，正如他掌中规尺所寓示的那样，代表着他对帕尔格雷夫选录手法的审慎评判。

被他全文删除的诗篇包括：

2. A. 丁尼生爵士，《摇篮之歌》（“小鸟儿在说什么”）

8. C. 丁尼生-透纳，《海边的小苏菲》（“年幼的苏菲过着纯然的生活”）

16. A. 丁尼生爵士，《在儿童医院》（“我们的医生叫来了另一位医生，我从来没见过他”）

18. G.J. 罗曼因斯，《质朴本真》（“但愿不是我偷走了园中这株花朵”）

20. J. 克莱尔，《我原来的家》（“这里麻雀在树上筑巢”）

51. A. 欧肖纳西，《保藏一颗心》（“如果有人把一颗心交给我保藏”）

52. G.J. 罗曼因斯，《终于到家了》（“此时体会到更多爱的喜乐”）

64. R. 威尔逊，《关于一张照片》（“因为透过眼睛的敞开窗口”）

67. R.M.（米尔恩斯·）霍顿勋爵，《老年人》（“我不了解那些老者”）

70. A.H. 克劳，《就此出发》（“伙计们，就在，铁道的交叉口”）

72. A. 欧肖纳西，《过往的魂灵》（“在我生命里的重要一天——”）

74. R.M.（米尔恩斯·）霍顿勋爵，《仍然还是陌生人》（“仍然还是陌生人！”）

91. F. 丁尼生，《天使之歌》（“午时阵雨降落，这样的气候地带”）

92. A. 多迈特，《圣诞节赞歌，1837》（“这是安宁静默的夜晚！——”）

96. J.C. 舍普，《迷失在西哈林山顶》[1]（“噢你来自何方，艾妮？”）

101. A. 丁尼生爵士，《轻骑兵的冲锋》（“半个军团，半个军团”）

105. S. 弗格森，《锻造铁锚》（“来吧，看‘海豚’号的铁锚已经锻造——此时它还是一片白热”）

---

[1] 西哈林（Schihallion），位于苏格兰的一座高山。

106. A. 欧肖纳西，《希罗底》[1]（“她的黑色长发像蛇在周身舞动”）

112. J. 克莱尔，《泄密的花朵》（“如果春天那无比尊荣的目光”）

115. C. 怀特海，《夜》（“再过一小时，这辉煌的一天就要过去”）

129. A. 丁尼生爵士，《兄弟你好，永别了》（“让我们划桨离开代森扎诺，划到你的西米欧尼！”）

131. R. 勃朗宁，《两栖动物》（“我今天的幻想”）

132. R.C. 特伦奇大主教，“噢生命，噢死亡，噢世界，噢时光……”

136. R. 勃朗宁，《向前看》（“害怕死亡吗？——感觉到我喉咙里的雾气”）

137. A.H. 克劳，“不要再说，挣扎毫无助益……”

140. A. 欧肖纳西，《在爱的永恒里》（“我身体是太阳和露珠的一部分”）

142. R.M.（米尔恩斯·）霍顿勋爵，《没有哪种忧伤更甚于此……》（“对于那些看见他们相遇的人来说”）

151. A. 欧肖纳西，《更重要的回忆》（“在心里埋葬多年”）

---

[1] 希罗底（Heroidias），《圣经》人物，希律王的第二位妻子，曾怂恿他杀害施洗者约翰。

159. F. 丁尼生,《秋日的梦》(“许多年冬天我都听到有个人在说”)

168. R.C. 特伦奇大主教,《归乡》(“如此之多的壮观景象却视而不见”)

170. J. 克莱尔,《放弃一切希望……》[1](“我如是存在！然而谁在乎，或知道我存在”)

174. A. 丁尼生勋爵,《残骸》(“藏起我来，母亲！我的先祖们属于这古老的教堂”)

178. J. 凯布勒,《致——，关于她妹妹的死亡》(“噢你啊，你泪眼婆娑的凝望”)

181. C. 丁尼生-透纳,《复活》(“虽然死亡在你微笑消逝时与爱相遇”)

183. C. 丁尼生-透纳,《玛丽——一段回忆》(“她在六月里死去，那时忍冬还在绽开”)

184. C. 丁尼生-透纳,《玛丽——续篇》(“而当我寻找她居住过的房屋时”)

四首被部分删除的诗歌则是：

31. A. 欧肖纳西,《林因茅斯》(“在爱人与我周围是沉思的

[1] 原题出自但丁《神曲·地狱篇》第三章。

山丘”）

37. A. 欧肖纳西，《祖莱卡》[1]（“祖莱卡已经逃走”）

85. 阿盖尔公爵，《我们的死者》（“有时我想起我们失去的那些人”）

116. H.C. 肯达尔，《多年以后》（“我曾经梦想到的那首歌”）

这本书里的三十八位代表诗人，共有十八位的诗篇被完全或部分删除。主要几位伤筋动骨的，是欧肖纳西（十七首删了七首）、霍顿勋爵（六首删了四首）、丁尼生勋爵（二十三首删了五首），还有克莱尔（三首全删）。剩下二十位诗人毫发无损，其中作品数目最多的是马修·阿诺德（十三首）、威廉·巴恩斯（十二首），伊丽莎白·B. 勃朗宁（九首）、克里斯蒂娜·罗塞蒂（十五首）和但丁·G. 罗塞蒂（十二首）。

豪斯曼当然不是唯一针对这本书做出类似反应的人：实际上，帕尔格雷夫在当年的不祥预感后来完全兑现。用《学苑》杂志刊登于 1897 年 10 月 23 日的话来说：“……你将徒劳地搜寻……W.E. 亨莱先生，奥斯丁·多布森先生，弗朗西斯·汤普逊先生、T.E. 布朗先生、W.B. 叶芝先生、威廉·华生先生、约翰·戴维森先生、弗里德里克·梅耶斯先生、鲁德亚德·吉卜林先生、梅内尔女士——

[1] 祖莱卡（Zuleika），按照犹太教圣经解释传统，是《圣经·旧约·创世记》里埃及护卫长波提乏妻子的名字。

可是这份名单实在太长，以至于不知道怎样结束。”帕尔格雷夫在这部选集里呈现的，实实在在是维多利亚中期的品味：他全心全意赞美的对象是丁尼生、勃朗宁、罗塞蒂这样的人。他也打算承认那些作为“诗界权威”补充人选的才华，例如特伦奇大主教（“十二使徒”[1]之一，哈兰姆的朋友），弗朗西斯·多伊尔勋爵（“弗兰克大叔”，曾经在牛津大学担任过两届五年期的诗歌教授），阿尔弗莱德·多迈特（勃朗宁作品《沃宁》的原型——他后来成为新西兰首相），还有威顿集的卡农·韦尔顿，《伐木笔记》和《教堂钟声》的作者。不过，帕尔格雷夫最后同样打算收录他本人酷爱的威廉·巴恩斯和亚瑟·欧肖纳西。《学苑》认为这与他忽略的诗人同样罪恶难恕：

> 丁尼生的诗歌数量共计二十三篇。考文垂·帕特莫尔有十篇作为代表；勃朗宁，十四篇；勃朗宁夫人，九篇；马修·阿诺德，十三篇；罗塞蒂，十二篇；他的妹妹，十五篇；威廉·巴恩斯，九篇［原文如此］；沃尔特·萨维奇·兰多和多贝尔，只有一篇（很不公平）；霍顿勋爵，六篇；而亚瑟·欧肖纳西，有十七篇！……编选者愿意跟霍顿勋爵讨价还价，却用一个先令把西德尼·多贝尔给打发了。这不是我们要

[1]“十二使徒”是丁尼生在剑桥大学读书时参加过的秘密社团，丁尼生的好友亚瑟·哈兰姆也是成员之一。

的编选者；但他也许还可以替其他什么人做。然而当他把欧肖纳西收纳进来以后，我们就敢说，他只是替自己干活的编选者罢了。

这位书评人继续把讨论范围扩大到欧肖纳西的才华，或是他才华贫瘠的问题。这相当于坐实了《牛津杂志》（1898 年 3 月 2 日）所说的："在我们之前其他一些批评家的严厉指责"。

因此，豪斯曼对帕尔格雷夫的遴选明确表示不满时，他的看法与普遍的批评观点并不相悖。当然，四分之三个世纪过后的读者，并不打算围绕他删减的多数篇目进行争辩。它们多半是毫无趣味的诗，有些很糟糕，有些拖沓累赘（勃朗宁的《两栖动物》和克劳的《就此出发》属于这一类）。另外还有一大批，与第一类有所重合，它们被摒弃的理由，是因为各种维多利亚式的情愫：我们无法想象豪斯曼在看到特伦奇这样的诗句后会有好脾气：

> 但受苦是一件神圣的事；
>
> 　失去它我们又将是什么？
>
> （第一百三十二首）

但这些被删的诗歌里有一部分无论如何都不算糟糕：《轻骑兵的冲锋》《向前看》，还有《不要再说，挣扎毫无助益》，这些篇目终究还是存活到了今天。丁尼生的《在儿童医院》虽然不大合乎我们的口味，但乔治·奥威尔却在随笔《穷人怎样死去》里赞扬它是当时的真实记录，并包含了一种写实主义的速写手法。它描绘了一种社会认可的病态人格类型——氯仿发明前的施虐型外科医生，甚至还具体写到他在传统形象中的红头发。豪斯曼不赞成选录丁尼生-透纳和克莱尔的部分诗篇，可能不无道理，但帕尔格雷夫偏偏要呈现这两位诗人身上最具维多利亚时代中期色彩的一面。尽管如此，豪斯曼对“我如是存在！然而谁知道……我的存在……”置若罔闻，却还是很奇怪。至于霍顿勋爵的作品，可以说他在新摄政时期的那些诗篇至少打动了某位读者的内心，让他想要寻找这位诗人已经出版的各类著作。

不仅如此，我们还可以进一步展开探讨，比如说豪斯曼的评判标准并不总能够保持一致。他拒绝接受《轻骑兵的冲锋》，却不排斥弗朗西斯·多伊尔勋爵的三首诗（《“伯肯海德”号的沉没》《英国士兵在中国》和《荣誉的红线》)。后三首诗更是明目张胆地炫示英国军人的勇气和荣誉感。查尔斯·丁尼生-透纳在第八首里描写的幼年苏菲，并不比他在第三首里描写的莱蒂更值得指摘。再看欧肖纳西，他的许多诗作都被删除，而《爱的交响曲》(第六十一首)能够幸存下来，实在是不简单：它的质量或许从最后一段诗节就可以看出来：

随后我往下走到海边，
　听到它还在喃喃低语，

古老神秘的一部分，
  造就了我和你：
几千年以前
  我曾怎样地爱恋过，而你那么美好——
我无法继续停留，于是
  就逃回到你的足畔。

同一位诗人在《祖莱卡》的最后诗节，则遭到了更苛刻的评价：豪斯曼划去八行诗中的四行，留下了其余几行：

他们很快将抵达海滩
  他歌唱的那片土地，
爱与歌声永远
  珍贵，唯一真实之物；
他们将一起生活并拥有持久的快乐
他们留在彼此视线里，
  在夜莺的紫堇山谷，
而花朵在夜晚盛开。

（第三十七首）

现代读者如果无法猜到，这些诗句里有哪几句后来获得过《诗歌的名与实》作者的赞许，也无可厚非。

这份材料饶有趣味，它记录了维多利亚中期最著名的诗歌编辑与未来的伟大古典学者之间的品味冲突，而这位古典学者已经对英国文学作出独一无二的贡献。但冲突的结果，却并不完全符合原先预期。确实，豪斯曼不喜欢这本书，但同时代的书评家也不喜欢，而且他们的态度在很大程度上会获得我们当代人的认同。更出人意外的是，他删除的某些诗一直流传至今；而他未曾删除的其他一些作品，不仅因为文字质量不佳，还因为与其他的删除内容相比，理应得到批评。第一种情况，可能是文学以外的考量因素在起作用：豪斯曼或许厌烦它们表述的情感，甚或是对作者本人感到不耐烦。至于第二种情况——这可能涉及更大的领域——无论他是出于宽宏大量，还是因为前后不一致，以至于默许它们的存在，似乎都不像是他的特点。也许豪斯曼的维多利亚中期气质要超出我们通常的认识范围。不管怎样，后世之人的删减数量，已经比他更多。

我对斯派罗先生深表感激，因为他让我留意这部特殊的藏本，并允许我从容不迫地翻查检阅。

1971

这种事只会发生在英国：为美国读者分析约翰·贝杰曼的诗歌[1]

在两位英国文学批评家之间挑起一番斗殴的最快捷方式，是请教他们应该怎样看待约翰·贝杰曼爵士的诗歌。因为这位作者虽然已经赢得该国能够给予单个诗人的全部殊荣，但他的作品与声誉仍然能在此处引起明显不同的反应。

不管怎样，很少有人能够否认，这部诗集构成了我们当代最与众不同的诗歌生产内容。我说与众不同，未必总意味着好：好的诗歌出人意料，而不只是与众不同。它们可以保持着一种力量，即使在人们耳熟能详之后，仍然能制造出微小而原始的冲击。不过好的诗歌同样可以从一开始就显得与众不同（《草叶集》《德意志号的沉没》[2]）。只有等到这种与众不同的特征渐渐退却，我们才可以看清它还能否保留着出人意料之处。我们首先得承认，约翰爵士（他在1969年封爵）是一位与众不同的人物。他并不像有些人以为的那样，是奥斯伯特·西特维尔式的有产乡绅，他也不是哪一所大学、画廊或博物馆的成员，可以享受优渥的薪俸。他的公共形象其实只是一位电视节目的自由撰稿人和文学记者，是文化竞赛电视节目里突然登场的那种人（嘴里说着“这是什么地方？它是哪一年建成的？”，等等），带领观众游遍英国大教堂，或者乘坐气球在半空指点着已经消失于地面的村庄，到了圣诞节还可能妥妥地聊上半小时回忆录或文章选集。但他终究还能够时不时地完成一本书，里面经常配上许多插图，并以地方志或建筑作为主题。

不过这只是故事的一半：约翰爵士的品格，既可以说比这种描述多一份凝重，也可以说没到这种严肃程度。他是大英帝国司令勋章[3]获得者、皇家文学会成员、皇家艺术委员会委员、牛津大学皮由兹楼[4]的主管，并且获得过三所大学的荣誉博士称号。在另一方面，他又是现代英国上层社会里少数几位证照齐全、专业插科打诨的逗乐者：他狂笑的模样经常被人拍到，他还会骑着自行车穿过拥挤的伦敦街道，身上穿着亨利·詹姆斯式的常礼服（他认为那是他自己的风格），向人们解释他仍然多么喜爱他的旧泰迪熊阿奇巴尔

---

[1] 原注：本文是写给约翰·贝杰曼美国增订版《诗集》（*Collected Poems*）的序言（波士顿：霍顿·米夫林出版社，1971 年）。

[2] 杰拉德·曼利·霍普金斯的名诗，描述 1866 年“德意志号”客轮的沉没事件。另见本书《战争诗人》的脚注。

[3] 英国除世袭爵位外，平民亦可通过册封而获得功绩勋位。大英帝国勋章（Order of the British Empire）于 1917 年创立，依次分为五等：爵级大十字勋章（Knight/Dame Grand Cross）、爵级司令勋章（Knight/Dame Commander）、司令勋章（Commander）、官佐勋章（Officer）和员佐勋章（Member）。

[4] 皮由兹楼（Pusey House）位于牛津大学内部，得名于圣公会神学家、学者和“牛津运动”的领导者爱德华·皮由兹（Edward Bouverie Pusey, 1800—1882）。楼内有皮由兹藏书和小礼拜堂，经常举办礼拜等宗教活动。

德。他到底哪来的时间写诗，这真是个谜：这些诗歌当然不会来源于平静过后回忆的情思，[1]因为（从表象判断），约翰爵士从来就没平静过。他的精力永无枯竭。

这种公共角色包含的诸多矛盾，由于他的个人魅力与热忱而得以维持。类似情况换到任何人身上都会格外醒目，更不用说是作家。他从不装腔作势，还经常自我嘲讽。不管谈话对象是谁，他一律都能够宽宏大量地看待对方观点（我记得有次对他说“教堂其实都一模一样”，他答道：“哦，我不会这样讲的”。回想起来，这是我此生听到最低调的说法。）他让所有人最终都无法抗拒他不断散发的友善与诚挚，并且心悦诚服。不过，有些批评家还是尽力摆脱了这种影响，他们并不认为约翰爵士的不凡之处有多么感人。“好，那就设想一下他戴着软呢帽、穿着雨衣，欢蹦乱跳穿过田野时的景象吧。一只胳膊底下抱着他那只旧泰迪熊，另外一只胳膊则夹了本《克洛克福德教区名录》[2]。设想一下他还写过维多利亚哥特风格的诗作，写过浮华女郎，还害怕死亡——这整场行为其实只是二十年代那些糟糕岁月的残余宿醉，对不对？大家还记得，当时所有人都想显得‘有趣’——养几只鸽子再给它们染成粉色或淡紫色，对

---

[1] 此处典故是华兹华斯的名言：“诗歌是磅礴情感的自主流溢：它来源于平静过后回忆的情思。”

[2]《克洛克福德教区名录》（*Crockford's Clerical Directory*）是包含英格兰圣公会以及爱尔兰、威尔士与苏格兰圣公会神职人员生平介绍及教堂目录的权威指南。此处应该是暗讽贝杰曼的宗教文化背景，因为他亦以英国教堂建筑的历史掌故研究而著称。

弗班克和安吉利卡·考夫曼[1]这样的人大加赞赏，在私人出版社印一批自作聪明的垃圾文字，靠耍弄‘恶作剧’来干扰真正做事的人。毫无疑问，他看到前方亮起了红灯——将 1937 年《持续的露珠》里的地方志与 1940 年《新圣所的旧灯光》相比，就能看清这一点——但他并没有实际做些什么，只是把注意力转向一件毛绒玩具，用来代表所谓上流社会剩余无几的东西，再靠溜须拍马接近王室，同时鼓动着布尔乔亚们暗自嘲笑别人把餐巾说成‘口布’，还拿福利国家制度开涮。噢，这可真是一桩不小的成就：当其他的小伙子已经纷纷死去，或是像银发木乃伊那样戴着墨镜四处蠕动，贝杰曼却获得了爵位和金质勋章还有其他的一切——你只能拱手交给他。但这种事只会发生在英国。”

美国的读者或许愿意自行判断一下，这种观点是否合情合理。

“贝杰曼内心里有一种与众不同的新意；其他人没有谁能跟他肖似半分。”说这话的人是莫里斯·勃拉爵士，转述者是伯肯海德伯爵。[2]当时伯肯海德和贝杰曼还都是牛津大学的本科生。这句话里带着审慎的意味，而且出自一位聪明人之口：我们能够从中推断出什么意味呢？不管怎样，都看不出贝杰曼是一名优秀学生：实际

---

[1] 弗班克可能是指英国现代主义文学家罗纳德·弗班克（Ronald Firbank, 1886—1926），受王尔德影响较大。考夫曼（Angelica Kauffmann, 1741—1807）是瑞士新古典主义派的画家，擅长表现历史主题和人物肖像、风景等题材。

[2] 原注：《约翰·贝杰曼诗集》（*John Betjeman's Collected Poems*），伦敦：约翰·穆雷出版社，1958 年，伯肯海德伯爵汇编并撰写序言。

上他离开牛津时并没有拿到学位。当然，这句话里也看不出他是同龄人或其他年代的典型代表。勃拉的意思是，当他邀请这位前马尔堡学院[1]的本科生到瓦德罕学院共进晚餐，再听到他谈论的那些事情时，觉得跟当时人们的常见话题迥然有别。后世之人只能猜测其具体内容：首先肯定包括教堂建筑、装饰和纪念雕塑的相关知识，而且细致到令人称奇的地步。这是贝杰曼的预科学校老师杰拉德·海恩斯培养出来的；[2] 他间或还会滔滔不绝地谈论起高教会派阵营[3]感兴趣的细波纹状十字褡、东欧教会的态度立场，以及低教会派人士的可可饮料等；然后，他会满怀喜爱之情，栩栩如生地介绍一些地方：康沃尔、海格特、伦敦城；再口若悬河地颂扬一番鲜为人知的文学作品：E.E. 布拉德福德牧师的诗歌、罗伯特·斯蒂芬·霍克牧师、坎贝尔，以及亚瑟·麦肯的《秘密荣耀》。从头到尾，始终是话语连篇、嬉戏笑闹的情态，是自我贬抑式的嘲讽，但对微小、无名、被忽视的人群却表示出挑衅世俗般的支持态度。所有这一切表现，都凭借着惊人的记忆力和出色的口才天赋。它不是那种名言隽语式的机敏，却能够幻化出一种画面景象，让它无论如

[1] 贝杰曼在 1925 年以前曾经就读于威尔特郡的公共学校马尔堡学院（Malborough College）。

[2] 原注：参见约翰·贝杰曼的《钟声召唤》（*Summoned by Bells*，伦敦：约翰·穆雷出版社，1960 年）第五章。

[3] 高教会（High Church）是英国圣公会派别之一，十九世纪由于“牛津运动”和天主教会派的发展而兴起。主张在教义教规上保留天主教传统，并要求维护教会的至高权威。

何都永远留存在聆听者的心里。所有这一切，都来自某个笑起来龇着牙齿、有些娃娃脸的年轻人。他穿着极其昂贵的西装和衬衣，搭配着夏维[1]的领带，迥然有别于二十年代常见的那些招摇撞骗之徒。头脑冷静的勃拉一眼就发觉他遇到了一位未来的成功者。

贝杰曼已经拥有，或者说至少已经拥有那些处于萌芽状态、导致他未来成名的主题。它们与本世纪的精神截然相反，这主要体现在两个方面：这些主题显示出孤岛心态，而且它们是后退式的。如果让贝杰曼与二十年代的真正代表人物，比如说跟某一位哈罗德·阿克顿相比，那么我们立刻就会发现，他在斯泰因和谷克多时代的巴黎，将会是多么不起眼的角色：他不是，也从来不曾是世界主义式的人物。为了理解这一点，我们有必要意识到，贝杰曼念兹在兹的并不是诗歌，而是建筑——或者说，如果允许使用以下概念的话，可以说他的关注对象是一种包含了建筑的诗歌，以及一种包含了诗歌的建筑：

> 我只是全心全意地喜欢英伦三岛的建筑。这并不是因为我有意保持孤岛心态，而是因为我端详这一座座建筑时，觉得对某个人群社会要了解的东西实在太多，它的历史、它的阶级差异、它的文学。而到了国外，我只会因为自己的无知而沮丧。观看这些地方，对我来说不只是进教堂，或进城堡，或

---

[1] 夏维（Charvet）是 1838 年创立于巴黎的顶级男式衬衣品牌。

是导游书里提到的“有趣地点”，而是要走过一条条街道和小巷。这就像我来到乡村宅邸的时候，不喜欢只看大厅，还要看通向弹子房的过道，看看间谍漫画在哪里，再看看卧房。我由此可以发现主人使用哪些发刷和哪一种发油。我在城镇里探寻时，也不只是为了看某个具体东西，就像文物收藏者寻找罗马风格的手鼓，艺术史学家要了解巴罗克时代的某个具体阶段，或建筑师要看勒·柯布西耶[1]的设计那样。我是要观看整个城市……我喜欢看火车站、市镇厅、郊区、商店，以及门前挂招牌、后院有作坊的本地手工店。我希望能确切了解到，我目光所及之物都安置在哪里。走进一栋建筑，我就想确定这座房子是最初的模样，还是翻修质量很高的冒牌货。我在自己国家可以做好这件事，但换到别人的国家就没这么肯定了。[2]

在另一处，他更加着重强调：“因为建筑不只意味着房子，或单独的屋宇或教堂，或是赫伯特·贝克爵士，或是沙特尔教堂的玻璃窗，而是你的周围环境；它不是一座市镇或一条街道，而是我们这人烟稠密的整个岛屿。”[3]

---

[1] 勒·柯布西耶（Le Corbusier, 1887—1965），瑞士—法国建筑设计师、雕塑家、画家。

[2] 原注：贝杰曼，《近一百年来的英国市镇》（*The English Town in the Last Hundred Years*），剑桥：剑桥大学出版社，1956 年，第 4 页至第 5 页。

[3] 原注：贝杰曼，《古文物研究的偏见》（*Antiquarian Prejudice*），伦敦：霍加斯出版社，1939 年，第 5 页。

贝杰曼这里想说的是，他的根本兴趣在于人类生活，或社会当中的人类生活。而建筑对于人类生活如此重要，是因为良好的社会即是众人居住在结构比例良好的环境当中。这样一来，他似乎就要被归入罗斯金和莫里斯这一类作家的范畴了。对于后两位来说，事物的表象近乎某种道德。从某种程度上说，这种看法是对的，因为对于贝杰曼而言，目光是精神的引领：他告诉我们，自己正是通过教堂建筑和正规仪式而皈依的基督教。不过贝杰曼经常嘲笑莫里斯（"我的纬线都是手工织就。手工制成 / 我的陶器用来盛菜汤"）。由此我们明白，吸引他的并不完全是房屋的建筑建构，而是它与人类使用的关系，它与人的相对比例与尺寸，以及它在何种程度上反映了人类生活与情感。

我先前提到的退步特征，其实可能只是莫里斯、罗斯金及其追随者激烈倡导的那种反工业化精神的后期版本。如果说我们这个世纪的精神表现为继续向前、向外、向上发展，那么贝杰曼作品的精髓则是向后、向内和向下。如果说，我们当前的建筑都是公寓高楼，住在里面的主角都是劳工阶级，周边环境是钠灯照亮的马路，那么贝杰曼颂扬的则是孔柏[1]设计的内饰、神职人员的窗口和煤气灯。如果说当前属于不可知论的时代，而且认定所有人都是社会主义者，贝杰曼则是拥抱英格兰教会的基督教，并宣称体现仁爱的阶

[1] 应该是指苏格兰籍建筑师尼尼安·孔柏爵士（John Ninian Comper, 1864—1960），以教堂建筑及内饰设计而闻名。

级体系是一切可能世界里最好的那种。在全球概念流行的时代，贝杰曼坚决支持微小者、被遗忘者、无利可图者、无名者；私人印制的诗集，谷物交易所背后的小礼拜堂，博物馆里的本地水彩画（开馆时间下午 2 点到 4 点）。不管怎样，这就是英国公众了解他的方式：这个人一直在努力阻止建筑物被拆毁，或是被堵塞，或是被铁丝网、水泥栏杆和柏油包围覆盖；这个人痛恨“从特伦特北边来的”市镇文员和投机建筑商，以及所有致力于现代化、集中化与理性化的人们。这些人一心想给开汽车的人带来方便，或是保证娃娃们的安全，或是给公司保洁部门节省开支。跟贝杰曼一道开车出游，可以充满享受地倾听他连续不断地独自评点沿途所见，围绕着一系列不同主题而感叹“天啊，多可爱”（当他讲烦了的时候，时常会换成一种平淡的嗓音，每看到一处新出现的醒目建筑景观，都气定神闲地说“我们来把它讲明白”）；这些回想内容，可能部分来自汤姆·德雷伯格的《与贝杰曼先生漫步》。[1]这篇文章饶有趣味，从总体来说是一次成功尝试：它给这种高度发达、幽默风趣，且寓于具体行动的感性留存了一份记录。当然，贝杰曼并不是孤立无援的人物：已经有许多协会开始竭力保留城市与乡村的原有面貌。在这个遭受毒物侵袭的世纪逐步临近其终点时，他们开始跟所有那些日益关注我们环境本质的人群联合起来，而约翰爵士则是他们的舰艏，他们最原始的声音，是《泰晤士报》收到的信件下方出现最

---

[1] 原注：《新政治家》（*New Statesman*），1961 年 1 月 6 日，第 9 页至第 10 页。

频繁的签名。公允地说，我们应该指出，他是最先这样采取行动的人。

所有这一切都是理解贝杰曼诗歌的必要前奏。其中部分原因在于，他创作的大量内容，或公开或隐晦，都是在宣传他所坚信的东西。另一部分原因在于，他的诗歌美学只是他社会美学的另一表现形式。关于贝杰曼，首先要认识到，作为诗歌作者，现代诗歌革命对他来说根本未曾发生。他体现在其他领域的孤岛情结与后退倾向，在这里也同样占主导。对于他来说，不存在任何象征主义，不存在任何客观对应物，不存在 T.S. 艾略特或艾兹拉 · 庞德，也没有神话的复苏，或是以手势来塑造语言，没有什么《七种类型》或《几种形式》，[1] 没有标题为《作为学科的交际》或《刘易斯·莫里斯爵士作品里隐性或显性的意象倾斜》等批评著作。他在对待自己的艺术时，相信诗歌是一种情感之事，就像诗歌当年被认为是受某种超自然力量影响时那样（我曾经颇为徒劳地尝试过，但还是想不到哪一部当代作品需要我们这样来设想。）结果，无论贝杰曼的诗歌题材有多琐碎或轻松，却总带有一种原始的活力。这就导致它们有别于同时代的诗歌，并且能让读者在智性上予以认同之前，注意力

---

[1] “以手势来塑造语言”，是暗讽乔伊斯在《尤利西斯》里的话“那么说是手势，而不是音乐不是气味，会成为一种普遍的语言”（So that gesture, not music not odour, would be a universal language）；“《七种类型》或《几种形式》”是暗讽燕卜荪的《朦胧的七种类型》（*Seven Types of Ambiguity*）和《田园诗的几种形式》（*Some Versions of Pastoral*）。

就已经被它吸引：

> J. 亨特·邓恩小姐，J. 亨特·邓恩小姐，
> 阿尔德肖特的阳光修饰装扮着她，
> 喝完茶以后我们的单打比赛多么令人振作，
> 我们之间的锦标赛——你的对手是我！

在他身体里，隐藏着一位听到维多利亚时代的歌谣而落泪（“我的心找到了安宁，我的心在你这里找到了安宁”），同时又会咆哮歌唱爱德华时代喜剧歌谣的人（“校队队员有一样东西让他有别于无赖汉”）。对于这个人来说，每一首诗似乎都具备了某种罕见、令人耳目一新的形式，从而显得重要。因为贝杰曼的诗歌直白、易懂，并且采用了普雷德[1]或丁尼生那种明显蓄意延缓的韵律，如果它们体现不出个性，也就一无是处：它们毫无例外，都是曾经打动他、让他愉悦、激动、愤怒，或吸引他的事物。而且，最重要的是，一旦某个题材确实引起了他的关注，他绝对不会再质疑自身兴趣的合理性。多数当代诗人为了安全起见而费心检视自己的写作冲动，而贝杰曼只把这种精力贯注于诗歌。

结果，乍看之下，它只是一批极其古怪的诗歌总汇：我们应该还记得前面说过的，贝杰曼的思想具有一种与众不同的新意；其他

---

[1] 指英国政治家和诗人温斯洛普·麦克沃斯·普雷德，参 p121 注 1。

人跟他没有半点相似。然而他真正的主题，只要加以归类，无非是一些耳熟能详的内容：地方志、宗教、讽刺、死亡、爱与性，众人与童年，总共占据了作品的五分之四。确实，偶尔也只有一两首诗显得极古怪（比如，《托马斯·哈代的心》）。这种独特之处源于他的写作方法，一种直接与迂回方式的混合。前面引用的那首诗，是一首爱情诗的开篇，但还有什么比它的第一行更兼具亲密和反讽的意味？充满爱意地重复爱人的名字，而这种名称形式可能会出现在，比如说，她的个人名片上。这就表明，诗人显然是在中产阶级的语境下看她；而这种重复增加了她对他的吸引力。贝杰曼曾经告诉我们，[1]这首诗是他在战争期间向英国信息部[2]食堂的某位主管表达情感时写的。但即使在如此传统而直接的习作里，他也只能编造出某个陆军中尉（或低级军官）的人物形象，描述想象中在阿尔德肖特[3]的一场网球比赛（多少带有受虐狂的性质），而后再参加极具郊区特色的俱乐部舞会。这种写法很有必要，如此他可以说出自己想说的内容——但是我们不禁想到，阿尔德肖特是一座军事城镇，虽然贝杰曼从来没当过陆军中尉，但他确实娶了一位陆军元帅的女儿：虽然诗歌具有虚构特性，但里面的情感却很真实——不过，这

---

[1] 原注：《约翰·贝杰曼的黄金宝藏》（*The Golden Treasure of John Betjeman*）（"说话艺术" 710），第一卷。另见《星期日泰晤士杂志》，1965年8月8日，第16页至第21页。

[2] 英国信息部（the Ministry of Information）曾在一战后短期设立，二战后再次设立，主要负责新闻报道与宣传。

[3] 位于伦敦西南的驻军要塞城镇。

些虚构特性或许也体现出某种真实。

我们再来更仔细地看一首诗，比如说《米德塞斯》：这其实是他在悲叹自己童年时熟知的乡村已经消失，但起首处还是采用欢快嘲讽的笔调，描绘出“天真少女美人儿艾琳”，继而用两个诗节对她的家乡生活进行描述，文笔犀利却又不至于无情。随后诗歌跳转到布伦特河这一部分，可能就有些令人不安，但他随后迅速描写了一连串的乡村影像片断，于是又（像平常那样）把我们带回人性因素，还有曾经居住在这消失已久的平和氛围、离世多年的人们。他们陆续登场，名字全都来自贝杰曼钟爱的一本书：乔治·格罗史密斯的《小人物日记》。只有到这个时候，我们才明白美人艾琳的作用：诗人是要让她与“钓鱼的伦敦东区佬，打猎的伦敦东区佬”形成反差。她是各式品牌产品的盲目消费者，代表了当前居住在这新建地带的人群，这些人的屋宇楼基之下，是昔日的人间天堂。她那充满反讽意味的丁尼生式的名字，意味着这种变化带来的堕落。

转换到另一首更直接的诗歌，《都市铁路》，就容易理解了。因为在这首诗里，鲁斯利普[1]当年的居住者再次成为主题：爱德华时期一对年轻的新婚夫妇（“你的父母”——还是他的？）分别到伦敦工作和购物，晚上两个人在贝克街车站碰头，一起“再次回到充满秋季芬芳的米德塞斯”。在这个例子里，贝杰曼首先让我们的注意力集中到当年两人可能使用过、目前还能在车站餐铺看到的一种照

[1] 鲁斯利普（Ruislip）位于大伦敦的希灵登区（London Bourough of Hillington）。

明工具：渐渐地，他就“轨道跟拍到”（电影制作的隐喻几乎不可避免）两口子刚抵达时的情形，以及爱德华时期的伦敦（“安全液压升降机”）；很快这首诗就“切入”悲怆而冷酷的内容：

癌症已将他杀死。心痛将置她于死地。

树木纷纷倒下。欧迪翁院线剧场里光焰闪耀[1]

那里曾经坐落着他们的庄园，在低语的枞树旁

全诗最后一句，再次将我们带回到车站里那个饰有枝形电灯架的餐铺，它是“青春与进步携手结伴”时代里的新艺术，但我们现在却要带着全新的理解来看待它在诗中的地位作用了。

这样一种诗（我希望这寥寥几句评述至少能概括表明它的存在及本质），与贝杰曼式的建筑风格并行不悖：也就是说它意味着“我们这人烟稠密的整个岛屿”，如此诗歌便意味着我们生命里的配备家私：《都市铁路》描写了爱德华时代一对已婚夫妇的生活，并意味着所有已婚夫妇的生活。但如果去除电气化时代早期的城郊铁路和老式照明灯具，或“平纳[2]一带浓荫密布的棕褐色景观”，那么整首诗就会崩塌。贝杰曼是托马斯·哈代的真正传人，而后者发现云彩、迷雾和群山“与门槛的磨痕，或手掌的印记相比，则显得毫

---

[1] 欧迪翁（Odeon）是英国的一家连锁影院，也是欧洲最大的连锁影院。

[2] 平纳（Pinner）是伦敦地区的一处车站。

不重要”[1]：他在这些诗歌里写的是门槛，但门槛和诗歌如果没有磨痕，就什么都不是了。约翰·斯派罗先生在他深察细照的随笔里写道，[2]“最能打动他的风景”，“是有人居住的风景：他察看每一处地方，必定要察看这里是否有人生活，必定要体会它与人的各种关联……他可以在最不起眼的环境里发现诗歌题材，只要它们具有鲜明个性，并拥有生命的气息。”

因此，他的诗歌会同时采用人物和地点作为主题，就没有什么好奇怪的了。同样，就像地域无法与人物分离一样，人也无法和他们所在的地域分隔。两者都具有某种高度清晰具体的背景——默凡威和北牛津，教士遗孀和闲置房屋，夜店老板娘在散发着霉臭味的伦敦马厩街[3]深处，讨营生的女郎们躺在随意添建的盥洗室里，甚至还有弃置已久的教士长袍堆里藏身的教堂老鼠。从每一样描写里，我们都看到自己原先根本无从知晓的生活，而相关环境或许已经消失不见。换言之，即使它们并非个人形象，却仍然构成了人性的要素——门槛上的磨痕——这在贝杰曼的视界里是如此地至关重要。还有《I.M. 沃尔特·拉姆斯登》里年迈的牛津大学教师，以及

---

[1] 参见米尔盖特（Michael Millgate）辑《哈代生平与著述》（*The Life and Work of Thomas Hardy*），麦克米伦出版社，1984 年，第 120 页。

[2] 原注：《约翰·贝杰曼诗选》（*Selected Poems by John Betjeman*），伦敦：约翰·穆雷出版社，1948 年。约翰·斯派罗编选并撰写前言。

[3] 伦敦目前还保留着一些古老的马厩街，环境僻静，多为铺卵石的小路。大部分已经改造用途，极少数的街道，例如巴瑟斯特马厩街（Bathurst Mews）仍还有马厩和相关培训学校。

他们之外的那些人，比如当年的那批划艇队；然后再回溯到“逝去已久的几代人”，他们在伊珀尔和索姆河战役前还活着；再回溯到爱德华与维多利亚时代的金色夏天：

当棺木被抬走并完成最后的葬仪
　经过重重大门而远去，他们想起
那时蜜蜂曾在窗口花箱里嗡鸣，忙碌着夏季的职事，
　厨房里的嘈杂声，
　杯盘碗盏，
为如今逝去已久的几代人准备庆功宴会[1]，
　他们将从八人划艇赛
　陆续归来。

从贝杰曼最优秀的诗歌里，读者时常会惊叹：可这首诗是要描写某个地方呀！随后他就会意识到，这个地方的呈现形式，就是它与人的关联，没有这种关联它将毫无意义：“……并不是一座房屋，或单独的建筑或教堂……而是你的周围环境：不是一座城镇或一条街道，而是我们这人烟稠密的整个岛屿。”

贝杰曼始终如一：他说出了自己信仰的东西，无论是建筑还是

[1] “庆功宴会”原文为 bump suppers, bump 为划艇赛术语，指庆祝比赛当中反超成功得分而举办的宴会。

诗，而这就是他诗歌的主心骨，也是它兼具的力量和魅力。当然它并不总是饱含深情；有时它还略带着玩笑的意味——贝杰曼是一位滑稽荒诞大师，有时含情脉脉，有时充满讽刺。谈论他的时候不提这一点，就不能算作合格记述：贝杰曼经常受到批评，而且被认为对权势集团过于温和，可实际上他花费了格外多的时间去抨击各类事情，有时显然极其凶猛激烈（《泥淖》和《在西敏寺》）。他诗歌里的社会历史内容，清晰显现在以下段落：

……孩子们换坐公共汽车，
在十一英里外的某个城镇
我们训练他们成为“今日公民”。
他们经受一小时一小时的培养
在建有紫外线通透玻璃[1]墙的漂亮学校。
公民学，韵律操，经济学，马克思，
怎样在国家公园里尊重野生动物；
整形学，体操——他们因此而学会了讥讽
自己当年出生的旧茅顶村舍。
姑娘们，满心向往要去沃尔沃斯商场[2]服务
开始自己的生活，而不是成为妻子；

[1] 一译维他玻璃（Vita glass），一种不阻隔紫外线的玻璃材料。
[2] 沃尔沃斯（Woolworth's）是一家英国零售业公司，其连锁店多设在商业街。

小伙儿们，无法逃离这片土地，
笨拙地帮忙驾驶拖拉机。
每个人每天工作八小时，其中三个多小时
都在忙乎着泡茶
谈论我们意见完全一致的话题——
尽管“工作时放音乐”已成为我们的习惯，
但它并不比“不工作时放音乐”更好。

说贝杰曼是一位不成功的讽刺作家，这已经成为常规做法；身为一名作家，他显然过于和善，所以无法真正凶蛮起来。另一方面，目前多数的文学批评者都属于左翼人士，所以他们不大可能欣赏类似于前面引用这段诗的内容。在我看来，我觉得最后这五行不仅是对某个主题的妥帖概括，是当代英国诗人从未尝试过的内容，而且令人殊难忘怀。但撇开政治不谈，他这种容易让人误解的温柔诗歌，着实可以极其顺畅地转变为攻击之举，只有回味起来才能了解它的功效：

我们寄宿的房屋，离海边有十分钟路程。
仍然无法准备野餐午饭
除了提前一天提醒通知。
雨天的时候孩子们仍然无处可去
除了那气味难闻、人满为患的休息室。

而且汽车仍然找不到停车库。
卧室墙上，仍然还贴着规则清单：
不要浪费水。它是人工泵压出来的。
不要把旧刀片扔进盥洗室。
不要长时间占用浴室，吃饭时不要
迟到，不要在窗棂上晾游泳衣
（屋后已备晾衣绳）。
不要在客厅里磕孩子们鞋里的沙。
不要这，不要那。啊，仍然一模一样，就和
去年一样和前年一样——
不过价钱倒是更贵，那当然。

贝杰曼实际上还是接受了自己的时代和同时代的人，而不是加以拒绝。有人认为他是世间罕见的美学家，认为他的感性永远只会在维多利亚时代产物的面前敬畏颤抖，或是对“厕所”[1]这样的语言表述打寒噤。这都是彻底的误导。恰好相反，他是一位雄健有力、反应敏捷的作家。他生动活泼而又精准、他亲切随和的押头韵手法，充分代表了“亲爱的老英国、要命的老英国”。这一点超过许多自诩为社会写实主义者的人。他的热情涵盖了这一切——十九世纪的破旧遗物，二十世纪令人震惊的庞大机构，死寂的教堂，正

[1] 原注：例如，“必需品都在厕所里吗？”也许美国的对应词应该是“卫生间”。

在消亡的农民阶层，城市圈和棉花糖以及国王大学，剑桥——所有这些悲伤、愚蠢和势利都是贝杰曼潜在的材料。我有时候想，假如我是一名动身离开英国的士兵，贝杰曼的这部诗集应该是我想随身携带的东西：我想不出还有哪位诗人能把我要铭记的事物保存得如此之多，也想不出还有谁能像他所说的那样，可以如此轻松地表示“这些是我们为之奋战的东西，首当其冲”。这可能不算一种正规的评价判断，但我觉得没法不这样想。

美国读者面临着如何裁定这些诗歌价值的任务，我对他们深表同情。首先，贝杰曼构成了某种扭曲形象的镜子，我们写批评文章时能用的全部警句，在这面镜子里都像是粗糙而难以接受的戏仿。他的诗真挚投入、朦胧暧昧而又不乏反讽；他对文学传统有所意识（但经常引用不该引的作者）；他是讽刺家（只是站错了立场）；他是自己的白色女神（还穿着带徽章的上衣和短裤）。所有这些事情他都做过：打造个人风格的言语，创建一套私密神话，把新语言和新特征带入诗歌，甚而把诗歌回馈给读者大众（他的《诗集》第一版就售出了十万册）。所有这些都同样无可否认，但没有哪一种是我们想表达的意思。难怪我们最锐利的批评工具都在他的写法面前烦躁纠结成一团。

单从这个角度来看，他就已经成为一个代表，并向所有国家的读者提出了一种有价值的挑战。不过，我完全可以想象美国人的异议声音，他们的理由可能是：贝杰曼就像板球比赛，是绝对属于英伦三岛、最终绝对无法向外输出的某种特殊产物。“所有这些地名和英国产品——鲁斯利普花园（你们怎么念这个词来着？）、温斯莫尔、贾克玛、德瑞妮、爱若莎、布伦特、温布利、诺霍特[1]……这个东西实实在在是什么？还有我没读过的这本书，关于考克尼[2]的（这啥玩意儿？）：你告诉过我它写了什么，可他并没有……不行，我真抱歉，这对我来说太私密化了。我不在乎他添加了多少地方特色，那是他的权利，但后果只能由他自己承担。”这种态度不难理解，但它有几方面的问题需要加以回应。首先，也许比较出人意料的是，某位英国读者的阅读感受在此会有所帮助。我知道布伦特、温布利和诺霍特这些地方位于米德塞斯郡，因为贝杰曼告诉过我，但我从来没去过那里。我对它们的感觉，完全建立在他告诉我的那些内容之上：它们即使是在纽约州也未尝不可。《都市铁路》里的地名也是同样情况；我并不知道布罗蒙斯林苑协会[3]（尽管我能猜出它是什么），而且我也不知道最后一个诗节里的引言来自何处。贝杰曼的有些诗对我来说完全无法理解（例如《爱尔兰联合主义者在

[1] 温斯莫尔（Windsmoor）是时装品牌，贾克玛（Jacqmar）是一种细薄毛织物，德瑞妮（Drene）是宝洁公司开发的第一款洗发香波，爱若莎（Innoxa）是护肤品牌，布伦特（Brent）是位于北海地区的原油产地，温布利（Wembley）是温布利足球场所在地，诺霍特镇（Northolt）位于伦敦伊林行政区，当地建有皇家空军基地。

[2] 考克尼（Cockney）是指伦敦东区人或东区口音。

[3] 全称为布罗蒙斯林苑工艺美术行会（Bromsgrove Guild of Applied Arts，或 Bromsgrove Guild of Craftsman）始建于 1898 年，1966 年解散。

1922年向格蕾塔·海尔斯特罗姆道别》[1]），但它仍然包含着充盈的情感。总体而言，英国读者很快就要跟美国读者一样，需要一部加注释的贝杰曼诗集了。

第二，从读者这方面看，文学作品里有可能出现一些地方志内容和年代背景，这并不算心血来潮的新做法：不妨想一想詹姆斯·乔伊斯笔下的都柏林吧。关键问题在于，读者能否一开始就从作品里获取足够的东西，值得他费劲去解决文字指涉问题，进而加深自己的愉悦感。从贝杰曼的情况看，他已经提供了足够普遍的情境（"癌症已将他杀死。心痛将置她于死地"），从而让这种获取成为可能。从更轻松的层面看，他的韵律与音步能够给人带来足够的乐趣。其实，这个任务挺像是从温斯洛普的作品里寻找摄政时期的文字指涉内容（"一座座市镇被人轻松买走"）。[2]

不过，即使我一直在低估美国读者，他们也仍有可能说出类似的话："没错，贝杰曼是英国人，就像乔伊斯是爱尔兰人一样，但即使如此，我还是不相信这些诗到底有多好：各个地方的具体描述，还有些人物速写（多数刻画得很糟糕），过去的一些美好回想被唤醒，*啊岁月匆匆*[3]，诸如此类，再加点滑稽逗乐。可不管怎样，

---

[1] 贝杰曼的一首情诗，据称诗人赋予当时的恋人以瑞典姓名，是为了掩盖对方的真实身份。

[2] 指前文提及的温斯洛普·麦克沃斯·普雷德。

[3] 原文为拉丁语 eheu fugaces，出自贺拉斯名句 eheu fugaces labuntur anni（啊岁月流逝匆匆）。

这对我来说统统微不足道。你要拿它跟谁相提并论呢？艾略特？奥登？说老实话我并不觉得它能够达到这个级别。它更像你那会儿说的，这个你清楚，二十年代的东西，灿烂年轻的事物，等等。不够严肃认真。”好吧，从某种意义上说这正是我们开篇时谈到的问题：在英国这是要拉开架式斗殴的前奏。

贝杰曼严肃认真，这是因为他创造了一种关于人和周边环境的新颖诗歌。在这种诗歌里，人与环境都不占据主导：它们彼此依存，而诗歌就在这个依存过程中形成。他的诗歌纹理细致微妙，在肃穆与喜感、自嘲与自我表达之间不断摇曳摆动。拿他跟普雷德（再次）相比，就可以看出后者机械的一面，以及他在情感转换时体现的社会谐趣诗[1]本质特征。将他与豪斯曼或霍普金斯相比，将会诱使我们运用诗歌界的弹道学术语：那两位可以钻入目标更深处，但他却爆炸出更大的洞孔。我的意思只是说，虽然我怀疑贝杰曼的诗篇能否招架得住《这一点不用告诉我》或《我醒来时感到黑暗降临》（更不用说《德意志号的沉没》了），[2]但是可以说，他的主题、风格与音步范围却要开阔许多。确实，他为我们提供了其他作家身上无法寻找到的东西——一种欢快，一种滑稽感，对于人类及

---

[1] 原文为 vers de société，一种机智幽默、带有反讽意味的谐趣诗。字面意思是“社会诗”。拉金曾经创作过同名的诗歌。

[2] 前两首篇名即豪斯曼的诗歌《这一点不用告诉我，它无需再说》（Tell Me Not Here, It Needs Not Saying），和霍普金斯的诗歌《我醒来时感到黑暗降临，而不是白昼》（I Wake and Feel the Fell of Dark, Not Day）。

其生活方式和住所的喜爱，对二十世纪中期英国社会生活状态的生动活泼的写照。

然而，说他独一无二（“其他人没有谁能跟他相似半分”），并不指他独自屹立在诗歌历史进程之外。我曾经在文章里写过，贝杰曼是“一位罕见的人物。一个时代的审美趣味由于他而完成调整转向，并朝着全新的途径发展”[1]：当然，值得注意的是，从他开始发表作品后的四十年间，年轻小伙开始像维多利亚时期的男性家长一样留起胡须，而年轻女士们则穿上了新艺术运动时期的宽松长裙。不过诗歌领域的情况也同样。我已经说过，他跟我们称为“现代”的诗歌毫无共同点；他在英国的显赫声名与此也有一定关联。因为有一点显而易见，虽然有人在竭力否认它：本世纪的英国诗歌已经转轨进入另一条环线，而且逐步远离普通读者。这种情况是由几个原因造成的。一是现代主义的发展方向偏离，这对所有艺术都贻害不浅。二是英语文学被提升为研究型学科以后，随之而来的，就是对某一类亟需阐明的诗歌形成了需求。另一个原因，恐怕就是美国人艾略特和庞德的文化贩卖活动。不管怎样，当年吉卜林、豪斯曼、布鲁克和莪默·伽亚谟等人在诗歌与公众阅读之间塑造的紧密关联，最终遭到了摧毁。新传统树立起的这些新路标，上面显示着“前方不通向真实生活”的字样，有没有被贝杰曼一头撞倒？他有没有放弃文学战役里浮华、虚假的军事行动，只是简单地惊

---

[1] 原注：《聆听》（*Listen*），卷三，第 2 号（1959 年春季），第 14 页。

呼“天啊，多么可爱”（或“天啊，多可怕”），然后哈哈大笑，从而在读者与诗歌之间恢复了直白易懂的交流形式？这些问题还有待商榷。他已经成为反驳艾略特论点的鲜活典型。而后者声称，越是优秀的诗人，就越要在遭受苦痛之人与创意心灵之间形成更充分的区隔。

他与艾略特的关系其实很奇怪。《钟声召唤》里有几个比较引人注目的段落，其中一段描写他还是海格特中学学生的时候，如何幻想自己的诗歌“已经能与坎贝尔相媲美”：

> 于是我把自己的诗篇装订成册
> 《贝杰曼最佳作品集》，再把它亲手交给
> 那一位，我听说是，喜欢诗歌的人——
> 美国大师，艾略特先生。

这幅场景值得找一位十九世纪的叙事题材画家加以描绘：《婴孩贝杰曼向年轻的艾略特献诗》。因为，姑且不论他们各自在诗界的地位，正是艾略特说过的一句话，替现代主义诗歌运动拟定了宪章：“依照我们当今文明的存在状态，诗人们身处其间，必然会变得令人费解”。[1] 而贝杰曼将完全避开围绕着艾略特这句致命话语形

[1] 原注：T.S. 艾略特著，《随笔选》（*Selected Essays*）第三版，伦敦：费伯出版社，1951 年，第 289 页。

成的释经式批评轻工业生产，并且证明，任何人只要能让人产生感动并铭记在心，就可以在诗歌与读者大众之间建立某种直接关联。

听起来好像他们两人正处于对立面，但我并不确定贝杰曼对这位“美国大师”有没有强烈的亲和感。诗人为什么要变得“费解”？因为“我们的文明里包含了极大的差异与复杂性。这种差异与复杂性，作用于某种精致的感性，必然会产生各式差异与复杂的结果”。[1] 诗人为什么要费神考虑这种复杂性？因为：“我们可以从某个角度将宗教视为一个民族的整体生活方式，从出生到坟墓，从早晨到夜晚甚至在睡梦中。而这种生活方式也就是它的文化。”[2]

诗人（想必）应该关注表现的这种“整体生活方式”，到底是什么？艾略特非常尽责地给我们留下了一份特色清单：“德比赛马会，亨利皇家赛舟会，考斯帆船赛，八月十二日，某奖杯决赛，赛犬会，弹子机，飞镖盘，温斯利代干酪，切成块的煮白菜，醋浸甜菜根，十九世纪哥特式教堂，还有埃尔加的音乐。”[3]

如果说这段话现在还能让我们想起谁的诗歌，那也是贝杰曼而不是艾略特或其他任何人的作品。但更重要的是，对艾略特这些

---

[1] 原注：《聆听》（*Listen*），卷三，第 2 号（1959 年春季），第 14 页。

[2] 原注：T.S. 艾略特著，《文化定义札记》（*Notes Towards the Definition of Culture*），伦敦：费伯出版社，1948 年，第 31 页。

[3] 原注：同上。译者注：埃尔加是指作曲家爱德华·埃尔加（Edward Elgar, 1821—1906）。

概括加以回应的，难道不正是我从贝杰曼作品里引用过的内容吗？“……文化这个词涵盖了多少内容。它包括所有显现民族特色的行动和兴趣关注。”[1]“……不只是房子,或单独的屋宇或教堂……而是你的周围环境；不是一座市镇或街道，而是你所在的这人烟稠密的整个岛屿。”

至少可以说，值得注意的是，这两位作家在描述他们最珍视的事物时，应该都选择强调了相似的文化包容因素；也许这是巧合，就像他俩借助于不同方式，最终都将目光转向安立甘主义与英国圣公会。不过，这确实也提供了另一份例证，表明贝杰曼采取出人意料、但并非全然不可接受的方式，满足了我们批评标准里的一条。有没有可能，二十世纪的后半部分将从贝杰曼这里开始形成，就像艾略特曾经主导了二十世纪前半段那样？乍看之下，这种想法似乎完全无法实现，但我认为未必没有可能。说到底，他虽然独一无二，却并不孤单。在他身后还屹立着哈代、丁尼生、克雷布[2]、考珀、罗伯特·斯蒂芬·霍克牧师——所有这些人，都是他多年前在莫里斯·勃拉爵士餐桌旁以令人折服的姿态与之高谈阔论的对象。

1971

---

[1] 原注：T.S. 艾略特著，《文化定义札记》(*Notes Towards the Definition of Culture*)，伦敦：费伯出版社，1948 年，第 31 页。

[2] 指乔治·克雷布，参 p15 注 1。

鲍威尔先生的壁画

●

"吉恩，穿上她那一身'新风貌'，颇为光彩照人……"[1]是的，战争已经结束，而尼古拉斯·詹金斯和他的朋友们已经各自回返平民的常规生活；[2]或者，就像鲍威尔先生所说的：

> 战争把各种残骸碎片冲到岸边……众多的个体身躯在飘荡，隔段时间就有人攀爬到碎船板上面，多数还在兀自抵抗退却的潮流。有些人上岸后就留在那片海滩继续生活，其他人的意志则更加坚定，一路爬行到内陆深处。

所谓爬行，在很大程度带有明显的文学意味。新成立的奎金与克莱格斯出版公司（它的满怀善意，与目前已倒闭的鲍吉斯·斯东出版社相同，更不用说它和人民之声出版社的相似了）推出题名为《分裂》的杂志。主编是一位姓巴格肖的人（这个角色不容易被记住，就算他先前曾经在这个小说系列里露面，我也毫无印象了），这样就提供了一种新旧面孔相汇合的机会。尼克成了文学编辑，威德迈尔普则撰写了一篇题为《肯定行动与负面价值》的文章。两个人都接触到一位手持造型精美的拐杖、住在菲兹罗维亚的小说家，他的名字很不让人看好：X. 特拉普耐尔（X代表泽维尔）。两年过后（实际上就是这部小说的时间跨度）这本杂志停刊，可以说它是伴随着各种灾祸而结束的：特拉普耐尔以威德迈尔普[3]作为戏仿对象写了一部作品（《经济独立的假设与调整动力》）；克莱格夫人（本名吉卜赛·琼斯）则试图毁掉奥多·斯蒂文斯的著作《悲伤的少校们》；还有原名帕美拉·弗利顿、后来的帕美拉·威德迈尔普，她亲手销毁了特拉普耐尔新写的小说《串联的形象》。

虽然我心目中认为，"时光音乐"系列小说在第二遍读起来比第一遍要好（刚开始读的时候，我们会寻找事件内容，但其实它们并不比事件呈现的方式更重要），不过我发觉这本书里的文学元素却让人感到失望。巴格肖是一个无足轻重的人，而且尽管书里时常提到办公室冲突和常见的下三滥手段，可是它们的表现方式却始终

---

[1] 鲍威尔系列小说"伴随着时光的音乐起舞"（A Dance to the Music of Time）之一《书籍确实能装饰房间》（*Books Do Furnish a Room*）里的一句话，原文是"Jean, rather superb in what was call 'The New Look' ..."。拉金引文里将superb写成了splendid。另，"新风貌"是《哈珀氏时尚芭莎》（Harper's Bazaar）杂志主编卡麦尔·斯诺最先使用的词汇，藉以描述法国时装设计师迪奥在1947年设计的一款裙装，并由此成为二十世纪五十年代盛行的一种时尚审美风格。"伴随着时光的音乐起舞"（以下简称"时光音乐"）是十二卷系列小说，名称源自法国巴罗克时期的代表画家尼古拉·普桑（Nicolas Poussin, 1594—1665）的名画。

[2] 原注：安东尼·鲍威尔著，《书籍确实能装饰房间》，伦敦：海涅曼出版社，1971年。

[3] 威德迈尔普（Kenneth Widmerpool）是"时光音乐"系列里的人物。

无法让人信服：实际上，整个事情在最后一章的五六页匆忙交待完毕，只能勉强称得上是体面收场。也许作者的本意是要让《裂变》成为类似于五朔节花柱的东西，人们可以围绕着它继续跳舞：这一点它显然做到了。但仅止于此。读者能够最直接感受到阅读回馈的部分，就是帕美拉·威德迈尔普和X.特拉普耐尔的形象描绘。鲍威尔先生擅长描写可怕的女人：麦克林蒂克夫人[1]就是先前的一则例证。令人遗憾的是，她并未直接出现在这些章节里（据说正是她让莫尔兰德一直卖命工作）。不过，虽然帕美拉的可怕之处都被集中用来对付她丈夫，而且主要是为了对付他，但刻毒跋扈已经成为她的一种生活方式。事实上，我们可以称之为心理变态患者的速写，如果这种医学术语可适用于鲍威尔先生笔下的都市世界的话。不过即使是他圆滑的散文笔法，也无法让她变得棱角柔和。

特拉普耐尔，则是另一种讨喜的角色类型：

> 跟其他选择相比，他更想成为作家、翩翩公子、恋人、同志、怪客、贤哲、鉴赏大师、好伙计、正人君子、难对付的人、挥霍无度的人、机会主义者、说教者；他还想变得极度富有，极度贫穷，拥有一千名情妇，赢得他毕生挚爱的真心，跟所有男性友好相处，睚眦必报，活够一百年，获得一百年的尊

---

[1] “时光音乐”系列之一《卡萨诺瓦中餐馆》（*Casanova's Chinese Restaurant*）里的人物。

荣，在风华正茂、默默无闻的时候死掉，但第二天就被确认为整个时代最受忽视的天才。所有这些野心都从某个角度或另外的角度体现出潜在的争取价值，可能只有贫穷除外——只有它是特拉普耐尔已经通过绝对娴熟的技艺而达到的目标。

鲍威尔先生本人把他和罗兰·戈沃特金进行了比较，后者是他研究人物如何进行自我欺骗的另一案例。特拉普耐尔是作家，因此这些幻想对他来说较为合适，甚至有用。但除此以外，他还是那种难以对付、居无定所的人物，这些人总是乘坐出租车旅行，因为这样一来别人就无法把传票送到他手里。如果你用比较便宜的方式出行，收到传票的可能性就大了。他还是一位手段精巧而冷酷无情的寄生虫，给自己打扮成某种哥特式人物的面貌，包括使用剑杖、穿厚长大衣，等等。即使是我这样的乡巴佬，也可以大胆猜出他的人物原型：奇怪的是，与希莱瑞[1]这类人的腔调相比（“布莱曼跟我现在是伙计了”），鲍威尔先生到底还是没能给特拉普耐尔找到另一种截然不同的声音。我原本还希望他能扮演一个更棒的角色，而不是像这部最新版小说里那样，按照威德迈尔普式搅局者的套路继续发展。尤其是他只获得了局部成功，就已经展开了可怕的报复行为。

从其他方面看，这本书里诸多有趣的地方，在于鲍威尔先生已经牢牢把握了这项目前来说已经规模宏大的写作架构，从而形成了

[1] 希莱瑞教授（Prof. Sillery）是“时光音乐”系列里的人物。

局部细节的回忆效果。（我们可否假设一下，第235页那位出现在校图书馆、名叫阿克伍斯的一年级学生，其实是另一位阿克伍斯的儿子？《养育问题》里描写后者冲出去给彼得·坦普勒递送了一张纸条。[1]那么这位老阿克伍斯后来被原谅了吗？）当然，书中还有些引人爆笑的内容，例如那位发明"死神来找大主教"的鸡尾酒、在迪基·乌姆弗拉维尔记忆里萦绕不散的角色。这本书的结尾处没有任何迹象表明，在该系列小说的剩余两部里，是否有可能包含任何形式或内容上的创新，从而能够颠覆我们已经形成的看法。

我觉得，我算是鲍威尔的书迷了。喜爱门肯[2]的人应该还记得，《美国水星》编辑部的成员在贩卖私酒的人送货上门后，是如何停下手头所有工作来接收这件宝贝，给它拆包、抚摩一番，甚至再品尝两口。一册新版的鲍威尔作品给我带来的影响也无外于此。我在门口挂上一块相当于"出门钓鱼"的牌子，再带着鉴赏家的期待和中学男生那样的贪婪扯脱它的外包装。我知道自己会被它一再逗乐——确实，我三番五次地笑出声来——时而心醉神迷、兴奋不已，时而深受感动，并陷入思考。能够产生这种效果，绝不是出于某种偶然，而是因为鲍威尔先生具有彻底的觉知与预见能力：他就是这样一位小说家，他喜欢根据读者的观察思考和智性而设法达到各种效果。

---

[1]《养育问题》（*A Question of Upbringing*）是"时光音乐"系列的第一卷。

[2] 美国作家和文学批评家亨利·路易斯·门肯（Henry Louis Mencken, 1880—1956），1924年创办《美国水星》杂志（*American Mercury*）。

但是，我同样也不希望自己变得不加捡择。如果通过这一册内容，就能预见整个系列作品的结局发展，或许就有必要考虑一下，它看起来还能在多大程度上延续最初的计划目标，出版商还能在多大程度上名正言顺地将“伟大”这个形容词印在最新版的封面上。在我看来，比较反讽的是：“时光音乐”缺乏的主要元素，竟然是对时光自身的感知：时光流逝，人们越来越老，感觉台词越来越短，选择越来越少。并不是说鲍威尔先生对所谓时序意味的处理漫不经心：他总是认真对待每个时期的细节（尽管他在《骨骼山谷》里使用了“边境以南”这种略显混乱的词汇）。毕竟，在这部系列小说里，核心人物直到第十卷第一页也才四十岁，如果过度强调时光的沙漏和死神的镰刀，可能有些言不及义。但是再看整个系列，几乎每一部的开篇段落都有人们耳熟能详的词汇：

> 时光的形象带来关于死亡的思考：关于人类……手牵着手，按照错综复杂的步骤前行：步履缓慢、有条不紊，有时略显笨拙，按照可辨识的形式逐步演化：或是卷入看似毫无意义的旋流，而同伴们消失不见，只是为了重新现身，并再次把更多形式赋予这幅奇景。

如果用这段话来表达鲍威尔先生的想法，我觉得它说明了“时光流逝”因素为何缺失的原因。将生命表现为一段舞蹈或一道奇景，意味着要集中关注它类似舞蹈或奇景的特征，并且明确忽视那些描绘“必死性”所需的关键要素：人物的深度刻画，读者对他们命运的感同身受，痛苦感的唤醒。鲍威尔先生笔下的角色遵循着他的写作计划，他们渐次而来，做完自己的事，然后消失，再回返到改变过后的环境里继续做事，如此反复。这种冰冷无情的设计，对于一部基本可纳入喜剧小说范畴的作品来说，是完全可行的。可是难道真有哪部喜剧小说的内容，可以让人感觉到时光的流逝吗？实际上，多数喜剧小说并不介意时间问题。

我坚持讨论这一点，是因为我相信这种刻意的造作已经衍生出另外一些特质，并导致这部系列书籍呈现出一种极度浮浅的面貌。有一则小的范例：鲍威尔先生习惯使用地名来称呼人物——伊斯比斯特、威德迈尔普，这次则是艾达·兰特渥达恩：这是一种现成的手法。但是如果谁知道这些地方，甚或是知道相关人物，那么这样做就非常不利于人们打消那种萦绕不去的不信任感。更重要的还是小说文体风格。一种正式、略带荒谬的人生观，需要一种与之匹配的文体风格：鲍威尔先生是充满喜剧感的满大人[1]，是采用多音节词插科打诨的传人后代：

> 希莱瑞在这方面的态度，或许可以跟已故的圣约翰·克拉克相比。两个人都同样喜欢接受那些淑媛的邀请，她们或

[1] 满大人（Mandarin）是漫威系列漫画的超级反派，在 1964 年的《悬疑故事》（*Tales of Suspense*）里首次出现。

多或少来自名门望族，通常年纪比较成熟。简称为“女主人”，这目前已然绝迹的种类。尽管她们命里注定要像维纳斯那样，从物资滞流的汪洋大洋里再一次冉冉诞生。

尽管这段话可以相当出色地抵销小说里方言表达的直言不讳[1]（“滚球——我要跟X单独待会儿”），但其实也表明：它描述的一切都不能过于当真；它给小说里的人物行动蒙上了一层透明色泽，让人们感觉好像不是在获取第一手材料。而这种亲历感，正是多数小说家竭力维持的阅读幻觉。这个舞蹈不只是舞蹈，它是纱帘背后的表演。

这样一来，鲍威尔先生可能还在长篇累牍地描述人物，而我们却无法更好地了解他们。尼克·詹金斯有条件隐姓埋名（尽管我有时怀疑他到底有多少钱，而这些钱又是从哪里来），可威德迈尔普这样做又算什么呢？从上学时任人嘲笑，到逐步获得权威地位（通过强迫醉酒后的斯特林罕躺在自己床上），[2]这个过程很有趣也让人信服，而且它表明：类似的情节发展，是那个关键段落里允诺过的“演化”方式之一。但后来他做的“事情”，似乎只是一位浮华男子与几位可怕的女人搅和到一起，为了逗我们开心。它的可信度越来越低（康耶尔将军的诊疗结果——“直觉的外向型性格——典型例

---

[1] 原文为拉丁文 oratio recta。

[2] “时光音乐”第三部《接纳的世界》（*The Acceptance World*）里的情节。

证”——并没有增加丝毫的艺术分量）。实际上，就像前面讨论过的，读者竭诚关注的某个角色，只要是在不断发展，就可能毁掉鲍威尔先生的写作方案。在这种情况下，其实作者只要能写出十七世纪意义上的“角色”就够了——“各人脾性”，大抵如此。他勾勒得最清晰的形象——斯特林罕、吉尔大叔、麦克林蒂克夫人——似乎都是依照这些准则而产生，也相应取得了成功。从另一方面看，不属于泰奥弗拉斯托斯类型的人物，[1] 例如马格纳斯·多纳斯爵士，或利达蒙特将军，都只是以苍白的面貌浮现出来：顺便说一句，后者可以跟瑞特奇-胡克准将 [2] 相比较。

最后也是最根本的一则保留意见，其实是《书籍确实能装饰房间》里已经强调的一点，就是我们能在多大程度上阅读一部想象作品：它将如何达到情感宣泄的高潮，并留下我们独自回味自身对生命的了解。刚开始我们似乎还有这种感觉，威德迈尔普的演变是这方面的例证。后面出版的几部作品则表明，我们只是通过阅读来了解碰巧发生在尼克·詹金斯身上的事，同时越来越怀疑鲍威尔先生是否曾经遇到过极其相似的事。几部战争小说引发了这种幻灭感，而现在鲍威尔先生打破自己的常规，突出角色的渊源关系。他让詹金斯写一本关于罗伯特·伯顿的著作，以此平行对应他自己研究的奥布雷。当然，作者必须通过想象对现实进行捡择和重组，但这样

---

[1] 泰奥弗拉斯托斯（Theophrastus，前 371—前 287），古希腊哲学家与文学家，先后受教于柏拉图和亚里士多德，著有《植物志》《人物志》等书籍。

[2] 伊夫林·沃的三部曲《荣耀之剑》（*Sword of Honour*）里的人物。

做只能是为了实现想象自身的目标：在这个小说系列里面，想象的职能，经常只是让事件和人物变得更加谐趣，而这些事件人物的唯一意义（想想托兰这一家子乏味的人），只在于鲍威尔先生曾经都经历过。

这些指责或许可以敦促人们思考到，对于我这种书迷来说，鲍威尔先生不需要任何诋毁者：一点儿都不需要。鲍威尔先生正在书写一种篇幅奇长、异彩纷呈、聪慧而滑稽的叙事作品。再过几年，它将成为我们所有人的乐趣所在。如果出版商愿意的话，欢迎他们在他下一部书的护封上引用我这句话。我指出这些限制，并不是要宣称"时光音乐"就是失败的《战争与和平》，而只是想说：到目前为止，它并没有展现出那种冲击力、情感或喜剧。这些元素至少在鲍威尔先生早先的三部小说里都有体现：《午后的人们》《从景观到死亡》和《维纳斯堡》。我觉得这个事实罕为人知，它没有得到应有的重视。但可能这就是一幅连续壁画的命运，它缺少单幅画布的集中呈现效果。

1971

极度精致主义者

柯尔·波特具有明星的特质。当贝西·马布里[1]在1915年6月告诉《纽黑文晚报》称，这位二十四岁的前耶鲁男生，是唯一能够“与已故的亚瑟·萨利文爵士制定的那套标准相匹配的人选”时，已经提前预示了这一点。最近有一部中等篇幅的铺路之作（它很可能不是最后一部），名为《柯尔》。[2]它由两部分完全不同的材料组成，包括柯尔·波特藏品（藏于耶鲁与美国国会图书馆）里的照片和复印件，以及他的许多曲目歌词。所有这些汇合成一种印象式的传记，然后和摘自其他著作的叙述与引言安插在一起，包括波特自己的日记。（“山姆·卡茨对我说：‘你知道的，柯尔，这首歌真美，它——这么说吧，它是犹太歌曲。’”）

我们可以梳理出几条线索来解释他的迷人之处。最简单的一条是，柯尔·波特很聪明，他是成功的富家子（他祖父是百万富翁）。我们所有人（尤其是美国人）心里都暗自景仰这位人物。他的穿戴无可挑剔，能够跟侍者说法语，到海滩边周围都是一群最出众的人物。从某种程度上说，柯尔能够与身穿晚礼服出席的各种场合完全相衬。他租下了勃朗宁去世时居住的那栋威尼斯宅邸，拥有威尼斯主运河上的第一艘快艇，娶了一位比他年长八岁的爱德华时代的美人，而她觉得他比那些更阔绰的追求者要“有趣得多”。（她当然也很阔绰：曾经有一位女士冒冒失失地问，她戴的珠宝是不是真的。“真什么真？”林达立刻打断她的话问道。）他们在丽都饭店的那些照片，阳光灿烂的画面，让人想起《闲谈者》[3]里乏味的社交圈层：戴安娜·库珀女士、德梅耶男爵夫人、阿伯第女士、比利·瑞尔登、布奇诺公爵夫人、艾尔莎·麦克斯韦和迪佐波拉伯爵夫人，以及当时的伊迪丝·蒙第默（朋友们称她为图姬）。所有这些人都穿着二十年代的服装，以至于男人们看着像无赖，女人们像怪胎——他怎么能忍受得了？他创造了一对名为S. 比奇·费奇的夫妇，他俩的所作所为不断通过社会新闻记者们的臆想而得以报道：伊夫林·沃在《邪恶的肉身》里借用了这个想法。

但是柯尔的一生却要有趣得多。作为旅居海外的纨绔子弟兼作曲家，他在回到美国后，首先征服了百老汇，然后是好莱坞；随后在成功巅峰之际，又遭遇到一场严重事故。有匹马摔倒在他身上，压断了他的双腿。他余生都处于跛足和极其痛苦的状态，

---

[1] 伊丽莎白·“贝西”·马布里（Elisabeth “Bessie” Marbury, 1856—1933），美国早期著名的戏剧演出与文学代理人及制作人。

[2] 原注：《柯尔：传记文章》（*Cole: A Biographical Essay*），罗伯特·金博尔编辑，伦敦：迈克尔·约瑟夫出版社，1972 年。

[3] 指斯梯尔（Richard Steele, 1672—1729）在 1709 年创办的文学杂志《闲谈者》（*Tatler*）。

但工作却丝毫没有因此而改变。即使在等待救护车到来的时候，他仍然还继续想着《你从来都不知道》[1]的歌词。当探望者询问他感觉如何，他总是千篇一律地回答："很好，谢谢你。跟我聊聊八卦吧。"这件事发生时他四十六岁。从此以后，某种贵族般的坚忍泰然，就和他严谨敬业的精神交织起来，成为生活的主导。他仍旧挚爱的林达，已经变得残疾：她在 1954 年去世后，被他安葬在他母亲身边（1952 年去世，卒年九十岁）。直到最终他安眠在她们两位中间。尽管他外表不动声色，却从来不愿再走进他们曾经共同居住的那座房子：最终他找人拆毁了它。与此同时，他的生活追求就是一顿顿的午餐、晚宴与演出首场，穿插其间的则是书桌旁的时光：按照他的说法，就是"我的事情"。他的男仆会送来一整盒东西，里面有削好的铅笔、几部字典和近义词辞典以及其他书籍、一瓶咳嗽药水、一包舒洁纸巾、大量纸张，还有一瓶顺风威士忌和苏打水。

因为，归根到底，柯尔是一位伟大的歌曲作家。《夜与昼》《跳起贝津舞》《你让我感到开心》《就这样爱上了》《罗莎莉》——这份歌单还可以无休无止地列下去。不仅如此，这些都是他本人独立完成："这首歌作者是罗杰斯与哈默斯坦，"他会这样说，"如果你能想象到两个人合写一首歌的话。"实际上他既是吉尔伯特也是

---

[1]《你从来都不知道》（You Never Know）是一部改编自欧洲剧目的美国音乐剧，波特与卡特舍（Robert Katscher）作曲，波特作词，雷伊（Rowland Leigh）与吉尔伯特（Edwin Gilbert）添加了部分歌词。

萨利文[1]，这是马布里小姐最惦念的一点。他首先找好节拍，然后根据节拍来填写歌词，再找到适合歌词的曲调。但这样一来他的歌就分成了两种类型，一种以歌词为主导，一种以曲调为主导。后者是迪克·阿德勒[2]所谓“我们称为橄榄球——也就是全音符”作曲的楷模，“他知道怎样编写一首能让歌手卖劲演唱的曲子”。前一种类型的歌词，念起来总像是（参考了韵书辞典而）近乎无休止重复某个单调概念：《我们开始吧》《医师》《用我的方式永远真心待你》——这是柯尔身上类似吉尔伯特的特点，它在舞会或剧院这样的场合令人极度愉悦，但重复熟悉过后不免显得造作。（以《我们开始吧》为例，如果它的主题没有以轻松活泼的形式逐步从不协调和音转变为协调和音，然后再加上中间八小节的迷人曲调，简直乏善可陈。）这些以调子为主导的歌曲，歌词通常都属于滥调陈词。只有它们为之效劳的曲调，才能让它们免于平淡无味：

> 再怎样努力也无法重新来过
>
> 除非这曲调攫取了我的心灵，

---

[1] 英国维多利亚时期著名的滑稽歌剧合作者威廉·吉尔伯特（William Gilbert, 1836—1911，剧作家）和亚瑟·萨利文（Sir Arthur Sullivan, 1842—1900，作曲家）。

[2] 即理查德·阿德勒（Richard Adler, 1921—2012），美国词曲家、作家与百老汇戏剧制片人。

我们就这样，誓言相爱到永远，

承诺永远不要

永远不要分离。

因此，作为一位词作者，柯尔·波特基本上没有跳脱出滑稽歌曲/家庭聚会歌谣的传统。这个传统一直持续到上世纪三十年代。他对这个传统有没有影响，目前仍然存疑；“柯尔·波特的歌”，那种音韵与对照的技艺，很少再有人仿效。关于其他方面，我们应该还记得，至少跟后来多数时候相比，那十年里人们文化程度很高。例如，《爱在街角拐弯处》的中间八小节（不是柯尔作词）唱道：

米洛岛的维纳斯

由于相貌迷人而闻名，

不过，有句话仅限于你我之间：

你比维纳斯更加乖巧可爱，

还有——不仅如此——你一条胳膊都不缺少。

我曾经颇为徒劳地想象过米克·贾格尔[1]演唱这首歌的情景。毫无疑问，成天接触这类作品的人，最终会愈发认为歌曲（甚或诗

[1] 贾格尔（Mick Jagger, 1943—　），英国摇滚乐手、作曲家、演员。滚石乐队主唱及创始人之一。

歌）都是技巧娴熟的产物。它既需要情感，也需要思想。这种风格的局限，最近通过民谣、黑人和兰波式歌词的大量涌入而暴露无遗。但不管怎样，它终究还是带来了大批成功之作，而其中许多应归功于柯尔。

当然，他还有各种局限。写歌就是他的全部事务：他丝毫没有想成为作曲家的野心，这一点不像戈什温（或萨利文）；他也没有剧作家的才华，不像诺埃尔·考沃德[1]。歌曲就是他的生命。他九岁时写了第一首歌，此后遂一发不可收拾。他在耶鲁读书时写过橄榄球队歌：而耶鲁在他临去世前给他授予了荣誉博士学位。“正如柯恩是伟大的浪漫主义者，柏林是伟大的原始主义者，”[2]有一篇悼词里这样写道，“波特则是美国歌曲的极度精致主义者。”只不过他是一位饱含深情的极度精致主义者。那些橄榄球队歌——按照迪克·阿德勒的定义——始终都可以证明这一点。

1972

[1] 考沃德（Noel Coward, 1899—1973），英国演员、剧作家、作曲家。

[2] 应该分别是指作曲家杰罗姆·柯恩（Jerome Kern, 1885—1945）和美国著名歌曲作家欧文·柏林（Irving Berlin, 1888—1989）。

真正的威尔弗雷德

●

作家的声名包括两个层面：我们对他作品的看法，以及我们对他本人的看法。不仅如此，我们还预期这两者之间存在着关联：如果它们无法联系到一起，那么我们的看法或多或少会有所调整，直到这两者匹配呼应。但是如果作家去世时很年轻，那么这种批评兼传记的双重评估过程就会脱节。作品已经出版，所以不会再有增补，而且我们已经开始围绕它形成确定看法；另一方面，作者的生平资料已经被他的遗孀、家人、朋友和委托人看管起来。等到它呈现出完整面貌，可能五十年也就过去了。这并不是说我们在此期间无法了解它的任何面貌：我们几乎总能有所了解，只不过它恰好又是通过那些阻碍公布完整记录的人们透露出来。这类事情的背后或许有充分的人性理由，而不管怎样，这种过渡时期的面貌形象都远非虚妄。然而它最终几乎肯定需要进行调整。（同样肯定的是，）相关调整会带来某种冲击。从鲁珀特·布鲁克，甚至是爱德华·托马斯的情况来看，这个过程是否已经完全结束，还继续存疑。乔恩·斯托尔沃思新出版的这本书，[1]则表明上述情况正在威尔弗雷德·欧文身上发生。

斯托尔沃思从特别有趣的角度，开始讲述这段堪称威尔弗雷德·欧文生平的故事。欧文的诗歌，或部分诗歌选集，在他去世两年后的1920年问世。编辑者西格夫里·萨松当初做出了大胆而异乎寻常的断言。他认为欧文不应该有传记："威尔弗雷德·欧文身上最强烈的特质都存活在诗歌里；任何关于他人品、谈话记录、行为或外表的粗浅印象，都无关紧要、有碍观瞻。"

这是谁的看法？为什么要进行这种陈述讨论？如果我们能够了解清楚，将会很有趣。但如此一来，欧文最主要的诗篇在此后十年左右的时间里也就继续存在于真空状态，仿佛是怜悯精灵在《列王纪》[2]某部续集里说出的话语。这些诗篇以缓慢的速度积累声名（举例来说，连1953年第二版的《牛津引用语词典》都没有收录欧文，这真是匪夷所思），可是当第一版诗集售出2 250册以后，情况就变得很清楚：人们需要一部附带作者传记、更具实质内容的诗集，而这个任务就由埃德蒙·布伦登承担了下来。

布伦登撰写的传记出版于1931年。他在创作过程中获得了欧文家人（我们会看到，这其实只是指他母亲）的充分认同与协作，因此可以接触到欧文的大量信件与档案。传记里描绘了这样一幅年轻人的肖像：他喜爱济慈，专意于诗歌，身体状况有时比较虚弱，

---

[1] 原注：乔恩·斯托尔沃思著，《威尔弗雷德·欧文》（*Wilfred Owen*），伦敦：牛津大学/夏多与温德斯出版社，1974年。

[2]《列王纪》（*The Dynasts*）是托马斯·哈代的三部长篇史诗剧，时间跨度从1805年拿破仑称帝到1815年滑铁卢战役。"怜悯精灵"是其中的神话角色形象之一。

最后被卷入欧洲战争的浩劫之中。全书大半部分集中在1917年初欧文首次跟随曼彻斯特军团到达法国以后的军旅经历。目前人们已经耳熟能详、从当时尚未出版的信件当中摘取的段落，有许多都收录到这本书里。另外还有欧文之死的记录，令人殊难忘怀。追述者是他的战友福克斯中尉。那天早晨福克斯亲眼看见欧文跟同伴们沿着松布尔运河两岸前进，并在猛烈的轰炸声中不断鼓励大家。几分钟不到，炮火就夺去了他的生命。这部叙事作品力求严谨负责，而它塑造的欧文形象与他的诗歌很匹配："他是那些命定者当中的一员，没有丝毫自负（雪莱的诗句永难超越），'看，仿佛是从高塔而来，一切终结'。[1]从外表看，他安静、不事张扬、充满理智；从内在角度看，他无法不带着审视者的尊严看待这个世界。"

布伦登从未见过欧文，却试图勾勒出欧文的模样。他的方法，是转述两位与欧文相识者的回忆，他们在爱丁堡附近的克雷格洛克哈特军医院认识，当时欧文正在那里疗养康复。其中一位是玛丽·格雷夫人，是当时慰问招待疗养军官的某团队成员。另一位是爱丁堡大学的图书馆员弗兰克·尼科尔森先生，他在格雷家遇到了欧文，后来（应欧文之邀）教他德语。两个人都坚称，欧文意识到了战争造成的苦痛。格雷夫人格外强调他的敏感与同情心（比较有趣的，是欧文在母亲面前对新朋友萨松的评价：他说"格雷夫人对

[1] 源自雪莱诗剧《钦契一家》（*The Cenci*）第二幕第二场，原文为"I see, as from a tower, the end of all"。

我滔滔不绝一通过后”，萨松“让人感到悠闲极了”)。

此后大概三十年的时间里，关于欧文生平状况的了解进程就停步于此。对于他的诗歌读者来说，只需意识到这些诗歌以幻象形式呈现的独特悲悯元素，就会发觉他是一位本质高贵卓绝的天才。为了忍受这场大战，而且不止于忍受，更要通过某种方式接受它，才使得成熟的艺术表达方式成为可能。与此同时，不仅要强烈憎恶战争带来的恐怖，还要赢得十字勋章——所有这些足以证明，这是一种既坚定又无私的人格，既坚强又深刻的精神本质。最重要的是，他态度谦虚，能够向文学地位注定逊色于他的人物表示尊重，因此他倾心于那种伟大的消极能力[1];如果哈代甚或是莎士比亚都在二十五岁时战死沙场，我们会觉得，这就是他们应当被人铭记的状态。

不过，到了六十年代的时候，守护森严的欧文研究领域逐渐涌入一批著作，它们将布伦登笔下的兄弟般精神和萨松的声音席卷而去，除此之外则无所减损。它们是欧文弟弟哈罗德回忆录《无名之旅》(1963—1965)里的三个部分，还有欧文本人的《书信集》。后者是约翰·贝尔在哈罗德·欧文帮助下编辑的精良版本，问世于1967年。这些内容充实的著作，导致整个局面彻底改观——《无名之旅》篇幅逾八百多页，而《书信集》则接近于六百页。这还不包括编辑配置的内容。原先我们对欧文所知甚少，突然间就了解到如

[1] 原文为 negative capabilities，一译“消极能力”，是济慈首次使用的词汇，用来概括莎士比亚等伟大作家在追寻艺术美感时，能够保持在不确定、神秘和疑虑状态，并不执意追求理性与事实，从而臻于创作至境的能力。

此之多的内容。如果说先前他只是近乎魂灵般的存在，被世界大战前所未有的野蛮兽性召唤出来宣扬同情与人性；那么，此时此刻他就是一位普通人，他的“谈话、行为［与］外表”充其量只是被过度纪录而已。

因此，作为欧文的下一位传记作者（其实可以说是他的第一位传记作者），斯托尔沃思的首要职责就是整理这部分新鲜材料，把它归置齐整，然后再评估它对布伦登塑造的欧文固化形象所造成的影响（萨松在 1945 年、奥斯伯特·西特维尔在 1950 年有过零星补充，但不足以形成明显的增补效果）。这项任务之所以重要，有以下几个原因：第一条，而且颇让人吃惊的是，新材料很难读懂。哈罗德·欧文是一位说话爱绕弯、有时来回重复的作家；而欧文的信件，说句不太客气的话，经常只会让人感觉沉闷。第二，虽然有许多新信息得以呈现，但考虑到它们的提供者是欧文家人，或是欧文本人，所以还需要进行公允的筛选。第三，我们头一回听说还有所谓的欧文问题。在哈罗德·欧文回忆录第一卷的最后几页，他描写母亲如何倾心竭力地想把威尔弗雷德的回忆永远留存下来；她如何保存他写过或拥有过的所有东西（在她死后，人们甚至发现了他的左轮手枪，而且处于上膛状态）；在各版诗集与回忆录的筹备过程中，她如何跟萨松和伊迪丝·西特维尔打交道，后来则是布伦登。他还明确表示自己对此感到不悦：

我清楚知道，真实的威尔弗雷德跟我母亲构想的、**她**的威尔弗雷德相差甚远……她替自己建立起一尊不容冒犯的形象——这个形象只是相似于她以为的模样，只是她用自己的简单方式、如此热切盼望他变成的模样……

那么，欧文夫人的威尔弗雷德，就是布伦登笔下的威尔弗雷德吗？哪一个是真正的威尔弗雷德？或者说真实的威尔弗雷德就只是哈罗德笔下的威尔弗雷德吗？

斯托尔沃思的第一项职责完成得很好。尽管他认为自己的任务就像是画家给欧文描摹肖像，是要把《信件集》里的长子欧文形象与哈罗德·欧文笔下的长兄画像添补完整，但从根本上说，他对这两份主要资料来源进行了天衣无缝的释解（中间穿插着直接引用的内容）。他语调警醒、不偏不倚，又鲜明生动。我注意到书里的四十幅插图，只有半数以下在先前著作里出现过。他还想到一个好主意：在需要引用诗的地方，都附上欧文原始手稿的影印件（仅此一项，就给全书增添了独一无二的价值）。他仔细跟踪查找资料，并获得了相应回报。他对欧文私人藏书（目前已保存在牛津）的研究，已经揭示出一些有趣的思想与语词对应。

这本书令人不大满意的地方，一是重点不够突出，二是基本上没有评价我们目前所了解的欧文究竟属于哪种类型的人物，以及这些新知识与他作品之间存在哪些关联。它只是把证据摆在那里，但或许正因为这种极度的谨慎，才能够确保呈现之精准，所以斯托尔沃思保持着克制，并不多加阐释。例如，欧文传记里的一个根本事实，现在已经很清楚：他就是母亲的乖儿子。如果要比较的话，他家情况跟 D.H. 劳伦斯高度相似。父母性情的差异由于贫穷而加剧（汤姆·欧文是威尔士人，喜爱音乐，有幽默感，多少有些矫揉造作，他甚至是比亚瑟·劳伦斯[1]更值得同情的人物）——这似乎导致了家族内部的嫌隙。汤姆·欧文跟二儿子哈罗德和小儿子柯林站在一边，对立面则是苏珊·欧文和威尔弗雷德以及她女儿玛丽。哈罗德·欧文写书的动机（副标题是“欧文家庭回忆录”），部分原因是想弥合这种分裂，从他们母亲那里夺回威尔弗雷德，并重新建立汤姆·欧文和他本人的形象，表明他俩都是威尔弗雷德成长过程中的显要角色。欧文太太对儿子的声名抱有极大希望（她保留了他的一绺头发，标识上写着“威尔弗雷德·爱德华·萨尔特–欧文爵士十一个半月”——萨尔特是她闺名姓氏）。这种雄心壮志以某种心理渗透的方式传递给了威尔弗雷德。从哈罗德的角度来看，威尔弗雷德在童年时就已经过度成人化，到青少年时期又突然从“过于兴高采烈的状态”变得压抑起来，而且还经常发脾气。在后一种状态下，他容易因为家庭成员无法符合正确标准而怒气冲冲地给全家人训话。哈罗德把它归因于无时不在的家庭压力，以及对自我的不满。其实这种压力的形成与威尔弗雷德本人不无关系。他对哈罗德一贯秉持着打压态度。后者在十五岁时准备上船当海员（家里有一

[1] D.H. 劳伦斯的父亲。

位志向远大的儿子就够了，哈罗德想学艺术的愿望也没人认真理会）。他跑来跟威尔弗雷德道别，而后者当时正躺在床上，等他关上房门准备离开时又吆喝了几句话，以此结束了这场面谈：威尔弗雷德"提醒我说，我的英语仍然还是那么糟糕透顶；他还冲着我狂吼道，等我们再见面时，但凡他发现我沾染了一丁点利物浦的口音，就会跟我永远断绝关系"。

他是在开玩笑吗？那也得另找一个更合适的场合吧。还有一件事情表现得更清楚，当时威尔弗雷德正在充当哈罗德的非官方导师：

> 每当我让他看看我的写作成果，他就会带着恶魔般的喜悦，用言词把它们撕得粉碎，还总爱假扮出一种极不自然的嘎嘎怪笑声；但他特别喜欢这套模式。很久以后他告诉我说，他一直为我设定过高的练习目标，这样才能够享受那种毁灭式批评所带来的愉悦。

欧文内心里封存着母亲的爱和自己的远大志向，等到他后来发现，通过友谊、爱和工作这些寻常渠道，终究难以跟世界达成妥协，也就不足为奇了。他的正规教育在十八岁时结束，尽管家里已经无法提供资助，他还是竭力避免从事常规工作。他给邓斯敦教区牧师做了一年多不拿薪俸的平教徒助手。当这份任职颇为离奇地结束之后，他去法国做英语教师，先是在一所贝利兹学校[1],后来又去做私人家教（贝利兹的日常教学任务确实过于繁重）。他在写给父亲的信中声称："如果说我逃避了做销售、做文员，或是当小学教师的考虑，那只是因为我比别人的眼光更清楚；我发现人只要被锁定在某个低端层面，就永远在那里直起身来［原文如此］；——无法在智性和社会意义上直起身来，在财务上也是如此。"

麻烦的是，欧文的这些高级标准（他的家庭无法满足），很难凭借他自己的能力而实现。"挺普通的一个年轻人，明显有些土里土气。"这是萨松对他的第一印象，这在《通信集》里也能够获得证明。他也不是特别聪明。他通过了大学入学考试，但没有拿到优等成绩奖金（导致他在床上躺了一整天）。虽然他心心念念都想拿大学学位，但他朝着这个方向所做的努力程度表明，他如果想要达到这个目标，可能比劳伦斯困难得多（赫胥黎称其为"逢考必过的高手"）。即使是他对诗歌的向往，也未曾让他获得任何能够证明他尝试和成功过的有形之物。他都意识到了这一切：这是他抑郁的根源所在。"我一定要有人帮忙，"有一次他告诉哈罗德说，"可我就是找不到。"

更引人注意的是，他显然没有能力与家庭以外的任何人建立实质关系——就连一起写诗的莱斯利·甘斯敦也是他的表兄弟——直

[1] 语言学家马克西米利安·贝利兹（Maximilian Berlitz, 1852—1921）1878 年在美国罗得岛普罗维登斯创办的语言学校，用以推广贝利兹教学法。

到他在 1917 年遇到萨松。“独狼”是他在家里的绰号：1914 年 11 月他在任教的波尔多给母亲写信称：“我开始因为渴望亲密关系而痛苦。从心底里说，我应该正在恋爱，但其实并没有。尽管我认识一大堆熟人，在这里结交的朋友比英国要多一千倍，（因为除了家里人以外，我在英国没有一个朋友）但如今我接触不到任何温情。”

欧文告诉母亲说自己应该在恋爱却没有恋爱，这里面包含了一种可怕的反讽。因为《通信集》几乎每一页都在竭力吁呼：正是她像磁铁一般吸走了他的爱、他的亲密感和温存。欧文现存的六百七十三封信件里，有六百三十一封是写给她的，但这个事实并不足以证明上述论点：他可能还给无意保存他文字的人写过另外六百封信。这些信件的开头称呼，并不是通常应当出现的“亲爱的妈妈爸爸”，而是“最亲爱的母亲”，“我的亲妈妈”，“我亲爱亲爱的妈妈”。不过即便是这种情况，想必也能解释为成年以后残留的孩子气。而最能说明本质问题的，是写信的频率，是知道有个人能够理解欣赏一切所以要给她写信的文字气氛。最重要的，是这些信里直白的宣示话语。署名为“妈妈的儿子”或“您挚爱的孩子”的信件，以及类似的夸张表述，或许还包含了下面这样的保证：

> 今晚我还是很难过，太想念您了。噢好想念啊！从这个世界的真实情况来看，并不是所有到达我这个年龄阶段的人都敢炫耀（或者像许多人所说的那样，坦承）自己母亲是他们情感里的绝对存在。但我相信我自己将永远如此，永远如此。

这并不是青少年时期的写作，而是二十六岁的文字，距离他的死亡只有三个月的时间。一年前他就写过：“自从穿过费耶大坝以来，唯独这一次让我感觉到如此欢欣……‘唯独这一次’，是指我在加里多尼亚酒店[1]看见您，披着天蓝色的纱巾，飘曳来到我面前。我觉得您非常非常地美丽……”

我们由此会想起杰茜·钱伯斯记载劳伦斯的话：“我一直爱她，就像恋人那样。这是我永远无法爱你的原因。”

只不过欧文并没有这个“你”。“所有的女人，无一例外，都让我心烦。”他在1914年2月给母亲的信中写道。显然他和哈罗德在这件事上无法达成一致。“你们这些水手当然都是天生的异性恋。”威尔弗雷德这样告诉他说。两人之间发生过几次比以往更严重的争吵。其中有一次，是他幼稚而又冷血的尝试：哈罗德来军营探望他，他却替他找来了一个女人。人们或许愿意多了解一下莱杰女士在1914年8月邀请他去加拿大的情况，她是他一位学生的母亲（“我意识到她挺喜欢我”）。不过，莱杰女士最终无疑会赞同格雷夫人的看法：“个人经历与个性发展，可以说在他身上并不存在。”他在写给母亲的信中偶尔暗示自己遇到过一些诱惑（“您知不知道我晚上在波尔多街头行走时，曾经有多少只手都搭在我胳膊上”）。但实际上没有任何迹象表明欧文曾经跟哪位女子达到了“亲密”的

[1] 加里多尼亚酒店（Caledonian Hotel）位于爱丁堡。加里多尼亚是古罗马时期对苏格兰的旧称。

程度。

难免会有人问他是不是同性恋。斯托尔沃思承认他的早期诗歌里有许多地方提到男性之美（他还提醒我们注意那首开篇为“这是一位海军小伙儿，严肃正经，身材苗条”的作品）。另一方面他也认为，欧文的主要麻烦，在于母亲给他灌输了那种简单（同时也常见）的等式“女人 = 不洁 = 坏人”。可想而知，这就意味着“男人 = 洁净 = 好人”。但这正是他随着经验增长需要摆脱的看法。哈罗德·欧文坚持认为，威尔弗雷德对女人具有吸引力，同时也被她们吸引：“是威尔弗雷德本人不允许任何吸引状态再继续发展下去。”他说，这是因为威尔弗雷德对诗歌拥有宗教般的虔诚与热情，所以需要保持单身。他和斯托尔沃思都没有提到，罗伯特·格雷夫斯给美国版《向这一切道别》[1] 添加的一段内容里，将欧文描绘成“一位拥有宗教背景的理想主义同性恋者”。这段话后来在哈罗德·欧文的要求下被删掉了。

诚然，从欧文这方面来看，没有任何证据表明他沿着这个方向有所作为。但不可否认的是，他在生命的最后一年里确实开始深入接触同性恋群体。萨松把他介绍给罗伯特·罗斯。两人在 1917 年 11 月见面。罗斯据称是“奥斯卡的首任男友”[2]，他连续安排两天的正式午宴来款待欧文。1918 年 5 月，欧文就住在罗斯位于半月

---

[1] 格雷夫斯出版于 1929 年的自传。

[2] 罗伯特·罗斯（Robert Baldwin Ross, 1869—1918），加拿大记者、艺术评论家与经纪人，奥斯卡·王尔德的好友与同性恋人。

街住处楼上的公寓里。1918 年初，他还在斯卡布罗[1]一家生蚝店里和“新朋友……菲利普·拜恩布里吉在一起”；斯托尔沃思还颇具启发意味地向我们透露道，提摩西·达奇·史密斯在《真挚的爱》（1970）里提到过拜恩布里吉。他在书里的形象是一位作家，“用拉丁文写过两名男生之间的淫秽对话录”，还写过诗剧《斯基罗斯岛的阿喀琉斯》。[2]从这部剧作里摘录的片段，足以显现其人物本色。后一部作品声称要献给 C.K. 斯各特–蒙克里耶夫——他是未来的普鲁斯特译者。1918 年 1 月，欧文在艾迪·马什的陪同下与他见面。5 月的时候，斯各特–蒙克里耶夫还试图帮欧文谋求一个职位，让他给某营的军校生授课。我们很自然就会想到，有了这样的同伴，还有哪位纯粹理想主义同性恋人可以继续保持着理想化。

虽然斯托尔沃思未曾明确表示，但欧文生命的最后一年，或最后十八个月，却迥然有别于其他阶段：就像护封简介里所说的，“他消除了那种看法，即战壕经历形成的冲击能够让诗人立刻成熟。”无论怎样都可以说，欧文面对自己描写的主题，即战争中的人类苦难，他的关注投入过程比较缓慢。尽管布伦登宣称（西特维尔也重申这一论点），欧文在 1914 年 8 月没有回英格兰志愿参军，是因为他的“教学任期”还没结束。但是我们发现，他在

---

[1] 斯卡布罗位于北约克郡。

[2] 据称阿喀琉斯的母亲忒提斯为了不让他参加特洛伊战争，曾将他藏匿在斯基罗斯岛（Scyros）。故事出现时间较晚，未载于荷马史诗。

1914年10月已经摆脱了纠缠不休的莱杰女士，并在12月担任了新的职务，直到第二年夏天。在此期间，他对战争采取了一种漠然的态度：

> 眼看着欧洲正在遭受蹂躏，我愈发感觉到自身生命的珍贵和稀有。枪炮确实能产生少许有益的清除效果，但是让我一想起来就失望恼火的是：许多原本能够超越于一万年文明的才识之士，正在被彻底消灭……

他与英国远征军的同仇敌忾之心，也不比人们预期的更为热切："英国主力军队的伤亡，并不比法国、比利时，甚至俄国和德国军队的伤亡更让我感到难过：因为前者都是英国大兵，这些可怜的伙计们，而欧洲大陆军队却拥有这片土地上最精良的头脑与禀性。"

直到1915年8月，他成天摆弄的那套观念，无非还是"成为伯明翰兵工厂的工人，每周挣五英镑工资"，或"大叔就不能再说明白些？什么是'陆军部的好工作'？"或"我正经应该考虑参加意大利骑兵；出于审美和实际的原因"。如果不是因为他在1914年9月23日给哈罗德·欧文写过一封信，我们会很容易下判断说，他并没有真正理解战争的本质。这封信详细记录了他在一家法国医院里看到的伤员情况。（"我特意告诉你这些，目的是为了教导你看到战争的真实情形。"）它预示着欧文后来形成的习惯：他总是携带着战争伤亡者的照片，并在合适场合展示出来。不过这也是他对弟弟采取威压态度的另一则例证。哈罗德当时正在潜艇出没的海域里航行，所以不大可能会喜欢这种教导方式。

尽管如此，初次入伍的经历仍然给他带来了巨大冲击（1917年1月至5月：他第二次入伍是在1918年9月，直至11月初阵亡）。今天人们需要花一番功夫，才能够通过想象认识到，1914年和1915年的士兵迎面遇见等候在前线的恐怖情景时，是怎样地措手不及：以往的文学作品从未提及西线的“丑陋景象，邪恶杂音……一切都反常怪异，残缺不全，四分五裂”。这很可能是欧文偶尔对传统文学加以嘲讽的原因（“诗人们泪眼婆娑的哄骗”；“首先我并不关心诗歌”）。这表明他觉得自己曾经被欺骗过。读完他在这个阶段写的三十多封信件，我们不难觉察到，他向弟弟表达的愤怒感觉已经达到何种程度：

> 关于过去这四天的情况，我没有任何理由对你隐瞒欺骗。我已经遭受到第七层地狱的痛苦。
>
> 我还没有抵达前线。
>
> 我已经抵达它的面前。
>
> 我驻守着一处前哨岗位，实际上，是无人区中央的某个“地下掩体”。
>
> 我们沿着炮火轰炸过的道路行军三英里，然后又在淹满水的坑道里行进了将近三英里［等等］……

这个段落，以及许多与之相应的内容，显然没有任何夸张。它们与传统观念形成了明显反差。从传统角度来看，妻子或母亲们不该胡思乱想，以免产生无谓的担忧。1915 年 11 月，肯尼思·加奈特中尉在参战一年后给母亲写信称："您还记得当初寇文家的孩子跟我在观景点附近搭建的海景城堡吗？它就像眼前的这场游戏。只不过有更多人参与进来，而我们不会因为把衣服弄脏了而挨骂……"[1]他绝对欺骗不了任何人，但至少他想要这么做。克里斯多弗·衣修伍德的父亲则代表了一种更常见的语气，他在 1914 年 11 月给妻子写信时说：

> 我没想到杰克逊竟然胆敢告诉你说，我把自己置身于毫无必要的危险境地。这纯粹是在扯谎。我可是极其谨慎的人。当然你得带领大家往前冲，而这样做就会有危险。但我从来不做没必要的事情，也不会做蠢事。我向你保证。我脑子里一直存着念想，一定要回来见到你。[2]

欧文的信件并不歇斯底里，甚至并不怎么自怨自艾。他的一位姑妈曾经尖锐而不无调侃地概括道，这些信件只是对整个情形充满了"糟糕反胃"的感觉。这是人类该当如此忍受，也是他该当如

---

[1] 原注：《前线来信》(*Letters from the Front*)，约翰·拉芬编辑（1973），第 7 页。
[2] 原注：克里斯多弗·衣修伍德，《凯思琳与弗兰克》(*Kathleen and Frank*, 1971)，第 303 页。

此忍受的恐惧。当他告诉母亲这一点时，并没有任何歉疚。与此同时，这些信件并不能真正帮助我们了解他的诗歌。即使有，也只是《徒劳》或《更伟大的爱》里面那种情感的蛛丝马迹。只有一两封信件的结尾，透露了些许信息："我出来是为了帮助这些小伙子们——直接的方法，是像军官那样尽力领导他们；间接的方法，是观察他们的苦难，这样我就能像祈愿者那样尽力言说他们。我已经做到了第一种。"

读斯托尔沃思的书，再回到它在很大程度上加以提取混合的那两部著作，就会促使我们形成这样的结论：欧文生平与性格里的许多因素，开始还处于隐藏或疑而未决的状态。壕堑战的催化作用，导致它们淀析成形，或接近于成形。在某些情况下，这种淀析作用如此剧烈，以至于产生彻底的逆转效果。对于战争、对于作战的各路部队，他从最初的漠然转变为深切的忧虑。他从毫无特色、仿效旁人的作者，变成了立意新颖、令人难忘的诗人。他从缺乏"任何温情接触"，变成了深刻诚挚情感的代言人。他从一位不讨人喜欢的青年，变成了招人喜欢和爱慕的男人。

斯托尔沃思并没有解答这个复杂问题，但我们不该责怪他；也许我们应该感到遗憾的是，他还没有认识到这一点。他坚信"所有这一切塑造了他，让他得以表现自己的主题"。言下之意，这是一个顺利而和谐的发展过程。不过，尽管我们能够理解他为何要对"瞬间成熟"的传说感到不耐烦，但从我们目前所有的证据材料来看，这仍然是一条便于解释的捷径。我们不难做出如下猜想：比如说，欧文在曼彻斯特军团的服役经历，让他初次体验到共同事业的归属感，从而永远驱走了那匹“独狼”；比如，他在接触到萨松及其诗作之后，才明白诗歌怎样才能够，而且必须对照事物的本来面貌和不该有的面貌，来进行适当的处理；比如，他与同性恋者的联系，让他得以进入某种情感氛围。这让当时的他感觉到解脱与意义所在；而且到了最后，以上三种经历统统结合到了一起。不过，这些假设虽然有可能落实证据，但我们目前还没有找到。

不管这些想法能否成为破解威尔弗雷德真相的关键，布伦登传记塑造的那位平面人物显然已经一去不再复返。我们必须接受的替代形象，要比它远为复杂，甚至和它截然相反：普普通通，却别具天赋；充满同情心，却又麻木冷漠；自鸣得意而又羞怯；凡事听从母亲，显现出反常的成熟，却又保留着青春极致的热忱与欢欣。“我猜想，这种相反状态的结合，是他整体的人格特征，”弗兰克·尼科尔森这样写道，“这或许可以解释他为何能够同时激发起男性和女性的喜爱之情。”总体来说，我们从斯托尔沃思的叙事主题里无法感觉到这种喜爱。哪怕我们认为，哈罗德·欧文记载的轶事里有一半都不可信，因为他要以此解决家庭内部的恩怨，但剩下的那部分仍然足以表明：威尔弗雷德有时确实是难以相处的年轻人，而且远非格雷夫人回忆里那位无私完美的典范。

欧文的这种新形象会影响我们对他诗歌的看法吗？首先我们会觉得不影响。它们依然还在那里，是面对历史极度恐怖的角落、发出永恒回声的丰碑。但反过来看，在罗伯特·格雷夫斯写给欧文的一封信里，有两句不经意的话，现在读起益发意味深长："祈愿上帝，拜托你振作起来，在信里面多说些乐观的东西——战争尚未结束，但诗人应该拥有超越于战争的精神——"仿佛格雷夫斯已经从直觉上猜测到，对于欧文来说，战争并不是他急于摆脱的一种非个人化灾难，而是私密个体的纠结。这似乎是他孤绝感的一部分，是他在诗歌领域受挫的志向，是他对性欲问题一次次的悬而未决。这么说并不是要责怪欧文不够真诚。"诗歌寓于悲悯"和"眼泪的永恒回馈"，类似这样的诗句，永远都不会丧失它们巨大的冲击力。这是一股彻底摆脱了矫揉造作的力量。只不过它们不再像是悲悯精灵诉说的话语。在这些诗句背后的某个地方，存在着人类的共同问题，即使五十年过后，我们还远远谈不上对它有所理解。

1975

芭芭拉·皮姆的世界

●

小说家首先要提供一个独立的世界。所以我们由此结识了米尔德里德·莱斯伯里[1]，一位三十来岁的老姑娘，看她观察着“新人们”陆续搬进她楼下的公寓，维多利亚车站旁边某个位置“不对劲”的房子。换句话说，小说家需要创造新颖人物，比如说奈庇尔夫人，一位成天穿长裤的人类学家，从来不洗涮家里的杯盘碗碟（“我就是这么个邋遢婆娘”），却拥有一位夫婿（“罗京汉”）。他喜爱收藏维多利亚时代的器物，是海军上尉参谋，很快就要从驻地回家。好了，这是需要告诉那位四十来岁的教区牧师朱利安·马洛里的事。他跟热心助人的姐姐维妮弗雷德住在一起，貌似发誓要孤老终身。但随后罗京汉就回家了（“您肯定是莱斯伯里小姐”），而马洛里姐弟俩家里来了新房客，是一位名唤阿莱格拉、光艳照人的牧师遗孀。于是乎……

芭芭拉·皮姆的所有六部长篇小说（1950 年至 1961 年出版），从不同角度敞开了通向这个世界的大门：二十世纪五十年代的英国，风华正茂的中产阶级生活，他们的教育程度高过社会平均值，有时还附带有安立甘高教会的背景。这些人发现，在多数情况下，日常循环的事务、普通的工作，都比较难以满足他们忍不住提出的要求。作为小说，它们并没有体现出任何“发展”趋势；第一部和最后一部都同样精熟老到。作品的观察力、社会喜剧、不同主题的互动，同样具有专业水平。尽管每部小说都自成一体，但它们却不知不觉形成了相互依托：例如，我们直到《少于天使的数量》（1955）问世，才知道莱斯伯里小姐在《完美女人》（1952）里遇到了怎样的事情。这种技巧强烈佐证了以下看法：即所有的六部小说应该被视为一部合集。

它们的叙事带有一种信手拈来的意味：角色人物通常已经在某个环境里居住生活了一段时间，而我们就在这里与他们相遇。然而，某个细微的事件——楼下公寓来了新房客，一位新上任的助理牧师（“他那一身连衫衬裤的打扮可真心不像样”[2]），在德比郡女子学校召开的索引与编目人员大会上新结识的朋友——都有助于在相互关联的角色群体间引发一连串适度的戏剧化事件。作为旁观者乃至于复述者的主人公，面对人生的各式荒谬，具有一种反讽的感知力，同时清楚意识到它能够造成磕碰瘀伤，所以会自行调节。因此小说里就出现了下述人物和情节：关系破裂的夫妻，例如奈庑尔夫人和罗京汉；普茹登斯看望嫁给教区牧师的大学好友简，又遇到当

---

[1] 莱斯伯里和下文的奈庑尔夫人都是芭芭拉·皮姆（Barbara Pym, 1913—1980）的小说《完美女人》（*Excellent Women*）里的角色。

[2] 引自皮姆的作品《某只驯服的瞪羚》（*Some Tame Gazelle*），据称是以皮姆本人和妹妹为原型。

地的一位鳏夫；四名学生要申请两份研究补贴，和教授共度周末，并各自展示才能。最后事情都发生了变化：皮姆小姐的三位女主人公在与我们挥手道别时，似乎都找到了各自倾心的未来夫婿；哈瑞特和贝琳达姐妹（《某只驯服的瞪羚》，1950）都有人求婚，又被她俩拒绝。两个人未曾说出的共识是，姐妹俩住在一起，偶尔款待一下那位助理牧师，是更好的生活状态。简实际上并非行事有效的牧师妻子（“噢，如果当初我要知道是这种情况”），她没能给普茹登斯寻觅到一位夫君，却眼见她分别后安然无恙地转入下一场情事。所有这一切的喻义似乎是，就像那位教区牧师“用一种过度随意以至于无法显得正经八百的语气”所说：“我们必须接受我们遇到的人，并全力做好自己的事。”

这样的作品特征，听起来可能微不足道（“但这就是构成生活的东西，对不对？”），然而皮姆小姐欢快、自信的天赋，给小说里要表现的一切都添加了某种独有的——喜剧感，是不是？读者无疑总是忍不住想笑：笑那一场人类学研读会（“不来一顿仪式性的人肉宴吗？”）；任性鳏夫跟那位掠食成性的女士的同伴一起散步（“‘这里有你喜欢的东西吗？’‘都在这个托盘上了，十五先令’，杰茜报出价格”）；办公室职员貌似彬彬有礼的内讧（“其实我今天上午 9 点差一刻就来这里了”），但这种幽默感总会自行收敛：稍微拌了几句嘴以后，简和牧师就坐下来吃东西了，“厚片面包，上面抹的是用对虾（和其他鱼）做的酱”——它意味着，生活在很大程度上就是“对虾（和其他鱼）”这样的事情。有时它是比较蓄意的幽默：当阿莱格拉邀请莱斯伯里出来吃午饭时，首先告诉她说，自己跟单身汉马洛里订婚了，其次是劝说她跟他姐姐维妮弗雷德“较量一番”（“屋子里突然变得很热，我觉得格雷夫人的脸跟我凑得太近，她眼睛睁得很大，煞是犀利，她牙齿很小很尖锐”），而莱斯伯里小姐在摆脱对方以后，试图恢复镇定。她不听售货员的建议，买了一款充满异域风情的唇膏（“‘谢谢你，不过我还是想要夏威夷火焰。’我固执地说道”）。开心得意的感觉，总是在不断挫败更显造作的情感。

但情感依旧还在那里。贯穿于这几部小说的主题是，只要我们还活着，就必须寻找到另外某个人，无论怎样犹豫，或秉持怎样的标准——否则，就像她首部小说的扉页里所说的：“爱上什么吧，噢，爱上什么吧！”关于气势恢弘的爱情（“一只巨大的白兔扑进你怀抱，不知道该拿它怎么办”），皮姆小姐言之寥寥。她的一些女主人公对自己所拥有的感到满意，而它们更多时候是微不足道的东西（“因为此时她和自己三十年来深爱不渝的人坐在沙发上……尽管他已经结婚，是圣公会的会吏长”）；有些角色确实缔结了潜在的美满姻缘，却未必总是最能一见钟情的对象，或是通过最浪漫的方式：

> “我打过电话，想问你今晚能不能到我公寓一起吃晚饭。我买了些肉来烧。”
>
> 我看着自己把一小块带骨肉放进烤箱，然后开始准备蔬菜。我在水池边弯下腰时，感觉到后背的疼痛。

“今天晚上我怕是来不了啦。”我直不楞登地说道。

“噢，真可惜。”他声音平淡，波澜不惊，所以无法判断他是否真的介意。

最明显的情况发生在凯瑟琳·欧利芳身上，她给女性杂志撰写短篇故事，而人类学家汤姆·麦娄（“汤姆似乎没有想过他俩可能会结婚。凯瑟琳经常猜想，人类学家是不是过分专注于研究异域社会的存在方式，所以会忘记自身所在社会的寻常状况。”）可是当她发现他在餐馆里跟一位年轻学生手拉手的时候，就用一种既可笑又感人的果断态度把他从自己公寓里打发走了：

“他弱弱地笑着。‘你比我要勇敢得多。我不相信你居然还会介意这些。’‘我不介意。我曾经非常喜欢你，但我们总不能双双以泪洗面吧。’”

爱，对于皮姆小姐笔下的人物来说，代表了各种内容。它既可以是宽慰人心的白日梦，也可以是让他们摆脱小说框架束缚的某个关键步骤。但它还可能是我们了解他人，甚至是向他们展现自我的方式。魅力十足的阿莱格拉登场时不仅是恬不知耻的觅嫁女子，还是一位糟糕的持家者（“吃完一半剩下的罐头盒，半拉陈旧的面包，一切都脏兮兮的……”）很难说以下哪一位更讨厌：是杰茜·莫罗，还是费边本人？杰茜跟踪尾随鳏居的费边，后者身上还穿着妻子以前的蓝色立绒西装（“康斯坦丝以前有件西装跟这个很像。立绒的，对不对？”）费边把自己的镶框照片放在妻子墓穴上方，而不是放一块石头以示哀思。但总体来说，最后还是男人最差劲：他们异常迟钝（格罗特主教或“西奥多·姆巴瓦瓦”，从非洲回来度假时向贝琳达求婚，并保证说她长相如何并不打紧：“从外观来看她并不美貌……”）；他们不由自主地吝啬小气（威廉·卡尔德柯特看着瓶里剩下的酒，然后给自己倒了一满杯，而不管米尔德里德；洛奇·奈庇尔给她拿了一束从自家花园里随便揪的几枝花，而不是花钱从店里买）；或者仅只是自私，例如迪格比和马克突然在晚餐时出现在凯瑟琳家（“一个人做饭实在太没劲了，总之我们听人这么说来着”）。皮姆小姐的小说或许像是“女性读物”，但没有哪位男性在读完这些书以后，还能够丝毫不受影响。

因为行动很重要，和爱同样重要。在她最细致精微的作品《祝酒一杯》（1958）里，薇尔麦特·弗西斯（正如书籍腰封里郑重指出的那样，“比较自私轻浮的人”：她在海军部队认识了洛奇·奈庇尔），她获取轻松乐趣的主要来源，是她土里土气的朋友玛丽、牧师之家的各式人物、她极度严肃的丈夫罗德尼，以及让他们住在家里的婆婆西比尔。与此同时，她还暗中回应着皮尔斯·朗格里奇那些神秘费解的示好姿态，有一搭没一搭地窥探他内敛的生活方式。不过到了最后，玛丽嫁给了英俊的兰桑姆神父；罗德尼的母亲在六十九时再嫁（“我们往后就是七十多岁的生活，甚至可能要活到八十岁”），而罗德尼承认自己曾经带着简的朋友普茹登斯去外面吃过“一到两次”饭；薇尔麦特最终发现皮尔斯竟然是同性恋，不过她也结识了他那位吸血蚂蟥似的男朋友基思。基思在她精美可爱的家里伸手捻了捻窗帘布，看看它们有没有加内衬，还向她保证说，皮尔斯并不是真的认为她“毫无动人之处”（这是他在先前那次不幸的约会当中暗示的意思）。显然她是无法摆脱基思了（这一点在1961 年的《爱难得善报》里得以确认）。看见这个人物，我们略微可以认识到：爱只能争取，而不是漫不经心的追寻。

展现在我们面前的，就是芭芭拉·皮姆的世界：当读者彻底了解到小说里的逗趣、讽刺、警觉聆听和锐利目光，究竟是什么在心目中留存得最久？从一方面来说，是生命潜在的孤独，是对一切伤害[1]的感觉，是一个人关灯上床后感觉到的任何东西（“她唯一的一本祈祷书……告诉她说，我们今世都是局外人与朝圣者，必须要忍受心灵的放逐。她觉得她多少明白这一点。”）从另一方面看，是用来承受这一切的德行；是毫无伪饰地依从英国国教会，是放弃自哀自怜，与他人保持着审慎的关系，还有各种细微而无可指责的慰藉。这并不是一个处于“摇摆的六十年代”却仍有可能岿然不动的世界，它确实并非如此：查泰莱夫人的统治地位未曾遭受后来那些未出版小说的袭扰，真让人遗憾。不过，我们已经读到的那些书籍，还在坚持以“图书馆皮藏本”形式进行小规模重印；它们在乍

[1] “一切伤害”的原文为拉丁文 vulnerant omnes，完整的句子为 Vulnerant omnes, ultima necat，意即“一切都造成伤害，最后一击才是致命的”。

见之初激荡而生的火花，已经被更深刻、更显光彩、业已确立地位的艺术所接续。也许，它们只是些细密画像，但它们并不会消亡。如果它们能够获得恰当规模的重印（当然这将无可避免），那么还有哪一句格言隽语，能比不幸之人汤姆·麦娄的思索更为恰当呢？“他和以往一样，对那些即使极度精致却依然聪敏的女子赞叹不已。”

1977

安德鲁·马韦尔的变幻面容

1921 年安德鲁·马韦尔诞生三百周年纪念活动，召唤出一篇出人意料的致敬之辞：T.S. 艾略特关于马韦尔作品以及他在英国文学史上地位的随笔文章。当时艾略特还远未成为后来那样的权威人物；他在《普鲁弗洛克》(1917)[1] 和《圣林》(1920) 里已经发出令人困惑的新颖声调，所以这次即使是对一位众所周知的作家进行严肃的重新评估，也仍然可以被视为某项颠覆运动的一部分。他说，他并不想尝试提升马韦尔的声誉，而只是抽离出他的个性特点。但既然艾略特在文章结尾处费尽心思地表示，这正是雪莱、华兹华斯、济慈、莫里斯、勃朗宁、叶芝、哈代和其他几位诗人所缺少的某种东西，那么马韦尔的身份地位毕竟从此发生改变，也就毫不稀奇了。

十九世纪末关于诗人马韦尔的普遍认识是：从一方面来看，这位作家的半数精力都纠缠在克利夫兰和多恩的那些虚饰传统里；另一半则卷入当时的政治动荡中，但他终究还是延续着以花园和耕作者为主题的田园牧歌传统，完成了许多迷人而精致的诗作。这些作品据信是他在费尔法克斯勋爵位于约克郡纳恩艾普顿的府邸里当家庭教师时所作。不仅如此，他的政治诗，尤其是《贺拉斯体颂歌：克伦威尔自爱尔兰归来》，是清教传统的最出色代表。这首诗里仍然还保留着向查理一世的宽宏示意。在《剑桥英国文学史》（1910年至1916年出版）里，马韦尔受到神学博士约翰·布朗神父的恭敬对待，并被归入“赫里克、洛夫莱斯和威瑟”的行列，而不是“沃勒、塞德利、多尔塞特或罗切斯特”这个级别。布朗认为《花园》既具备贺拉斯长短句抒情诗的古典精神，又拥有雪莱《西风颂》的想象密度。皇皇巨著的《不列颠百科全书》第11版（1910年至1911年出版）里，尽管称他为“伟大的清教徒诗人”，并提到“他杰出的‘花园诗’”，但只是对他作为“幽默作者以及伟大的‘议会人士’”更感兴趣，另外采用较多篇幅记述了他在这些方面扮演的角色。人们的普遍印象认为他是一位公共人物，而诗歌只是他引起我们诸多关注的一种形式。

1922年艾略特通过赫尔河畔的金斯顿出版社印制了一部纪念文集，其中重新登载了以往的一篇论文。他在这篇文章里对马韦尔的看法迥然不同。他一上来就承认“他的最佳诗作并不算很多”，但仍然认为马韦尔的总体分量要超过赫里克、洛夫莱斯和威瑟。“马韦尔的最佳诗歌是欧洲文化的产物，也就是说，属于拉丁文化的产物。”艾略特还从中找到了某种提炼方法，可以给一个世纪的整体思想贴上最简单的标签：“巧智”：一种寓于诗性优雅之下的严

---

[1] 即《普鲁弗洛克的情歌》（The Love Song of J. Alfred Prufrock）。

密合理性，一种体现于戈蒂耶、波德莱尔、拉福格、卡图卢斯、普罗佩提乌斯和奥维德作品的轻佻与严肃的结合：

我愿

在大洪水来临的十年之前爱你：
而你如果想要拒绝则不妨拒绝
直到犹太人皈依的那一天。
我这葱郁爱情的生长将比
一众帝国更为广袤，更加悠远。

（艾略特继续宣称，）马韦尔拥有一种让熟悉事物变得陌生、让陌生事情变得熟悉的能力。它带来了一种光彩与清晰感，而这种感觉自身就具有诗性的意味。他把马韦尔的《水泽仙女与幼鹿》[1]跟威廉·莫里斯的一首诗相比，发现莫里斯的诗写得云里雾里，而马韦尔扎实、精准的表达形式，则给微不足道的主题赋予了一种“耗散不尽、可怕的情感星云，它萦绕在我们各种确切而实际的激情周围”。他还引用了下面这一段：

受伤的香脂树就这样哭泣：而

---

[1] 即《水泽仙女怨叹其幼鹿之死》（The Nymph Complaining for the Death of Her Fawn）。拉金在下文里称其为《水泽仙女及其幼鹿》（The Nymph and Her Fawn）。

神圣的乳香就这样流淌。
失去兄弟的赫里亚德斯[1]
就在这些琥珀泪水中融化。

我们可能感觉不到这些诗句有多么符合艾略特对它们的华彩描述，事实上还会疑心，他称道马韦尔的优秀品质，在一定程度上描述的是他自己，或是他对于自身的希冀。他这篇文章，说到底只是众多文章当中的一篇：它们旨在引起众人对十七世纪的关注（这个世纪似乎“把人类心智的全部体验都聚集并吸纳到它的艺术之中”）。因为艾略特自身诗歌的诸多特征正是来源于这个阶段，还有他的安立甘主义和保皇思想。以上引用的四句诗，恰好体现出那种随意的假设：即所有人都具备广博学识，而这正是艾略特本人开始逐步形成的专属特征。对“欧洲文化”的指涉（我们一定不要忘记，艾略特跟庞德一样，都是美国人），则强化了这个结论。他在另一篇文章里清楚表示，马韦尔跟他同时代的人都拥有“一种能够吞噬任何类型经验的感性机制”——这个机制，好可惜呀，我们已经遗失了。不过这已经是另外的话题了。

艾略特相继获得了庞德和利维斯的支持，影响越来越大，结果年轻的批评家都开始关注起马韦尔来了。马韦尔在屈指可数的几

---

[1] 赫里亚德斯（Heliades）是希腊神话里太阳神赫利俄斯（Helios）与海洋女神克吕墨涅（Clymene）所生的几位女儿，她们唯一的兄弟法厄同在鲁莽地驾驶父亲的太阳车时失控坠海而死。

年里，就成为他们解剖台上最受青睐的主题材料。如果说，二十世纪文学批评的推动因素，是某种意图证明“外表简单之物其实颇为复杂”的愿望，认为看似只有一种意思的东西其实具备三种或四种意思，而文学作品是否优秀则取决于它们能在何种程度上展现这一点，那么，这无疑是一种过度简单化的说法。但是，从马韦尔的当代研究成果里稍微挑几篇文章读一读，就不得不承认：这种说法其实具有充分的真实性。例如，J.V. 康宁汉在他的《传统与诗性结构》里，就单挑出艾略特对“葱郁爱情”（vegetable love）[1] 的赞许之词：

> ［他的读者们］眼前会浮现出某个奇异怪诞、不断膨大的洋白菜的模样，但如果真要这样想就是纯粹的无知了。“葱郁”（vegetable）根本不是指蔬菜，而是一个抽象的哲学词汇。马韦尔时期但凡受过教育的人都明白这一点。它的语境是“三种灵魂”原理：一是理性灵魂，它能包涵人类的其他两种灵魂；感觉灵魂，则属于人和动物所共有，它体现了行动与知觉的原理；最后，也就是三种灵魂里最低的一种，是葱郁灵魂，这是植物具备的唯一灵魂形式，它体现了生成与朽灭、扩增与衰败的原理。当马韦尔随后说到，我的爱，虽然无法发挥其感觉作用，却拥有扩增的能力，所以它将比“一众帝国更为广袤”。

---

[1] “葱郁”（vegetable）的字面意思是“蔬菜”。

有可能。但另一位读者或许会认为，“葱郁”只是一个形容缓慢生长之物的好词。威廉·燕卜荪在《田园诗的几种形式》里，用同样的文字来阐明马韦尔第二闻名于世的对句：

> 消除那一切呈现于
> 绿荫之下的绿色思想中的景象。[1]

> ……或是思忖所有事物，或是对一切事物置若罔闻。这样的话，由于理解而容纳一切事物的有意识思想，还有与一切事物和谐共处、故而容纳它们的无意识动物本性，这两种观念就结合到了一起。显然，对这种本质相悖的意思加以表述（这从词源学里就可以看到：将一切 *ad nihil*[2]，即是将其化为乌有，再变为一种思想），目标是否定它的真实性。问题并不在于这两种观念有什么本质差异。人们只要了解任何一方，肯定就不会再认为它俩有何不同。既然他已经通过这两种观念的结合而达到迷狂状态，那么他就“既非有意识，也非无意识”了。这就像佛教觉悟的第七层境界[3]。我认为，通过这个情境，另一个隐晦问题将会突显出来：也就是说，所有这些被思考的对象，究竟是作者还是造物主心灵当中造就的东西；对于这样一位格

---

[1] 出自马韦尔的名篇《花园》（The Garden）。

[2] 指前两句诗里的“消除”（annihilating）一词的词源。

[3] 即佛教八正道里的“正念”。

外“富有创意”的知情者来说，两者殊无差异。

可能也有道理。另一位读者或许还会认为，这两句诗只不过是某个人在夏日花园树荫下半睡半醒时心思状态的绝佳描述。确实，批评家们围绕着马韦尔诗句究竟能够或应该怎样解读而争吵不休：利维斯跟贝特森吵过，道格拉斯·布什与克林斯·布鲁克斯吵过，皮埃尔·勒古依斯与燕卜荪吵过，弗兰克·克默德与弥尔顿·克朗斯基吵过。布鲁克斯说过的一句话，从整体上概括了这种状况。它在无意间体现出颇具摧毁力的反讽意味：“马韦尔是一位极其优秀的诗人，所以他无法免除这种隐晦。”

无论是真是假，多数有关马韦尔的当代评论，都对人们解读这些诗歌的能力形成了奇特的抑制效果。它好像是使用“嗖嗖移动的分子”这类语言来描述一把椅子的构造，结果让人们根本不敢坐上去。但不管批评文字怎样泛滥，引发事端的还是马韦尔本人，而不是赫里克或洛大莱斯或威瑟：他作品里肯定有某种东西在召唤着他们这么做。也许这就是一种承载过度的问题：

我过着怎样奇妙的生活！
成熟的苹果从我头顶坠落；
葡萄藤上一簇簇甘美的浆果
榨出它们的醇酒向我口中滴落；
那琼浆玉液，那鲜桃异果，

自动落入我的掌心持握；

我走路时被甜瓜绊脚，

被花枝缠绕，我在草丛中跌倒。

——这座花园宛如伊甸园的茂密繁盛，它被表现得如此令人震撼：那些自主行动的水果甚至能让人感觉到一丝威胁；而言说者的于勒式形象[1]，则带着些许的荒唐色彩（脑袋被一只只苹果狠狠敲击，脸上被一串葡萄砸中，最后又被一只甜瓜绊了个大马趴）。如果读者想要寻找这首诗字面意义以外或更高的解释，也就无可非议了：比如说，这就是苹果与堕落感俯拾皆是的伊甸园，而马韦尔真正想说的是，我过着怎样一种罪恶而饱受诱惑的生活啊！能够从《水泽仙女及其幼鹿》里别出心裁地看到基督上十字架的寓喻，或看到诗人哀叹处子之身的丧失（虽然可能更不好理解），都出于同一种原因：过度关注诗歌的做派而不是内容实质。马韦尔诗歌既然如此富有内涵，那么读者也就无法相信它只是在谈花园，或者是关于女孩及其宠物的牧歌式巧妙表达；所以它肯定还具备其他某种东西，而读者——学院派读者——决意要找到它。马韦尔代表作里唯一一首内容实质与形式相贴近的诗歌，就是《致他羞赧的情人》。颇具意味的是，目前还没有谁能够提供某种政治或神学方面的

[1] 可能是指法国喜剧演员雅克·塔提（Jacques Tati, 1907—1982）在二十世纪五十至六十年代一系列喜剧电影里塑造的人物形象“于勒先生”（Monsieur Hulot）。

解释。

如果我们考虑到在马韦尔去世后约一百五十年的时间里，人们几乎从不认为他是一位诗人，那么以上这些错综复杂的情况就愈发显得不同寻常了：比如说，约翰逊在一百年过后撰写的《诗人传》里就不曾收录马韦尔。马韦尔著作的留存方式也很特殊。目前广为人知的马韦尔诗作里，没有一篇曾在他生前发表：没有任何手稿留存下来，无论是亲笔手书还是别人的抄本。费尔法克斯家族成员可能见过几首写于纳恩艾普顿的诗歌（如果真是在那里完成的话），也许那位羞赧的情人（如果她真实存在）读过写给她的颂歌，也许他写给克伦威尔的赞辞曾经接受过被歌颂对象严峻目光的审视——也许，但没有任何证据。1678 年马韦尔去世时，管家玛丽·帕尔默在不让人感觉像是叛卖主人的前提下，把她能够找到的文字都收集起来，并在 1681 年以《杂诗集》的名义出版。序言的署名者是玛丽·马韦尔。她究竟有没有资格使用这个头衔，则是另一件更难确定的事情。约八年过后，他的讽刺诗（因为马韦尔在晚年时变成了查理二世及其朝政的激烈批评者）以《论政事诗》的单行本形式出版。这本书在后来的四分之一世纪里屡次重印，这和从未再版的《杂诗集》形成了反差。

《致他羞赧的情人》这一类诗作在出版过后居然没有受到广泛称颂，这似乎不可思议。然而我们经历的另一个时代，它也仅只在马韦尔身上看到自己的形象，此外再无发现。十八世纪就像复辟时期一样，是讽刺文盛行的时代。它让马韦尔作为政治人物而传扬至今。这位英联邦的爱国者，他冒着极大的危险去嘲弄复辟王朝及其公共人物。他的论辩文章《转为散文形式的戏剧预演》，意在回应塞缪尔·帕克《关于基督教政体的论述》。伯奈特宣称《预演》和它的续篇是"本世纪现存最睿智的书籍"。据称查理二世曾经"一读再读"。斯威夫特在为《木桶故事》撰写的辩解文章里面说，"我们现在仍然饶有兴味地阅读马韦尔给帕克的回复"，尽管他们争吵的内容早已被人遗忘。愿意考证那些建言是否确实的人，不妨尝试一下。作为一名讽刺诗人，马韦尔在他所处的时代背景下肯定成果斐然，但他并没有实现超越，而（他时常仿效的德莱顿）则显然实现了这一点。他描写的人物与事件并未封存于诗歌的琥珀，甚至没有保留在修辞传统之中（就像《贺拉斯式颂歌》里那样）；它们的粗糙处理手段，近乎咖啡店里的通俗话语：

　但穿戴精致的朝臣们，仿佛刚出铸造厂的钱币一样光鲜，
朝着他们行礼致意，笑看他们的徒劳安排；
而特纳[1]欣然迈步登上高位
脸庞收拾得干净煞白，浆洗过的衣服展刮硬挺；
告诉他们说自己已在白厅[2]街改变立场，
从现在开始，让他们休会三天。

---

[1] 指弗朗西斯·特纳（Francis Turner, 1637—1700），英国伊利主教，反对查理二世颁布《信条自由令》（*Declaration of Indulgence*）的七位主教之一。

[2] 一译怀特霍尔（Whitehall），英国政府中枢所在地。

休得如此，汤姆金斯说道，径自吐舌头扮个丑脸，
他如同钢枪那样可靠，随时伺机而发；
于是乎，为了执行这刚出炉的动议，
军队迅速聚集起来，他却迅速让他们缴械投降。[1]

这些归于马韦尔名下的讽刺作品，只有很少一部分可以判定出自他的手笔。但他晚年时写的就是这种诗。有位美国批评家急于解释这种变化的意义，于是他表示：马韦尔已经把自己标志性的诗文风格打造到完美程度，所以还想继续征服新的风格。但这个说法并不可信。马韦尔的不凡之处，根本不在于他是唯一连续十八年担任国会议员的重要英国诗人。他对公共事务的恼怒，比其他任何东西都更可能成为他诗歌的主要灵感来源。很奇怪的是，他是极其高效的国会议员。从 1660 年被选为赫尔河畔金斯顿的议员代表以来，无论邮车是否经过，他每隔几天就会给这座城市的官员们写信汇报威斯敏斯特的情况。多数情况下他谈论的是海运贸易和那些人关注的其他事项（例如“将赫尔从黑泽尔分割出去”，或是酒类与烟草的关税问题）。但他也没有忘记国家事务，甚或是八卦新闻（“两点钟的时候，据称几位颇有身份的人……袭击了岗哨，还杀死了一名可怜的差役”）。目前大约有二三百封这样的信件保存在赫尔市政厅。它们提供了禁止公开报道国会活动这一段时期里的相关记录，

[1] 出自马韦尔诗作《给一位画家的最后忠告》（Last Instructions to a Painter）。

因此格外有价值。赫尔市这一边也心存感激，所以给他一次次寄送淡啤酒和汉波河的鲑鱼。目前对马韦尔其他方面的了解不多，而这批不经意留存的详细文档则颇具吸引力，它让人得以窥见马韦尔是怎样一位勤恳尽责的公职人员。毕竟在通常情况下，没有谁认为诗人应该讲求效率或勤恳尽责。

不过，即使从讽刺作家的角度看，马韦尔的声名在他针对的主题对象不复存在后，也就烟消云散，随之而来的则是对他的彻底无视。当人们开始再对他产生兴趣时（这在很大程度上应归功于查尔斯·兰姆的两篇随笔文章），他的名望也慢慢脱离了以往的各式关联；李·亨特认为他"散文创作的文笔要比诗歌好很多"。然而，菲茨杰拉德在四十年代满怀兴味地回想起丁尼生时，就念诵过"然而我总能听到身后 / 时光的带翼马车匆匆迫近"，外加一句很有特色的评论："它以崇高的形式打动了我，而我无法说明原因。"[1] 正是丁尼生劝说帕尔格雷夫至少要在《金色宝藏》里收录一首《贺拉斯式颂歌》（帕尔格雷夫还添加了《百慕大群岛》和《花园》）。但他声名的逐步提升，直到 1872 年格洛萨特版本的问世才明显体现出来。杰拉德·曼尼·霍普金斯虽然称他是"最丰富、最神经质的诗人"，却提供了另一方面的例证，证明他的作品看起来像"每种类别 / 都可以从中直接找到相似类型"的东西。到了

[1] 前两句诗引自《致他羞赧的情人》（To His Coy Mistress），后一句引自丁尼生的评论。

这个时候，我们基本可以预想到赫尔市为何要在1921年为他举办盛大的庆祝活动了。所有读过他们官方纪录的人，在看到那些装饰一新的电车，听到市长大人称他为赫尔市有史以来“最大最便宜的广告”时，可能都不禁莞尔。不过，单凭这些庆祝活动的丰富程度（学校的弥撒集会、圣三一教堂的仪式、文法学校的花环、午宴、市政厅的公共集会），还有最重要的是，众多杰出市民和代表的参与——乃至于他们明显的真诚——都给这座时常遭人中伤的城市赋予了极大声望。

在马韦尔去世后的三百年里，他的声誉显然每逢历史转折关头都能够极好地把握机会。如果说他的读者和评论者能够在哪个方面达成共识，那就是他特有的多样性和诸多矛盾性，能够通过作品本身和我们对他性格的了解而展现。其实他是一位极其琢磨不定的人物。他的诗歌囊括了伊丽莎白至奥古斯都时代、玄学派至古典主义的风格；主题涵盖了自然与秩序、查理一世与克伦威尔、精神与感觉的对峙；而且我们从来也不太清楚他认真严肃的程度如何。无论是在国王或护国主的统治下，他似乎同样自得其所，在现实政治当中采取各种狡诈手段时也不费吹灰之力。他到底是怎样一种人，这个问题从来都讲不清楚：十八世纪的马韦尔编辑者汤普逊说：“他没有妻子，他向谁献过殷勤也从来无人知晓。”不同的人指责他是阳痿、同性恋，而且还有“法国式的癖好”。尽管此类指责在那个恶言相向、小册子满天飞的时代里甚为常见，但他那首《爱的定义》却可能跟其他好些诗歌一样，不难引发类似的解读。约翰·奥布里[1]记述说：他私下里是一位酒徒（“他在住处藏了好多瓶酒，他经常开怀畅饮，以便振作精神”）；而非常奇怪的是，亨斯利·韩森主教还在赫尔的市政会上专门挑出这件事情，声称如果情况属实，那可是相当不堪。他又评论道：“如果有人用极其辛辣的文字来批评同时代的人，不管他们在多大程度上值得如此对待，而且还用手稿形式进行传播，但自己却混迹于这些人群，既不被察觉，也从不忏悔。这种情况想想都不妙。马韦尔身上有一种傲慢成分，它至今都没有清除干净。”到现在也没有。但是如果再问，目前对马韦尔的看法跟 1921 年或其他时候有何不同，我们就不得不承认：由于过去半个世纪以来马韦尔产业的蓬勃兴盛，这个问题已经变得更难回答了。经过这一番推崇，他的声望在所谓的职业读者群里，肯定已经远远超过赫里克、洛夫莱斯和威瑟。只不过这种声望增长始终无法超出新柏拉图象征主义、语言哲学，以及文学史内部常规历史的范围。马韦尔已经变成了谜题诗人、隐藏意义的诗人、另类释义的诗人、意态暧昧的诗人，以及诸如此类可以找到一大群诠释者的标签诗人。在另一方面，他未曾被视为更能深察人类经验、对人类悲情更为敏感，或是由于人性的多姿多彩而更能表达欢欣愉悦的诗人。对于普通读者而言，他的成就所在，仍然还是那种智巧而温柔的优雅。这种优雅或许贯穿于他的六七首名篇之中。

---

[1] 约翰·奥布里（John Aubrey, 1626—1697），英国文物收藏家、作家、皇家学会会员，以为同时代人撰写传记小品而闻名。

所有诗人的声誉，在他使用的语言变得日渐陌生，想法逐渐过时，作品主题沦为历史陈迹后，都会逐步消退。马韦尔这一具陈旧躯体，尽管安装了大学英语教学的铁肺，也绝非例外。我们对曲意奉迎的诗篇不再感兴趣，无论它书写的是民族英雄还是高门豪邸的主人；卖弄诗歌里的奇喻，无论从文学还是科学的角度，都会让我们浑身发冷；田园牧歌之类的创作常规，在现代人看来只是苍白想象力的替代品。目前仍然继续推动着我们关注马韦尔作品的，是他在处理诗歌蕴含的本质悖论（即自然的遣词造句与音步和韵律之间形成冲突）时展现的轻松感；以及他如何通过独创的常规手法，将这种轻松感与众多迷幻的意象，或是骤然浮现的诚挚感进行媾和。这些诚挚的感觉，无论在他那个时代还是我们的时代都同样可信。

然而我总能听到身后
时光的带翼马车匆匆迫近：
我们前方蓦然横亘着
永恒的无垠荒漠。
你的美貌世间将无从窥望；
你的云石墓拱下，不再回荡起
我的歌声：于是蛆虫将品尝
那经年珍藏的处子之身：
你那罕见的荣耀将化为尘土；
而我的一切欲望则转念成灰。

坟墓是美好而私密的所在，

只是我想那里不会再有人揽你入怀。

这是一种熟悉的情感；从前就有人将它言说，将来无疑还会有人继续言说。但没有谁说得比这更加精彩。

1978

难以言表的乏味感：弗洛伦丝与哈代

●

“某部短篇小说的主题：举世闻名的作家，娶了一位性格暴烈、脾气古怪的妻子，又在六十多岁时遇见一位痴迷于文学的年轻姑娘。他们秘密幽会，而她则帮助他完成了多部作品。妻子死后两人成婚，但是作家却饱受悔恨追忆的折磨。他在一系列饱含痛楚的诗歌里重塑旧爱，浑然不顾自己第二任妻子的感受。”这显然是哈代的故事，而不是特里果林[1]的故事。事实上这就是哈代本人的故事，我们不必感到吃惊。作家的生活决定了他的作品：只要生活模式不改变，他似乎将不断重演这一幕。令人吃惊的是，他竟然始终察觉不到这个事实。

但另一位作家已经看到这种情形里包含的各种潜在可能：“有人要求我写点回忆文字，描述对象是一位著名小说家，我少年时的朋友。他的妻子普通寻常，对他极其不忠。两个人一起住在W郡。他在那里完成几部名著，后来娶了自己的秘书。这位女子守护着他，帮助他成为知名人物。我怀疑，即使到了晚年时期，他对于自己被人硬生生塑造成一尊文学丰碑的事实，究竟能否略感心安。”

萨默塞特·毛姆的《寻欢作乐》即是通过这则笔记发展而来。它在1930年出版时，让第二任哈代夫人感到很不开心。

正如当前这部作品的两位合著者指出的那样,[2] 毛姆后来矢口否认。他说自己在创造爱德华·德里菲尔德时，与其说想到了托马斯·哈代，还不如说想到了乔治·梅瑞狄斯或安纳托尔·法郎士:无论如何,《寻欢作乐》的基本主题是文学声名，而不是某种人际关系的分析。不过，在罗伯特·吉廷斯于七十年代出版两卷本的哈代传以前，读者对哈代及其第二任妻子之间婚姻状态的看法，主要还是根据 1940 年卡尔·J. 韦伯那部传记里描述的内容。起初哈代对自己和“最亲爱的艾玛”之间的第一次婚姻深恶痛绝，随后他遇见了安静打理各项事务的弗洛伦丝，并被她深深打动。弗洛伦丝为他挡开那些不受欢迎的访客（“弗洛伦丝是我的剧院护场员”)，让他能够以平静心态完成最后的五卷诗集。这是一幅宜人的画面。除了内在情调以外，其实它与毛姆描绘的情形相差不大。对于弗洛伦丝自己来说,《年长的哈代》里揭示的画面就未必那么宜人了。[3]

《第二任哈代夫人》难免要重复前一部著作里的许多材料。这样就导致读者更容易关注那些新颖的领域，或未加解释的部分。弗

---

[1] 鲍里斯·特里果林（Boris Trigorin）是契诃夫戏剧《海鸥》里的一位作家角色。

[2] 原注：罗伯特·吉廷斯与约·曼顿,《第二任哈代夫人》(*The Second Mrs Hardy*)，伦敦：海涅曼教育出版社，1979 年。

[3]《年长的哈代》(*The Older Hardy*, 1978）和后文出现的《年轻的托马斯·哈代》(*Young Thomas Hardy*, 1975）都是吉廷斯单独撰写的传记作品。

洛伦丝·达戈戴尔共有四个姐妹，父亲是恩菲尔德一所国民学校的校长。[1]他花费很多精力和时间，才成为这所学校的教师。弗洛伦丝是一位性情忧郁、体弱多病的年轻女子。她厌烦教书，尽管她不得不坚持做了十年教师，而且颇受小家伙们的欢迎。相比之下，让她做起来开心许多的事，是给《恩菲尔德观察者》写儿童专栏，或是跟恩菲尔德文学联合会的人谈论丁尼生的《国王之歌》，或是帮助当地诗人A.H.赫雅特编纂一部部养家糊口的作家选集：奇怪而反讽的是（这种反讽情况只是第一次，以后还会有很多），赫雅特在1906年出版了一部哈代选集，而弗洛伦丝则收到了他关于出版前准备事项的两封信。赫雅特穷困潦倒，还有结核病，但弗洛伦丝却爱上了他：我们可以说，这是全书当中唯一真实的情事。她说，他是“唯一爱过我的人，因为我并不可爱”。他在1911年去世，当时她记述说他“于我而言比世上的一切都重要”；然后又补充道，她情愿拿自己剩余的生命，去换取跟他短暂相处的半小时。她当时三十二岁，这段情事肯定极度强化了她性格里的悲伤底色：据说哈代认为她的不可知论里满含同情，而她的忧郁肯定让他同样感到心满意足（哈代的妹妹凯特说，她“从没见过如此郁郁寡欢的两个家伙”）。

他俩是怎样遇见的？这方面仍有疑问。《年轻的托马斯·哈

[1] 国民学校（National School）是十九世纪英国国民宗教教育促进会（National Society for Promoting Religious Education）在英格兰和威尔士创办的学校，秉持英国国教会的教义原则，为穷人提供基础教育。

代》称，亨尼克夫人在1904年介绍这两人相识，但在《年长的哈代》里，这次见面却在“1907年夏天伦敦的某个地方，并以某种方式”发生。最新的这部传记采取了后一说法，两位合著者还说，哈代在1910年介绍弗洛伦丝认识了亨尼克夫人。1907年春天的时候，哈代确实是在伦敦。当时他正在大英博物馆致力于《列王纪》的创作；奇怪的是，弗洛伦丝从技术层面而言还在当教师，却也去了伦敦，并在1906年12月获得了大英博物馆的读者借阅卡。两位作者告知：“研究者目前无法获得她的资助者姓名”。这真让人失望。如果这个人是哈代，那么他俩的会面很可能已经事先安排好，而弗洛伦丝的身份则是研究助理。因为这正是她后来帮助完成《列王纪》第三部时充当的角色：“1907年夏天的时候，大作家与年轻女教师频繁会面。”

在后来的五年里，直到1912年艾玛·哈代去世，这段时期的沉郁喜剧都在《年长的哈代》里得到了更全面的记述：他多次秘密前往爱德华·克洛德[1]位于阿尔德堡的府邸赴约，并向暗自发笑的编辑们大力推荐她的作品，她则准备通过新闻写作谋生（“对于任何人都是最低贱的工作”）。至于弗洛伦丝和艾玛在吕西昂俱乐部的那次奇特会晤（最后是艾玛邀请她去玛克斯盖特，而且丝毫没有察觉她和哈代之间的单独关系），两位合著者没有重复吉廷斯先前的推测，他们并不认为这是哈代在操纵安排。她逗留的这一周时间，

[1] 爱德华·克洛德（Edward Clodd, 1840—1930），英国银行家、作家与人类学家。

给克洛德提供了不少八卦话题（“关于哈代及其妻子”[1]），而她跟克洛德相处时似乎显得独立而友好。但从此以后，她就是这里的常客了，好像“哈代夫妇俩同时爱上了这位姑娘，她是那么年轻。相比之下，这一对夫妇只有枯萎而怨苦的自我”。她鼓励艾玛完成《些许回忆》，这部叙事作品为哈代在她死后创作的爱情诗篇提供了不少素材。

弗洛伦丝为何要嫁给哈代？这个问题在书中再次出现，而且比《年长的哈代》花费了更多笔墨。艾玛死后，哈代发电报让她过来。她跟艾玛的侄女莉莲进行了一番短兵相接的争吵，而后大局方定。于是她在 1913 年 1 月正式接管了玛克斯盖特。接下来的十二个月里，不仅根本没有出现必然的结合迹象，事态反而变得近乎无法理喻。哈代陷入了潮水般的悔恨与追思之中。除了艾玛，他没有时间再考虑任何人。他谈论着她，用文字书写着她，在三月份再次造访两人初次相逢的每一处地点，却把弗洛伦丝独自留在那个丑陋偏远的住宅。这是一种彻底的角色对换：艾玛现在变成了被珍爱的对象，而弗洛伦丝则留在家里无人理睬。她能够预想到将来与哈代共同生活的情形：“我只希望，在他的余生中，我可以不必坐在那里满怀谦卑地聆听她种种美德与娴雅的往事。”她面临的情形很微妙。哈代不愿意多切斯特的人看见他跟她在一起，仆人们说她是他

[1] 原文为拉丁文：re Hardy et uxor。

情妇（艾玛的贴身女仆在她死后又继续住了一个月，许多年后她说有人在哈代床上发现了两只发夹）。他带她到斯汀斯福德的教堂墓地去看他预留给她的位置。她把这解释为求婚的表示，似乎也欣然接受了。当莉莲在圣诞节再次出现时，弗洛伦丝向她下达了最后通牒。1914 年 2 月 10 日，两个人在恩菲尔德结婚。弗洛伦丝提起夫妇财产契约的问题："但是我丈夫似乎感到很恼火，所以我就停止了要求。"

不难看出，弗洛伦丝这个人的唯一才能，就是让自己缓慢进入他人的生活，然后成为不可或缺之人。此前已经有过索恩莱·斯多克爵士的先例。斯多克爵士是都柏林著名的外科大夫，布拉姆·斯多克的兄弟。他需要找个人来照看自己患有精神疾病的妻子。1906 年至 1907 年间，弗洛伦丝给斯多克女士的护士做秘书，给她朗读文字、回复信件，每天还要遛几只狗。她经常去斯多克家，直到 1912 年斯多克女士去世。索恩莱爵士本人也在 1912 年去世，并且留给她两千英镑的遗产。他的亲属们为此感到非常愤怒，称她是"从斯多克家骗钱的女人"，尽管那位护士拿到的是五千英镑。就像弗洛伦丝自己说的那样，她只有在照顾某个人的时候才会感到前所未有的幸福。1911 年她在亨尼克家的情况也颇为相似。她帮忙打印亨尼克夫人的短篇小说，每天把几只斗牛犬牵出去蹓跶。她打工挣钱的经历一直都不甚愉快（工厂上班是当时女性刚争取到的权利）：她真正喜欢的是在"好心人"的自家住处替他们做事。在这个前提下，她以辛勤劳作和逢迎式的奉献作为回报。

两位合著者的解释，均衡考虑了弗洛伦丝的自利意图（安全、社会进阶和文学作品影响下依旧存在的浪漫想法），以及她的利他思想：她替哈代感到难过；他需要她；而出于这个原因，她愿意无视自己已经预想到的未来：在这孤独冷清的房屋里，跟这位比自己年长一倍的吝啬丈夫共同生活。就像我们现在所知道的，即使她当初可能隐藏着某些野心，十四年的婚姻生活，最终足以成为惩罚。这座房子既没有煤气也不通电，没有像样的下水管道，没有浴室，只有一间面积狭小的客房。这一年还没结束，哈代已经出版了《即事讽刺诗集》，里面有一系列悲痛欲绝、悼念艾玛的诗篇。次年弗洛伦丝不得不做一场手术，但哈代却分文未付。她自己的写作计划（她在 1915 年确实出版了《儿童宠物之书》），由于哈代施加给她无穷无尽的任务而被打消：她需要整理抄写他那部虚与委蛇的传记。本书合著者认为，他这项写作计划，是想完全掩盖自己在艾玛去世以前与弗洛伦丝的交往。她开始体会到哈代对年轻女人的易感程度（用一位女仆的话说，“仿佛有一道光束突然穿透而过”）。在另一次手术过后（哈代曾经试图阻拦），她因为其中的一位女子而让自己沦为笑柄。那是一位年轻的已婚女子，她在多切斯特的“哈代扮演者”剧团里饰演苔丝。除此之外，与哈代的共同生活也时常令人压抑：他一方面似乎对她熟视无睹，另一方面却总让她在身边侍候自己。她给圣约翰·厄文写信说（跟远方的朋友抱怨，是她唯一的纾解方法）：七年里她仅有一次离开玛克斯盖特长达一整周时间，而那次是要去做手术。

她在孀居生活刚开始时并没有感到更幸福。西德尼·柯克瑞尔爵士从1911年与哈代结交，最终成为他的遗嘱管理共同执行人。他和巴瑞一起负责主持那场不受欢迎的教堂葬礼（本堂牧师建议采取这种可怕的尸体分割方法）。[1] 柯克瑞尔这位人物比两位合著者所认为的更复杂，也更具同情心。他在晚年对弗洛伦丝表示不屑：

> 哈代夫人的乏味程度简直难以言表——出身低微的女子，郊区人的头脑，却满打满算想要出人头地。我在她一生中多次出手相助。哈代留下了一笔巨大的产业；她发现自己突然有了五万英镑，于是就想借机绽放光彩。她以为詹姆斯·巴瑞爵士会娶她。巴瑞确实向她求过婚——在一时的感情冲动之下。但让她失望恼怒的是，他竟然半途退缩。我认为她是二流人物，尽管当初她在很大程度上改善了哈代的生活舒适程度。

两位合著者发现的材料跟巴瑞这段轶事并不符合，但他们确认：1929年的早些时候（哈代死后不到一年），弗洛伦丝是在伦敦照料巴瑞，给他送去鸡蛋和鲜花，还安排过几次私密的晚宴：她希望成为他的第二任妻子，这一点似乎毫无疑问。我们只能对她表示怜悯。因为，如果说哈代是情感领域里一条无疾而终的道路，那么

[1] 哈代的遗体经过解剖过后，骨灰在1928年1月被葬入威斯敏斯特寺的诗人墓地，心脏则被运回多塞特和父母遗体葬在一起。当时围绕这种安葬方法曾经有过争议。

巴瑞就是地道的洛布丛林[1]，她还需要再花几年工夫，才能从这里跌跌撞撞、满怀沮丧地寻路返回玛克斯盖特。令人称奇的是，在她余下的时光，直到1937年早早辞世，她成为了多塞特公共事务领域的女性人物：她当过地方官，成为多塞特公共医院的出资人，并在多切斯特贫民区清理安居方案里扮演了重要角色。（与哈代不同的是）她在这些领域里颇受欢迎。这样听起来好像是，她在陪伴哈代的时期结束后，多少算是进入了自己的生活状态。而先前那段生活，即使不至于乏味到难以言表，显然也沉闷无趣。

两位合著者并没有表述自己的最终判断，但他们在论述过程中的总结内容可谓公允。文学作为一种生活方式，它的吸引力终究还是虚妄，但尽管如此，她对哈代仍然忠心耿耿，给他提供了十年半的平和生活，让他能够完成大部分的诗歌写作。尽管她偶尔也会嚼舌和逢迎，却没有任何证据表明她伤害过谁，或对谁恶意相向。毫无疑问，就算她确实有过错，别人对她犯下的罪过也超过了她自身的罪过。她家厨师的判断，在某种程度上可谓一语中的："他并不想要妻子。他只想找一个不付薪的秘书。在我认识的所有夫妻里，我可以肯定哈代夫人是最不幸福的妻子。"

那么，当所有这些汇集到一起，又将怎样影响到我们对哈代本人的看法呢？当然，近年来关于这个问题又形成了奇特的偏离效

---

[1] 位于约克郡。

果。当我们审视书籍索引里“哈代，托马斯：性格”的词条时，就会发现“疑病症、专注于自我、吝啬、沉迷于悲苦、自私、对人不友善、对年轻女子缺乏免疫力、对母亲的迷执”等。这很难让人联想到《苔丝》与《裘德》的作者。人们不禁感觉到，哈代的传记最终将不得不在刻意奉迎与肆意咒骂的两极之间找准位置。我们从当前这一部记述里获得的最深印象是，哈代能够围绕着某个从未留意任何事情的人，写出同样优秀的诗篇。他从未留意弗洛伦丝和莉莲之间纠缠不清的痛恨敌对；他也察觉不到，在娶回第二位妻子后的十二个月内出版一系列写给前妻的情诗，到底有多么奇怪；他忘记了弗洛伦丝的生日，就像当初忘记了艾玛的生日一样，而后一件事还是弗洛伦丝自己说的。就像西里尔·康诺利在文章里写的那样：“在性别战争中，置之不理是男人的武器，而心怀怨恨是女性的武器。”然而这并不是战争。哈代到了八十岁时仍然保留着情感的新鲜与细致，它似乎需要一种无动于衷、自我沉浸的可怕甲壳，才能够获得防护与保全。它更像是一种纯真无邪的状态，虽然并不讨人喜欢。读者看完这部传记，会和萨默塞特·毛姆一样陷入沉思：这种纯真无邪，究竟有没有一个限度标准，而超过这个标准就应该加以谴责：

> “……我想等他耗尽某种情感以后，对于曾经激发这种情感的人就不会再产生任何兴趣。我可以说，他在强烈的感情与极端的无情之间实现了奇异结合。”

“我不知道你为什么要这样说，”罗伊大声说道，“他是我见过的最善良体贴的人。”

德里菲尔德夫人凝神望着我，然后她的目光垂落下来。[1]

1979

[1] 毛姆小说《寻欢作乐》（*Cakes and Ale*）里的选段。

姑娘们

●

时常会有这样一部文学作品，它的出现意味着摧毁某种预设观念的尝试。《众生之路》试图炮轰子女对父母的孝敬之情；《人与超人》针对的则是男人追逐女人的观念（很奇怪，两部作品都出版于1903年）。[1]但它们的作用却微乎其微：孩子们继续爱着自己的父母；男人继续主动示爱。然而七十五年过后，无疑是出于其他更重要的原因，家庭纽带已成为值得怀疑的心理因素，而女人们正宣称拥有和男性相同的性自由。这些书籍以某种隐晦方式变成了现实。

亨利·德·蒙泰朗在二十世纪三十年代完成的四部小说，被统称为《年轻姑娘们》（*Les Jeunes Filles*，或《姑娘们》）。[2]它们针对女人、爱情与婚姻概念，采取类似行动，并且至少炸毁了这三个词的金字招牌。“姑娘们”是指年轻小说家皮埃尔·科斯塔尔生命里的六七位女性，但最终主要是指其中两位：安德蕾·哈克博，她来自外省，是一位聪颖的仰慕者，代表着被人爱慕的乏味生活。另一位是索朗吉·丹迪洛，她是检察官的孙女（“单凭这一点就有可能让我想得到她”），代表着爱慕他人带来的危害。安德蕾给科斯塔尔写信却从未收到回复。科斯塔尔为索朗吉心醉神迷，最后追求并俘获了她，尽管他意识到自己将越来越深地陷入资产阶级婚姻的旋涡。小说的叙事，将安德蕾信中表达的幻想生活与科斯塔尔的感知和行动混合到了一起。

这两方面的主题，都被用来展开对女性的猛烈炮火袭击。她们生来就身份低微，而且仇恨现实（“我想都不愿意去想它”）；她们沉迷于苦难并认为这是一种美德；她们得到的一切都是二手货。婚姻绝对有悖于天性，一方面因为男人无法克制自己对众多女人的欲望，另一方面的原因是，多数情况下，女人过了二十六岁就难以再激起男性欲望。《厌女症日历》在每一页里都写着今日金句：“女人唯一能够帮助男人做的事情，就是不要打扰他的幸福”；“所有女人的心里都有一位蠢蠢欲动的骚货，只要她开口唱歌就会现形”；“当你跟女人在一起时，就不是什么东西好不好，而是要花多少钱的问题”；“从整体来看，男女共同生活，基本上都是在等待对方。”

这种说法自有它稳固的传承基础。它近似于剧场演出时讲的笑话，或海滨游览点的纪念明信片。但就像巴特勒和萧伯纳的情形那样，它赶不上外部事件的发展。蒙泰朗主要采取了两分法的形式——男人是这样，女人是那样——这在我们目前单一性别的世界里已基本消失。“神秘夏娃”，宫廷恋爱传统下的无趣结尾，即便在

---

[1]《众生之路》（*The Way of All Flesh*）是塞缪尔·巴特勒（Samuel Butler, 1835—1902）的半自传体小说。《人与超人》（*Man and Superman*）是萧伯纳的剧作。

[2] 原注：亨利·德·蒙泰朗（Henry de Montherlant），《姑娘们》（*The Girls*）四部曲，泰伦斯·基尔马丁译，两卷本，伦敦：威登费尔德出版社，1959。

浪漫小说里面都不再有人兜售。科斯塔尔宣称，“没有什么可以有效证明，女性为何要接受迥异于男性的待遇”。这条内容已经成为国会法案的内容。按照传统求爱方式，即使是最淡漠的两性关系，也必须先在音乐厅或餐馆里浪费两到三小时，然后才可以继续展开（小说里有些极有趣的场景即由此而来），而现在的方法则直截了当得多。科斯塔尔感到最为惊恐的婚姻要素——它的持久永恒——到今天已经很难再吓唬住任何人。

话虽如此，一个男人在被一个女人追求的同时却追求着另外的女人，这个故事套路无法不获得成功。科斯塔尔的矫饰（他三十四岁，条件确实好到了不真实的地步：写过八部长篇小说，得过荣誉军团勋章），他与未来岳母之间的几次尴尬会晤，或为了寻求“自动离婚”而探望不同事务律师的场景，彼此间形成了极富反讽的衬托。科斯塔尔从某种意义上算是一位梦想形象，所有男人但凡拥有足够勇气都愿意充当的人物（他补充说女人们如何让他等待得太久，自己又如何在总共等满五小时后跟她们断绝往来）。科斯塔尔还是他的创造者凭借着执著力量，将各种相互不一致的事物杂糅而成的产物。如果他脖上挂着“年轻情妇们缀成的一串项链”（这些女人基本上都没有登台露面：人们猜测她们是娼妓），却仍然能够如此令人艳羡地保持独立，那么他何苦要在安德蕾和索朗吉身上费尽周折？如果（希腊、日本或其他类型的）骑士时代如此值得推崇，而且女人还从中扮演了“举足轻重的角色”，那么他表现的男子汉义气，为什么只是跟索朗吉共度良宵后请出租车司机喝杯酒？

即使作品着重强调他的性能力，似乎也时常因为恋童癖矛盾心态的存在而显得令人不安。

当所有的风车都被砸倒，作为补偿的幻想纷纷登台表演过后，剩下来的也就是“男性的慷慨与自负、热血与肾精之间的持久决斗”了。科斯塔尔并不是他自称的怪兽（“配得上作家这个名称的人，终究是一头怪兽”）：当索朗吉的父亲死后，他“接纳”了她；当她母亲对他说，她因为担心他而日渐消瘦时，又跟她订了婚。

他在日记里对此迷惑不解：“世上没有任何东西能让我觉得我需要她陪伴在身边……我娶了你，不是为了让我个人感到幸福，而是要让你自己幸福。”他的拖延习惯是名副其实的“自我”保全，是没有能力将自己燔烧献祭以示慷慨的表现。两年后他写信给索朗吉（这时她已经嫁给一位工程师）：“有一天，我显然认为自己比你更重要。从那天起，一切都重新恢复了秩序。所有的不幸都源于这个事实：就是，有些时候，我认为你比我更重要。”这是全书的心跳脉搏：只要人类还相互保持着关联，它就有可能继续跃动不息。

可是，如果说科斯塔尔的言辞并不总能让人信服，两位姑娘也同样如此。安德蕾冗长的谴责信件里，满纸满篇都是对外省生活的厌倦，以及夏日午后听闻孩子们在屋外说话时感到的孤独。索朗吉有一只毛绒绒的小兔子和“欢笑的农牧神法翁”（科斯塔尔担心她会把这半人半羊的装饰品放在婚后的新家），她令人兴味索然的固执态度，使得科斯塔尔的战略撤退更加可信。另外，无论科斯塔尔能否令人信服，他总是显得非常滑稽：他恨自己的同行作家，无论是那批年轻的“27 工作室”实验派成员，还是在“法国文学的滑稽表演”里获得一份世人认可的工作的人（伟大的天主教小说家，伟大的拿破仑时期历史学家——这个段落在 1959 年最终版里被删掉了）；他的自我戏仿行为（“苦痛啊！我衣刷的硬鬃一夜之间变成了白发”）；他的种种虚荣（“两周时间已经逝去，而她没有采取任何举动，没有把她给他拍摄的快照冲洗出来”）；这些不同的侧面，导致他人格里偶尔闪现出一丝吸引力和令人嫌恶感，而这种手法在整本书的编织结构中不断重复。

《姑娘们》既让人看得要发疯，也让人欣喜；既荒诞不经，又敏锐细致。它不仅颂扬了唯我独尊式的崇高感，还针对它进行模仿嘲弄；不仅对女性加以讽刺，也对男性进行揭露。虽然我们无法接受它的男主角，认为是作者的臆造产物，但他却不断渗透到我们的意识更深处。

1979

认识他感觉可真好

●

可以想象，这部不动声色、调查完备的研究著作，[1]二十多年来关于豪斯曼的首部论著，将会怎样确定或否认人们业已接受的观念：就像最近某位作家在描述豪斯曼时所说的，这位“性格乖张但饱含深情的单身大佬”。奥登在诗歌里精妙而残酷地说他“把眼泪像玷污的明信片一样藏进抽屉”。不过，这并非格雷夫斯先生的本意。他在书中引用了许多资料来源，有些目前尚未正式出版。在多数情况下，他对材料证据的组合感到满意，并把诠释权留给了读者。

除了一些令人略感诧异的内容外（谁会想到，豪斯曼还是在敞式座舱时代驾驶飞机完成空中航行的先驱呢？），我们对豪斯曼生平的第一印象是：即使谈不上很幸福，也算极其成功、安排妥当了。很少有人能在二十一岁参加牛津大学本科阶段的古典学考试挂科后，又在三十三岁成为拉丁语教授，并且获得了当年顶级古典学者的支持。

他喜爱学术界，并协助伦敦大学学院进行宪章改革，还担任过园艺委员会秘书长，领导管理剑桥三一学院的园艺师。作为一名学者，他的学术威望无懈可击；作为一名诗人，他的声名远播世界各地（《什罗普郡少年》仅在 1918 年就售出一万六千册）。

尽管豪斯曼是单身汉，却拥有一个相亲相爱的大家庭，而且他跟存留在世的家族成员保持着良好关系：他嫂子说，“他似乎什么都喜欢，也很开心”。他享受美食与美酒，在假期前往意大利和法国的时候纵情体验性的滋味（他是同性恋者）；即使到了七十多岁时，他仍在写作。“我身边应该有个朋友，他不会跟你混到一起，你也不会跟他混到一起。”各种荣誉，包括功勋章，都向他汇集过来，却遭到了拒绝。虽然他接受了当年在牛津就读的圣约翰学院颁发的荣誉院士称号。他最慈祥的一幅肖像画现在就挂在学院教师联谊活动室的墙上。

此后，他似乎再次变成了一个非常和善的人。他对钱财浑不在意：1914 年的时候，他把“储蓄的大部分”都捐给英国财政部。同样的举动，他在 1931 年又重复了一遍。当他的出版商格兰特·理查兹生意破产时，他帮助他东山再起（他从来没拿过《什罗普郡少年》的版税）。

有些人觉得他不苟言笑、性格内敛。但并不是所有人都这样看：三一学院院长的女儿还记得他一起放烟花爆竹、跟孩子们玩毛绒玩具的场景；而约翰·德林克沃特[2]邂逅他的时候，感觉到“纯然的魅力、和蔼、友善与应对自如”（这并不是因为豪斯曼有多赏识

---

[1] 原注：理查德·格雷夫斯，《A.E. 豪斯曼：学者诗人》（*A. E. Housman: The Scholar-Poet*），伦敦：劳特里奇出版社，1979。

[2] 约翰·德林克沃特（John Drinkwater, 1882—1937），英国诗人、剧作家和评论家。

德林克沃特的诗作）。总而言之，读者会想起那首古老的音乐厅歌曲“认识他感觉可真好，但是你先得认识他”。

这和他的诗歌如何达成一致？因为豪斯曼是善于伤怀的诗人；没有谁能够如此悽婉地复述他那独一无二的讯息：

身体挺立脚底蹬踩着机床，
躺平身体一无所知静止不动，
这是人类的两种营生；哪一种更糟
我并不知道，只知道两者都是病态。

他这种伤怀感跟酒类委员会的工作没有关系，跟他在巴黎遇见的水手们和芭蕾舞者也没关系。它深深埋藏在1892年母亲在他十二岁生日那天去世之前的岁月：他对摩西·杰克逊矢志不渝的爱情，他意识到天性导致自己的孤绝状态。

诗歌是他的唯一表述方法：豪斯曼永远都无法采用哈代随意挑选的主题，比如二手外套，被丢弃的女式阳伞等。他的悲伤需要借助于自身的神话体系，那种萦绕不歇、半数变成真实的传奇，关于耕作、征召、婚约和背叛以及绞刑的传奇。它们背后则是布里登山间的夏日和温洛克岭上的清风，[1] 还有坟墓间绽放的荨麻花。

---

[1] 布里登（Bredon）位于英国伍斯特郡威奇文区，温洛克岭（Wenlock Edge）是什罗普郡马奇温洛克附近的石灰岩悬崖。

诗歌对豪斯曼来说属于身体感受之物，譬如眼泪。人们可能想过，如果他在1895年的“持续激动”得以表达并逐渐消逝，后来就不大可能继续写作，而是在获得认可与成功后跟世界和解。但事实并非如此：1922年他听说摩西·杰克逊正濒临死亡，于是诗歌再次喷涌而出。从3月30日到4月9日，他足足写满了五十七页的笔记；最后汇总的诗集在6月送给出版商，而《最后的诗篇》则在10月得以出版。

变得更加伤怀而非怨念不幸，意味着诸般情感已经形成某种壅塞，并因此而被迫重复同样的情境，哪怕这种壅塞已经不复存在。但对于豪斯曼来说，它依旧存在。如果说诗歌的关键在于伤怀感，那么这种伤怀感的关键就是摩西·杰克逊。人们难免会称之为神经官能症，但它还有一个更简短的名称。因为豪斯曼本人说过，所有那些自认为爱过不止一个人的，其实只是从来没爱过。

1979

蝙蝠侠与飞镖

●

第一部伪邦德小说出现在1968年，彼时伊恩·弗莱明已经辞世四年：时至今日，十三年过后，又诞生了第二部。[1]首先令人欣喜的是，这表明詹姆斯·邦德已经跻身于那间规模虽小却精挑细选的角色俱乐部。这些角色在他们的创造者死后纷纷被招魂复活，只因为读者对他们仍然还有需求。但十三年时间已经不短，在此期间可以有充分的理由担心，邦德已经从虚构小说的世界浮游而出（他确实有过这么几次），从此遁入电影的幻梦世界。这两个世界则不可同日而语。众所周知，邦德小说巧妙混合了写实主义与浮华手法，而两者同样不可或缺：它们从各自角度帮助我们不加分辨地相信另一方。因为雨果·德拉克斯爵士有红头发，做过整容手术，一只耳朵比另一只大，还戴着黑色真皮表带的百达翡丽素金表，所以我们才相信他的"走私佬"[2]火箭能够把伦敦炸为齑粉。从另一方面看，由于邦德系列电影省略了写实主义，并致力于浮华的表现，所以就变成了拿腔弄调的荒谬演练。这样就形成了两个邦德，书籍版邦德和电影版邦德，并分别拥有各自的受众群体。这两者之间也形成了某种敌对状态：对于读者来说，邦德电影荒唐不经，是孩童式的滑稽模仿；在电影观众看来，即便他们听说过原著小说的存在，也只会把它们当成模仿嘲弄的材料，或许还觉得理当如此。由于格雷欣法则[3]不仅适用于其他场合，在娱乐世界里同样通行无碍，所以电影看起来似乎已经占了上风。但现在又出现了另一部小说。难道书本里的邦德正卷土重来？

二十多年过后再回望原著正典系列，可以确定它们具有近乎催眠般的可读性。“我每周都要去图书馆找一本新的伊恩·弗莱明，”乔治·利特尔顿在1957年给鲁珀特·哈特-戴维斯写信说道，“但它们总是已经被人借走”：

> 真糟糕！可［他的］惊险小说真是引人入胜！我读过的四本书写作模式相仿。邦德对我并不构成吸引，那个头脑冷静、眼神里毫无怜悯、在伦敦安排机密任务的男人，似乎是一座愚钝无能的纪念标志。在邦德抵达任何地方之前，他的个人情况和行动计划早已被人知晓。但我仍然忍不住要读下去，而且能获得极大满足……

---

[1] 原注：约翰·加德纳，《执照续期》（*License Renewed*），伦敦：开普 / 霍德尔 & 斯陶顿出版社，1981，一译为《重新出山》。

[2] 原文为 Moonraker，最初是英语俗语里对威尔特郡当地人的称呼。因为威尔特郡处于南部沿海与中部地区的交界处，曾经是从法国走私贩运私酒的必经之地。

[3] Gresham’s Law，即“劣币驱逐良币”法则。

确实如此：《走私佬》的前六十页，随着大获全胜的德拉克斯心生疑惑而逐步接近高潮；《诺博士》里出现在床上的那只巨大蜈蚣；《来自俄罗斯的爱意》[1]里与“纳什船长”在火车上的相逢；这些情节和其他更多内容，都代表着一次次激越人心的时刻。反派们向来让人感到阴森畏惧：诺博士和他的金属手、勒希弗里和他“充满淫秽感的”苯齐巨林吸入器、比格先生[2]和他用头颅制成的硕大灰色足球。简言之，弗莱明是将生动离奇的想象与娴熟的悬念把握能力加以自然结合的作家。然而今天最让人感叹的是，他那些书仍然毫不含糊地保留着旧派的得体感。它们根本不像当时有些怒不可遏的学术界人士抗议的那样，不是所谓的性爱与性虐狂欢，而是一次次怀旧的短途旅行。它们回归到卡纳贝街出现前的价值观，回归到与披头士截然相反的吉尔伯特与萨利文时代。[3]英国总是正确的，外国人总是错的（弗莱明的最佳反派全是外国人）。至少在我们这一方，没有人是双面间谍，或者跟菲尔比公司存在着一丝一缕的联系。姑娘们受到温柔体贴的对待，色欲只是作为次要点缀而出现。生命的美德在于勇气与忠诚，它的美好事物，是传统贵族生活内容：马力强劲的汽车、陈年美酒、严格遴选的俱

---

[1] 原文为 *From Russia with Love*，一译《铁金刚勇破间谍网》，或《俄罗斯之恋》。

[2] 比格先生（Mr. Big）一译“大先生”，《你死我活》（*Live and Let Die*）里的反派坎南伽（Dr. Kananga）的化名。

[3] 卡纳贝街（Carnaby Street）是位于伦敦索霍地区的步行街，在二十世纪六十年代以出售时尚服装著称。吉尔伯特和萨利文是维多利亚时期著名的幽默剧作家和作曲家，两个人合作完成了十余部代表作品，对二十世纪音乐剧的影响颇深。

乐部、旧版《泰晤士报》、旧版五英镑钞票，还有旧式的普赖尔牌香烟盒[1]。金斯利·艾米斯对《詹姆斯·邦德档案》（1965）进行热忱、渊博而又富有洞见的研究，并不是无缘无故。他将弗莱明归入“早年那些半神式的巨人之列，如儒勒·凡尔纳、赖德·哈格德、柯南·道尔”（他可能还添加了约翰·巴肯）：“伊恩·弗莱明将个性印记赋予这一类描写行动与阴谋的故事，并给它添加了我们所处时代的感觉。这是一种实力与才华。当他那些所谓缺陷的争议逐渐被人遗忘后，这些特色将为他赢得众多读者。他没有任何后继之人。”

最后一句话里包含了双重的反讽。因为三年过后罗伯特·马克汉姆出版了《孙上校》[2]，而马克汉姆就是艾米斯本人。这次试验结果很有趣：艾米斯既是一流的作家又是邦德迷，他创作出一部技术娴熟、可圈可点的作品。尽管读者多少会有些惊恐地发现邦德居然边吃冷牛肉边喝桃红葡萄酒，[3]或是搭配着其他的劳什子玩意儿。[4]艾

---

[1] 普赖尔香烟（Player’s），亦称 John Player，最早由英国诺丁汉的普赖尔父子公司（John Player and Sons）出品。

[2]《孙上校》（*Colonel Sun*）是金斯利·艾米斯 1968 年写的邦德故事续集。作品里的反派人物名为孙良谭（音译，Sun Liang-tan）。

[3] 弗莱明出身贵族，而艾米斯出身中产阶级，所以艾米斯续作里有些细节描写无法反映出弗莱明作品里的阶层生活风貌。弗莱明妻子安妮称艾米斯只能“给幸运的吉姆套上邦德的衣衫，让我们看到一位住红砖房的小资产阶级邦德（a petit-bourgeois red-brick Bond）”。

[4] 原注：艾米斯先生指出邦德在《金手指》里喝的就是桃红葡萄酒（配的是锅煎比目鱼）。

米斯对（希腊）地域色彩作过充分研究，他以独特的方式让小说政治意味产生了扭转：邦德最后接受的祝贺感谢，竟然来自柯西金同志（罗莎·克列伯[1]的阴魂不散！）但实际上艾米斯无法写出一部正宗的邦德小说，就像弗莱明写不出正宗的艾米斯小说：文字的拼凑，以及出于敬意而避免戏仿手法，都无法替代弗莱明的内在品质。没有人再重复这种实验：书籍版邦德从电影版邦德的地盘全线退却，蝙蝠侠从蝙蝠飞镖的世界里撤离。

现在，约翰·加德纳意图扭转这种局势的选择，已经远远超越了第一轮的反讽之举。因为，作为一名富有才华和经验的恐怖小说作家（同时还是一位掘墓盗尸者：记住，他写过好几本有关莫里亚蒂[2]的小说），他在登场前已经完成了波西·欧克斯系列间谍小说（Boysie Oakes series）。用他自己的话说，创作这批小说的本意，是要“开列一帖有趣的抗刺激剂，解决 007 故事泛滥的问题”：“针对邦德的一概事务里势利虚假的精致优雅，它似乎是一种提供解药的办法。但回过头来看，那样的目标有些装腔作势。幸亏邦德后来改变了发展方向，而这些书在转换为电影的过程中又变成了有趣的自我嘲讽模仿。”这个论断在当前语境下的分量，完全不需要再加强调。对于弗莱明的出版商来说，将书籍版邦德拱手交给坦然自诩为电影版邦德的人，就像玛丽勒本板球俱乐部把罗德板球场拱手交给

---

[1] 罗莎·克列伯是《来自俄罗斯的爱意》里邦德的主要对手。

[2] 莫里亚蒂是福尔摩斯探案集里的大反派。

帕克先生。[1] 虽然《执照续期》的乔平[2] 式封套让人感到欣慰，但人们触摸到它的时候还是会心生畏惧，担忧它的内容会有多么可怕。

幸亏加德纳先生的文笔并不像他自己观点那样糟糕，尽管他开篇有些磕绊。比较灾难的是，邦德居然与时俱进、经年不老（加德纳先生恰恰没有承认，他肯定快接近五十岁了）。军情六处的“00部”已经被撤销（尽管只差M说一句“詹姆斯，对我来说你永远是007”:《邦德奇袭记》的阴魂不散）。[3] 而且，新书里的邦德不怎么喝酒了，他抽的香烟“焦油含量低于当前市面的任何品牌”。他舍弃了宾利的马克Ⅱ大陆车型，转而驾驶一辆四只轮胎都带有催泪瓦斯导管的外国汽车。从另一方面看，梅·黛仍然在国王路的那个套间统管一切，早餐的套路依然没有改变，俯卧撑和打靶练习仍然保持着原先的规律。

邦德这次的死对头是安东·默里克博士。他打算让六座正在运行的核反应堆完全失控，从而证明他自己设计却被弃用的超级安全反应堆是如何合理（事实并非如此）。默里克是剑桥圣约翰学院

---

[1] 玛丽勒本板球俱乐部（Marylebone Cricket Club，简称MCC）成立于1787年，是罗德板球场（Lord’s Cricket Ground，位于伦敦）的所有者。帕克先生应是澳大利亚的媒体大亨凯利·帕克（Kerry Packer, 1937—2005），亦以主办世界系列板球赛（World Series Cricket）而闻名。

[2] 理查德·“狄克”·乔平（Richard “Dicky” Chopping, 1917—2008），英国著名插画家与作家，曾经为弗莱明的九部邦德小说设计过护封。

[3] 弗莱明小说里的外勤特工部门，该部门属下的特工皆冠以“00”开头的系列编号，并拥有执行特殊任务时的杀人许可。《邦德奇袭记》（Bond Strikes Camp）是西里尔·康诺利（Cyril Connolly）戏仿007故事的短篇小说，首刊在1963年的《伦敦杂志》上。

的院士，而且“跟已故的比弗布鲁克勋爵……颇有几分相似”。他还是墨克邸城堡的庄园主，这座城堡位于苏格兰的罗斯与克罗马迪。他的阴谋计划获得了国际恐怖分子佛朗科的协助，但最终还是遭到了挫败。他的另一位帮手，是像哈瑞·劳德那样打零工的卡博（“我还在你背后，邦德，这把小手枪还在我手里。”）[1]邦德在墨克邸搏击大赛中与卡博比试过摔跤，最后用氟烷喷剂把他熏晕（考虑周全的Q分部为他专门配备的暗器）。不过在此之前，邦德还使用过“恒河掏裆手”，这一招似乎有悖于坎伯兰郡或兰开夏的招式规矩，后者很可能是当地比武遵守的规则。

Q分部还提供了一位姑娘，她在故事真正展开之前，曾经敷衍了事地勾引过邦德（“好吧，邦德，床还给你留着”）。后来他又拒绝了默里克情妇的搭讪（“一位训练有素的物理学家”），转而追求庄园主的受监护人拉凡达·皮考克。拉凡达的面容让他想起了劳伦·白考尔[2]，而且她（“衣物遮盖的”）胸部结实坚挺、触目惊心，和身体其余部位形成了完美比例（因为她又高又苗条，所以这不如说是完美的比例失调）。拉凡达，或者按照她喜欢的称呼——狄莉，[3]其实是维多利亚小说里面“受冤枉的女继承人”形象（安东博

[1] 哈瑞·劳德（Harry Lauder, 1870—1950），苏格兰歌手与喜剧明星。早年曾经长期打零工，从事繁重的体力劳动。卡博是小说里一位身材魁梧的苏格兰巨人。

[2] 劳伦·白考尔（Lauren Bacall, 1924—2014），美国著名演员。

[3] 拉凡达（Lavender）是“薰衣草”的意思，狄莉有“莳萝”的意思，两者都是一种香草。

士伪造了庄园主身份)。她一直坚持到218页，才跟邦德再次“出于激情而结合”。作为一名黯淡无光而又关系亲昵的邦德女郎，拉凡达最终必然出局，尽管她在关键时刻结果了卡博：她最后去了“一所著名的农学院”。

小说的行动模式取自于《钻石永恒》：邦德假装是潜在的共谋者，将自己推荐给默里克，并在默里克的城堡崩坍前了解到事件进程，或即将开始的进程。他在一次徒劳的逃跑行动后遭受酷刑，并被强行带到佩皮尼昂，而这里似乎是所谓“融化行动”计划核反应堆攻击的神经中枢；最后他们登上默里克的巨型飞机“运输星”，来到观看事件进展的“拳击场外座位”。这些都写得足够干脆利索，没有太多邦德电影里的荒诞不经，但整部作品却死活温吞不火。个中原因让人很难理解。加德纳先生创造了一个邦德世界的假象，其中不带有任何事先宣扬过的嘲弄态度。尽管他付出了真诚与勤勉，但作品却始终无力回天。

原因很明显，加德纳先生不是与弗莱明等量齐观的作家。那些细小的语言错误［“ravish”(销魂)写成“ravage”(销毁)］，以及“面粉的细腻光泽”)，或略显大而无当的陈旧说法(“邦德到目前为止还无法欣赏这些景致，或陶醉在苏格兰的美妙风景里”)，甚至偶尔出现的熟悉桥段(默里克向全世界发出最后通牒，让人想起《霹雳弹》里的勃洛菲尔德)，都不是问题所在。问题仅在于加德纳先生还无法驾驭利特尔顿在1959年注意到的东西：那种一泻如注、让千百万人为之倾心的可读性。挫败“融化计划”的目标最后不温不火地实现了；为默里克博士单独预备的命运结局，完全无法媲美诺博士和比格先生丧命时让人心满意足的阴森恐怖感。

麻烦的是，要想让邦德复活，你就得成为弗莱明。因为他才是邦德的创造者，就像人猿泰山或歇洛克·福尔摩斯或比利·邦特明显不是他们自己的创造者一样。弗莱明每天要抽七十根香烟，爱穿深蓝色的海岛风格棉布衬衣，早餐喜爱吃炒鸡蛋和双份柳橙汁；邦德则是某种意义上接受差使派遣的生魂，他要实现弗莱明自己从未完成的事情（约翰·皮尔逊在他的杰作《伊恩·弗莱明传》里就令人信服地分析过这种关系）。邦德登场时的轻松自如（弗莱明在四十三岁前从未写过小说，等他坐下动笔时，八周之内就写完了《皇家赌场》），意味着一处处深藏的想象源泉正在开启。在它们之后出现的小说全都取材于同样的隐晦来源：他会把创造进程中的作品称为“我自传的下一卷”，并且通过戏谑嘲弄而掩盖涉及个人的内容。当然这些源泉并非永无枯竭之时。写到《霹雳弹》（1961）时，弗莱明自己承认已经“吹嘘不动”了。他最后的五部书也没有前七部好。不过，既然这些小说潜在包含了一位比邦德要复杂许多、聪慧许多、想象力丰富许多的鲜活人格（简而言之，就是弗莱明自己的人格），那么它们仍能以某种形式存活下去，这正是《孙上校》和现在的《执照续期》无法企及之处。

那么，既然类似举动永远不会成功，为什么还要坚持尝试着让小说版邦德从死人堆里复活呢？无疑，总有人要指望从中赚钱。也许，还有一个原因，它可能是最极致、可怖的反讽，那就是给电影版邦德提供必要的新载体。但我们宁愿认为这里面还包含了某种致敬成分，一种超越于希望的隐约希望：或许某一天巫术招魂真正能奏效，而我们获得的回报，是看到拜伦式英雄们获得最新——也许是最后一次明确无误的连载描述。

1981

非凡的格莱迪丝

●

目前似乎有一种趋势，就是将格莱迪丝·米切尔塑造成最后一位“图书馆藏尸”[1]类侦探小说的践行者：就像她最近一本书的护封所称，她具有“出色的笔法，细密的情节构思与训练有素的智巧”。其实不然。笔法出色自然不消说，单从其他方面来看，米切尔小姐同样能够凭借绝对的独创性，[2]在犯罪小说俱乐部的一众同仁里始终显得卓尔不群（这已经是她的第六十二部著作）——即便在当时，或是放到今天，几乎没有其他任何人能够如此出色。

这种独创性的形成，在于它将主题材料的怪异与作为小说风格的权威常识感混合到了一起。我们接受的格莱迪丝·米切尔小说，开头可能会有人请一位越野跑步者帮忙把某个带有不祥征兆、浑身上下包裹严实的残疾人抬进轿车；要不然就出现一位身披盔甲或穿着十八世纪男性服装的年轻淑媛，因为她原来的衣服被监护人给拿走了。她的一部小说甚至在结尾处描写三个人被埋到齐脖深的程度，头发被剃光并涂成紫色，以此作为某场超现实主义展览的部分部分：凶手正是站在他们右边的那个人。跳舞的石头、水泽仙女还有其他人类学研究记录的奇谈怪事时常会出现。仿冒、错认身份和容貌肖似的双胞胎，也是小说善加利用的题材。结果对于读者来说，读完这样一本书，不仅猜不透谁是凶手，有时甚至猜不出谁被谋杀了，也不是没有可能。

但所有这一切，都被作者通过不动声色的行文而展开的冷静阐述加以平衡。（格莱迪丝·米切尔的小说从来都没有通常意义上“激动人心”的效果。）她的故事被安排在描述精确的地理环境。讲述者通常是极正常的年轻教师或作家（或者像《魔鬼之肘》这部杰作里那样，是包车旅游团队的一位导游）。他们逐步被卷入令人震惊或神秘莫测的事件，然后不得不设法脱身。

这次脱身行动的完成者，是贝阿特里丝·阿黛拉·莱斯特兰奇·布莱德利夫人。如果说侦探小说界存在着某种西比尔式的传统，[3] 其相应人物包括马普尔小姐、西尔弗小姐甚至可能有默奇森小姐，那么布莱德利夫人则是统领这项传统的天才。作为英国内政部的心理咨询专家，她在面对各种行为偏离与或真或假的精神障碍时，能够应对自如。这些情况在她的著作里不乏其例（她通过词汇关联而查验嫌犯的方法格外引人入胜）。她从不迷茫。她在最困惑

---

[1] 原文为“body-in-the-library”，典出阿加莎·克里斯蒂小说《图书馆里的尸体》（1942）。

[2] 原注：格莱迪丝·米切尔，《葛洛莉亚·蒙迪在此安息》（*Here Lies Gloria Mundy*），伦敦：迈克尔·约瑟夫出版社，1982。

[3] 指古罗马神话里的女祭司西比尔（Sybil）。后文的马普尔小姐、西尔弗小姐、默奇森小姐分别是指小说家阿加莎·克里斯蒂、帕翠茜亚·温特沃斯和多萝茜·L. 赛耶斯作品里的女侦探角色。

的时候，会说一句谜语般的话："时间会说话，孩子。"对于读者来说似乎毫无成效的谈话，在布莱德利夫人听来则充满了意味深长的省略，或是表述谬误。当别人让她具体挑明时，她只是不予配合，并且咯咯笑出声来（"自己想想，孩子。"）据说她很久以前曾经因为谋杀被判刑而后被释放——按照她自己的说法，那是误判。她的祖先里有一位是巫师。

她在1929年以后的形象有所变化，并在《月桂是毒药》（1942）里遇见了"酷似亚马孙女武士"的劳拉·孟齐斯。这次相遇导致她的智谋手段大大增强。登场时酷肖假小子的培训学院学生劳拉，后来成了她秘书，并且在某种程度上扮演了尼罗·沃尔夫作品里阿奇·戈德温的角色。她总是随时飘然而至，而后问一些引发她雇主产生怀疑的问题。劳拉在嫁给加文探长并最终退隐成为家庭主妇之前，依然随时准备除去外衣行头、潜入水中找寻物证或探测潮汛。有些积习难改的忠实读者已经开始重视这几部作品的价值。劳拉的祖先是苏格兰高地人，她还宣称具有"那种天赋"，这就导致她与自己的怪异雇主形成了一种古怪的亲缘。她对"鳄女士"[1]的依恋在文中从未直接提及，却显得越来越浓烈（布莱德利夫人蜥蜴似的相貌总是被不断提起）。

她俩是一对令人钦佩而信服的角色，而《葛洛莉亚·蒙迪在此安息》则是具有米切尔经典特色的新增之作。故事讲述者是一位

[1] 鳄女士（Mrs Croc），劳拉给布莱德利夫人起的绰号。

受托于大学旧友的作家。他准备给后者执管的连锁酒店撰写宣传文章，而此前他原本计划要写一部尚未侦破的谋杀案。后来他发现自己被卷入一系列事件，这些事又把他引领回先前已经放弃撰写的那桩罪案之中。面黄肌瘦、貌似幼童的葛洛莉亚·蒙迪很久前就跟那位酒店朋友认识。她半边头发是红色，半边是黑色（祖先里曾经有人被指控为巫婆而被烧死）。有人发现她遭到谋杀。几周过后，又有人看见她在一家商店上班。这可是货真价实的米切尔式震撼。

我们并不指望一位作家在她年过八旬之际还能开辟新领地，[1]但这部梦幻级系列作品的封笔之作（我得赶快声明一下，它并不是某种完美推理解决方案的仿冒替代品），却具有一种独特的诡异感。在小说第 167 页，两位角色还做爱了。我记得以前的米切尔小说里从没这样写过。她这种写法仿佛是在重新温习迪克·弗朗西斯的《冒险》。书中还出现了第三位酷似巫师的角色，即乔叟式的人物伊格兰汀姑妈。这也许是一种失误，但她与布莱德利夫人的关系很融洽。

这本书的最大好处在于，它会把我直接带回米切尔早年那几部杰作的氛围：《我上次死去时》里哈瑞·普莱斯闹鬼的情节、令人不安的日记内容、发黄的旧报纸里新闻报道的普遍气氛；还有《圣彼得的手指》里肃穆的女修道院。在这些故事里，少年人面临的一次次创伤，可疑的浴室热水器，都让宗教虔信者倍感困扰；还有

[1] 米切尔 1901 年出生，1983 年去世。

《月亮升起》的绝妙手笔，十三岁的少年借助天衣无缝、令人信服的章句行文，复述了布伦特福德河畔发生的一桩桩可怖事件。我想把它们作为正规小说来阅读。它们应当如此被人知晓。

1982

远处的车流

火车晚点五分钟到站。车站的灯光在浓雾中暗淡明灭。哈罗德打开车厢门，姑娘迈步走了出来。洛兰从行李架取下手提箱。一位搬运工蹓跶过来。远处隐约传来了低沉的车流声。

这是朱利安·霍尔《高年级同桌生》(*The Senior Commonor*)的最后一段，出版时间是 1933 年。我根本不指望它以后会在读者内心里唤起和我相同的激动之情，就像四十年前我在考文垂中心图书馆书架上第一次发现它的时候那样。那时战争尚未开始（我当年有个习惯，就是读小说前要先看结尾和开头)。我并不是很希望出现类似情况：我像弗萝拉·波斯特[1]那样，一想到别人正在阅读我钟爱的那些书，多少会有些气恼。但是它魅力依旧。它是我留在卧室、可以随时拿起来阅读的寥寥十余本书籍之一。

哈罗德就是哈罗德·韦尔。他赶在圣诞节来临前到达伦敦，而此前他总算离开了埃尔顿公学。作为高年级的同桌生[2]，他刚在这所公学度过了最后一学期（埃尔顿显然就是伊顿公学，而他早先可能是普通学生统领[3]）。按照当前标准来看，这部小说的篇幅过于冗长（384 页）。它讲述了这段任期内的事情，中间还穿插着前一年全包式夏令营的繁琐倒叙内容。哈罗德是一位资质平常的年轻人。尽管他根本不算是典型的埃尔顿人（他到现在都不理解足球规则，此外还曾经因为演唱自己写的离别歌谣而造成喜感十足的混乱场面），但他却对埃尔顿公学激赏有加（“那里有一种浑不经意的传统”）。他对其他人也怀有相同的情感：校长查特顿（“他最希望自己仿效的人物”）；一个刚刚离开、名叫弗兰克·海瑟威的男孩子；还有低年级的男生穆雷·戈索恩，哈罗德对他产生了浪漫情愫（当然，可能并没有那么浪漫：“总体而言那个男孩子的身材显示出某种不加节制的倾向”）。

---

[1] 斯黛拉·吉本斯 1932 年出版的小说《苍凉慰藉农庄》（*Cold Comfort Farm*）里的女主角。“Cold Comfort”在英国习语里是指苍白无力的安慰。

[2] 英国大学和公立学校的“同桌生”（senior commoner）通常指无奖学金、学费较高的学生。有别于一般意义上的“自费生”（pensioner）。

[3] 伊顿公学由英王亨利六世始建于 1440 年。学生类型最初分两类，一类是英王奖学金生（King’s Scholar，又译“英王奖学金学者”，缩写为 KS），其他学生统称共桌生（Commensal，或 table companion）。后来出现的欧彼德学生（Oppidans 或 Oppidan Scholar，简称 OS，源自拉丁文 oppidum，即“市镇”。一译“欧彼德奖学金学生”）与奖学金生及共桌生同在初中部上课，但并不在学校礼堂共餐。随着英国贵族制度的衰落，共桌生的比例日益减少，直至英联邦正式形成后以奖学金生与欧彼德学生为主体的比例结构。前者的生活学习区域被称为老校舍（College，亦是这批学生的总称），所以这些学生又称colleger，其最高代表被称为学生统领（Captain of the School）。后者起居区域被统称为 the Oppidan Houses，最高代表称为普通学生统领（Captain of the Oppidans）。

我们通过哈罗德而了解埃尔顿：他在小说第一页遇见了幼发拉底亚的国王萨义德（"'是的，是的，'[1]萨义德说着话，一边往石板人行道上吐痰"）。后来还出现过其他来访者，例如多疑的工党议员康维尔（"这样多的优惠条件，结果却这么稀松平常。"）他和校董会主席一起吃饭，听他念狄更斯。过不了多久我们将在哈罗德未到场的情况下遇见这些人。他的舍监麦克伊萨克和太太设宴款待三位单身教师（"其中有位教师的朋友们都提醒他说，别指望这家人饭菜有多好"）；另一位教师马辛汉姆娶了位著名的钢琴家（"我想一个人去德国。如果你来，我就宁愿留在这里"）；校董会副主席索伯里曾经是"本地实力人物"，现在已经年迈，在学校的事务上有些神志不清（"他眼睛简直蓝得要命"）。事情接连发生：有位男生由于偷窃癖而被责令退学；另一位学生的弟弟死了；第三位学生请求校长不要再让他参加礼拜活动，因为他觉得自己已经不再是基督徒。小说里没有什么故事，或者说几乎没什么故事：整部书就是由琐碎片段组成的宏大结构。它的设计用意，是要从各个层面描述一个复杂机构。

确切地说，这是相当了不起的成就。但最让我着迷的还是它的文字质量。这部书的大部分内容采取了对话形式，但正如我前面引用段落所呈现的那样，它的叙述风格已经精练到平白枯燥的程度，所以仿佛是有意否认其关注甚而是兴趣所在。没有人可以在无意为

[1] 原文为法语。

之的情况下写得如此糟糕。我得出的结论是，这样做是要刻意分散读者对作者情感的关注。因为，这本书以间接方式体现了高度浓厚的情感。哈罗德非常在意别人，在意埃尔顿，在意自己能否成为高年级的普通学生。但就像那位舍监太太所说的：“如果无法保持在公众场合不动声色的传统，埃尔顿还算是埃尔顿吗？”小说的行文风格即是其例证。在莎士比亚协会度过一晚过后，

> 哈罗德慢慢走回宿舍，开始脱下衣服。他自言自语地重复着《冬天的故事》里赫米温妮的两句台词：
>
> 先生，您不必出言威胁：
>
> 您用来吓唬我的虫豸恰好是我寻求的目标。
>
> 屋子里的灯灭了，他点燃一根蜡烛。他有用蜡烛的特权，这让他心满意足。

读者只能猜测这段话背后的隐含意味。但最终情况就发生了变化：哈罗德在埃尔顿的最后一夜参加了校长家的圣诞舞会。没有什么特别的事情发生（“他引用了一则文学典故，是哈代在《无名的裘德》里关于培训学校的描写。埃恩斯华斯小姐还没有读过《无名的裘德》”），直至离别时刻的到来：

> 查特顿转过身来望着他微笑。哈罗德猛然把脸扭过去，眼泪夺眶而出。他匆匆离开，修院回廊和学校广场空无一人。

通向主街的大门没有上锁，还敞开着。他一边走，一边哭出声来。

这个直白坦露的时刻是全书高潮。它清楚表明这是与公学之间的一段恋情记录。不仅是哈罗德的经历，也是作者本人的经历记录。

几年后我给朱利安·霍尔写信，提醒他留意我在某处引用过他这部作品。我知道他应该没有看到。我通过一份过期的《名人录》了解到他的一点情况：他出生于 1907 年，在去贝利奥尔[1]之前就是伊顿公学的欧彼德学生统领。他写过另外两部小说。其中有一本（《两个流亡者》）我在莱斯特一家书摊上见到过，但不是很喜欢。他在加里克俱乐部给我写了一封简短而彬彬有礼的回信。[2]我的称许显然让他感到愉快。他还补充说，他的出版商马丁·赛克表示对这本书"只是中等程度地喜欢……我觉得它比较肤浅"。1974 年霍尔去世时，我了解到他世袭了男爵爵位，而且是一位闻名的戏剧批评家。这一点似乎就可以解释书里某个出人意料的主题了：瑞恩布鲁克勋爵，这位埃尔顿老校友和文笔浅薄的剧作家，竭力想讨好一位名叫威尔·坎平的年轻美国演员。后者并不在乎他，却通过熟人认识了一些埃尔顿人（"他长着一双最奇妙的黑眼睛"），但后来校

---

[1] 指牛津大学贝利奥尔学院（Balliol College, Oxford）。

[2] 加里克俱乐部（Garrick Club）始建于 1831 年，以十八世纪的莎士比亚剧作表演艺术家大卫·加里克（David Garrick）命名。

长却警告他离开（“我想说，我并不是要建议限制他出门，我也不觉得这项通知可能会被人误解。”）我后来再读到埃姆林·威廉姆斯自传时，就在猜想坎平这个角色的创造是不是受到了汤姆·道格拉斯的启发。在二十年代的伦敦，美国人道格拉斯曾经和塔露拉·班克赫德一同引起过巨大轰动。其实，与坎平相关的诸多场景，除了提供暂时出离埃尔顿的缓歇之外，还带有强烈的滑稽和痛苦感。它们直白抒臆的特征，在 1933 年肯定显得颇为张扬。

但是这部书除了脆弱哀婉的风格之外，甚至还有一种更古怪的特质：我们或许能够称之为刻意雕琢的环境脱节感。几乎每个场面都借助互不相干的细节而形成差异：背景画面和声音、无意义信息、不了了之的暗示。当康维尔祝贺哈罗德获得贝利奥尔奖学金时，“哈罗德做了个轻蔑的手势，目光转向一边。通道远处某个房间里的电话铃正在响”。一两段文字过后，电话还在响：没有人去接它。当瑞恩布鲁克站起来带坎平去吃午饭时，“他手掌心感到黏糊糊的。他想起明天上午跟自己的医生约好了见面”。这次会晤过后就不再有任何后续。有时候整个场景都与故事行动毫无关联，但似乎又是对它的总结：

又有人进屋走到一张写字桌旁坐下。座位那边的灯不亮，他按铃叫侍者。他向斯蒂文斯点点头，后者微笑起来。

“我们要聊聊埃尔顿的事，西里尔，”斯蒂文斯说道，“来跟我们说一说你的看法吧。”

旁边那位把眼镜往上推了推，看斯蒂文斯是在跟谁说话。

“事情过去太久，”他回答道，“我想不起这么远的事情了。”

“西里尔，你这个老油条，你比我年级还低呢。”斯蒂文斯向瑞恩布鲁克挤挤眼睛，把烟袋里的烟草压紧了些。

“我比你年级低，是吗？可你已经有个儿子还是孙子，还是别的什么了。我可没有。我跟前什么人都没有。我说，给我换个能亮的灯行吗？”他抬头看见一位侍者走到桌边，又补充了一句。

我在读本科时看电影《公民凯恩》和《伟大的安巴逊》时，就想起过这种技术手法：运用琐碎的细节，表明他人的生活正在同一时间内继续，即使我们眼前展现的这些生活还有其他维度层面。后来，我自己在写一部小说时，曾经尝试运用这种手法，但发觉它实在太容易弥漫于全章，索性也就放弃了，尽管它可能还是留下了种种痕迹。

也许令人称奇的是，《高年级同桌生》曾经二度付梓。吉拉德·古尔德说它具备真实感、原创性和充足的文学价值。弗朗西·伊勒[1]称它是采用创意手法而进行的一次勇敢历险。拉尔夫·斯特劳斯在形容它的时候，使用了“三维”这个词汇。《曼彻斯特卫

---

[1] 弗朗西·伊勒（Francis Iles, 1893—1971），英国作家，《事实面前》（*Before the Fact*, 1932）等小说的作者，即安东尼·柏克莱·考克斯（Anthony Berkeley Cox）。1941年《事实面前》被改编为《深闺疑云》，希区柯克导演，加里·格兰特与琼·芳登担任主演。伊勒的其他笔名还包括安东尼·柏克莱和A. 蒙茅斯·普拉兹。

报》将它概括为技艺高超的慢动作影片。再后来它就渐渐被人遗忘。尽管如此，所有这些评论在我看来都真实不虚。我从来没见到其他人读过这本书。我也从来没读到其他略有相似的书籍。

1982

恐惧诗人

泰德·休斯在这部书里[1]尽可能按照写作时间顺序来安排西尔维娅·普拉斯的诗篇，并将她近四十页的少年之作安排在末尾。借助于休斯的注解，人们可以在阅读这些诗作时保持着足够的连续性。对于迄今为止完全不熟悉她生平与著作的人来说，这是一种非比寻常的体验。

前一百首诗（或确切而言，前九十八首诗）终究还不算太有意思，它们最多只是预显出某种突出的个性。普拉斯是多产而早慧的作家。她似乎在以自我强迫的方式写作（从 1956 年到 1963 年去世，她年均产量是三十二首）；当她没有新题材可写的时候，会像当初在史密斯学院读书时那样，描写设定的主题。她不会丢弃任何材料。她似乎没有经历过追随不同诗人风格的学徒阶段，要不然就是她模仿的那些风格让我无从识别。她的诗篇里充满了智性的奇喻，意象与词汇生动多彩。诗歌形式方面并不是她的强项：她只在感觉合适时押韵合辙，而这种情况随着她的年龄增长则越来越罕见。她“听觉”也不算好：她在谈到早年学钢琴的经历时说，“所有老师都发觉我的手指触感 / 异常木讷”。[2]我们不难明白这是什么意思。她1956年的诗歌时常带有早年狄伦·托马斯的稠密感：

> 此时你密切聆听他们那些誓言的症结所在，
> 仿佛贝壳一样静默：倾听玻璃凝固的一个世纪
> 如何预言这些恋人们将安稳拥抱
> 驻留在博物馆的宝物里任凭世代
> 瞠目结舌地观望；他们竭力在
> 区区半个时辰里征服灰烬的国度
> 把信念安全囤积在一块化石当中。[3]

这些都属于一位优等生的诗歌，充斥着新鲜创意，却缺少核心情感。休斯回顾她当年为自己第一部作品搜寻书名的情况，就颇具启发意味：它先后被称为《陶质头颅》《永恒的星期一》《水深五英寻整》《本迪洛的公牛》《台阶魔鬼》，最后是《巨像》。这样的效果简直是胡闹。

直到1959年，普拉斯的诗歌里仍旧缺乏我们能从所有深孚众望的作家身上期盼到的东西，即作家藉以获得辨识度的个性特质或主题。她的诗歌通常每一行都很出色：汇总起来又让人无法牢记。不过她那年有一首诗是这样开头的：

---

[1] 原注：西尔维娅·普拉斯，《诗集》，泰德·休斯编辑，伦敦：费伯出版社，1981。

[2] 引自《令人不安的缪斯》（The Disquieting Muses）。

[3] 引自《火与花的碑铭》（Epitaph for Fire and Flower）。

她去参观解剖室的那一天
他们摆放了四个男人，漆黑一团好像烤焦的火鸡，
都已被分解开一半……

突如其来的冲击。也许她只是在尝试另一种风格。但后面的两首诗《跃下蛋崖自杀》和《饱经蹂躏的脸庞》，却排除了这种可能性。普拉斯喜欢它们的“直截了当”，而这个词意味着放弃文学幻想，去追求更朴素的写实主义。从某种意义上来说这就是事实：她已经找到了自己的中心主题。它在不同情况下分别呈现为神经症、疯狂、疾病、死亡、恐惧、惊骇。

休斯在一则注解里说，普拉斯这段时间倾心于西奥多·罗特克的作品，并“意识到他可能对她有帮助”。她肯定承续了他那种“温室里有件恶心事”的写法。[1] 她同样能够在事物当中发现阴森感。她在这一年十一月写了《蘑菇》。这是一首表面温存，甚至带有乔治时代风格的诗歌[2]，内里却充满了胁迫感。第二年她的孩子出

---

[1] 语出“柴禾棚里的恶心事”（something nasty in the woodshed），指代隐藏在个人经历中的创伤事件。斯黛拉·吉本斯最早在喜剧小说《苍凉慰藉农庄》里使用。

[2] 乔治时期（the Georgian Era）通常是泛指英王乔治一世登基至乔治四世逝世的一百余年（1714—1830），而“乔治时代诗歌”（Georgian Poetry）则指代乔治五世统治时期（1910—1936）以田园为普遍主题的一类诗歌，较强调细腻技巧与传统，而不是技巧与形式上的实验创新。代表人物有鲁珀特·布鲁克、沃尔特·德拉·梅尔、拉尔夫·霍奇逊、W.H. 戴维斯和约翰·梅斯菲尔德。

生，其他活动也暂时告歇。不过到年底时她又开始写作，

> 阳台之间发出怎样的回响！太阳怎样照亮
> 这一具具颅骨，散脱的骸骨面对着这幅情景！
> 空间！空间！床单卧具正在彻底消解。
> 幼儿床腿以骇人的状态在融化，而保育员们——
> 每位保育员都用各自灵魂粘补完某一处伤口然后消失不见。

体察到一位年轻作家如何掌控她命里注定的书写材料，并由此而产生的激动愉悦，最后会被这类材料的本质和她的沉迷程度而抵消。休斯在注解里已经明确表示她的精神状态并不稳定。她像许多美国人一样，有自己的精神病医生。但她比较特别的地方，是脖颈上还留有早先自杀未遂的一道疤痕。对她来说，运用自己的独特才华，去应对恐惧疯狂造成的扭曲畸变，即是在冒险释放自己体内的这些力量。用约瑟夫·康拉德那句老生常谈的话说，就是将她自己沉浸在这毁灭的元素之中。

这种习作模式最初似乎是刻意而为。她使用诸如《失眠症患者》《寡妇》《凌晨两点时的外科医生》和《高烧 103 度》[1] 这样的诗歌标题；或是描写一家医院，里面住着战争中残肢断躯的老兵、妊娠期服用反应停而生育的四肢畸形儿童，或切掉半根拇指的人。但

---

[1] 103 度是华氏温度，等于摄氏 39 度。

是她还有其余的作品。其中某些中性甚而包含同情感的主题，都被故意扭转成令人恐惧惊骇的东西。根据注解所称，《动物管理员的妻子》源自普拉斯在摄政公园动物园的多次游览经历。它貌似一种全然无害的消遣活动，然而

> 我们的求爱行为如何让这些易燃的笼槛着火——
> 你的双角犀牛张开嘴巴
> 肮脏如同靴底，硕大得仿佛医院水槽
> 来索要我的方糖：它沼泽气味的呼吸
> 手套一般包裹住我手臂直至肘弯。

另一则更惊人的例证就是她的蜜蜂系列诗。普拉斯在德文养过蜜蜂，并且参加过当地养蜂人协会的会议。参加这些活动，肯定需要保持具体务实的精神，但她的描述却具有一种神话诗性的噩梦感：

> 现在哪一位是教区牧师，是不是那名黑衣男子？
> 哪一位是助产士，她是不是身穿蓝色大衣？
> 所有人都用方形的黑色脑袋点头，他们是面戴盔甲的
> 　骑士，
> 薄纱棉胸铠在腋下打结。
> 他们的微笑他们的声音正在变化……
> ……………………………………

我精疲力竭，我精疲力竭——

刀丛封闭的白色巨柱。

我是不知退缩的巫师之女。

村民们正在解除自己的伪装，他们相互握手。

谁的长方形白盒留在树林里，他们完成了哪些事，为何
　我浑身发冷。

尽管这是才华横溢的笔法，仿佛希区柯克拍摄了格雷厄姆·格林《恐惧部》[1]开篇的教堂节庆场景，但是没错，读者并不认为它必须写得如此恐怖。他反而会猜想，普拉斯是否在蓄意渲染这桩普通事件，以便完成一首诗。或者说，她是否真正会这样看待它。这样一来，普拉斯就与读者各奔东西了。休斯在介绍广播朗读版的《拉撒路女士》时（这是她最受推崇的诗作之一，它混合了未遂自杀、拉撒路故事和上帝作为指挥官的德国死亡营意象），引用了普拉斯一句很有意思的话，意思是诗篇里的言说者是凤凰，自由论的精灵，一位拥有重生天赋的女人："唯一的麻烦是，她只能先行死去……此外她只是一位善良、普通、极其聪慧机敏的女人。"我们怀疑，多半时候这就是普拉斯本人。她说话时好像一位志存高远、争强好胜、情绪冲动、极有可能成功的姑娘。只要她自身那些

[1]《恐惧部》（*The Ministry of Fear*），格林以二战早期为背景的小说，1943 年出版，1944 年由弗里兹·朗（Fritz Lang, 1890—1976）拍摄为电影。

创伤能够形成诗歌，她会随时准备善加利用。疯狂的诗人并不书写疯狂：他们书写信仰、沙发、法国革命、大自然和他们的猫咪杰弗瑞。普拉斯却直接书写疯狂：这是她的主题，她的受体（“这件事我做得格外好”）；两者共同展开了一场越来越不计后果的鬼抓人游戏。

当然这原本可能是最好的安排。1961 年她完成了小说《钟形罩》，当时的想法也许是要进行自我诊疗并重新开始。1962 年初她生了第二个孩子。九月里她和丈夫分手。这一年她写了五十六首诗，其中最长的一首，明显是各种声音的和解之作：《三个女人》。这些诗歌益发脱离任何可辨识的事件，它们似乎进入了神经症，或疯癫状态本身，并以文学里绝无仅有的一种持续高亢的狂喜留驻在那里。它们不可能通过零星引用而保持原本意义：它们必须作为整体来阅读。1963 年 2 月她自杀身亡。

很难说这在多大程度上要归因于内在压力，在多大程度上归因于外部压力。普拉斯承担的东西也许超出了她的能力范围，然后又被环境所摧毁。也许无论她做什么，可能都会全力以赴地寻求这种决裂。或许，就像我先前表示的，她也许倾尽自身才华去追随某种文学时尚（罗特克、洛厄尔），直到丧失控制，转而被它降服。相较于其他人使用的主题，她的诗歌，尤其是最后那批诗歌，显示出奇异乃至逍遥自适的非个人化特征。很难理解她为何会被标识为自白派诗人。作为诗歌，它们实现了最高程度的创意，而且诗性效果几乎不减分毫。它们的价值，有赖于我们能够把自己完全无法体认的经验表述摆放在哪个高度——面对这样的经验，我们只能带着惊愕与伤感，转身离去。

1982

爵事钩沉

[1] 此处为意译。原文为 All What Jazz，出自习语“all that jazz”，意即“诸如此类”，是拉金用 Jazz（爵士乐）这个词造出的文字游戏。

《爵事钩沉》序

●

I

我把这些文章从新闻剪报簿里解救出来，是因为它们的话题虽然轻松浅显，却时常包含一些至今让我不禁莞尔或貌似合情合理的字句。更重要的是，我在读它们的时候，能察觉到其中的故事：虽然它非常普通，可是如果公之于众，或许足以娱人。

讲出这个故事就意味着某种形式的回溯。很少有什么能比聆听爵士乐给我带来更多的生活乐趣。我不是想声称自己在这方面的独创性：对于在两次世界大战期间进入青春期的几代人来说，爵士乐似乎就是青年人的需求，那种独一无二的私密激情。换到另一个时代可能就是酒精或药物，宗教或诗歌。无论它凑巧是什么，父母们会对它心存怀疑，导致它声名不佳。我能看得出来，现在的青少年已经对爵士乐失去这种感觉。一方面的原因是，目前爵士乐类别太多，所以就这样泛泛而论爵士乐，会让他们迷惑不已，也会让他们彻底失去兴趣。此外，爵士乐已经变得受人尊敬：学者们著书立说，加上成年人的培训课程；它是完全可以填写在高校入学表格的那种兴趣爱好。它充斥于四面八方：唱片、无线电台、电视节目，都是定期放送爵士乐的途径。三十年代时，它还是一种短暂易逝的小众爱好，是国外车站碰巧听到的一张唱片，两段主唱之间的和声，某个乐队当中唯一不乏味的那个人。而你认识的人里面没有谁喜欢它。

尽管如此，在我有意识聆听某种能被恰当称为正宗爵士乐之前的几年时间里，爵士乐就已经存在于我的生活。最初起因是舞会乐队，一种目前已经消失的现象：酒店或餐馆雇佣十二或十四名乐手（通常穿着相同制服），为了方便顾客们跳舞。他们的领头者是全国知名人士，经常会在广播电台出现：例如，下午五点一刻至六点，还有十点半至午夜时分。他们几乎完全不能算作“爵士”乐队，但每次演奏完六首曲目时，他们会表演一首“热门”乐曲。这么一来，大家就会听到乐队里一两位能够演奏爵士的人在表演。经典的“热门曲目”是《老虎拉格泰姆》：它的地位堪比国歌，就像《当圣徒们陆续登场》在五十年代那样。哈里·罗伊有一个大乐队属下的小乐队，名为“老虎流浪者”。纳特·葛奈拉在舞台表演时会往大钢琴上放一只玩具老虎。长号手和大号演奏者也能够熟练吹奏出传统的虎啸声。我发觉这些热门曲目格外地令人振奋，所以会连续聆听好几个小时的舞会音乐，就是为了等这些曲子出现时再听个够。我用这种方式不知不觉默记了好些目前已经遗忘的歌词。那些热门曲目真好听啊！等到类似乐队开始到本地演出厅登场时，我就能够真正观看到他们演奏这些曲目了。不同的乐器组猛然起身演奏四小节，然后再径自落座；伴随着“好啊伙计”的喊叫声，贝斯的拍打声，还有华彩段式的鼓声即兴独奏。我的关注重点是鼓手，他端坐在一个升高的平台上，面前摆放着一排牛铃、木鱼、钹、长筒鼓，而且（通常）还有一面中式铜锣。他的鼓都是耀眼的绯红色或钻石光泽的群青色，格外醒目。即使是那位常驻演出厅的鼓手，一位戴着角质镜架眼镜、面无表情的男子，也足以让我激动不已，导致我坚持要把我们的票买到靠近他演出位置那边，以便看清他的一举一动。我想成为一名鼓手。我父母给我买了一套入门级的鼓具，还有马克斯·艾布拉姆斯的一套教学录音（它足以表明这段往事的发生年代）。我心满意足地敲敲打打，没有多下功夫练基本功，而是跟着唱片即兴伴奏。

我回顾这件事，只是想表明当初我从本心里对爵士乐有多沉迷。即使那时我还没听过它，感兴趣的也只是节奏韵律。那种延留节拍的简单技巧，曾经让奴隶们在周六夜晚的刚果广场曳步而舞，让人永无餍足。我转向爵士乐的过程很缓慢。我拥有的第一张美国乐队唱片，是雷·诺布尔的《老虎拉格泰姆》（它有一段鼓的即兴独奏）。第二张略微出乎意料，是“刮板韵律之王”的《我要沿着俄亥俄河一路玩耍》。[1] 第三张是路易·阿姆斯特朗的《没有胡闹》。此后它们就纷至沓来。我跟一位朋友坐在他家卧室，窗外是家庭网球场。我们看着树叶在一个个漫长的周日午后飘落而下，轮番摇转那台可携式 HMV 留声机。[2] 那

---

[1] 乐队名原文为 Washboard Rhythm Kings，歌名为“I'm Gonna Play Down by the Ohio”。

[2] 英国唱片公司缩写，全称为 His Master's Voice（他主人的声音），商标为一只倾听音乐的小狗。该公司最早是生产留声机并发行音乐唱片，后改为唱片零售。2013 年申请破产。

些美国白人和有色人种的乐手，巴勃·米利、弗兰克·泰斯马赫、J.C. 希金波坦，他们的声音话语被我们瞬时间理解。他们声音里的各种撕裂、含混和变形，是我们能够完美领悟的东西。这是我们自行寻觅，而学校不会教的东西（这个前提几乎值得让人付出一切！）我们在找寻到之后，就让它承载起所有的热忱；而这种热忱的投入对象，通常是地位更明确的艺术形式。这一点也不古怪。它当时正发生在欧美各国的年轻小伙身上，只是没变成文字记录而已。多年以后我才找到同样先声夺人的音乐，能够媲美吉米·努恩的《布鲁斯惊起了一只兔子》、阿姆斯特朗的《敲水罐》和《捏挤我》、贝西·史密斯的《滞水区布鲁斯》，或芝加哥韵律之王的《我刚认识一位宝贝儿》。

到牛津上学后我的见识获得了增长。我遇见了比我更懂爵士乐、拥有更多唱片的人，而他们的狂热程度甚至跟我不相上下。商店里也充斥着尚未返还的下架唱片，其中有些至今都没再发行过（例如“鲨鱼”勃拉诺[1]的《独唱集》，或路易·普里玛的《追逐幻影》）。我真希望我可以说，我们能背诵当年“黑天鹅”的原版曲目，或知道阿根廷 HMV 的曲目内容，或演奏过乐器并组建乐队，或至少拥有足够的音乐知识来讨论我们精心挑选播放的唱片。我们这个圈子里只有一个人识谱：他演奏萨克斯，但他的口味跟我真不一致：

[1] 勃拉诺（Sharkey Bonano, 1904—1972），又名鲨鱼香蕉（Sharkey Banana 或 Sharkey Bananas）。

他尤其爱说类似于“从音乐角度看意思不大”或“只是韵律节奏的刺激感”这样的话。确实，我们听到“肥仔”沃勒的《梦中男子》或罗塞塔·霍华德的《如果你是蝰蛇》，反应无非是咧嘴笑笑、再一言不发地跳跳蹦蹦，间或在格外精彩的段落满足地咕哝一两声。对我们来说，爵士乐已经是攸关生存的私密玩笑的一部分，而不是公开的专业技能：有些表达方式，比如说“皮条客和恋人的结合体”，以及“吃着更便宜的猪肉块儿”（这都是来自《黄狗布鲁斯》的词汇），都神秘地穿插点缀在我们的谈话中。出于某种原因，卡明斯基为《家庭烹饪》[1]节目演奏的那首简短哀婉的序曲，变成了我们的共同讯号。我们所有人在走进蒸汽腾腾的大学公共浴室时，都会用口哨吹响这首曲子，等待着紧闭的沐浴隔间门后面有人接腔。

如果我说自己的爵士生活在离开牛津后是一段痛苦的空缺期，那么我很可能是在讲述一段共同经历。大多数爵士爱好者发现战争让他们的挚爱活动被迫陷入停顿。即使他们没有远赴他乡服役并因此而停止收集爵士乐合辑，后面还会有美国音乐家协会在 1942 年至 1944 年颁布的唱片录制禁令降临到他们头上，再就是包括唱片在内的消费用品普遍短缺。随着战争持续，越来越多的艰难困厄接踵而来。至于我，则陆续居住在各个地方城镇，而爵士乐在这些地方根本不受欢迎。等到我在 1948 年与我的收藏曲集再次重逢，有了播放音乐的东西，才能在随后一段时期里心满意足地与它们重续

[1] 卡明斯基加入艾迪·康顿的乐队后在 1933 年大萧条时期录制的唱片名。

前缘。但只是根据现有的系列类型进行扩充增补——旧时中意曲目的新唱片，再置换几张先前丢弃或破损的碟片。五十年代中期推出密纹唱片时，我对它心存疑虑：它似乎是一揽子交易，强迫你用难以接受的高价同时购买各种良莠不齐的单曲。（密纹唱片的混录，或是重新录制原本每分钟 78 转[1]格式的曲目，也被认为是一种破坏性做法。）这让我益发感到与世隔绝。

所有这些话，并不意味着我对爵士乐领域正在发生的变化一无所知。比如说，我知道，以往我所知晓的单一音乐类型已经分化为传统爵士与现代爵士。人们在英国听得更多的是前一种，这要感谢爵士乐复兴派的盛行。但我不知道自己当初是否喜欢得过了头。我喜欢过利特尔顿，后来是喜欢充满活力的巴伯小型乐队[2]。后者可以让阿伯丁与布里斯托尔的任何一家音乐厅人满为患。1954 年我在贝尔法斯特听过现场：一千号人硬挤进那个狭小的广场舞厅，外面还有另外一千号人继续挤挤扛扛，比较有胆魄的还从男厕所的一个小方窗往里爬。这是奥蒂莉[3]出道前的年月，朗尼·多尼根在《巴

---

[1] 二十世纪五十年代以前的唱片多使用每分钟 78 转的格式，纹理较粗、转速较快，单面唱片录制内容较少。每分钟 33.5 转的密纹唱片（Long Playing Record，简称 LP）最早出现在 1949 年，五十年代至七十年代开始风行。

[2] 著名爵士音乐家克里斯·巴伯（1930— ）成立的乐队（the Chris Barber Jazz Band）。

[3] 指安娜·奥蒂莉·帕特森（Anna Ottilie Patterson, 1932—2011），北爱尔兰的布鲁斯歌手，在二十世纪五十年代后期与六十年代早期跟克里斯·巴伯乐队合作演出并录制过唱片。

拿马》《钟声布鲁斯》和《马瑞塘拉格泰姆》之后，将会通过模仿“铅肚皮”而光鲜登场。[1]剧场里没有栏杆：我到了那里，就站在楼梯平台，耳朵里灌满了带有浓厚鼻音的格拉斯哥—美国式唱腔，内容则是跨大西洋铁路[2]史上的某个事件。对于那个时期的多数传统爵士乐来说，它似乎带有一种相对不真实的古旧成分，尤其还是来自于加利福尼亚的音乐。我永远无法让自己认真对待那些嘟嘟囔囔、带颤音的杂糅作品。因此从总体来说，关于所谓迈入“新时期”，出于一种近乎学院气的羞怯退避，我觉得我最好还是暂缓对战后爵士乐的评判吧。关于现代爵士，我了解的情况甚至更少。我从无线电台听来的曲目似乎格外不容乐观，而且我还怀疑自己是否真正认为它能够获得公众的足够认可，值得我为它费心竭虑。

II

我觉得，我现在做的事，是证明自己在受邀撰写这些文章时，显然并不是合适人选，而且早就应该加以拒绝。我没有拒绝的原因，是觉得自己仍然还是一位爵士爱好者，某个无疑与刚果广场的

---

[1] 马瑞塘（Merrydown）是英国著名苹果酒品牌。美国民谣及布鲁斯音乐家哈迪·威廉·莱德贝特（Huddie William Ledbetter, 1888—1949），艺名为“铅肚皮”（Lead Belly，亦写作 Leadbelly）。

[2] 原文为 transatlantic railway，可能是 transcontinental railway（亦称 Pacific Railroad，即横贯北美洲大陆的太平洋铁路）的笔误。

波段相同之人。而且，尽管我也知道事情已经发生改变，但是我并不相信，爵士乐本身还能比进行曲或华尔兹改变得更加面目全非。只要把新东西听够就行了：我愿意接受这样的机会，同时也信心十足地认为，只要我找对感觉，一切都会变得清楚。第二，我没有任何想成为爵士批评家的企图。我清楚，文学界有好几位老鸨级人物，他们通过夸赞所有的作品，在这种评论游戏里资历渐长。我打算成为爵士乐评界与他们旗鼓相当的人物。这种事并不像听起来那样利欲熏心。因为我的栏目空间如此有限，除了夸赞，任何说辞都是在浪费。我的读者值得听人谈论世界各地的最佳曲目，而我就是这个谈论者。因此，我起初喜欢或不喜欢什么，并没有多少实质影响，因为我准备将它们全都称为杰作。

但这样一来就暂时出现了问题。当各家公司开始孜孜不倦地将一份份唱片用精美的方盒包装发送过来时，我播放音乐的热忱，很快就变成了错愕、难以置信和震惊。我觉得自己陷入了某种梦魇，仿佛我信心满满地走进考试大厅，却发现所有考题都让自己彻底摸不着头脑。它不像是我在听一些自己不关注的爵士乐——比如阿特·塔敦，这我承认，或是“果冻卷”莫顿的红辣椒乐队。这根本就不像是在听爵士。这种音乐的所有特征几乎全被干净利索地拧巴过来了：比如说，爵士乐的音色有别于“平直式”演奏，它具有一种几近于人声的颤音。现在这种特点已经完全消失，并让位于彻底的松弛无力感。爵士乐原本最富创意的特征，难道不是运用集体即兴演奏方式吗？放弃它吧：就让第一段和最后一段副歌成为温吞不火、毫无差别的唱法好了。以往爵士器乐的基础，难道不是美国内战结束后归来的各军团使用的典当铺乐器，包括小号、长号、单簧管的吗？请调整好心态，接受长笛、拨羽键琴、电子扩音巴松管吧。以往爵士乐的本色，难道不是一种通俗艺术，而且处处都有你能用口哨吹奏的曲调吗？某种本质极为可怕的事情已经发生，人们已经确信不该再有任何曲调了。爵士乐最美妙的一点，难道不正是它那欢畅和翻覆自如的切分音，可以让人脚底打着拍子、肩膀不由自主地耸动起来吗？鼓手们随意的爆发（“丢炸弹”），还有非爵士乐节拍的使用，3/4 拍、5/8 拍、11/4 拍，现在已经驱散了所有类似的感觉。最重要的是，爵士乐不是美国黑人的音乐吗？那么就让它充斥着康加鼓、桑巴舞曲，还有南美洲所有的俗艳标识、中东巴扎市场的喧闹和加尔各答耍蛇人的聒噪声吧。

然而，更深层的问题是：这种音乐意图激起的情感似乎已发生改变。阿姆斯特朗、贝歇特、沃勒和康东等人的集体演奏曾经那样放松舒展，而新人似乎只将三十年代晚期某种最缺乏吸引力的特征发扬光大——比如说，屁股紧绷绷的约翰·柯比小乐队，或是充斥着重复段落的古德曼乐组。用苍白无力的音调形式，来替代以一首欢欣愉快或情意缱绻的流行歌曲为基础而进行的即兴表演（此时我想到了帕克斯早期的某些曲目），这真是一种倒退。但更糟糕的，是乐句划分与和声方面刻意策划的怪诞效果。我记得童年时听过的舞曲音乐里有一首歌名叫《我为古怪音乐而疯狂，我为愚蠢节奏而发癫》。我真的经常想去大英博物馆查一下它的资料，看看这首歌词的其余部分是否预言了波普爵士乐[1]的盛行，居然如此精准，让人毛骨悚然。这种新样式的产生，似乎在部分程度上是因为乐手们厌倦了每周有六天晚上都在演奏普通的爵士乐（这诚然是一种让人极度疲乏的谋生方式），部分原因在于他们想从白人音乐家那里夺回爵士乐演奏的主动权，要发明“某种他们偷不走的东西，因为他们演奏不了”。这种动机对所有艺术来说都是糟糕的起点，所以当我看到它肤浅矫饰的结果，也就不足为奇了。最糟糕的，是这种音乐瑟缩、郁闷、狂热、紧张的本质。追求与众不同和艰深费解而带来的持续压力，导致需要日益精湛的技巧，以及越来越夸张和不合逻辑的音乐效果。简而言之，它不是快乐之人的音乐。我曾经想，任何人听到帕克的唱片，都会猜想他是个瘾君子；但没有谁在听到贝德贝克的时候会觉得他是个酒鬼。[2]这一点足以概括这两种音乐的区别。

毫无疑问，我的感觉，类似于帕克及其追随者的唱片随着二战结束而开始从大西洋彼岸陆续到来时，许多欧洲听众体会到的那种惊异。我的惊异程度更是要放大好多倍。“美国已经疯掉了！”这一时期抵达纽约的乔治·希林如此写道（但没过多久他就步其后

---

[1] 波普爵士（Bop，或 bop jazz），二十世纪四十年代形成的爵士风格，特点是复杂的和声与韵律。代表人物有查理·帕克、泰洛纽斯·芒克和迪兹·格莱斯皮等。

[2] 比克斯·贝德贝克（Bix Beiderbecke, 1903—1931），古典爵士乐代表人物，主要演奏乐器为短号。

尘）。希林忍气吞声面对的人（应该）只是帕克和格莱斯皮，而我直到 1961 年都得忍受所有这一切——芒克、戴维斯、柯尔特莱因、洛林斯、爵士信使，这一大帮人。我甚至无法聊以自慰地选择喜欢这个人、再不喜欢那个人：我觉得他们都同样令人厌烦。拿帕克来说，他在演奏时不由自主地又快又炫技。他每次演奏完四个小节，都会祭出战前有一首《密林啄木鸟之歌》里格外陈旧老套、惹人心烦的五声音阶唱腔。他的音色尽管比某些后继者要好很多，却显得单薄，有时甚至尖利。[1] 他传递的那种精神幻觉印象，可能来自于钢琴家巴德·鲍韦尔。鲍韦尔修炼出同样精湛的疯癫技艺，有时候只有拿手电筒光直接晃他眼睛，才能让他停下来。格莱斯皮则有所不同，他是一种更熟悉的类型，是小号领奏和插科打诨的人，但我并不欣赏他对拉美风格的沉迷，觉得他的幽默感只是初级水平。泰洛纽斯·芒克似乎属于不大成功的喜剧家，就像他那些奇奇怪怪的帽子所彰显的一样：他假扮天真的大象舞钢琴曲风格，还有他笨拙的音程、强劲节奏的缺失，通过有限的表演才能，变得双倍拖沓。

种全新的非人性元素伴随着迈尔斯·戴维斯和约翰·柯尔特莱因而浮现。戴维斯有好几种表现方法：半死不活、嘴唇紧闭的慢活儿，酸不溜丢、狂吼乱吆喝的快速演唱，还有浑厚的正规版剧场风格，而所有这些我都不喜欢。约翰·柯尔特莱因的出现，导致金属

---

[1] 原注：不过，我猜想，帕克在临死时有所改进，可能是因为在法国遇见了贝歇特的缘故（贝歇特一向很乐于指导年轻人）。

质地、不动声色的虚无感让位于极其荒诞的表演方式；加上涉猎一些没有多少吸引力的主题，显得宏大而无趣。在这些音乐主题里，所有可能的变化都齐声奏响，包括对东方乏味题材的持续探索，无休无止、煞有介事地呈现宗教感。同样，因为柯尔特莱因的出现，爵士乐也开始故意扮怪作丑：他那种恶心的音色表现将愈演愈烈，后来简直就像是一套魔鬼附体的风笛在对着你厉声啸鸣。当然，在柯尔特莱因以后，一切都陷入了混乱、敌视与荒诞状态，而我们看到它与爵士乐的切割已经变得如此彻底明显时，几乎是长吁了一口气。但这就超出我要讲述的故事范围了。

尴尬的是，那时节要想公开表述类似的反应，已经太迟了。五十年代后期，戴贝雷帽和墨镜的年轻小伙与古典爵士的拥趸们还在各类报刊的读者来信栏里互相攻讦；等到六十年代早期，这一切都已经销声匿迹。对此我打算以后再评点一二。但除此之外，人们若想在 1961 年说出类似观点，也不可能获得新闻报道。那时帕克已经去世，并成为历史人物。在年轻人的眼里他很可能已经与金·奥利弗和其他爵士之父难分伯仲。没有任何办法，只能继续按照我本来的计划，不加区别地进行颂扬。后面两年时间我都是这么做的。这段时期我以再次订阅《重拍》（*Down Beat*）杂志的形式驻守幕后（我记得上学时经常看到《弗里斯科·契尔普初次登台维加斯》这类标题，现在再也不见了）。我还读了许多与爵士乐有关的书。我了解到爵士乐现在已经从社会意义和音乐意义上获得发展：战后的黑人比前辈们受到了更好的教育，政治意识更强、文化觉悟更高。结果就是，黑人爵士音乐家的音乐修养更加精致复杂。他了解自己的理论、和声与作曲内容：他很可能在茱利亚音乐学院上过学，而爵士乐只是他不想与之产生关联的东西，如果这意味着他必须整晚拨弄六根吉他琴弦、对着观众咧嘴微笑的话。作为解放自我的第一步，他已经解放了自己的音乐：爵士乐正迎头追赶其他音乐，正在用半音阶取代自然音阶（这从本质而言是很可怕的事情），并将美国黑人超越自身枷锁束缚后展望到的其他民族音乐特色都吸纳进来。实际上所有人都对此深表赞同。这太吓人了。在一个人文主义社会，艺术——尤其是现代或当代艺术——被认为极其重要。与它丧失联结，相当于一个人在宗教时代丧失了信仰。或者说，在这个具体事情上，由于爵士乐是年轻人的音乐，与它丧失联结，就像一个人丧失了他的性能力。然而，尽管我愿意尝试，但从寄来的唱片里却找不出任何能欣赏的东西。尽管它们篇幅越来越长——五分钟、七分钟、九分钟一首，根本不像是 78 转时代里那些精彩的三分钟小品音乐。我觉得，某种东西已经折断，而我正越来越深地飘移到中年岁月的沉默阴翳之地。冰冷的死神已经攻下他的第一座要塞。

不过话说回来，我这时正在阅读的书籍，却有些看似奇特而又熟悉的东西。这种发展，这种进程，这种更艰深、更复杂的新式语言，需要你费力欣赏，让你休想一目了然，它需要借助于技术与专业的知识，并从各个层面进行评估。这种革命式的激增，既是为我们这个时代发出声音，也是在最充分、最深刻的意义上显得传统……没错！这是现代绘画、现代诗歌、现代音乐批评的语言。没错！以往我在谈论现代爵士时是多么肤浅，我根本没有认识到这个形容词的力量：这可是现代爵士，而帕克是一位现代爵士乐手，就像毕加索是一位现代画家，而庞德是一位现代诗人。我没有意识到爵士乐在五十年间已经从拉斯科发展到了杰克逊·波洛克。但既然我已经意识到这一点，近两年来的愁闷沮丧，瞬间就转化为内心如释重负的轻松感。我回过头再看我这些书："在帕克之后，你必须或多或少成为一名音乐家，才能跟上当今最优秀的爵士乐。"[1]没错！在毕加索之后！在庞德之后！几乎没有其他哪种说法，可以更简练地概括我认为艺术里不该有的东西了。

读者在此可能会觉得自己不小心闯入了一场私人争辩。我想说的全部内容是，当"现代"这个词汇运用于艺术，便具备了时间性以外的意义：它意味着这个世纪独有的、一种不负责任的特质，有时被称为现代主义。一旦我把现代爵士乐归入这个名目，我就明白了自己的立场。我敢肯定，有些书已经详细地陈述了现代主义的生成过程。我自己的理论主张是，现代主义的产生，是因为导致艺术迸发的两股张力出现了失衡：艺术家与素材之间的张力，还有艺术家与观众之间的张力。在过去七十五年左右的时间里，后一种张力已经松弛懈怠乃至于消亡。结果艺术家开始变得过分注重于自己

---

[1] 原注：班尼·格林著，《勉强的艺术》(*The Reluctant Art*, 1962)，第 182 页到 183 页。

的素材（由此而诞生出一个技术实验的时代）。此外，在封闭隔绝的状态下，艺术家忙于处理现代主义的两项关键主题：神秘化与愤怒。由于被人忽视而怨恨满怀，所以他在绘制肖像时，让人的两只眼睛都跑到了鼻子的同一边；要不然就是给模特身上涂抹颜料，再让她躺到一块空白画布上打滚。他设计出建造在地下的房屋住所。他书写的诗歌外形很像打字员喝咖啡歇息时用机器敲打出来的那种图案。他或是用胡言乱语写完一部小说，或是让自己戏剧作品里的角色都坐进垃圾桶。他给某个熟睡的人拍摄六小时长度的电影。他雕塑出身体带有巨大孔洞的人物造型。与这类做法同时发生的事（就像有位美国小说家写的那样，“每一种典型艺术风格都不乏其白痴级人物”），是一批有意促进这类做法成功的批评报道蓬勃发展起来。相关术语和论点随着环境条件变化而各有不同，但传递的基本信息是：不要相信你自己的眼睛，或耳朵，或理解力。它们会告诉你说，这样做很滑稽，或很丑陋，或毫无意义。别相信它们。你必须要琢磨清楚这一点：毕竟，除了畅快淋漓地理解艺术之外，你并不指望理解其他任何重要的东西，对不对？我的意思是，这是一件非常复杂的事情：要想知道怎样复杂，大家可以去参加我在本地大学给你们开设的一门九十六节课的教程，下一周就开始，非常欢迎大家。所有这些课都有公共资金补助，你们不用花钱。说到底，想一想以前的人吧，他们因为不理解艺术，是怎样让自己变得蠢笨如驴——你们不想这样，对不对？诸如此类的话。让那些没主意的家伙们不断地掏腰包。

当黑人不再希望给白人提供娱乐，爵士乐艺术家与听众之间的张力就松懈下来；而作为整体意义上的听众，随着对日战争结束和电视时代的开始，他们无论如何也不太想寻求这种娱乐方式了。夜总会的爵士乐队就像我往昔的兴趣一样逐步消退，餐馆和酒店的舞曲乐队也已经衰落：爵士乐令人不安地迁移到文化地带、音乐厅、大学排练厅和夏校，而我概括的那一类乐评却在这些地方大行其道。这必然会让所有试图恢复“艺术家—听众”之间纽带的工作变得愈发艰难，因为很久以来各大学已经变成人们普遍认同、为了欣赏接受资金扶助的艺术而常来常往的地方。艺术不再需要自己花钱购买——所以，这是顺理成章的事。因为这一类乐评的原本用意，就是要阻止人们运用自己的视觉、听觉和理解力来表达愉悦和不适。在这样的条件下，现代主义注定会繁荣昌盛。

我不知道，如果我继续更加深入地探讨现代爵士与其他现代艺术分支之间的类似性，是否还有价值：如果我说，在我看来，我不喜欢它们的原因相仿，那么我的意思也就表达清楚了。不过，等到我建立起这种联系后，很快就发现爵士乐正在以极其迅疾的速度从神秘化（“你们为什么不添一位钢琴师？他演奏的那个是什么？”）转向了愤怒。类似于奥尔奈特·柯尔曼、阿尔伯特·艾勒和亚奇·歇普这样一些人，他们不再考虑音高、和声、主题、音质、旋律和节奏，然后又被更老的乐手（洛林斯、柯尔特莱因）和年轻乐手们纷纷仿效。其中有些人通过暗示自己的演奏内容跟“黑人力量”运动的诸多诉求存在着某种政治关联，显得更具锋芒。黑人不再用音乐去娱乐白人，他们转而用它仇恨白人。如果有谁认为亚奇·歇普（“美国对我犯下许多过错”）的唱片只意味着朝他本人攥紧拳头，再比划出两根指头，就不大能够欣赏自己听到的东西。或者，用勒罗伊·琼斯的表述，“聆听桑尼·穆雷时，你能听到新音乐的根本需求。它以最为沉重的情感撞击而造成的缺口。从灵魂的鬼魅般呻吟里，彻底释放并形成英雄式的灵歌进行曲，以及新黑人精神的祭司式唱颂。”

此时我已经非常肯定，爵士乐不会再继续产生了。曾经培育它的社会已经不复存在，也不复回返。但所有那些欢快活力注定不会像它们当初到来时那样彻底消散吗？环顾左右，不必费神就可以看到六十年代的年轻人正在为之欢欣的东西，就像当年曾让他们父辈欢欣愉悦过一样。面对着成群结队、震耳欲聋的喧闹声；面对着直接来自芝加哥南区黑人俱乐部那种乒乒乓乓、哐哐啷啷的打击乐膜拜；面对着这种极度流行的音乐，以至于它的践行者已经变成了所有观望者共同艳羡的新贵、在世界各地清醒时分都有自家广播电台支持助威的时候，我们几乎无法提出这个问题。也许是我错误以为爵士已死；它过去的成就已经被一分为二：即无需节拍的智识和无需智识的节拍。正是后一种，曾经赢得青年人的耿耿忠诚，并引导我在十二三岁时随着雷·诺布尔的《老虎拉格泰姆》而猛力敲打着节拍伴奏。节拍是爵士日趋衰落后的余留，“现代爵士乐”亦是如此：听 B.B. 金还是奥尔奈特·柯尔曼？很难选择。如果说我最后决定支持前者（我会这样选的），那也绝不是因为我正在幻想自己聆听着能够媲美比莉·霍利戴和泰迪·威尔逊、“小家伙”罗素和杰西·斯塔西，或“肥仔”沃勒及其韵律乐队的后世曲目。

III

我通过这些文章而缓慢靠拢方才已经表述的立场观点，是我先前承诺要添加进来的故事。好笑的是，至少对于我来说，尽管最初执意不肯说出真相，现在还是眼看它排闼而入。就像我说的，这是一个普通的经历，也许压根不值得说。在另一方面，只要我已经根据自己的满意程度梳理清楚战后爵士的来龙去脉，那么也忍不住会放眼四顾，看看究竟有谁提前做过类似的事。作为一个阶层，以爵士乐为题材的评论作家无不固守着各自的党派路线。按照这条路线，爵士乐被视为始于巴迪·博尔登，并一路延展到桑·拉的黄金链条。这些作家的任务，因为爵士乐杂志的通行做法而变得更方便：它们通常雇佣好几位评论员（传统爵士评论员、现代爵士评论员、布鲁斯评论员），以此确保没有人会写他们真正反感的东西。这样对生意有利，并减少了针对这门行业的恶评。它给人留下的印象是：爵士乐是一个幸福而同质的整体。但是除了我以外，他们当中就没有一个人察觉到究竟发生什么情况了吗？

我的意思并不是说，学识渊博又真诚恪守党派路线的批评家寥寥无几，也不是暗示他们喜欢捏造假话。有一位爵士乐评家说过：“你能从伯德那里听到贝西”，或“歇普正在演奏纯粹的新奥尔良街头进行曲”。我满心愿意相信这就是他的真实想法，只要您允许我把他的思维水平标为负值。我还要冒昧地说一句，毕竟，他们大多数人都在某种暂时苟且的商业化基础上参与“时代现场”，他们的诤言抗议，或许堪比某位主教对不道德行为的苛责：他无疑是在说真心话，但这也是他通过说话而挣钱的方式。有没有哪一位乐评家打算严肃地告诉听众，说爵士乐已经死了。“爵士乐死了吗，你意思是，施弟柯白客[1]先生？那我们就不必等着买下个月的限量版唱片了，对不对？也不用费劲写《法老桑德斯：象征与聚合》的书评专栏了。然后——再想一想——我们最好还是取消你原来打算主持的那个新浪潮音乐节吧。希望你能做流行乐坛这一块，老爹爹。”于是乎他们就迎头而上，想要完成这项不可能的任务，仿佛在竭力说服我们：从某种形而上的角度看，冷水澡跟热水澡是一回事，而不是完全相反（“难道你都看不到事情的演化发展吗？”）

当然，还有休格·巴纳西[2]，这位值得尊敬的青蛙大人，他不动声色地拒绝认同波普爵士或者它各个流派的现代主义继承者，他只是简单列举他们的唱片作为例证，认为它们根本不算爵士乐。当我意识到自己跟巴纳西看法一致时，不啻于受到了一次震撼：早在1940年的时候，我还认为他不过是头傻驴。主要原因是他过于看

[1] 原文 Stickleback，有“棘鱼”的意思。

[2] 巴纳西（Hugues Panassié, 1912—1974），法国著名的乐评家、唱片制作人和传统爵士乐演出经理，绰号“青蛙尊者”（Venerable Frog）。

重黑人乐手，而贬低了白人乐手的价值（“黑人天生的恶品味”是那年头人们最爱说的口头禅），尤其是他还夸赞外强中干的拉德尼埃。[1]然而他遵循着自己的听觉，而不是拾人牙慧，照搬唱片封套上那些复杂拗口的说辞。因此他撰写出了我喜爱的那一类乐评，导致我不得重新撤回自己曾经对他发表过的诸多看法。再就是布莱恩·拉斯特，这位威仪十足的唱片目录编辑。他在给《爵士唱片录：1932—1942》撰写的前言里宣称：等到了 1944 年，“爵士乐已经彻底分裂。波普爵士的狂热信徒们要求——并且获得了——形式自由程度前所未有的音乐，以至于它后来变得面目全非（至少笔者认为如此），根本就不像爵士乐了”。他还说，只要他给自己家娃娃播放查理·帕克的唱片，孩子就会哭起来。有趣的是，我们可以看到，班尼·格林先是眉飞色舞地评论老派乐迷们面对半音革命时如何不知所措，然后把他那本书的最后几页都用来挖苦奥尔奈特·柯尔曼，还有“某种名为‘新形式’的昏聩疯癫病”：没有什么比一位趾高气扬的革命派更让人觉得好笑了。当然，唱片评论者时常也会挑错对象。例如在 1961 年，《重拍》杂志编辑唐·德·米歇尔曾经用非常窝心的语言风格迁怒于奥尔奈特（“乐曲收尾时的混乱无序是对听众的侮辱”）。他最后还写道：“如果柯尔曼将成为爵士乐的精彩标准，那么其他标准差不多都可以取消了。”像这种破口大

---

[1] 应该是指美国爵士乐手托马斯·J. 拉德尼埃（Thomas James Ladnier, 1900—1939）。巴纳西认为他是仅次于阿姆斯特朗的爵士音乐家。

骂的事情，我只做过一次（1967年8月）。随后，它就像投球犯规后误砸到了板球门柱：这篇文章没被刊登出来。

这些例证[1]确实不胜枚举，但它们或许只是往感悟能力石化的批评家自画像上再添补两笔而已。如果我说不喜欢现代爵士乐是因为它属于现代艺术，这样只会牵扯出我为何不喜欢现代艺术的问题：我怀疑许多读者会欢迎我把帕克和毕加索还有庞德归为一类，认为这是我能对他说出的最动听话语。好吧，这样做至少可以解决一个问题：如果说我只是不喜欢帕克，那么我大致可以相信，我的耳朵在二十五岁左右的时候就已经闭合，而爵士乐已经离我而去。但是我反感庞德和毕加索，而这两位年长者和我的岁数差距挺大，类似感觉就不能用这种方式解释了。我看亨利·摩尔和詹姆斯·乔伊斯也是同样的情况（从满腹才华变格为荒诞不经，乔伊斯真是教科书式的案例）。不，我不喜欢这些东西，并不因为它们是新的，而是因为它们在不负责任地追逐技巧，这与我们所知的人类生活相矛盾。这就是我批评现代主义的本质所在，无论它是帕克、庞德还是毕加索犯下的过错：[2]它不仅无助于我们去欣赏，也无助于我们去忍受什么。只要我们打算陷入神秘感或愿意被激怒，它就会把我们

---

[1] 原注：当然还可以再加上亨利·普莱森兹。他是《严肃音乐——以及〈爵事钩沉〉》（*Serious Music—And All That Jazz!*）（1969）的作者。

[2] 原注：读者现在应该已经猜到，我使用这些朗朗上口、押头韵的姓氏（帕克、庞德和毕加索姓氏的首字母都是P——译者按），不仅是为了代表它们名正言顺的拥有者，而且代表每一位能够被称为其继承者的人。

领入歧途。此外，它只让人更加迷惑不解，更加怒火满腔，从而牢牢地控制着我们。因此每一位现代主义者都会无法遏制、越来越深地涉及暴力和下流：所以帕克的承继者有洛林斯和柯尔特莱因，洛林斯和柯尔特莱因之后有柯尔曼、艾勒和歇普。这从某个角度来说算是解脱：如果说爵士乐唱片要变成漫长凄厉的一阵惨叫，如果绘画要成为一块空白画布，如果戏剧要成为两小时公开表演的交媾，那么我们还是尽早了断吧，越快越快。如此才能希望人类价值观获得自由，并重新焕发活力。

IV

我希望这些乐评本身（我真的不能继续藏着掖着不让读者看了）勉强能够摆脱类似的激烈争辩。我在撰写时尽量做到公允执正。很多时候，我充分遵守职业规范，用“挑战性”替换“嚣张”，用“勇于冒险”替代“不堪忍受”，用“多姿多彩”代替“刻毒荒谬”。我的批评原则，是艾迪·康顿的那句话：“当它传到耳朵里的时候，是像碎玻璃一样扎进去的，还是像蜂蜜一样流进来的？”尽管如此，我通常还是保留着这样的意识：我的耳朵并不是世界上独一无二的。最重要的是，我希望这些文章足以表明我热爱爵士乐。我在开篇时说过，它曾经给我的生活带来过许多乐趣。想象一下，如果我没有出生在 1922 年 8 月 9 日，而是那时候就已经死去的话，那么我将怎样错失爵士乐赋予我的生命乐趣。这样一想我就意识到自己对它的亏欠有多少。出生于二十世纪，却在金·奥利弗带着手下人马进驻印第安纳州里士满的热奈特录音棚[1]之前，或是在弗兰克·沃克面试贝西·史密斯（“胖得要死，吓得要死”）之前，或是在巴勃·米利加入艾灵顿公爵的“华盛顿人”之前死去，那将是多么可怕！如果说我从我的读者身上获得过什么“灵讯”，那就是它了。

我的读者……有时我怀疑他们是否真实存在。他们确实相当宽容，只有在偶尔询问哪里能买到唱片时，才会稍稍彰显一下自己：唯独有那么一两次，我遭到过一位迈尔斯·戴维斯乐迷的迎头痛击，或是被某位到访名人的出版代理斥骂一顿。有时候我会想象他们的模样：表情严肃、身材富态、不善于表达的男子；股票经纪人，货物商贩，住在外伦敦高尔夫球场附近、三十年前建造的独栋宅院；妻子在家里日渐衰老、脾气恶劣，但当年也曾经被他们引诱去观看亚堤·萧的《比津舞开始》或“空军中队”[2]的《靠近你》；作为父亲，他们的女儿们目光冷漠、色欲迷离，正处在口服避孕药期间。在他们眼里拉姆塞·麦克唐纳是和拉姆西斯二世同时代的人，[3]他们的儿子抽大麻、穿牛仔、留胡子、长发披肩，对“赚钞

[1] 或热奈特工作室，由斯塔尔钢琴公司创建，1917 年发布首批唱片，以哈利、弗莱德和克拉伦斯·热奈特这三位经理人员而命名。

[2] “空军中队”（the Squadronaires）是英国皇家空军的一支乐队。

[3] 拉姆塞·麦克唐纳（Ramsay MacDonald, 1866—1937）是英国著名政治家，拉姆西斯二世（Rameses II，约公元前 1303—前 1213）则是古埃及法老。

票”充满了东方式鄙夷，这恰好与他们对金钱毫无餍足的需求形成正比；阁楼里一堆布满划痕、没有封套的 78 转唱碟，可以唤醒这些人内心的记忆，让他们想起当初曾经从多铎式小窗口向外胡乱呕吐的场景，想起“玛格西”斯班尼尔[1]的《凯特妹妹》，或是在方头平底船上摇动留声机聆听阿姆斯特朗的《身体与灵魂》；这些男人的第一次冠心病发作就像圣诞节如期而至；他们无可救药地承载着各种允诺、责任和必须遵循的礼仪，游荡到衰年与无能感的黑暗街巷；曾经给生活带来甜美的一切事物，已经将他们抛弃。我努力让这些人想起爵士乐曾经带来的激越心情，再告诉他们，哪里还可以寻找到它。

1970

[1] 斯班尼尔（Francis Joseph “Muggsy” Spanier, 1901—1967），爵士乐短号演奏家。

稍等片刻

●

无论人们怎样看待乔治·刘易斯的单簧管演奏，在听闻他的死讯时都难免感到悲伤。这位矮小、温和、九十八磅重的男子，没有取得过外部堆聚给他的那份伟大，却成为英国战后爵士复兴一代的偶像。如果说他在爵士乐狂热爱好者的心里取代了路易·阿姆斯特朗，并成为正宗草根爵士的象征，也并不为过。

他的一生配得上这种传奇说法。他与路易出生在同一年、同一个城市（1900，新奥尔良），并且自己学会了单簧管演奏（尽管从来都不识谱），从此像新奥尔良众多音乐家那样过着奇怪的半职业生活，直到四十岁生日过后的一段时间。他在婚礼、野餐会和葬礼上演奏，更不用说舞会场合了。没有活儿忙的时候，他就去当码头装卸工。

1929 年他和邦克·约翰逊首次参加现场演奏会。约翰逊在 1942 年被人发现时（《这可不是啥床铺——邦克教路易说》[1]，《重拍》杂志当年还使用过这样的标题），他要求说单簧管的席位应该找刘易斯。这支乐队很快达到巅峰状态。这种交往关系并不是很愉快，不过等到邦克在 1949 年去世，重返正宗新奥尔良爵士乐的道路已经完全拓展铺平，而刘易斯可以携带着他那些质朴单纯的同代人，还有他们朴素真挚的表演曲目继续前行。

他们就这样一路演奏。旧金山、纽约、伦敦、柏林、哥本哈根，始终内容相同的演出：没有受过正规训练，甚至略显水平不足的合奏，或许稍微有一点重复，或许稍微有些跑调，却能应和着活泼节奏，以一种身心欢畅的方式演唱出来。乔治·刘易斯乐队从此成为非商业纯粹爵士乐的象征标记。

克里斯·巴伯、肯·柯莱尔、蒙蒂·桑夏、艾克·比尔克、凯思·史密斯——这二十年间想要原汁原味演奏爵士乐的人们，都将刘易斯奉为楷模。他们从他音乐里找到了什么？已经有人给出了许多答案，但我的答案是：无需紧张的兴奋激动。

三十年代的许多爵士乐都建立在感觉渐强、标新立异、即兴演奏会上伪装性高潮风格的十英寸唱片基础上；乔治·刘易斯的音乐里却采取了另一种不同方式。那是一种友好的配合，它复述着深深植根于新奥尔良黑人生活方式里的那些曲调：《再多留一会儿吧》《再见啦》《古旧坚实的十字架》，还有本世纪初那些情歌，例如《你戴朵郁金香的时候》，它们在进行第二十遍合唱时，比第一遍还要好听。

这确实是乔治·刘易斯音乐的开篇与终局。没有什么华彩修饰、令人震撼的独奏、谋人性命般的布局营构；就是这开开心心、

---

[1] 此处有谐音。“床铺”和“邦克”是同一个词（bunk）。

蹦蹦跳跳的复调，用众多质朴而敏感的声音汇成了一种色彩欢快的音乐旋转木马，是一群人置身于未经疑虑的传统核心地带，带着表演者的充足信心来进行演奏。

正是这种传统本质，才导致我们最终无法将刘易斯评估为“单簧管乐手”。乔治·刘易斯的单曲表演，其实只不过是其他人的号声暂歇，而乔治则继续演奏着他在合奏时同样演奏的内容——对于音乐主题的一种谨慎、迂回的装饰渲染，根本无意把注意力吸引到自己身上。但这就是新奥尔良风格。

“以往的时候，一说起来总是我们乐队，”在惠特尼·巴利埃的记述里，新奥尔良爵士乐的音乐社会学家比尔·罗素曾经语带指责地说道，“现在往往不是这个号手就是那个号手歇在那里，有时候连鼓声都彻底停了下来。然后就是一连串的独奏，仿佛艾迪·康东的即兴演奏会。”显然，对名人的顶礼膜拜，在这里和其他地方一样不受欢迎。

但乔治·刘易斯确实也有独奏单曲，一种慢速布鲁斯，通常被称为“勃艮第街头布鲁斯”。这让他从邦克·约翰逊那里获得了一个调侃称号：“作曲师”。它演奏缓慢、颤动婉转、形式正规，有些过于甜美，好像“维多利亚时期的瓦伦丁节情人卡”，似乎要展示出男人的某种心绪。杰·艾利森·斯图亚特那部略显细腻多愁、可读性却较强的传记《管他叫乔治》（1961）里说，它几乎没有显示出新奥尔良土生土长的音乐家的那些“卑贱”特点。

像许多成功人士那样，刘易斯有一位值得称道的母亲，爱丽丝·芝诺夫人。她活到了九十六岁，并给他的生命和演奏灌注了一种宗教感。“记好了，儿子，”她会这样说，“乔治·刘易斯什么都没做。这都是上帝做的。”这在新奥尔良的背景环境下并不新鲜，其他人也这样：我们应该记得，乔·奥利弗在贫病交加、乐队解散的情况下给他妹妹写信道：“我有许多事情应该感谢上帝，因为我可以吃可以睡……”即使是杰利·洛尔·莫顿，他在1940年最后那一趟漫长并因此丧命的驱车西行途中告诉妻子：“圣母真的护佑过我。”它同样解释了乔治·刘易斯演奏中的许多东西：那种柔韧、谦逊、幸福和体面感。

1969年1月1日

新闻报道

●

最近我增加了一些爵士乐唱片的数目。相关评论可以在先前的四期《留声机》杂志里找到。我还发现，我原先以为可能听过的五十三张唱片里，其实只听过二十二张。我觉得挺有意思，就对照着刊载在《爵士杂志》的文章内容，重新测试了一下。这一回我从可能听过的一百八十三张唱片里，确认有四十八张是听过的。

我重提这段轶事，一部分原因是为了证明乐评者工作时遇到的种种困难，一部分原因是想打消那种想法，让人们不要以为我挑选的每月最佳唱片就绝对好到无可挑剔。现在发行的大批唱片都要通过廉价、相对而言临时凑合的公司品牌，要不然就是真正按照严格的商业化标准从国外进口而来，因此专门提供给乐评者的免费拷贝（除非能保证拿到评论）就不大可能出现。“我听的密纹唱片似乎越来越少。”有位专业人士在别人询问 1968 年最佳唱片选目时，曾经这样抱怨道。

但另外一个因素，则是因为爵士唱片世界过于反复无常。有一种常见现象是，（假如说）迈克・施弟柯白客[1]先生寄来一封闲聊的信件，宣称他现在是高音符、莫哈格尼、风之城、极致、第二线与老人布鲁斯等品牌的爵士乐出版发行官，那么，如果我想稍微了解他们在过去、现在或将来涉及的产品内容，只需给马布尔·亚奇[2]打电话说说这件事或那件事，就可以即刻获得满足。

几周后我给迈克送过去一张礼貌备至的便条，说我可能需要三种新发行的唱片；没有任何反馈。我打电话过去；施弟柯白客先生已经不在我们这里了，另外高音符、风之城和第二线这几个品牌现在已经归属于巨龙公司[3]，莫哈格尼和极致现在则通过奥夫马克公司发行，而老人布鲁斯已经关张了：通常情况下他们并没有这样礼貌，不会把我询问施弟柯白客先生的做法当作生意场上一种含蓄的拆台话，或类似于建议他们把威廉·尤尔特·格莱斯顿的魂灵召唤回来。

好吧，这可是件难办的事。它意味着，爵士乐的爱好者就像爱书人一样，应该浏览查找一种以上的信息来源。对于我来说，我还要再继续搜寻这位扑朔迷离的施弟柯白客先生。

1969年2月8日

---

[1] 参p477注1。

[2] Marble Arch，英国唱片公司。前面提到的几个公司品牌可能都是拉金编造出来的。

[3] 公司名称原文为Megasaurus，应该是拉金的编造。与之近似的恐龙名称是巨齿龙（Megalosaurus）。

布鲁斯盛典

我对布鲁斯的风靡确实有些厌倦。三十年来我一直把布鲁斯视为爵士乐的一个种类，认为它能召唤起乐手某种特有的真挚感（“对啊，他是很好，但他能演奏布鲁斯吗？”），或认为它是美国南部黑人的一种低语喃喃、哀愁婉转的通用语言。当我听到不同种族和国籍、彼此间无法区分的一批批乐队或个人从头到尾以最强音的形式给它沸反盈天地演奏出来时，简直毫无乐趣可言。更重要的是，我们可能正在宰掉这只下金蛋的鹅。布鲁斯粗粝、柔韧、朴实无华、周流遍布。但它并非坚不可摧。如果我们继续这样下去，早晚有一天这个音乐种类将变得乏味不堪，就像《哈瑞·莱姆主题曲》[1]一样。

不过，类似唱片却在源源不断地涌现：《“桑尼男孩”威廉姆逊[2]第二集》（布鲁斯经典 20）推出了乐手本尊在 1937 年至 1945 年的十四张单面唱片，伴奏者包括他的各位搭档：布隆奇、大块头马西奥、坦帕·莱德、艾迪·博依德等。这是轻松、宜人的音乐，幽怨的口琴声与钢琴、吉他美妙地编织混合在一起。“大块头”乔·威廉姆斯（自由唱片公司 LBL 83207）去年录制完成了《把我的旧拐杖递给我》，是内容更为丰富的作品。在这张唱片里，“大块头”乔用一把九弦吉他激情澎湃地弹奏出适宜舞蹈的音乐，同时也为他那副强悍的嗓音伴奏，最后形成了精彩的乐队效果。自由唱片公司目前还在发行一些音乐合集：《乡村布鲁斯，1 & 2》（LBL 83213–4）就提供了战后乡村风格布鲁斯的概貌。“里尔之子”杰克逊、“闪电”霍普金斯还有其他人，都转入了电声扩音时代（“苗条”哈泼，J.D. 爱德华兹）。[3] 而在我看来，他们却变得越来越粗糙。《都市布鲁斯 1》（LBL 83215）是相似的一组类型，其中收集了法兹·多米诺、“丁骨牛排”沃克、乔·特纳以及其他人。

我碰巧看到“小家伙”罗素的那些讣告新闻。它们似乎都无法匹配上个月去世的这位享年六十二岁、杰出的白人单簧管演奏

---

[1]《哈瑞·莱姆主题曲》（The Harry Lime Theme，又称 The Third Man Theme），是安东·卡拉斯（Anton Karas, 1906—1985）给卡罗尔·里德导演的电影《第三人》（*The Third Man*, 1949）编写并用齐特琴演奏的曲目。这首主题曲在电影首映后大受欢迎，几周后单曲唱片就售出了五十多万张。

[2]“桑尼男孩”威廉姆逊（John Lee Curtis Williamson, 1914—1948），美国布鲁斯口琴演奏家。

[3] 麦尔文·“里尔之子”杰克逊（Melvin Jackson, 1915—1976）是美国布鲁斯吉他手，塞缪尔·约翰·“闪电”霍普金斯（Samuel John Hopkins, 1912—1982）则是美国乡村布鲁斯歌手、作曲家、吉他手；“苗条”哈泼是布鲁斯音乐家詹姆士·伊萨克·摩尔（James Moore, 1924—1970）的艺名；J.D. 爱德华兹具体所指不详，拉金所述可能有误。因为“苗条”哈泼的音乐制作人是 J.D.“松鸦”米勒（J. D. Miller, 1922—1996），与爱德华兹同名者则是十九世纪威尔士的宗教音乐家。

家。我以前提到伟大的白人爵士乐三怪杰：贝德贝克、罗素和“狂野”比尔·戴维森——三位乐手都具有彻底的个性化风格——在我看来，他们每个人独一无二的特质，全都是有意识臻于完善艺术技巧的产物。我并不赞同那种以为罗素不知道自己在做什么的看法。举例来说，不妨听一听他在“花蕾”弗里曼[1]那张《麝鼠漫想》里的独奏，他在两段连续乐节的开头都故意重复了那种典型的尖利声音；然后再听一听他与“小丘之城蓝色吹风”[2]演奏的《一小时》，或是与“路易斯安那韵律之王”演奏的《盆街布鲁斯》，或是在“韵律制造者”《蜘蛛爬》里的演奏——无不是美妙至极的自我表述；再试试康顿的《就在这里等你》，罗素将那种直取性命的音乐不可知论贯注于半数的副歌，几乎能让整张唱片轰然炸裂；或是听一听斯班尼尔《甜蜜的罗琳》里最后八小节，他就像是一架被劝说降落的喷气飞机安全返回基地。这样一位多产的音乐录制者，注定要面对他的沉闷岁月；无可否认，他曾在尼克酒馆里扮小丑取悦过那些醉鬼；但是他曾经风华正茂，比如说，在 1930 年到 1949 年间，当他的才华真正绽放飞舞之时，可谓一时无两。

1969 年 3 月 8 日

[1] 劳伦斯·“花蕾”弗里曼（Lawrence Bud Freeman, 1906—1991）是美国爵士音乐家、乐队领队和作曲家。

[2] “小丘之城蓝色吹风”（Mound City Blue Blowers）乐队，1923 年组建于密苏里州的圣路易。

规律法则

●

如果我打算编一条“拉金唱片再版律”，那么它应该是：所有你目前尚未到手的东西都不值得再操心。换句话说，如果有人想劝你花钱购买帕拉芬·乔[1]和他的“夜光灯”乐队在1924年到1925年发行的限量版演奏会唱片，你得看紧你的口袋；如果它们真心不错，那么你在上学时就应该听说过，就像当年听说过金·奥利弗那样，并且已经把你最早的那份零花钱都用在了他们身上。

一切有价值的东西每隔五年都会再版。

1969年4月13日

---

[1] 具体所指不详，“帕拉芬”有“石蜡”的意思，而石蜡可以燃烧，亦是夜光材料的制作成分。

贝西[1]

●

这是一切艺术的黄金法则：一旦你已经成名，就继续在原地深耕不止吧。因为公众虽然未必满怀无穷的希望，却相对容易没完没了地轻信受骗：二十年过后，甚至四十年过后，他们或多或少仍旧期待，你的下一部书或电影或戏剧能够在不经意之间再次形成最初那种欣喜若狂的良好效果。即使现在你已经清楚表明，无论你曾经拥有怎样的才华，也早已蜕变为重复、俗套或轻浮愚蠢。

对于地位更加稳固的艺术门类来说这是司空见惯之事，爵士乐的实情亦复如此。

写这样一篇序言给《贝西伯爵演奏的尼尔·海弗蒂和昆西·琼斯》（神韵公司，SVSP39/40），或许有些不厚道。这肯定是贝西在1962年至1963年间通过神韵公司（Verve）发行的最初两张密纹唱片。每一张唱片内容都表明乐队是经过了一流组织者的训练安排；从个人角度来说，我更喜欢琼斯的那部分演奏。因为它似乎更贴近于贝西那条久经考验的程式："铜管乐器，舌簧和韵律，一小节四拍，不要乱套。"

《数一数》和《堪萨斯城的皱纹》这两首布鲁斯都饱含了情感

和力量；在海弗蒂那一组里，萨德·琼斯演奏的《长夜》很棒，而另一位号手阿尔·亚伦斯在《难道不对吗？》和《再聚首》里的演奏则值得称道。

同样，没有人真的相信（他们真会相信吗？），六十年代的纽曼们和福斯特们可以跟克莱顿、艾迪生、扬和伊文斯相提并论。甚至是倍受赞颂的贝西式节奏，似乎同样苦于电声贝斯与过于喧闹的鼓声之间形成的分离。《六十年代爵士乐百科》里谈论到“音乐欣赏兴趣的骤然衰退”，还说惠特尼·巴利埃是“一架圆滑的重型机器，它从不犹豫也从不带来惊喜”。如果贝西至今还保持着他的声望，那么只能说，这正是我那条黄金法则获得无情验证的结果。

1969 年 10 月 18 日

---

[1] 威廉·詹姆斯·“伯爵”贝西（William James “Count” Basie, 1904—1984），美国爵士乐钢琴家、风琴演奏者、乐队领队和作曲家。

真相时刻

●

我并没有达到我该读的爵士新闻报道数量标准，但在我 1969 年真正读过的内容里，《重拍》杂志对罗特格斯爵士音乐节的报道，则一直异常生动地留驻在我脑海里。

大家知道，《重拍》是美国职业爵士音乐的主要杂志。它已经刊行了三十五年，杂志记者从丹麦到日本遍布于世界各地。它的主旨政策是一种令人舒适、中间道路式的包容：总体说来，无论是什么，都自有其道理。他们派遣到罗特格斯的人显然也出自于同一模板：让他们都来吧，迪兹、赫比・曼、杰思罗・塔尔、B.B. 金，还有阿德莱兄弟——人越多越热闹。[1] 他耐心端坐在自己的座位上，努力倾听所有曲目的优点，甚至包括滚石乐队的说教（如果他们也到场的话）。从总体来说，他做到了这一点，尽管偶尔也会皱眉蹙额（“我有点希望自己佩戴着助听器，这样好把它关掉。”）

引火点燃的那一刻，如果我们可以这样指代它的话，出现在星期天晚上。我们这位老兄到晚了，他发现迈尔斯・戴维斯的乐队正登场演奏最后一首曲目。或者，用他的话来说，“正忙着演奏我最强烈反对的那种东西，一种肆无忌惮的自由形式”，最终“胡乱折腾成一种猫狗打架的音乐”。我们必须要向他的诚实致敬：这是他听起来最感焦虑的乐队之一，不仅很难听，而且他还承认它很难听。但是后来—— 这是关键所在——紧接着就是“新港全明星”；布拉夫[2]、雷德·诺沃、塔德·法罗，还有老伙计乔治·韦恩的钢琴演奏。这位记者大大地松了一口气，他的赞辞褒扬由于过度夸张而变得有些让人感伤。布拉夫和他的朋友们就是气泡矿泉水，他们是《麦克白》和《大卫·科波菲尔》，他们无与伦比，他们就像性与阳光一样永恒：“老天，这才算是地道。”他在激情四溢的状态下询问一位十七岁的女孩：她觉得他们怎么样。女孩说：“这是去克莱恩店面购物时听的音乐。”

现在这段轶事就具有双重意义了：第一，并不是所有种类的爵士都同样精彩，这一点不管杂志编辑的政策如何也无法改变；其中有一些令人心醉神迷，有些则是猫狗打架的音乐，适合用碎玻璃和风笛演奏。而且，你只有把这两种音乐连接在一起听，才可以领会这一种，再舍弃另一种。第二，爵士乐（也就是说，兴盛于1925 年至 1945 年间的非洲裔美国人的流行音乐），对年轻人来说什么都不是。这一点应该增强我们对它的热爱。确实，我们必须打

---

[1] 迪兹（“晕眩”）· 格莱斯皮（Dizzy Gillespie, 1917—1993），美国爵士小号演奏家、乐队领队、作曲家、歌手，波普爵士乐的代表人物，赫比·曼（Herbie Mann, 1902—1980），美国爵士乐长笛演奏家；杰思罗·塔尔（Jethro Tull）是英国乐队。

[2] 应该是鲁本·“红宝石”布拉夫（Reuben “Ruby” Braff, 1927—2003），美国爵士乐小号和短号演奏家。

消那种念头，不要自鸣得意地以为我们在发际斑白的衰老外表下还潜藏着五月的春心：我们可以欢喜爵士乐，但孩子们却想要别的东西。我们因为这种奇特销魂的音乐现象而产生的激情，在我们这个世纪的前半叶只延续了二十或三十年，现在它必须要安稳就位，和其他各种激情形式相依并存。比如说喜爱希利亚德微型画像，或是素歌。[1]

1970 年 1 月 10 日

[1] 尼古拉斯·希利亚德（Nicholas Hilliard, 1547—1619），英国伊丽莎白一世和詹姆斯一世时期的著名金匠和画师，以其绘制的精美微型画像而闻名。素歌（plain-chant）即格利高里颂歌，是中世纪一种无伴奏的教堂音乐形式。

威尔斯还是吉本?

●

“每个人,”叔本华曾写道,“都会错误以为自己的视野极限就是世界的极限。”这是我在粘贴近期的一堆剪报内容时,内心油然而生的一种令人舒缓的情感。因为,无论这些文章用怎样的褒奖之辞来柔化语句,即使是我最友善的评论者,也无疑在表达相同意思。其中有一位说道:“很遗憾,他只能通过阻止历史的方式来毁坏事物。”

引发讨论的这部书,是我在六十年代写给这个栏目页面的作品合集。它曾经提出以下观点:“现代”爵士乐(我给这个形容词赋予了某种特殊的、非年代的意义),已经不再是爵士乐。就像现代绘画不再是绘画,就像现代诗歌的情况,等等。爵士乐的情况没有好到哪里去。我甚至还暗示说,我们在爵士乐身上见证了宛如纳入一枚胶囊的整体艺术史——它在部落群体的运行中生成,在全盛时期变成公众有意识的娱乐,再堕落退化为个人把持、需要补贴的荒唐存在。

评论者的说法是,堕落退化的并不是爵士乐,而是拉金;我只是再次证实了那种可悲事实:我们的听觉已经老化,有时甚至彻底封闭起来了（这是我们应该依样照做的指示牌）。

好吧，爵士乐评家既不是威尔斯也不是吉本，所以既不会崛起兴盛，也不会兴衰浮沉：那我们的区别在哪里？我想了好半天，才挑选出另外一位评论者的反驳论点来进行某种意义的测试：“像帕克和桑尼·洛林斯这些人……继承了爵士乐绝大多数的优良传统，而任何听惯了爵士乐的人不需要花太多时间，就可以听出他们的声音。”

这是威尔斯派的立场。假设这句话的意思，是能在帕克和洛林斯身上找到“爵士乐绝大多数的优良传统”，那么我和其他吉本派成员将会予以拒绝。在本世纪前半叶横扫世界的那种美妙音乐，如此美妙以至于要自我歌颂的音乐（《人人都在这样做》《如果没有强劲节奏就不值一文》），它的吸引范围有限，却是一种全新而明确的吸引力：音乐和韵律感觉的某个地带，第一次被人撩动琴弦。也许它可以接受界定，但它的煽动力量如此强大，如此明目张胆，所以你会觉得毫无必要给它进行定义（“肥仔”沃勒说：“女士，如果你非要问的话”，等等）。它源于黑人民间音乐，现在则留在我们身边，保持着一种极度鄙俗的形式，节拍音乐、摇滚、韵律和布鲁斯的形式。

因此，帕克和其他人开始波普的时候，目标是要把某种尽可能不像爵士乐的东西销售给爵士乐听众。他们这样做，说实话，部分原因在于他们希望通过演奏白人无法演奏的东西，重新夺回主导权。但主要的原因，我只能说是因为爵士乐的神经受到了过度刺激。从音乐角度来说，他们是聪明人，而爵士乐让他们感到乏味。因此，他们制作出来的东西，就是要有意识地跟爵士乐唱反调——死板的音色，缺乏集体的即兴演奏，没有“老的旧的好的”东西（或是不同的“老旧好”），某种反切分音的“克隆—嘭”节拍。当然他们还用半音和声，而不是所有摇篮曲、情歌、圣歌和国歌都使用的、埋藏在每个民族音乐意识的底层、让人感觉熟悉的自然音阶。

我现在是心思简单的人。如果有人给我盐而不是糖，或者是华尔兹舞曲而不是进行曲，抑或是波普而不是爵士乐，那么我忍不住会指出哪里出了问题。这就是我做的全部事情：而我的批评者们为什么要反对呢？

我们的差异可能是语义差异。我肯定我们双方在有些问题上看法相同，比如说，“玛格西”·斯班尼尔和弗莱迪·胡巴德之间，是否明显存在着根本差异。我的意思是，这样一来，描述斯班尼尔演奏内容的词汇，就不应该描述胡巴德。他们的意思却是，用来描述斯班尼尔的那个词，应该扩大使用范围，把胡巴德包括进去。究竟谁说得对？

在这种冲突背后，我猜想，还埋藏着许多对立的偏见。威尔斯派的人想要扩大用词范围，延展论点，并看到事物变化。吉本派想让语词保留它们原本的意义，想力求明确，想看到事情保持原样。惠特尼·巴耶特在最近一期《纽约客》的报道文章里写道，艾灵顿公爵说他想放弃爵士乐这个词，换成某个意义更宽泛的东西。“非洲裔美国音乐”或类似的东西。公爵是威尔斯派。再看路易·阿姆斯特朗，他讨论的却是“那种现代的恶意……你不用记住什么曲调，也没有可以跳舞的节拍”。路易属于吉本派。

好吧，每个阵营都有非常杰出的领袖。我想对我的批评者们说，曾经征服世界（以及我）的爵士乐，是阿姆斯特朗、艾灵顿、比克斯和“芝加哥人”的爵士乐。帕克、芒克、迈尔斯还有那些爵士派反人类者演奏的，可能是非洲裔美国音乐，但它跟我没什么关系。然而它不是爵士乐。爵士乐和它的践行者们正慢慢死去。雷德·艾伦、“小家伙”罗素、强尼·霍杰斯。不承认这一点就是在……那什么，阻挡历史。

1970年8月15日

小众趣味

在一月份评论爵士乐唱片，可以被比喻为清扫酒馆娼寮：放眼四顾，周围肯定没有多少生意。然而只有一月份是这样吗？我为了找寻圣诞节礼物（每年一度将我们对他人的冷漠转换为主动仇恨的季节），逛进了几家“唱片商店”，结果非常震惊地看到，那里能被称为爵士乐的库存量是多么微乎其微。

一排排光鲜明亮的密纹唱片封套都描绘着同样的东西：一堆年轻人，多数是男性，衣服和面相跟流窜作案的罪犯们相匹配，站在那里满脸怒容地瞪着我，他们的表情神态是“我们要干掉你，老爷子”。他们的名字根本显示不出国籍、家族或艺术的亲缘，只是一些按照意象派甚至是超现实诗歌的模式而随意挑选的词组，乃至于单个词汇——“轻骑兵”“申命记”“蕾丝”“黯淡道路”“低额头”。我走到偏僻角落，才找到一个标有“爵士乐”的小架子，上面有几十张艾灵顿、贝西、艾拉·费兹杰拉德、雅克·卢西埃和安布罗斯的密纹唱片套装。

现在我们当然知道，这种转变已经发生；我们已经目睹爵士乐杂志的萎缩，或变成了摇滚乐的喉舌；我们还看到（难道说它只是一场噩梦吗？）乐迷们把杰米·亨德里克斯而不是强尼·霍杰斯选入爵士乐的万神殿。不管怎样，看到这种转变能用具体可知的词汇加以描述，多少还是让我们清楚地意识到一两件令人不悦的事实真相。真相可以概括为以下几条：

（1）目前没有哪种爵士乐是流行爵士乐；

（2）不流行程度最低的爵士乐都是再版；

（3）因此，目前大公司唯一发行的爵士乐都是再版，只有零星例外；

（4）当前出现的爵士乐都属于名不见经传、国外进口、极其昂贵的公司品牌，普通大众从来都看不到，也不会听它。

好吧，也许我是在以偏概全：圣诞节总让我倍感沮丧。

1971 年 1 月 25 日

人声演唱

●

若干年前开始出现一种赞许爵士歌手的形式，是说他（或她——通常是她）“就像运用乐器一样运用自己的嗓音”。我听到这种说法时，一向都不太高兴；首先，跟人们所相信的理论相悖：爵士乐器的音准基础，是要像运用嗓音一样运用你的乐器，而且是黑人演唱的嗓音——宽幅度颤音、浑厚、沙哑，等等。

第二，这样说似乎是有意贬低歌词的价值：如果一位歌手唱出“我爱你”的时候，目标不是要让你觉得她（或他）是爱你的，而只是让这些歌词在乐谱对应的音符之间轻快地跳动一番。如此说来，爵士乐唱法就出问题了。我们还记得莱斯特·扬的格言：即兴演唱一首歌的最佳办法，是在这样做的时候惦记着它的歌词。

1971年6月12日

阿姆斯特朗的成就

●

“路易·阿姆斯特朗用他的高超技艺与普适的音乐语言，给全世界的人带来宽慰、愉悦和理解……”这段话引自波士顿马萨诸塞州议会众议院在1958年的表彰文字。它表明，近年来报纸、广播和电视上对阿姆斯特朗的称颂，并不是等到死亡降临后才有人惦记的东西。在他辞世以前很久的时间里，路易已经征服了世界，甚至是美国。

对于他的乐迷来说，阿姆斯特朗在他们生命里始终是一种永无耗竭、永远不变的存在，就像是太阳，贯穿于他们的生命。这种众口一辞的赞扬——认为他既是伟大的艺术家，又是一位好人，在某种意义上算是些许的慰藉。“丛林音乐……他为什么不把嗓子清干净？”在长辈的冷笑鄙夷声中，我们将自己的诚挚忠心奉献给他。现在证明我们是对的。阿姆斯特朗是拥有世界地位的艺术家，一位出生在贫民窟的美国黑人孩子，他的声音可以毫无差别地抵达格陵兰人和日本人的心扉。与此同时，他还是一位谦卑、勤勉之人。他在无数个夜晚里孜孜以求的事情，无非是“让人们开心”，挣一份工钱，并感谢回馈来现场的听众。

这种欢呼喝采还会持续一段时间。但时光的筛漏从未停止摇动：我们很快就会隔着五年的间距来审视路易，然后是十年。有关书籍将会问世（来一部他的书信集如何？）；任性的口味风潮将变换方向。阿姆斯特朗将变得跟奥利弗一样遥远。二十一世纪又将怎样谈论到他？

只有联想到这样的视角，我们才可以安顿好自身思绪。作为艺术家，路易首先是兼容并纳；他是爵士乐所有支流齐集汇入的深河。他的独创性从来不是帕克那种意义上的独创：他只是比其他人做得好二十倍。但他还是把他们远远抛在身后。刚开始他跟乐队一起演奏，后来改为站在乐队前方演奏：乐队演奏曲调，他演唱歌词，然后再加入助奏，洪亮声音简直能在一瞬间掀翻屋顶。他留意聆听观众在哪里鼓掌，并努力给他们带来这种精彩。

他在三十年代无疑经历了一段爱出风头的时期，这既让人惊诧，也让人感觉乏味。想一想，那样的创意精神，那样的力度，结果变成了演奏《闪闪发光》时接连飙出三百五十个高音C，真是让人心碎。然而这正是整个美国鼓励路易做的事。难道不正是阿姆斯特朗带来了新奥尔良音乐的复兴吗？他拥有青春、知识、地位——但他同样被经理人攥在手心，就像他身为奴隶的祖辈们曾经落入当年的经理人手里。等到这个时候，当他被派去跟“全明星”一起巡回演出时，他的表演已经无法跟他们相结合。邦克·约翰逊比他大十岁，却会像芦苇丛中的单株芦苇那样摇摆：阿姆斯特朗则是一群村落环绕的高山牧场。于是“全明星”分崩离析：先是蒂加登和毕加尔变成了“扬与哈克”(Young and Hucko)，[1]然后是大酋长罗素·摩尔和乔·达伦斯堡。只有阿姆斯特朗留了下来，就像每天晚上端出同样菜肴的伟大厨师。

然而这种伟大慢慢消退。在一次严重的肺气肿发作过后，路易在演奏小号时，已经连他极为津津乐道的“前手直拳”动作都无法继续了。他的演唱——音高掌控完美，时间节拍完美——能让人热泪盈眶。他那兼容并纳的才情已经僵化、狭隘，并日益与外界隔绝，却仍然保留着爵士乐的精华。那些唱片足以证明这一点。我们应该感谢它们的恒久留存。

在美国黑人接管西方流行音乐这个充满反讽的巨变过程中(请记住这句话：“让我为一个国家书写歌曲，那么你喜欢的人就可以书写它的规则”)，阿姆斯特朗和艾灵顿、沃勒屹立在一起，是酿成这场巨变的众多特洛伊木马之一。1969 年米克·贾格尔在阿尔塔蒙特的遭遇，[2]是 1929 年时路易凭借《没有胡闹》而获得满堂彩的合理逻辑结果。这项进程到目前为止都尚未结束。当它结束时，阿姆斯特朗可能不仅会作为一位独立的艺术家而被后世铭记，还会被认为

---

[1] 蒂加登(Weldon Leo “Jack” Teagarden, 1905—1964)和毕加尔(Albany Leon “Barney” Bigard, 1906—1980)都是美国的爵士音乐家。

[2] 米克·贾格尔是滚石乐队主唱，他在参加 1969 年 12 月 6 日举办的阿尔塔蒙特自由音乐节时受到过暴力袭击与威胁。当时多次出现场面失控，并发生数起谋杀和吸毒身亡事件，数十人受伤。

是用一种文化取代另一种文化的中介者。如果真是这样，那也不是他的过错：按照这种发展线路，它永远都不是哪一个人的过错。

1971 年 8 月 21 日